——名著名家名译系列——

海燕之歌

高尔基中短篇作品精选

〔苏〕高尔基 著　张敬铭等 译

山西出版传媒集团　北岳文艺出版社

图书在版编目（CIP）数据

海燕之歌：高尔基中短篇作品精选 /（苏）高尔基著；张敬铭等译. — 太原：北岳文艺出版社，2017.3（2020.10重印）
（名著名家名译系列）
ISBN 978-7-5378-5148-0

Ⅰ.①海… Ⅱ.①高… ②张… Ⅲ.①中篇小说 – 小说集 – 苏联 ②短篇小说 – 小说集 – 苏联 ③散文集 – 苏联 Ⅳ.① I512.15

中国版本图书馆 CIP 数据核字 (2017) 第 031959 号

书　　名	海燕之歌：高尔基中短篇作品精选
著　　者	〔苏〕高尔基
译　　者	张敬铭等
责任编辑	庞咏平
书籍设计	鸿儒文轩·书心瞬意
出版发行	山西出版传媒集团·北岳文艺出版社
地　　址	山西省太原市并州南路 57 号
邮　　编	030012
电　　话	0351-5628696（发行部）
	0351-5628688（总编室）
传　　真	0351-5628680
网　　址	http://www.byw.com
邮　　箱	bywycbs@163.com
经 销 商	新华书店
承 印 者	三河市华东印刷有限公司
开　　本	880×1230　1/32
字　　数	307 千字
印　　张	12.25
版　　次	2017 年 3 月第 1 版
印　　次	2020 年 10 月河北第 2 次印刷
书　　号	ISBN 978-7-5378-5148-0
定　　价	65.00 元

据国家文学出版社 1951 年莫斯科版
三十卷本《高尔基文集》第十三卷译出

解读高尔基[①]

具有鲜明民族特色的俄罗斯文学自从普希金奠基以来，经过果戈理的创作开拓和别林斯基的理论阐述，迅速发展起来，在19世纪大放异彩。俄罗斯文坛人才辈出，著名作家灿若星群，同18世纪前的俄国文学长期默默无闻相比，这种发展速度令人感到犹如从"侏儒"一下子变成"巨人"。然而同一切事物的成长规律一样，俄罗斯文学也有它的形成发展、迅速繁荣、走上高峰并转向衰落的历史，而且经历的时间并不长，在19世纪约一百年之内完成了全部历程，便无可挽回地没落了。即便从现实主义的文学潮流来看，19世纪下半叶的俄国文学走向高峰的标志，是出现了三大名家，各代表一种现实主义的形态：托尔斯泰最清醒的现实主义、陀思妥耶夫斯基虚幻的现实主义和契诃夫日常生活的现实主义。也可以说，这是俄国批判现实主义发展到了极致。不过，正如登山，人一到达极顶，再向前一步就是向另一面的下坡路走去了。一种文学的结束预示着另一种文学的诞生。

[①] 本文是原《高尔基精品集·序》，此次再版改用此名。

世纪之交，恰好是这两种文学发展的交替时期，出现了高尔基的创作。他的《母亲》《海燕之歌》，自传体《童年》《在人间》《我的大学》三部曲，以及一系列早期作品，为苏俄文学打开了新的局面，他被列宁称赞为"无产阶级艺术的最杰出的代表"。高尔基作为新文学的开创者，其地位本来已有定评。即便在中国，也早就把本国新文学的开创者鲁迅比作"中国的高尔基"，这也从侧面反映了中国人对高尔基的崇敬。

然而一切都在变，几十年前，苏联国内掀起"重写文学史"和"重评苏联文学"的浪潮，高尔基在文学史上的地位也遭到非议，从议论作家的晚节起，一直到否定其人其创作。一时间可谓众说纷纭，莫衷一是。到底事情的真相和实质如何？据笔者近年来多次考察所了解，当今在俄国对高尔基的看法仍然存在两种声音。虽然有人说高尔基已丧失了"革命海燕"的荣誉，变成了传播灾难的信使——"一只黑乌鸦"，或者是具有两副面孔的"双头海燕"。但是也有人在继续做坚实的工作：首次编辑高尔基全集八十卷并已出版三十六卷，在20世纪90年代再出版二十五卷，其余近二十卷也将随后完成。这么巨大的工程在俄国历史上实属罕见，只有托尔斯泰的九十卷全集可与之相比。这从一个侧面说明，高尔基早以其创作的实绩在文学史上占有显著的地位，同时也显示了后代人对他的地位的肯定。

现在，由刘伦振同志主编、北岳文艺出版社出版的《高尔基精品集》——《海燕之歌：高尔基中短篇作品精选》《母亲》《童年》《在人间》《我的大学》五种，既是高尔基优秀作品的代表，又体现了我国学术界和读者对于这位杰出作家的肯定。

为了更好地理解这五部作品，最好的办法是把它放在作者的整个创作之中，从整体上加以考察；同时也就具体的作品分别做出阐释。

马克西姆·高尔基(1868年3月28日—1936年6月18日),原名阿列克谢·马克西莫维奇·彼什科夫,出生于俄国下诺夫戈罗德(今高尔基市)的一个木匠家里,早年父母双亡,他寄居在开小染坊的外祖父家,只上过两年小学。因外祖父破产,他从十一岁开始在"人间"流浪,做杂工、当学徒。1884年到喀山,本想上大学,却未能如愿。结果社会底层便成了他的"大学":当码头搬运工、面包师、杂货店伙计等。做工之余,勤奋读书自学,接触到民粹主义和马克思主义思想。曾于1888年至1889年和1891年至1892年两次浪游南俄和乌克兰一带,扩大了生活面,积累了丰富的素材。1892年发表处女作《马卡尔·楚德拉》,1898年出版《特写与短篇小说集》,一举成名。

此后高尔基便成为20世纪前三分之一年代里俄国文学与苏联文学的中心人物,他的创作可分为三个时期。

第一个时期——19世纪90年代,是他的探索时期,共写了中短篇小说、特写、诗文约七百篇。早期的创作可分为两大类:

一类是浪漫主义的作品,有《马卡尔·楚德拉》(1892)、《少女与死神》(1892)、《伊则吉尔老婆婆》(1895)、《鹰之歌》(1894)等。《伊则吉尔老婆婆》以腊拉的极端利己主义和丹柯的舍己为人的英雄主义相对照而显示其时代的新内容。后者在族人危难之际抓开自己的胸膛,高举燃烧着的心,为人们照亮走出森林的道路。这是作者对19世纪末在一部分知识分子中间流行的利己主义哲学思想的批判。《鹰之歌》以鹰和蛇两个形象,象征为追求自由、光明而不怕牺牲的英雄和苟且偷安、不敢斗争的小市民。作者热烈赞颂了鹰的献身精神:"在勇敢、坚强的人的歌声中,你永远是一个活的榜样,一个追求自由、追求光明的骄傲的号召。"

另一类是现实主义的作品,有短篇小说《叶美良·皮利亚伊》

(1893)、《切尔卡什》(1895)、《科诺瓦洛夫》(1897)、《好闹事的人》(1897)、《马尔华》(1897)、《因为烦闷无聊》(1898)、《二十六个和一个》(1898)等。《切尔卡什》以流浪汉切尔卡什和雇佣农民加夫里拉相对照：前者豪爽刚强，不受金钱私利的束缚，酷爱自由而憎恨资本主义；后者因利忘义，胆小卑下。小说鲜明地赞扬前者的英勇叛逆，谴责后者的自私和软弱。

在这类作品中，作者鞭挞沙皇制度和资本主义，暴露小私有者、小市民的庸俗，肯定劳动者，特别是流浪汉的人格尊严。高尔基以写流浪汉出名，为俄国文学增添了新的人物形象。在19世纪末20世纪初，由于资本主义急剧发展，城乡人民贫富分化严重，使大批劳动者沦落为流浪汉。他们过着贫困漂泊的生活，但也因此放荡不羁，敢于反抗，蔑视资本主义的金钱势力。他们便成了高尔基笔下的正面人物。同时，由于作者有丰富的底层生活经历，了解流浪汉的疾苦和心理，能够写得符合实际，真切感人，又不加以理想化。

这套选集中的《高尔基中短篇作品精选》，选入上述两类早期的杰作；同时也选有作家第二个时期的短篇《海燕之歌》(1901)、《人》(1904)、《一个人的诞生》(1912)、《流冰》(1912)、《女人》(1913)、《书》(1915)、《苏霍米亚特金家的晚会》(1916)。时间跨度虽然跨越两个时期，但从作品上依然反映了作家从浪漫主义转向现实主义的特点。例如《二十六个和一个》《因为烦闷无聊》就以现实的描绘反映了底层人民所遭受的非人待遇和悲惨命运。而《海燕之歌》则反映大变革时代的进取精神；《人》更提出了"一切在于人，一切为了人"这样强有力的充满人道主义精神的口号。还有《叶美良·皮利亚伊》《一个人的诞生》《苏霍米亚特金家的晚会》，也体现了俄罗斯人的特点。从总体上看，《高尔基中短篇作品精选》还反映了作家对大自然和音乐美有强烈、敏锐和细腻的感受，作品中随时都有对于大海和音乐的描写。当然，其中有些作品只有放在第二个时期中去阐释，才会更清楚。

在早期的现实主义作品中，值得一提的还有1899年发表的《福马·高尔杰耶夫》。这是高尔基的第一部长篇小说。此时他已经是用广阔而丰富的现代生活画面，来展示不同类型的资产者的活动，反映资本主义在俄国发展的过程以及资产阶级的掠夺本性了。主人公福马由资本家的接班人变成了本阶级的浪子，最后进了疯人院。作品的用意仍然是在于形象地说明俄国资产阶级从一开始就是既有发展的势头，又已经从内部腐败了。

第二个时期——20世纪前二十年，是高尔基为社会主义现实主义文学奠定基础的时期。

这二十年间，俄国进行了三次革命(1905年革命、1907年二月革命和十月革命)，高尔基始终将自己的创作与革命事业联系在一起，表现了一个革命作家的崇高品质。

在20世纪初，俄国工人运动蓬勃发展，高尔基因积极参加革命运动，并同布尔什维克党有密切联系而多次被捕。早在1905年革命的酝酿时期，他便写出了洋溢着革命激情的战斗诗篇《海燕之歌》(1901)，用象征手法写了革命力量的化身海燕同风、云、雷、电等反动势力搏斗的情景，同时嘲笑那些胆小蠢笨的海鸥、海鸭和企鹅。"让暴风雨来得更加猛烈吧！"这话成了呼唤革命的有力号召。

这首诗不仅以革命内容著称，而且有卓越的艺术技巧，它综合运用了多种手法。例如描绘暴风雨即将来临的情景是现实主义的画面："在灰蒙蒙的苍茫大海上面，风集卷着乌云。"但又夹杂着象征性手法，写大海发出怒吼，而且乌云和雷声也是黑暗势力的象征。暴风雨临近时许多鸟儿(海鸥、潜水鸟等等)"不停地呻吟，在海面上慌忙奔窜，准备把它们对暴风雨的恐惧藏入海底"，这情景既是写实的，又有所寓意。还有"海浪在激愤的泡沫中怒吼，它在同风儿争论"，这里当然是既有寓意又有象征了。海燕的形象更是借助于比喻手法："海燕呼喊着，像黑色的闪电一掠而过，如利剑穿透乌云。"正是这样成功的形象才能更有力地宣传无产阶级革命的思想。无怪乎高尔基本人也曾被称为"革命的海燕"。

作为革命作家，高尔基看到剧院是一个重要的宣传阵地，便于1905年革命前夕，同时进行戏剧创作，接连写出了《小市民》(1901)和《在底层》(1902)。《小市民》写了别斯谢苗诺夫父子，一个是守旧无知的宗法式小市民，一个是有自由派思想情调的当代青年小市民。他们虽然思想倾向不同，但都敌视革命，维护旧制度。作者指出只有火车司机尼尔才是未来生活的主人。《在底层》则描写了沦落到生活底层的一群人：流浪汉、工匠、苦力、小偷、妓女、游方僧、破落贵族。揭示他们同资本主义的矛盾，控诉资本主义的罪恶。同时谴责消极等待、空有幻想的人生哲学，鼓舞人们起来斗争。作者宣传人的价值："一切在于人，一切为了人！……人！这个字听起来多么令人自豪啊！"所以，"一定得尊重人！"这些话已经成了广为流传的名言。

1905年革命时，高尔基积极投身革命，并于1月9日流血事件之后，以目睹的事实立即写成特写《一月九日》，愤怒声讨沙皇政府镇压示威群众的罪行。在莫斯科十二月工人武装起义时，他帮助筹借款项，提供武器，把住宅作为起义者的据点。起义失败后，他又受布尔什维克党的委托，到欧美各国去宣传俄国革命以及筹措经费。1906年他到了美国，并在那里创作了举世闻名的长篇小说《母亲》，成功地塑造了无产阶级革命者的形象，发出了"社会主义……一定要实现！"的强有力的号召。

《母亲》是在高尔基同布尔什维克党、工人革命运动密切接近时完成的。书中写道，俄国无产阶级在布尔什维克党的领导下走上同专制制度、资本主义斗争的道路,以及共产主义思想启迪了广大人民起来进行自觉的斗争。它反映了社会主义理想的辉煌胜利。

这是一部新颖的作品,在俄国文学中第一次用艺术的形式再现了现实的革命发展。而这正是新的社会主义现实主义艺术方法的最重要的原则。

小说定名为《母亲》,绝不是偶然的,因为它的中心人物是一位普通的妇女,即革命者的母亲尼洛夫娜·弗拉索娃。小说的结构也是由这一点决定的:整个故事情节都是以一位一生都在工人区里度过的四十多岁妇女所能理解的范围内展开的。

小说第一部,作家用现实主义的笔触,描绘了外省工人区的落后、愚昧和阴暗的画面。工人区就是当时工人生活的象征。高尔基写道,工厂是奴役工人的庞大怪物,是劳动者的苦役营,因为"整个白昼叫工厂给吞噬了,机器从人们的筋骨里榨取了它尽其所需的力量,一天的光阴踪迹全无地从生命中勾掉了,人们又向自己的坟墓走近了一步"。开头是这样凄惨,所以当工人区里出现一些敢作敢为的人时,大家竟然持怀疑和恐惧的态度,不相信生活有可能变好,这是因为生活把大家压成畸形了。

生活在这种环境中的小说人物,有老工人弗拉索夫夫妇及其儿子帕维尔,帕维尔的同伴费佳、马津、尼古拉·韦索夫希科夫等。

帕维尔像工人区的青年们一样开始了独立的生活;但母亲很快就发现他"摆脱生活的暗流,向一旁的什么地方游去"。他在行为、习惯上的变化,母亲都看在眼里,她发现儿子并不喜欢去参加工人晚上的饮酒、跳舞、寻欢作乐,也不去钓鱼打猎,而是勉强干活,平时也不去玩,只有假日才出去到什么地方待一待,但回家来头脑是清醒的。

小说写道,这些变化在母亲那里造成的心情是矛盾的。她对于儿子的表现跟工厂的青年不同这件事,心里感到既高兴又害怕。接着在他们家里出现了禁书，还来了"身份不明的人""社会主义者"。母亲见了他们起初是害怕，后来渐渐地习惯了，最后就接受了儿子的真理。

小说把革命斗争的几个重要阶段都真实地描写出来：第一次发传单、"沼泽戈比事件"、五一游行、帕维尔·弗拉索夫在法庭上的演说，以及他被捕之后母亲成了他革命事业的参与者等。

第二部展现了儿子第二次被捕后母亲尼洛夫娜的独立生活：她到城里去活动，接近女革命家索菲娅，和她一起去农村散发禁书，参加法庭审判，她听到儿子的演说后更坚定了自己跟着真理走的决心。在小说结尾，她发现自己被宪兵盯梢时，便拿出传单来散发，还高声喊道："昨天审判了一批政治犯，其中就有我的儿子——弗拉索夫。他发表了演说，这就是他的演说词！我把它带给大家，让大家看看，想想真理……"结尾是悲剧性的：儿子及其战友被判流刑，母亲落入宪兵手里。但是小说的基调却是乐观的：帕维尔在法庭上喊出了"我们工人一定会胜利"的预言，预示着光明的前途，这就是高尔基作品的主题思想。

《母亲》具有史诗式的广阔性。尽管叙事的中心是尼洛夫娜和她的儿子以及一个革命小组的故事，但是在描绘中却达到了高度的艺术概括。它给人的印象是，在它背后概括了整个俄罗斯。这是由小说的结构导致的结论。如果说在第一部里，故事的情节是在工人区里展开的话，那么在第二部中，事件范围已大大扩展了，从尼洛夫娜一个人的眼光中来看事件的过程，它又具有某种编年史的特点，但与编年史也有不同，即叙述中具有动感，特别是五一游行、法庭审判和尼洛夫娜被捕这几个场面。

小说除了尼洛夫娜、帕维尔之外，还成功地塑造了几个重要人物：尼古拉·韦索夫希科夫、费佳、马津、老人西佐夫和雷宾等革命者。此外还有索菲娅、萨莎、娜塔莎、尼古拉和叶戈尔等一批同工人一道积极参加革命运动、向群众宣传革命思想、忠于人民解放事业的先进知识分子。

《母亲》英文本1907年首次在美国出版，同年有俄文本在柏林问世。但在俄国，只能出版经过检查机关刀砍斧削过的节本，一直到1917年才得以全文发表。不过，对于许多人来说，它是革命生活，特别是无产阶级革命生活的教科书。正如列宁看了手稿后对高尔基说的："这是一本必需的书，很多工人都是不自觉地、自发地参加了革命运动，现在他们读一读《母亲》，一定会得到很大益处。一本非常及时的书。"

小说的出版标志着俄国文学发展到了一个新的阶段，即社会主义现实主义阶段。《母亲》鲜明地体现了社会主义现实主义的基本特征。

首先，它是一部新型的社会小说。内容新颖，描写俄国生活的手法与众不同，而且通篇洋溢着英雄主义的激情。它的题材和结构不是由个别人物的命运决定的，而是由主人公的积极革命行动来决定线索的，而帕维尔和母亲的经历又正是人民逐步觉醒的真实反映。

在以往的俄国文学作品中，进步人物总是同社会环境发生冲突，作家在表现这种冲突的同时也就批判了那个时代的现实生活。但《母亲》里的主人公则不然，他们固然也同旧的社会势力相对抗，但同时却与本阶级有着血肉相连、休戚与共的关系。作者既描写了人物同旧的社会环境的矛盾，否定旧社会，同时也表现了个人与集体之间新的相互关系以及人民集体意志的成长，肯定新的现实。这样，《母亲》就超出了批判现实主义的框框，成为新型的现实主义，即社会主义现实主义的作品了。

其次，作家的创作方法遵循的是新的思想艺术原则。突出的特征是，表现人的新的概念。他认为人是历史的创造者，因而最先要关心的是人如何对抗环境和反抗社会压迫以及一切不合理的现实。

既然革命时代能造就奋发有为的人，那么文学的主要任务也就是描写这种"创建新生活，具有新型心理的人"，即小说中的尼洛夫娜和帕维尔等人。

再一个特征是，对"三种现实"，即过去、现在和将来，也有了新的认识。以往的俄国文学作品主要是集中力量批判过去和现在。而高尔基从现实的革命发展中正确地再现了具体的历史的现实生活，从而使人相信和联想未来，即新的革命的俄国必将到来。这里，工人第一次成为小说的主要人物，而且他们个人的命运是同历史、同社会生活的发展趋向紧密相连的。在以往的古典作品里，新时代潮流的体现者往往是知识分子，但在《母亲》中，则是由平凡的工人、普通的劳动者来体现。这也是社会主义现实主义文学的新特点。

还有，对人物性格的描写和角度也有了变化，古典作家突出人受社会历史的制约。高尔基继承古典文学的传统，仍然注意人同环境、同社会的复杂关系；但在写人的行动及心理时则特别注意同社会的阶级构成相联系，注意人的性格的阶级本质，把重点放在人的心理、思想、道德观念和言行都受社会阶级的制约上，突出其阶级性。

但是，作家既重视人的社会本质，又不把人简单化，贴上阶级标签，而是同时注意人的内心世界的分析，从而塑造出一批各色各样丰富多彩能反映俄国现实生活的复杂和矛盾的人物形象。

最后，高尔基既写了旧生活的可怕，又唤起读者对自身力量、对改造社会、实现革命的信心。所以批评家卢那察尔斯基说，无产阶级在高尔基的作品中，"第一次从艺术上认识了自己"，高尔基的作品恰好是列宁所说的党性文学的范例。

1907年，高尔基到伦敦参加俄国社会民主工党第五次代表大会，和列宁建立了友谊。此后至1913年，他定居于意大利卡普里岛。那里聚集了俄国流亡者，他们鼓吹马赫主义哲学，力图把科学社会主义和宗教结合起来，高尔基受他们的影响，写出了中篇小说《忏悔》(1908)和一些论文，鼓吹"造神论"观点，因而受到列宁的严肃批评。后来高尔基从革命的责任感出发，认真地改正了错误。

在意大利期间，他创作了反映农村革命斗争的中篇小说《覆灭》(1909)，揭露并批判小市民习气的中篇小说《奥库罗夫镇》(1909)和长篇小说《马特维·克日米亚金的一生》(1911)，以童话形式、浪漫主义手法描写意大利工人和劳动人民生活斗争的《意大利童话》(1911—1913)等。

1913年，他回国参加革命的宣传工作，组织文化活动。他团结了一大批进步作家，同时继续写出《俄罗斯童话》(1912—1917)和《俄罗斯漫游散记》(1912—1917)、自传体三部曲的头两部《童年》(1913)和《在人间》(1916)。第三部《我的大学》后来于1923年写完。这批作品生动地反映了俄国19世纪末的社会风貌。

其中，自传体三部曲是高尔基文学遗产中最优秀的部分之一。它真实地描述了高尔基从生活的底层攀登上文学高峰和走上革命道路的曲折历程。

1908年至1910年，列宁常到高尔基在意大利卡普里岛的寓所做客，听到过后者讲述童年和少年时代的经历，曾劝说道："您应该把这一切都写出来，老朋友，一定要写出来！这一切都富有极好的教育意义，极好的教育意义！"不久，高尔基果然写成了传记体小说。

第一部《童年》，描写主人公阿廖沙即作者在外祖父家的生活。它以严谨的现实主义手法，极其生动地描绘了作者童年的艰难和俄国小市民阶层的人情世态，刻画了一系列普通人物的鲜明的形象。他们当中有不少优秀的人物，其高尚的品质对高尔基的成长起过良好的作用，尤其是外祖母的形象令人难忘，她已经成了俄罗斯文学中最光辉、最有诗意的一位妇女形象。高尔基在她以及周围优秀人物的影响下，养成了疾恶如仇和不向恶势力低头的坚强性格。同时，他少年时代那酷爱读书、渴望学习、不畏艰难、奋发向上的精神也令人感动。

第二部《在人间》，描绘他从十一岁就走向社会自己谋生的经历。他备受生活的煎熬，做过各种工役，受尽欺凌、污辱、愚弄，甚至毒打和陷害，体验了社会底层生活的艰辛，认识到人性的丑恶。不过，外祖母的善良、厨师的正直、药剂师的博学、玛尔戈王后的高雅又使他看到生活的光明面；同文物鉴定人、司炉工、木匠等人的交往也使他感到人性的多面和复杂。这一切都养成主人公好思考的性格和深入分辨社会生活的能力。此外，他仍旧酷爱书籍，继续阅读大量的文学作品和各种图书，从中找到生活的目标、慰藉和力量。这一部分依然是书中最动人的篇章。小说真实、细腻的艺术笔触所展现的俄罗斯五光十色的社会、丰富多彩的人物，加上主人公那具有思辨色彩和哲理深度的内心世界，使人感到它具有永久的艺术魅力。

第三部《我的大学》，描写他在喀山时期的活动和成长。他十六岁时抱着上大学的愿望，告别年迈的外祖母，来到伏尔加河上的另一座城市喀山，但一到这里就意识到进大学的理想是无法实现的。喀山的贫民窟和码头成了他的"大学"。他无处栖身，只好和印刷厂校对员古里共用一张木板床，两人轮流各在白天和夜晚睡觉。他跑到码头找工作，劈木柴、搬运货物，什么都干。后来到面包房当帮工，在阴湿的地窖里，窗户给铁网钉死，像座监狱，每天工作十四个小时，还要受冷酷无情老板的虐待。幸亏在一家小杂货店里当伙计时他接触到来杂货店里的大中学生、秘密团体的成员和从西伯利亚流放回来的革命者，从此他接触到革命思想，阅读革命民主主义和马克思主义著作，直至参加革命活动，借为商店分送面包的机会传递革命书籍。在革命者的引导下，他摆脱了企图自杀的思想危机。

喀山的四年使他在思想、学识、社会经验方面都有长足的进步。

三部曲再现了19世纪七八十年代俄罗斯生活的生动图景，刻画了主人公不屈从黑暗势力、追求光明、刻苦自学、探索革命真理的真实形象。

第三个时期——十月革命以后的年代，是高尔基为创建苏联新文学而加紧劳作的时期。

1917年至1918年间，他发表了一组总题《不合时宜思想》的文章，反对工人举行武装起义，指责无产阶级专政太残酷，夸大知识分子的作用。列宁再次帮助高尔基认识错误，让他到火热的斗争中去改变思想。

1918年列宁被刺的事件使高尔基猛醒，他迅速转变过来，积极参与苏维埃政权的工作，担任出版部门的领导，创办报刊，主编好几种丛书，组织文学社团，带动文学队伍，培养青年作家等，为社会主义文化建设贡献了力量。同时自己加紧写作，在苏维埃年代发表了大量作品，包括回忆录及评论文章。其中主要的有：回忆录《列宁》（1924），长篇小说《阿尔达莫诺夫家的事业》（1925）和《克里姆·萨姆金的一生》（1925—1936），剧本《耶戈尔·布雷乔夫及其他的人们》（1931）。在最后十年里写的歌颂社会主义新生活的大量特写中，主要的有《苏联散记》（1929）和《英雄的故事》（1930）等。

《列宁》是为悼念这位革命领袖逝世而写的，它通过列宁的革命活动和日常生活素材塑造了革命导师"像真理一样朴素"的光辉形象。

《阿尔达莫诺夫家的事业》讲的是一个大织布厂厂主家的兴衰史，反映了俄国资产阶级从农奴制改革到十月革命这段历史时期内的演变。阿尔达莫诺夫一家三代人。第一代老伊里亚从农奴制"解放"出来，经商办厂而发迹，他的财富超过了封建贵族，同时他反过来压榨工人，他的事业发展了，而人性却丧失殆尽。这个新兴资产者，野心勃勃，面目狰狞。第二代长子彼得守旧而无魄力，把家业看作负担，后来无所作为，反而放荡起来；次子尼基达是个残疾人，意志软弱，一事无成；三子阿列克赛有掠夺者的手腕，但也于事无补。而第三代雅可夫更是好吃懒做，形同废物，在十月革命后被人扔下火车后了结一生。资产者一代不如一代，前途黯淡，只有第三代中的小伊里亚背叛了本阶级，投向革命，才有了光明的未来。作者正是用艺术形象来肯定社会前进的规律：无产者代替资产者成为社会的主人这是历史的必然。

《克里姆·萨姆金的一生》是史诗性的长篇小说，它写到民粹派活动、马克思主义的传播、各种社会思潮的起伏和斗争、1905年革命、第一次世界大战、1917年的二月革命等重大事件。故事背景非常广阔，而萨姆金则是这个历史时期里的一个资产阶级知识分子的典型。他自私自利，害怕革命，又要投机革命，后来在示威游行时被群众踩死。通过这个形象，作者有力地鞭挞了资产阶级个人主义者；同时，以大公无私的无产阶级革命者库图佐夫作为对照，更显得褒贬分明，具有强烈的思想性。

《耶戈尔·布雷乔夫及其他的人们》是一部社会历史剧。剧情在布雷乔夫家里展开，而家庭生活的波动则是家庭之外重大事件的反映，它使人感到革命时代的气息。布雷乔夫善于经营事业，然而重病又使得他力不从心，终于发狂；"其他的人们"尽管各有志向，但是对金钱和权力的欲望却是他们共同的特点。布雷乔夫脱离这个阶级，正说明旧世界是必然要灭亡的。

高尔基对苏联文学有着重大影响。这首先当然是表现在以他的创作开了一代新风。他以马克思主义的世界观为指导，正确地理解社会的发展，描写新历史的主人，表现俄国人民革命的道路。其次表现在他繁忙而卓有成效的组织工作，培养和壮大无产阶级文学队伍。同时，也表现在他的文学评论工作中。

　　高尔基文学评论的重点之一是对苏联新的文学创作原则的阐述，特别是1933年在经过文艺界讨论之后，写了《论社会主义现实主义》一文，对苏联文学新的创作方法从理论上做了全面的阐释。

　　1934年主持第一次苏联作家代表大会时，他做了题为《苏联的文学》的报告，对社会主义现实主义方法又做了进一步的论述。他谈到新的创作方法的实践价值，指出"社会主义现实主义的主要任务在于激起社会主义的、革命的世界观和处世态度"。同时，他还要求站在未来的高度来描写现实，这就要求作家应该看到未来的伟大目标，因而他提出了"第三种现实"的看法，指出：新文学的目标"不仅在于批判地描写过去，更主要的是要帮助通过革命取得的现实东西得以巩固，阐明社会主义未来的崇高目标"。所以他说：作家不仅应该知道"过去的现实和现在的现实……我们还需要知道第三种现实——将来的现实……没有第三种现实，我们便无法理解，什么是社会主义现实主义的方法"。

　　总之，高尔基在苏维埃时代，是苏联作家们所拥戴的领导者，也是苏联文学的杰出代表。他的作品将会有长远的影响，并继续赢得读者的尊敬。

　　这个精品集的译者绝大多数都是20世纪50年代北京大学的毕业生，我国苏联文学翻译界前辈曹靖华先生的门生。他们继承曹老的优良传统，几十年来勤奋笔耕，有丰富的翻译经验和优秀的文笔，译出了一部又一部俄苏文学作品，贡献于读者的是译作的精品。他们正在把曹老的传统发扬光大。自"五四"以来，我国在外国文学翻译上已形成了鲁迅所提倡的"拿来主义"传统，注意依据人民大众和本国现实的需要，汲取外来文化有益的成分。在风雨如磐的旧中国，鲁迅把译介俄苏文学比作"偷天火给人类"的事业，曹靖华正是努力实践这一宏伟业绩的杰出代表,他翻译的优秀俄苏文学作品(包括高尔基的《一月九日》)鼓舞和影响了无数青年走向革命,正如鲁迅所指出的,他是那种"为起义了的奴隶偷运军火的人"。而我们的这批译者,正在沿着前辈的足迹前进,继续这项伟大的工程,翻译出足以鼓舞当代人为建设我们国家而努力工作的优秀作品。

李明滨
1995 年 3 月 20 日

李明滨,北京大学教授。曾任北京大学俄罗斯语言文学系主任、北京大学俄罗斯学(苏联学)研究所所长、中俄(苏)比较文学研究会会长,全国高校外国文学教学研究会副会长等职。

目录

001　马卡尔·楚德拉 / 张敬铭 译
016　叶美良·皮利亚伊 / 张敬铭 译
030　鹰之歌 / 张敬铭 译
036　伊则吉尔老婆婆 / 张敬铭 译
060　切尔卡什 / 臧仲伦 译
099　马尔华 / 臧仲伦 译
159　科诺瓦洛夫 / 吴宗华　吴锡华 译
214　因为烦闷无聊 / 张敬铭 译
234　二十六个和一个 / 张敬铭 译
249　海燕之歌 / 张敬铭 译
251　人 / 张敬铭 译
259　一个人的诞生 / 刘伦振 译
273　流冰 / 刘伦振 译
301　女人 / 鲁　民 译
338　书 / 鲁　民 译
351　苏霍米亚特金家的晚会 / 鲁　民 译

马卡尔·楚德拉

张敬铭　译

　　湿润的凉风从海面吹来，浪涛涌上海岸的哗哗声和岸上树丛的沙沙声，就像沉思的乐曲随风飘散在草原上。枯萎的黄叶不时地被阵风卷起，抛撒在篝火里，火焰因而燃得更旺。弥漫在我们四周的秋夜的雾霭，胆怯地抖动着退缩一旁，瞬息间展现出左边一望无垠的草原、右边没有尽头的海洋，和我正对面的老茨冈马卡尔·楚德拉的身段。他为浪游大队看守马群，他们的宿营地就散落在离我们五十来步的地方。

　　他不顾凉风阵阵吹开了他的上衣，露出他那汗毛很重的胸脯，任凉风无情地在他身上叩打。他半躺着，身姿优美强壮，脸对着我，用他那只大烟斗慢悠悠地吸着烟，从嘴里鼻孔里吐出团团的烟雾。他的眼睛凝然不动，越过我的头顶紧盯着草原上死寂的一片黑暗。他滔滔不绝地对我讲述，不做任何动作去抵挡寒风猛烈的叩击。

　　"你就这么四方流浪？这挺好！你为自己挑选的命运很不错啊，好小伙子。就该这样：到处走走、看看，看够了，躺下来拉倒，一切就告结束！"

　　"说到生活？别人？"他疑惑地听完我反驳他所谓"就该这样"的议论，又继续说，"唉，你管这些事丁吗？你本人莫非不是生活？人家没有你照样生活，没有你也照样往下活，你以为有人需要你吗？你不是面包，也不是棍棒，谁都不需要你。"

"你说,要学习和教给别人?那你能学会使人们幸福吗?不,你做不到。你先活到头发白了,那时候再说应该教给别人。教什么?每个人都知道他需要什么。有的人聪明一点,什么都能拿到,那些笨一点的,什么都得不到,每个人都靠自己学习……

"你说的那些人,他们都很可笑:挤作一堆,相互压榨,瞧这世上有多少地方,"他往草原方向大刀阔斧地挥了一下手。"人们总在干活。为了什么?给谁干?谁都不知道。你瞧见有人在耕地,心里想:他随着每滴汗珠把自己的气力耗在地里,然后躺在地里,在地里腐烂,留不下任何痕迹。他见不到地里任何东西,和出生时一样,又像个傻瓜似的死掉。

"怎么,他生来就是为了挖地的么,到死都来不及给自己挖一个墓坑?什么是自由他知道吗?草原的辽阔他懂吗?他的心听到海涛的话语会感到欣喜吗?他一出生就是奴隶,终生都是奴隶,事情就是这样!他自个儿能怎么办呢?要是他多少明白过来了,也只能把自己吊死。

"而我,你瞧瞧,在五十八岁的年纪,见得多了,若是把这一切都写在纸上,像你那样的口袋上千个都装不下。嗯,就是嘛,你说说,哪个地区我没去过?你说不出来吧。我到过的地区你连知都不知道,就该这么个活法:走啊,走,这就什么都有了。别在一个地方久停,那有什么劲头?要像白天黑夜那样,追啊赶啊地绕着地球跑,那你就摆脱了关于生活的思索,免得你不再热爱生活。要是想得太多,就会不喜爱生活了。这是常有的事。我就经历过这样的事。唉,有过哇,好小伙子!

"我蹲过监狱,在加利西亚①。我为什么活在世上?因为烦闷,我曾思索过,在牢里可烦了,好小伙子,真烦透了!烦闷揪住我的

---

① 旧地区名,指西乌克兰和波兰部分地区的历史名称。

心，只要我从窗户往田野里望一眼，烦闷就像一把铁钳揪住心，捏挤它。谁能说得出他为什么活着？谁都说不清，好小伙子！拿这件事来问自己也用不着。活着就活着吧，不就结了。到处走走，看看周围的世界，那就决不会再觉得烦恼了。我那会儿差点儿没用根腰带把自己吊死。瞧瞧有多烦啊！

"嘿，我和一个人聊过。那是个严肃的人，也是你们俄罗斯人。他说，不应该按照自己的想法生活，而应该按神所说的话去活。敬仰神吧，神会把你向他要求的东西都赐给你。可是他自己身上千疮百孔，破破烂烂。我跟他说，要他向神为自己讨一件新衣服穿穿。他气坏了，连骂带轰把我赶了出来。就在这事之前他说过，对人们要宽恕，要爱人们，哪怕原谅我一回也好呀，要是我的话惹恼了这位大人先生。还是一位教书先生呢！他们教别人少吃点，而自己一昼夜得吃上十次。"

他往火堆上吐了口唾沫，沉默片刻，重新把烟斗装满。风在号泣，声音低沉而哀伤，马儿在黑暗中嘶鸣。从宿营地飘来柔和热情的抒情歌曲。这是马卡尔的女儿——美人儿诺恩卡在歌唱。我熟悉她那浑厚的歌喉，音色低沉洪亮，不论她唱歌或是说一声"你好"，总是与众不同，有一种不满与威严的腔调。在她那张淡褐色的苍白无光的脸上，永远带着一股子女皇似的傲气，而在那双仿佛遮盖着某种阴影的深褐色的眼睛里，闪耀出她对自身令人倾倒的美的意识，以及对她本人以外的一切的轻蔑。

马卡尔把烟斗递给我。

"抽口烟吧！丫头唱得好吗？可不是吗！想不想让这样的姑娘爱上你？不想？很好！就该这样，别相信姑娘们，得离她们远点。要拿抽我这个烟斗相比，同姑娘接吻会觉得更好，也更开心，可你要是吻了她，那你心中的自由就完啦。她会用一种看不见的东西缠住你，而且叫你无法脱身，你会把整个心灵交给她。没错，对姑娘们可要当心啊。她们总在撒谎。她说,"我爱你,超过世上的一切,"瞧着吧,你要是用针头戳了她一下,她会把你的心撕碎。我可清楚了。唉,我见得多啦!喂,好小伙子,想听我讲一个故事吗?你可得记住它,你只要记牢了,你这一生一世都将是一只自由自在的鸟儿。

"世上曾有过一个佐巴尔,一个年轻的茨冈,洛伊科·佐巴尔。整个匈牙利,捷克,斯洛文尼亚,沿海所有的人都知道他,是个勇敢的小伙子,这些地方没有一个村子里不是有五到十个人对天发誓要杀掉他,而他活得好好的。他若是喜欢上了哪匹马,你就是派一团士兵去看守,佐巴尔总能够神气活现地骑上这匹马四处驰骋。嘿,他怕过谁啊?要是撒旦带上他所有的侍卫去找他,那佐巴尔若不是往他身上捅一刀,也必定要骂他个痛快,至少那些小鬼们的丑脸上定都会挨上一脚,事情一准就是这样。

"所有的浪游队都知道他或者听说过他。他只喜爱马,别的都不爱,爱马的时间也不长,他骑上一阵子又去卖了,而钱嘛,谁想拿就拿走。他什么都不珍惜,你要他的心,他会亲自剖开胸膛掏出来,把心送给你,只要这样对你有好处。他就是这样的一个人,一只雄鹰!

"我们这支浪游队那段时间在布科维纳①游牧,这可是十年前的事了。有一次,那是个春天的夜晚。我们正闲坐着:有我,老军人达尼洛。他曾跟随科苏特②一起打过仗,有老鲁尔和另外几个人,还有就是达尼洛的女儿拉达。

"你认识我的女儿诺恩卡吧?这丫头就像个女皇!嗯,要是拿她和拉达相比,那可就高抬诺恩卡了,简直没法相比!这个拉达,

---

① 布科维纳,地处乌克兰和罗马尼亚之间。
② 科苏特(1802—1894),匈牙利人民在1848—1849年间争取独立斗争的主要组织者。

你找不到言语来形容她,也许,她的美可以用小提琴拉出来,而且拉琴人要像懂得自己的心灵那样懂得他的琴。

"她害得多少年轻人的心枯萎憔悴了。啊,多啦!在摩拉瓦河①上有个上了年纪的大财主,留着额发,一见拉达便僵立不动了。他骑在马上,像发高烧似的浑身哆嗦,直勾勾地瞧着她。大财主很漂亮,装扮得像过节的魔鬼,短上衣上面绣着金边,腰间挎一把军刀,他的马只要一跺脚,镶满宝石的军刀便像闪电似的熠熠放光。他帽子上蔚蓝色的天鹅绒宛如一片天空。这位老先生真精神!他瞧着,瞧着,然后对拉达说:'喂,来吻我一下。这整口袋的钱都给你。'可是拉达扭转身子,根本不理睬。'要是我把你惹恼了,请原谅,你哪怕温和点儿看我一眼也好哇。'老财主的气势立即收敛了一些。他把钱袋扔在拉达的脚下,好大的一口袋呢,老弟!可是拉达像无意识地一脚把钱踢进了烂泥里,就此完事了。

"'咦,这姑娘!'老财主叹息道,朝马抽了一鞭子,只见尘土飞扬,好像卷起了一团云雾。

"可是第二天他又来了。'谁是他的父亲?'话音如同一阵雷鸣响遍了浪游队,达尼洛走了出来。'把女儿卖给我吧,你想要什么都行!'而达尼洛就这么对他说:'这只有地主老财什么都肯卖,从他们的猪一直卖到他们的良心。我可是跟着科苏特打过仗的,不会做什么交易。'那一个大发雷霆,已抓起了军刀,而这时我们有个人把燃烧的火绒往马耳朵里一塞,马驮着这条好汉就跑了。我们从这儿开拔了,继续往前走,过了一两天,看着,看着,他又追了上来。'嗨,你们,听着,当着上帝和你们的面,我的良心是清白的,把这姑娘给我做妻子,我所有的财产都和你们平分,我的财富多得很啊!'他满面通红,骑在马鞍上就像是风中的茅草不停地摇晃。我们

---

① 在捷克境内。

都在考虑。

"'那好，女儿，你讲话吧！'达尼洛透过唇髭低声说道。

"'要是一只雌鹰跑进乌鸦的巢穴，那它成了个什么呢？'拉达问我们。

"达尼洛放声大笑，我们也跟他一同笑了起来。

"'讲得太好了，女儿！先生，听见了吗？这事办不成啊！去找小鸽子吧；它们要温顺些，'我们又朝前走了。

"那位先生一把抓起帽子扔在地上，骑马飞奔而去，连大地都震动了。拉达她就是这样的一个姑娘，好小伙子！

"是啊，有一回，我们也是这么在夜晚闲坐着，忽然听到草原上飘来音乐。音乐很美，这音乐使血管里的血液沸腾起来，它召唤我们前往什么地方。我们大家都觉得。听了这样的音乐，不由得渴望去干那么一桩事情，干了这件事，活着已无必要，倘若活着，那就得像个王，一定要主宰整个世界，好小伙子！

"这时从黑暗中冲出一匹马，骑者拉着琴驱马走近我们。他在篝火旁站定，停止了拉琴，含笑望着我们。

"'嘿？佐巴尔，原来是你呀！'达尼洛高兴地对他喊道。这就是他，洛伊科·佐巴尔。

"他的胡须垂肩？和卷发纠结在一起，两眼炯炯有神，像明亮的星星，他的笑容，老天爷！全然是一轮太阳。他连同他的马活脱是用一块生铁铸成的，他站定在那里，全身沐浴在篝火血红的亮光之中，牙齿闪闪发光，笑容可掬！假如我不像爱我自己一样地爱他，那我可真是该死了，虽然在此之前他未曾和我说过一句话，或者压根儿就没有注意到世上还有我这么一个人！

"是啊。好小伙子，真有这样的人！他看看你的眼睛，就使你的心迷醉了。你一点儿也不觉得害臊。还会为此而自豪。跟着这样的人，你自己会变得越来越好。朋友，这样的人太少了。不过，朋友,少倒也好,要是世上好东西很多,那就不会认为它好了。就是这样的啊!听我再往下讲吧。

"拉达对他说:'你呀,洛伊科,琴拉得挺好!是谁为你做的这把提琴。声音这么优美洪亮?'那一位笑道:'我自己做的,但用的不是木头,而是我深爱的一个年轻少女的胸脯,琴弦是我用她的心捻成的,这把琴还有点跑调,但我能控制住它不胡蹦乱跳。'

"显然,我们自家的兄弟总是尽力遮挡姑娘的眼睛,免得这双眼睛把你的心灼伤,而要让她的眼睛为你蒙上一层淡淡的哀愁。洛伊科也是如此,可是他没有成功。拉达扭转身子,打了个哈欠说:'人们还说,佐巴尔聪明,机灵,原来全是说谎!'她甩出这句话便走开了。

"'喂。美人儿,你可真是伶牙俐齿啊!'洛伊科眼睛一亮,翻身下马。'你们好,兄弟们,瞧我上你们这儿来了。'

"'欢迎贵客!'达尼洛回答他道。他们互相亲吻,聊天,然后躺下睡觉……大家都睡得很死,第二天早上一看,佐巴尔的头上缠着布条。这是怎么回事,说是他在睡梦中被马蹄踢了。

"哎,呀,呀!我们心里明白谁是这匹马,不禁暗自好笑,达尼洛也微微一笑。怎么,莫非洛伊科配不上拉达?那才不是呢!姑娘不管多好看,可是她的心胸狭小,哪怕你在她脖子上挂一普特金子,她反正不会比她本来的样子更好。唉,算了吧!

"我们就一直住在那儿,那段时间我们的事业很不错,佐巴尔和我们待在一起。有他这个伙伴真好。他有老年人的精明,什么事全通晓,懂得俄语和马扎尔人①的话,识文断字。有时候,他开口讲起话来,你宁愿听他讲,哪怕一辈子都不睡觉!他拉的琴呀,要是世上还有人像他拉得那么好,那就让雷把我劈了!有时候,他的弓

---

① 马扎尔人——匈牙利人的自称。

子在弦上一弹跳，你的心便不由得一抖，再拉一下，你听着，连心脏都停止了跳动，可是他面带笑容拉着琴。听他拉琴，你既想哭，又想笑。一会儿似乎有人向你痛苦地呻吟，请求帮助，像用一把刀子剜你的心。再一会儿草原对着天空在叙述故事，令人哀伤的故事。姑娘哭泣着送别她的情郎！等一会儿情郎又召唤少女到草原去。忽然间，自由欢快的曲子宛如雷声滚动，而那太阳，你瞧着吧，它就要和着这支曲子在天空跳舞了。真是这样的啊，好小伙子！

"你身上的每一根血管都理解这个曲子，你整个儿的为它所俘获。倘若洛伊科当时一声呼喊：'伙伴们，带上刀！'那我们所有的人都会去拿刀，只要他指出要同谁去拼杀。人人都听他吩咐，大家都很爱他，非常非常爱他，只有拉达连瞧都不瞧小伙子一眼，如果仅仅如此倒也罢了，有时拉达还嘲笑他。她狠狠地刺伤了佐巴尔的心，真是狠狠地刺伤了。洛伊科把牙咬得咯吱响，捻着自己的胡须，一双眼睛看起人来比深渊还阴沉，有时候他眼中闪出那么一种光，真叫人心惊胆战。夜晚，洛伊科走到草原的远方，他的提琴一直哭泣到天明，哭泣着埋葬佐巴尔的自由。我们躺着，留神倾听，心里琢磨着该怎么办？我们明白，要是两块石头互相朝对方滚动撞击，又无法阻隔在它们中间，结果它们只能是两败俱伤。事情果然如此。

"有一次我们大家聚会，坐在一起议事。心里感到憋闷起来。达尼洛便央告洛伊科：'佐巴尔，唱支小曲儿吧，让大家高兴高兴！'佐巴尔瞄了拉达一眼，拉达离他不远仰面而卧，眼睛瞅着天空，佐巴尔拨动了琴弦。提琴真像少女的一颗心叙述起来！洛伊科唱道：

　　哎——胸中燃起一团火
　　草原啊，它是那样辽阔！
　　我的骏马快如风呀，

我的臂膀多么坚强！
哎，嘿，来吧，我的伙伴！
是否让我们骑上马朝前飞奔?!
草原披上了浓雾的昏暗的衣裳
那儿黎明在把我们等待！
哎，嘿！让我们飞奔去迎接白昼，
攀登那高耸的山峰，
只是别让骏马的鬃毛，
触碰到美人儿月亮的脸庞！

"唱得真好啊！如今再也没有人唱得这么好了！可是拉达像往外滴水似的慢吞吞地说道：'你还是别飞得那么高吧。洛伊科，当心啊，飞得不稳摔了下来，鼻子扎在烂泥塘里，把胡子也给弄脏了。'洛伊科恶狠狠地看了她一眼。没有吭声，小伙子忍住了，自顾自接着唱歌：

嘿嚏！白昼忽然光临，
而我和你还在梦乡；
哎呀，咱们那会儿正在，
耻辱的火焰中燃烧。

"'这才是好歌！'达尼洛说。'从来没有听到这样好的歌子。要是我说谎，就让撒旦把我拿去给他自个儿做烟斗！'

"老鲁尔摸了摸胡子，耸耸肩，佐巴尔这支英勇的歌子合乎我们所有人的心意，唯独拉达不喜欢。

"'有那么一只蚊子曾经模仿鹰的啼叫，就像这样哼哼来着，'她说，真像是抓了一把雪扔在我们身上。

"'拉达,你是想挨一顿鞭子吧?'达尼洛朝她走过去,佐巴尔把帽子摔在地上,脸色黑得像泥土,他说:

"'住手,达尼洛,烈马必须用钢嚼!把你的女儿嫁给我吧!'

"'这话到底说出口了,'达尼洛笑道。'只要你办得到,你就娶她吧!'

"'行!'洛伊科一言为定,又对拉达说:'嗯,姑娘,听我说几句话,你别那么骄傲!你们女孩子我见过很多,确实很多很多,但是没有人像你这样打动我的心。唉,拉达,你使我的心迷醉了!那该如何是好呢?该发生的事终究是要发生的,再说……也没有什么马可以骑上它逃脱自己的心!……我在上帝面前,在你父亲和这里所有的人面前以自己的荣誉娶你为妻。但要注意,别干涉我的自由,我是个自由的人,今后我想怎样生活,就怎样生活。'他走到拉达跟前,咬紧了牙关,两眼放光。我们看着,他向她伸出一只手,我们寻思,拉达这就要给这匹草原上的骏马套上笼头了!突然我们看见,佐巴尔两手猛然一摔,砰的一响后脑着地倒下了。

"出了什么怪事?就像是一粒子弹打中了小伙子的心脏。原来这是拉达一皮鞭抽在他的腿上,就势又往自己这边一拽,这样洛伊科就摔倒了。

"那个丫头又一动不动地躺着,不出声地笑了。我们看着下面会有什么事,可是洛伊科坐在地上,双手紧紧抱住脑袋,仿佛害怕他的头会裂开似的,后来他慢慢地站起来,朝草原方向走了,没有朝任何人看一眼。鲁尔悄悄对我说:'盯住他!'于是我便尾随他在夜间暗黑的草原上爬了过去。就是这样的,好小伙子!"

马卡尔把烟斗里的烟灰敲打出来,又重新把烟斗装满。我把大衣裹得更紧,躺着看他那张风吹日晒、肤色发黑的老年人的脸。他庄重严肃地摇了摇头,喃喃自语,灰白的胡须在抖动,风拍打着他头上的头发。他酷似一株被闪电烧焦了的老橡树,但依然强壮、结实,并为自己的力量感到骄傲。大海继续在和海岸悄声细语,风儿仍旧把它的飒飒声吹遍了草原。诺恩卡已不再唱歌,天空中聚集的乌云使这秋夜显得更加阴暗。"洛伊科迈着沉重的步子朝前走,低垂着脑袋,手像两根鞭绳似的耷拉下来,走到小河边的一个山谷里,他在一块石头上坐下,长长地叹了一口气。他这一声长叹使我的心怜惜得流出了血,但我毕竟没有走到他跟前去。痛苦不是语言能够减轻的,不是吗?是啊,就是嘛!他坐了一小时,又坐了一小时,悄无声息地坐了三小时。"

"我躺在离他不远的地方。夜色明亮,整个草原上洒满了银色的月光,就连远处也清晰可见。

"我蓦然发现,拉达急匆匆地从宿营地赶来。

"我满心眼高兴!'嗨,好哇!'我寻思,'拉达是个有胆量的姑娘!'她已走到他跟前,他却没有听见。她把手放在他肩上,洛伊科颤抖了一下,松开双手抬起了头。他跳起身来握住了刀!哎呀呀,我看,他要宰了这丫头,我想跑到他们身边并大声呼喊,把营地的人们叫来,这时突然听见:

"'放下,我打烂你的头!'我抬眼望去,拉达手里拿一支枪,正对准佐巴尔的额头。这丫头真是个撒旦。不过,我想,他们现在旗鼓相当了,下面会怎么样呢?

"'听着!'拉达把枪插进腰带,对佐巴尔说:'我不是要来杀你,是来讲和的,把刀扔掉!'那一位扔下了刀,面色阴郁地瞧着她的眼睛。这可真稀奇,兄弟,两个人对面站着,像野兽似的互相看着,而他俩都是多么勇敢的好人啊。瞧着他俩的只有一轮明月和我——事情就是这样的。

"'喂,听我说,洛伊科,我爱你!'拉达说。那一位只是耸耸肩,似乎手脚都被捆绑住了。

"'我见过不少英雄好汉,而你比他们更勇敢,心灵更美好,相貌也更漂亮。我只要眨一下眼，他们每个人都会剃掉自己的胡须，如果我乐意，他们全都会匍匐在我的脚下。可这又有什么意思呢？他们原本就不够勇敢，我只会使他们变得儿女情长。世上勇敢的茨冈剩下的不多了，真的不多了，洛伊科。我从没有爱过任何人，洛伊科，可是我爱你。但我更爱自由，洛伊科，我爱自由胜过爱你。而没有你我没法生活，就像你没有我无法生活一样。所以我希望你的身心都属于我，听见了吗？'那一位露出一丝苦笑。

"'听见了！听你说话心情畅快！嗯，再往下说！'

"'还有一点，洛伊科，不管你如何耍花招，我都要把你制服，你肯定将属于我。所以不要白白浪费时间了，以后我将吻你，爱抚你……我要热烈地亲吻你，洛伊科！在我的亲吻中，你将忘却你英勇的生活……将不再在草原上唱那些使茨冈小伙子欢欣鼓舞的歌曲，而只为我拉达唱柔美的情歌……别再白白浪费时间吧。我说这些的意思是要你明天对我像对一个年长的英雄伙伴那样表示顺从。你要在全浪游队面前匍匐在我脚下，吻我的右手。那时候我就是你的妻子了。'

"亏这鬼丫头想得起来！这一套连听都没听说过呢。老人们曾说，古时候只有黑山人①才有这种做法。茨冈人从来不兴这个。你来说说，好小伙子，想得出比这更滑稽的事吗？你就是用心琢磨它一年，也想不出这一招啊！

"洛伊科一个箭步往旁边一闪，就像胸膛受了枪伤似的大声呼喊，喊声响彻了整个草原。拉达浑身一抖，但脸上毫无表情。

"'好吧，明天再见，那么明天你要按我刚才的吩咐去做，听见了吗，洛伊科！'

---

① 黑山人——旧译为门的内哥罗人，南斯拉夫民族，约50多万人，操塞尔维亚 - 克罗地亚语的什托卡夫方言。

"'……听见了,我会做的。'佐巴尔呻吟着说,他向她伸出双手。拉达甚至没有回头瞧他一眼,而他像一棵被风吹折了的大树摇晃了一下,倒在地上,笑着,号叫着。

"该死的拉达,把这条好汉折磨成这副模样。我费了好大的劲才使他恢复常态。

"唉!是什么魔障要让人们受苦受难啊!有谁喜欢听人的心这样痛苦地撕肝裂肺的呻吟?你倒设身处地地想想!……

"我回到宿营地一五一十全告诉长老们了。大家琢磨了一阵,决定暂且等待,看看事态如何发展。下面便是后来发生的事。傍晚,我们大家都围坐在篝火旁,这时洛伊科走了过来。一夜之间,他全然变了样,面色晦暗,脸庞消瘦,两眼凹陷。他不抬眼,看着地下对我们说:

"'伙伴们,事情是这样的:昨天夜里我察看了自己的心,发现那里面已容不下我以往的自由生活了。那儿只住着拉达,除她之外,一无所有!只有她,像女皇似的美人儿拉达,在那儿微笑!她爱自由胜过爱我,而我爱她胜过爱自由,所以我决定按照她的吩咐,匍匐在她脚下,让大家看到。认识拉达之前,那个勇敢的逗弄女孩子如同鹰玩鸽子似的洛伊科·佐巴尔怎样为她的美所倾倒。然后,她将做我的妻子,爱抚我,亲吻我,这样,我今后就不想为你们唱歌了。我连自己的自由也不爱惜了!是这样吗,拉达?他抬起眼睛忧郁地瞧着她。拉达默然不语,严厉地点了点头,用手指了指自己的脚。而我们都看着,什么也不明白。甚至很想跑到什么地方去,免得看到洛伊科·佐巴尔扑倒在一个女孩子的脚下,即使这女孩子就是拉达,不知为什么我们感到害臊,既惋惜又忧愁。

"'来呀!'拉达对佐巴尔叫道。

"'唉,别着急嘛,来得及,还有你厌烦的……'他笑了起来,笑声如同钢一般铿锵。

"'这就是事情的全部,伙伴们!还有什么事呢?还有就是该试一试,我的拉达,是否像她表现给我的那样有一副铁石心肠。我这就来试一下,宽恕我吧,弟兄们!'

"我们还没来得及猜到佐巴尔想干什么,拉达已经躺倒在地上了,佐巴尔将他的弯刀齐刀把插在她的胸脯上。

"而拉达把刀子拔了出来扔在旁边,用自己的一绺黑发堵住了伤口,声音响亮而清楚地含笑说道:'永别了,洛伊科,我知道你会这样做的!'说完她便死了。

"你懂得这个女孩子吗,好小伙子?这可真是一个,哪怕我永生永世受诅咒,一个恶魔似的女孩!

"'哎,我这就要匍匐在你的脚下,骄傲的女皇!'洛伊科的喊声响遍了草原,接着他扑倒在地上,他的胡须紧挨着死去的拉达的脚,他寂然不动,了无声息。

"我们脱下帽子默默地站立着。

"对这样的事有什么可说的呢,小伙子?唉,唉,鲁尔本已说了一句:'把他捆起来!……'要捆洛伊科•佐巴尔,可是手抬不起来呀,谁都抬不了手,鲁尔也知道这一点。他摆了摆手,便走开了。而达尼洛拾起了拉达扔到旁边的刀子,久久地看着它,灰白的胡子抖个不停,那刀上拉达的血还没有凝固,这把弯刀极其锋利,然后达尼洛走到佐巴尔跟前,把刀扎在他背上正对着心脏的地方。拉达的父亲也是一名军人啊!

"'这就对了!'洛伊科扭转身子对达尼洛清楚地说道,随后便追赶拉达去了。

"我们看着,拉达手握一绺头发紧压在胸前,躺在那里,她那双睁着的眼睛凝视着蔚蓝色的天空,直挺挺地卧在她脚边的是勇敢的洛伊科•佐巴尔,看不见他的面容,因为卷发覆盖在他的脸上。

"我们站立在那里思考。老达尼洛的胡子不住地颤抖,他紧皱着眉头。他看了看天空,缄默不语,满头银发的鲁尔把脸伏在地上放声痛哭起来,他那老年人的肩膀剧烈地起伏着。

"这可是一件应该痛哭的事啊,好小伙子!

"……你走吧,就照自己的路子走,不要拐弯,照直走。也许,你不会白白地夭折。就说这些吧,小伙子!"

马卡尔不说话了,他把烟斗装进烟荷包里,在胸前把上衣扣紧。雨声淅淅沥沥,风势也更猛了。大海怒吼着,沉闷地咆哮起来,马儿一匹跟着一匹朝即将熄灭的篝火走拢来,用聪明的大眼睛望着我们,它们在我们四周围成密密匝匝的圈子便站住不动了。

"唷,唷,喔!"马卡尔亲切地招呼它们,用手掌拍拍他心爱的黑马的颈脖,转身对我说道:"该睡觉了!"然后蒙头蜷缩在上衣里,把身体用力在地上伸直,便不再吭声了。

我毫无睡意。我朝草原的暗处望去,空中拉达那女皇般美丽而又高傲的身影浮现在我眼前。她手握一绺黑发紧压住胸前的伤口,鲜血一滴滴透过她褐色的纤细的手指像火红的星星滴落在地上。

紧随在她身后,浮现出勇敢的青年洛伊科·佐巴尔,一绺绺浓密的黑发覆盖在他的脸上,大颗大颗冰凉的泪珠从卷发下滚滚而下……

雨下得更大了,大海唱起了忧郁而庄严的颂歌,赞颂这一对高傲美丽的茨冈——洛伊科·佐巴尔和老军人的女儿拉达。

他俩在夜色的昏暗中无声地轻盈地旋转着,可是美男子洛伊科却总也无法追上高傲的拉达。

(1892年)

叶美良·皮利亚伊

张敬铭　译

"没有别的法子可想了,只能上盐场去!这该死的活儿挺咸的,不过,还是得去干,不然的话,保不住会饿死的。"

我的伙伴叶美良·皮利亚伊说完这话,第十次从衣兜里掏出一个烟荷包,发现它像昨天一样空空如也,便叹了一口气,啐了口唾沫,仰面朝天,吹着口哨观看晴朗无云、喷吐着暑热的天空。我们俩腹中空空,躺在离敖德萨约三俄里的浅沙滩上。因为找不到工作,我们离开了敖德萨城。叶美良在沙地上伸直了身子,头朝草原,脚朝大海,波浪涌上海岸,发出柔和的声响,冲洗着他那双脏里巴叽的赤脚。阳光刺得他眯起了眼睛。他一会儿像只猫似的抻直身子,一会儿把身子朝海面往下滑溜,这时海浪几乎冲上了他的肩头。这样他感到高兴。

我往海港方向瞄了一眼。那边桅杆林立,笼罩在一团团深蓝色的浓雾之中,从那边飘来低沉的铁锚铁链的撞击声和机车的鸣笛声。我看不到有什么事情可能重新燃起我们去挣钱糊口的希望,便站了起来,对叶美良说:

"那怎么着,去盐场吧!"

"那好……走吧!……不过你能行吗?"他没看我,疑惑地拉长音调问道。

"到那儿看吧。"

"那就是说,咱们去?"叶美良并不动腿抬脚,又重复说。

"嗯,当然!"

"啊哈!怎么,这事儿……咱们走吧!这个该死的敖德萨,叫魔鬼把它给吃了!可它还像原先一样留在这儿。还是个港口城市呢!让它沉到海底去吧!"

"得啦,起来,咱们走吧,骂也不顶用。"

"去哪儿?这就上盐场去吗?……好嘛。不过,你知道不,老弟,咱们去归去,可是在这盐场里也不会有什么好。"

"不是你说的,应该上那儿去嘛。"

"没错,是我说的。我说过就是说过。我不会否认自己说过的话。但不会有什么好,这话也没错。"

"那是为什么呢?"

"为什么?你以为那儿正等着咱们呢,人家会说,叶美良和马克西姆先生,行行好,把你们的骨头折断几根,把我们这点儿钱收下吧!……不,哪会有这样的事!其实,事情是这样:眼下,你我还是我们这副皮囊的完全的主人……"

"得啦,好吧!咱们走!"

"等一等!我们应该去找这个盐场的总管先生,毕恭毕敬地对他说:'仁慈的先生,十分尊敬的强盗和吸血鬼,我们来让您继续生吞我们的皮,您是否乐意一昼夜花六十戈比把皮给剥下来?'然后嘛才该……"

"喂,这样吧,你起来,咱们走。天黑以前能赶到渔业工厂,咱们去帮忙拉网,也许能吃上一顿晚饭。"

"吃晚饭?这还算公平。他们准会招待我们,渔夫都是好人。走吧,走……不过,我的小老弟,你我甭想得到什么好处,因为咱们俩这整个星期都不顺利,还有什么可说的。"

他站了起来,全身湿淋淋的,他伸伸腰,把手插进他用两条面粉口袋缝制的裤兜里,在里面摸了摸,然后伸出手来举到脸前,风趣地看了看两只空手。

"空空的,找了四天了,还是啥都没有,就是这么回事,我的小老弟!"

我们沿着海岸走。偶尔交流一下彼此的想法。脚陷入夹有贝壳的软沙子里,涌上岸的海浪轻柔地叩击贝壳,发出好听的沙沙声。有时我们还遇见海浪冲上来的胶状水母、小鱼和奇形怪状的泡透了的黑色木片……从海上吹来的沁人心脾的微风,一阵清凉拂过我们身上,飞向草原,把沙尘扬起了小小的旋涡。

天性快活的叶美良显然有些心灰意冷,我发现了这一点,便试着逗他开心。

"喂。叶美良,讲个什么故事听听吧!"

"老弟,我倒愿意给你讲,可是说话的器官没有力气,因为肚子是空的。人的肚子最要紧不过,不管你想找一个什么样的怪物,决找不到没有肚子的,要找到没肚子的,没门!如果肚子不闹饥荒,那灵魂就活了。人的一切活动都是从肚子开始的……"

他沉默了片刻。

"嗨,老弟,要是现在大海扔给我一千卢布,我立即开一个酒馆,你来当伙计,我在柜台下铺一张床,从酒桶里拉一根管子直接对着我的嘴。只要想喝一点叫人快活开心的泉水。我就给你下命令:'马克西姆,把龙头拧开!'——然后咕嘟——咕嘟——咕嘟——直往喉咙里灌。足灌吧,叶美良,好事情,让鬼掐死我都行!可是对这个庄稼汉,黑土老爷,你呀,要抢劫他,剥他的皮!……挖出他的心肝。他来喝醒醉酒:'叶美良·巴甫雷奇,发发善心吧!'——'行,这么办:你来赶大车,给你一小杯。'哈——哈——哈!我得刺刺他。这个大肚皮的鬼东西!"

"唔,你干吗这么狠!瞧瞧,他不是正在挨饿吗,那个庄稼汉。"

"你怎么说?他挨饿?……那我没在挨饿?我的小老弟,我从出生那天起就挨饿,这一点法律上可没有写。嗯,不错!他在挨饿,为什么?因为歉收吧?首先他的脑袋瓜里就歉收,然后地里才歉收,事情就是这样!为什么在其他别的帝国里不歉收?!因为人家那儿脑袋长出来,可不是为了挠挠后脑勺,人家的脑袋是用来思想的。事情就是这样!小老弟,人家那儿要是今天不需要雨,可以推迟到明天再下,要是太阳过分来劲,也可以把它往后挪动挪动。可我们有什么措施?什么措施都没有……我的小老弟,这算什么!这完全是开玩笑。要是这会儿真有一千卢布和小酒馆的话,这倒是一件正经事……"

他不说话了,习惯性地去摸烟荷包,掏出来之后把它翻了个里朝外,他瞧了瞧,又发狠地啐了一口,接着把烟荷包扔进了海里。

海浪托起了这个脏袋子,本想带它离开岸边,但仔细看看这件赠品之后,又愤怒地把它扔回到岸上。

"不要它?胡说,你会要的!"叶美良拾起了湿淋淋的烟荷包,塞了一块石头在里面,大手一挥,把它远远地扔进了海里。

我笑了起来。

"喂。你龇什么牙?……有些人也真是!他读书,随身总带着书本,但却不善于理解人!四只眼的丑八怪!"

这话是对我说的,叶美良把我叫作四只眼的丑八怪。由此可见,他对我多么恼火。他只有在对一切的现实存在极为愤恨的时候才会嘲笑我的眼镜。一般说来,这件非用不可的装饰品在他的眼里为我增添了相当的分量和意义,以至他在和我刚刚相识的日子里总是对我以"您"相称,说话的口气非常尊敬,尽管我和他在为罗马尼亚的一艘轮船装煤时是一对搭档,而且我像他一样,衣着破烂,伤痕累累,满脸黑得跟恶魔一般。

我向他赔了个不是,希望他消消气,并开始讲述国外一些帝国的有关情况,力图向他证明,他那些有关控制云雨和太阳的说法属于神话范畴。

"真有你的!……原来是这样!……嗯!……是这样,这样……"他不时地插嘴。但我觉得,同平日相比,他对国外一些帝国和人家的日常生活并不很感兴趣,叶美良几乎没有听我讲话,而是固执地望着他前面的远方。

"这一切都对,"他打断我的话,不知何意地挥挥手。"可我现在要问你:假如我们马上迎面遇到一个有钱人,钱很多很多,"他强调说,目光朝我的眼镜下面飞快地偷偷扫了一眼,"那么,为了让你这副皮囊应有尽有,你会杀死他吗?"

"当然不会,"我回答说。"任何人都没有权利以别人的生命为代价来买自己的幸福。"

"哟!是的……这一点在书本里讲得蛮有道理,但这只是为了讲良心,可是实际上,那头一个想出这些话的先生,如果处境不佳,遇到类似的机会,为了自己的生存肯定也会杀死别人。权利!这就是权利!"

叶美良那只有青筋突起的拳头在我的鼻子跟前晃了一下。

"所有的人,只是用不同的方式,永远受这个权利所支配。这也是权利!……"

叶美良皱紧了眉头,眼睛深深地藏在那淡色的长眉毛底下。

我没再说话,因为凭经验我知道,在他耍横的时候,反驳他是毫无用处的。

他把脚下碰到的一块小木头踢进了海里,叹了一口气说道:

"现在要能抽上一口烟才好呢……"

我朝右边草原方向望了一眼,看见两位牧羊人躺在地上,正瞧着我们。

"你们好，老爷！"叶美良招呼他们，"你们有没有烟叶？"

一位牧羊人吐出他嘴里嚼的草，扭转头懒洋洋地对另一位说：

"人家要烟叶呢，喂，米哈伊尔？"

米哈伊尔看看天空，显然是请求上天允许他和我们说话，然后才转身面对我们。

"你们好！"他说，"你们要去哪儿？"

"去奥恰科夫盐场。"

"嘿！"

我们没吭声，分别在他们身旁的地上坐了下来。

"喂，尼基塔，收起袋子，别让乌鸦给啄了。"

尼基塔暗自露出一个奸笑，把袋子收了起来。叶美良把牙咬得咯咯响。

"那么，你们是要点烟叶？"

"很久没抽烟了。"我说。

"怎么回事？你们该抽几口嘛。"

"嘿，你这个该死的乌克兰人，少废话，愿意给就给，可别讥笑人！败类！你大概是在草原上浪荡，把魂给丢了吧？我只要在你脑袋上碰一下，就叫你吭不了声！"叶美良翻着白眼大声吼道。

牧羊人浑身一抖，跳将起来，抓起他们的长棍子，两人相互紧贴身子站着。

"嘿,小兄弟,这可是你们招惹的！喂……怎么着，来吧！……"

我丝毫不怀疑两个鬼乌克兰人想打一架，从叶美良紧握的拳头和那双喷射着怒火的眼睛来看，他也不反对打架。我没有兴趣参战，便试图让双方和解。

"等一等，弟兄们！我这位伙伴火气大了点，没什么大不了的事！你们看着办，要是不吝惜，就给点烟叶，我们还要走我们的路。"

米哈伊尔看看尼基塔，尼基塔看看米哈伊尔，两人都笑了。

"那你们怎么不早说呢!"

随后米哈伊尔摸了摸外衣口袋,从里面掏出一个够分量的烟荷包递给我。

"喂,拿点烟叶吧!"

尼基塔把手伸进袋子,然后把它递给我,里面有一大块面包和一块撒上很多盐的腌猪肉。我收下了,米哈伊尔笑着又给我添了些烟叶。尼基塔咕哝了一句:"再见吧!"

我向他们道了谢。

叶美良愁眉苦脸地躺倒在地上,挺大声地沙着喉咙骂道:

"该死的猪猡!"

乌克兰人迈开沉重的步子大跨步地朝草原深处走了,还不时地回头看看我们。我们就地坐下,不再理睬他们,开始就着腌猪肉吃那半白半黄的面包。叶美良咀嚼的声音很响,一边大声吸气,不知为什么他竭力回避我的目光。

天快黑了。远处的海面上空出现了一片昏暗,雾蒙蒙地漂浮在海上,它像淡蓝色的烟雾覆盖着微微荡漾的绿波。在海的尽头升起了一条黄中带紫的长形云块,它的边沿放射出浅红色的金光,它向草原方向飘过去,海上显得更昏暗了。在草原里,在很遥远的草原尽头,落日的霞光铺开呈一个巨大的紫色的扇形,把大地和天空涂染得那么亲切柔和。波浪撞击着海岸。大海这边呈现出玫瑰色,而那边则是深蓝色,它显得出奇的美丽和壮观。

"现在咱们抽口烟吧:叫鬼把那两个老毛子抓了去。"叶美良骂了乌克兰人之后松快地出了一口气。"我们是接着往前走,还是在这儿过夜?"

我懒得再往前走了。

"就在这儿过夜吧!"我肯定地说。

"那好吧,在这儿过夜。"他伸开四肢躺在地上,眼望着天空。

叶美良抽他的烟,有时吐吐痰。我则朝四周观望,欣赏着傍晚美妙如画的景色。海浪撞击海岸的单调声响清晰地在草原上飘荡。

"敲打一下有钱人的脑袋,不管你会怎么说,还是挺痛快的,如果事情干得巧妙,那就特别开心。"叶美良冷不丁地说了这么一句。

"你别胡扯啦,"我说。

"胡扯?!怎么是胡扯!这件事非做不可,请你相信,我是讲良心的!我四十七岁了,为了干这件事我绞脑汁都有二十来年了。我过的是什么生活?狗一样的生活。要窝没有,吃的也没有,比狗都不如!我难道还算是个人?不,老弟,不是人,比不上一条蛆,一头野兽!谁能了解我?谁都不了解!既然我知道,人家可以活得很好,为什么我就不能活得像个样子?呃?见你们的鬼去吧,这群恶魔!"

他忽然转过身来脸朝着我,急切地说:

"你知道吗,有一次我差点儿没那个……差一丁点儿没干成功……宁可大逆不道也别,我是个傻子,发了慈悲心,愿意听我讲吗?"

我赶紧表示愿意,于是叶美良点燃一支烟,开始讲述:

"这件事发生波尔塔瓦,我的小老弟……七八年之前吧。我在一个木材商手下当伙计。有年把日子过得不错,还算顺利。后来我忽然喝上酒了,喝掉了老板的六十来个卢布。就为这事给我判了刑,我被发送到苦役连待了三个月。其他等等事项都照章办了。蹲满期限后我出来了,现在上哪儿去呢?城里的人都认得我,转到别处去吧,身上没有钱,也缺穿的。我去找一个相识的黑道朋友,他开了一爿小酒馆,干的是盗窃勾当,他掩护各式各样的坏小子和他们的罪孽。这小子心眼好,格外正派,头脑也聪明,学问可大啦。他读过很多书,有很多生活方面的知识。就是说,我是去找他。我说,'喂,巴维尔·彼得罗夫,拉我一把吧。'他说,'那算什么,行。人和人只要是同类，本应当互相帮忙嘛。你住下来，吃点喝点儿，好好看看吧。'我的小老弟，这个巴维尔·彼得罗夫头脑可聪明啦！我对他非常尊敬，他也很喜欢我。他白天常坐在柜台后面，念一些讲法国强盗的书，他的书全是讲强盗的。听着，听着……那真是些了不得的人，办的事也都了不得，但结果一准是丢丑垮台。看来，好像是，有头脑，也有一双手，唉，你倒跟我说说！可书的结尾总是突然送上法庭，抓住了，完蛋啦！一切都灰飞烟灭了。

"我在这个巴维尔·彼得罗夫那儿待了一个多月，听他念书，讲各种故事。我看见，来的尽是黑道小子们，带来一些明晃晃的货物：钟表、手镯之类的，我看这些活里面没有一丁点儿好处。偷到一件东西，巴维尔·彼得罗夫付给一半的价钱，老弟，他付钱是很公道的，马上兑现，给！拿去吧！……接着他们大摆宴席，大把花钱，大喊大叫，临了一个子儿剩不下！事情弄得糟透了，我的小老弟，一会儿是这个落入法网，一会儿是那个也陷进去了……

"这是由于什么重大的原因呢？原因是有撬门盗窃的嫌疑，偷了一百卢布！就一百卢布！难道人命就值一百卢布？这些笨蛋！……所以我对巴维尔·彼得罗夫说：

"'巴维尔·彼得罗夫，这干的全是傻事，不值得沾手。'——'唉，怎么跟你说呢？'他说，'一方面，鸡总要啄粮食，另一方面，人们在这些事情上确实不尊重自己。本质就在这里。按说，一个明白自己价值的人难道会去撬门，偷二十戈比来弄脏自己的手吗？无论如何决不会干的。'他又说，'现在，就拿我这个脑子受过欧洲文化影响的人来说，我会为了一百卢布出卖自己吗？'随后他举了几个例子跟我说明，懂得自身价值的人应该怎样去做，就这一点我们谈了很久。后来我对他说：'巴维尔·彼得罗夫，我早有去试试运气的想法，我看，您这人生活经验丰富，帮我出出主意吧。就是说，该怎么干，还有干什么。'他说：'唔，这事好办！不过，你是不是随便搞个什么买卖,不要别人帮忙,自己筹划,独自承担风险。'他还说:'比如……奥巴依莫夫常常自个儿赶着马车从林场回家,经过沃尔斯克拉河,你也知道,他身上总带着钱。他是在林场从掌柜手里拿到的款子,这是一个礼拜的进项。他们一天的买卖有三百多卢布。你说办这事如何?'我开始在心里琢磨。那个奥巴依莫夫,就是我曾经给他当伙计的那个商人。干这件事可是一箭双雕,一则报他收拾过我的仇,二则可以弄到一块美味。我说:'得动动脑子。'巴维尔·彼得罗夫回答说:'这是不言自明的喽。'"

叶美良不再说话,慢慢地卷着烟。晚霞差不多消失了,只留下一条玫瑰红的、颜色逐秒地变得越来越淡的细带子,它把那条蓬松的云带的边沿染上了一层粉色,云带仿佛已精疲力竭,纹丝不动地滞留在暗淡下来的天空。草原上那么幽静和愁闷。海的上空,星星一颗接一颗地闪出耀眼的光,那么纯净、新鲜,好像是昨天刚刚制作出来,以便点缀南方这天鹅绒般的天空。

"嗯,老弟,我把这事通盘寻思了一番,当晚就躺在沃尔斯克拉河边的灌木丛里,随身带了一根约七磅重的铁轮轴。这是在十月,记得已是月底了。那夜的情形是再合适不过的了。天色很黑,黑得就像藏在人的魂魄里似的……地方嘛,也用不着指望更好的了。眼面前就是桥,正在下桥的地方有几块木板松动了,就是说,他得下车来走几步。我躺在那儿等着,我的小老弟,当时我心中的愤怒对付十个商人都不在话下。对这事我设想得非常简单,再简单不过了:砰的一声,就完事了!……唔,就是这样!……我就这么躺着,一切我都准备妥帖了。一下子,你就拿钱吧!那么,砰的一声响,就什么都有了!

"你也许以为人自身是自由的,老弟,瞎吹!你给我说说,明天干什么?胡扯!你无论如何说不清,明天是往左还是往右走。我躺在那儿等一个人,结果却全不是那么回事,结果发生完全出乎意料的事。

"我看见：一个人从城里出来，他像喝醉酒似的摇摇晃晃，手里拿一根棍子。嘴里嘟哝着什么，他一边不连贯地嘟哝，一边抽噎着哭泣……他走得更近了，我一看，是个女人！呸！你这该死的东西！我心里想，你就过来吧，我得把你揍一顿。可她照直往桥上走，忽然高声大叫：'亲爱的，为什么呀?!'唉，老弟，她大声喊叫，我打了个哆嗦。心里想：'这是什么怪事?'她直冲我来了。我紧贴地面躺着，全身发抖，我的愤怒已不知去向。眼看她过来了，脚马上就要踏到我的身上。可是她又哭喊起来：'为什么呀？为什么呀?!'她刚刚站定就咚的一声倒在地上，几乎挨在我身边。她立即号啕大哭起来，我的小老弟，我都没法对你说，听她那样痛哭，我的心都碎了。我一声不响地躺着，而她还在哭。我感到非常痛苦。心里想，我快跑开算了！可这时月亮从乌云后面钻了出来，那么明亮清晰，'简直叫人害怕。我用肘臂撑起了身子，看了她一眼……这下子，老弟，可就全完啦，我的全盘计划统统见鬼去了！我一看，心中一悸；是个小女孩子，完全是个孩子，白白净净的，卷发耷拉在小脸蛋上，眼睛可大啦，那样瞪着人……小肩膀不停地抖动着，眼睛里的泪水大颗大颗地直往下淌，往下淌。

"老弟，我心里真可怜她，就开始故意咳嗽：'咯！咯！咯！'她大声喊叫起来：'你是谁？谁？是谁在这儿?!'她吓坏了，那么，好吧……我这就来……我站起来对她说：'是我。'——'您是谁？'她说。她把眼睛瞪得老大，全身像肉冻似的直抖。她又说：'您是什么人？'"

叶美良说着笑了起来。

"我说：'我是谁？首先请不要怕我，小姐，我对您不会做坏事。我——是赤脚队里的一个普通人。'我还这么说。不错，我是跟她说谎了。我总不能告诉她，瞧你这个怪人，说我躺在这儿是要杀一个商人吧。可她对我说：'对我来说都无所谓，我是来投河的。'

听她这么一说,我打了个寒噤——这事还挺严重,老弟,唉,这可怎么办呢?"

他令人痛心地摊开两只手,眼瞅着我,咧开大嘴善良地微笑着。

"这时,小老弟,我忽然开口讲起来了。讲些什么我也不知道。不过,我讲的话自己听着也还顺耳,多半是说她还年轻,又是这么个美人儿。说她是个美人儿还真不假,她就是个绝代佳人!唉,你老弟,真没错。她的名字叫莉扎。那么,我就一个劲儿地跟她说,都说的什么——谁知道说些什么?是心在说话。真的!她一直严肃地瞧着我,目光是那么专注。忽然,她露出了笑容……"讲到这里,叶美良大吼了一声,吼声传遍了整个草原。他的嗓音和眼睛里都含着泪,他那双捏得紧紧的拳头在空中挥了几下。

"她一笑,我的心就融化了。我扑通一下跪在她面前。我说:'小姐,小姐!'该说的都说完了!她呢,小老弟,用两只手捧住我的头,瞧着我的脸微笑,像画里的人一样好看,她的嘴唇轻轻翕动着,想要说点什么。后来她打起精神对我说:'您也像我一样不幸,对不对?告诉我吧,我的好人!'嗯,是啊,好朋友,事情就是这样!不过,这还没完呢,她在我的额头这儿亲了一下,就像这样!老弟,你感觉到了吗?千真万确!唉,你呀,亲爱的,知道吗,我这四十七年的生活中根本没有过比这更美好的事!啊?!真是这样的!可我是为了什么来这桥头的呢?唉,你瞧,这就是生活……"

他不吭声了,把脑袋埋在手里。我被这个故事的奇妙征服了,也默然无语,我望着大海,它像一个人宽阔的胸脯,在酣眠中均匀而深沉地呼吸着。

"唔,后来她站了起来,对我说:'送我回家吧。'我们一起走了。我走着,感觉不到身体下面有两条腿,她则不停地跟我讲这讲那。你要知道,她的父母都是商人,她是个独生女,所以是很娇惯的。可后来有个大学生来到这儿,开始教她念书,他们忽然彼此相爱了。大学生后来走了,她就一直等着他。原来说过,他一毕业就来结婚。他们是这样约定的。而他没有来,给她写了一封信,说'你我并不相配',小姑娘当然很生气。所以她就那个……就是……嗯,她把这事详细地讲给我听,我们就这样聊着走到了她家门口。她说:'喏,亲爱的,再见了!'她还说:'我明天就离开这儿,也许,您需要用钱吧?别难为情,您就说吧。'我说:'不要,小姐,我不需要,谢谢您'——'喏,好心的人,您别难为情,说吧,拿些钱去吧!'她坚持说。我虽然穿得那么破烂,还是说:'不需要,小姐。'老弟,你知道,当时不知怎的顾不上那个,顾不上想钱的事。我们互相道别。她非常亲热地说:'我永远不会忘记你,说起来,你完全是个陌生人,可对于我是这样的……'唉,这件事也用不着再讲它了。"

叶美良打住了话头,又抽起烟来了。

"她走了。我在她家门口一条长凳上坐了下来。我心里感到忧伤。守夜人走了过来。他说:'你怎么老杵在这儿,是不是想干什么勾当?'这句话刺痛了我的心!我照着他那张丑脸来了一下!接着就是喊叫声,加上警笛声……上了警察分局!那又怎么着,上分局就上分局,来吧,哪怕上所有的总局我也不在乎。我真想再揍他一下!我坐在局里的条凳上,并不想逃跑。过了一夜,到早晨就把我放出来了。

"我去找巴维尔·彼得罗夫。'上哪儿逛去了?'他笑着问我。我看了看他,人还是昨天那个人,但我的眼睛里好像有了点新东西。唔,我自然一五一十全讲给他听了。他很严肃地听我讲,听完之后对我说:'您呀,叶美良·巴甫雷奇,是个傻瓜加笨蛋。'他还说:'您好不好收拾一下走人吧!'唉,当时还能怎么办呢?也许是他不对?我走了,一走也就完事啦,这就是那档子事的经过,老弟!"

他不吭声了,在地上伸展了一下身子,把两只手枕在头底下,他仰望着天鹅绒般的星空。周围的一切静悄悄的,岸边的拍击声更轻柔了,传入我们的耳膜,有如睡梦中的微弱的叹息声。

(1893年)

鹰之歌

张敬铭　译

辽阔的大海一望无边,它在岸边慵懒地叹息,而在洒满淡蓝色月光的远方则静悄悄地入睡了。大海泛着银光,那么柔和,它和南边蓝色的天空融为一片,正在酣眠之中。海水映出天空的倒影,宛如一块织上了几朵羽状云彩的锦缎,云彩纹丝不动,但并未挡住镶着金色花边的星星。看来,海面上空的天幕越垂越低了,它似乎想听个明白,听那喋喋不休的波浪睡意蒙眬地爬上岸边时在说些什么。

山上长满了被东南风刮成奇形怪状的树木,陡峭的山峰直指它头顶上空旷的蓝天,它们那险峻的轮廓笼罩在南方的夜色之中,披上了一层温暖柔和的雾霭。

山景肃穆,它似乎在沉思,山峦的黑影落在源源涌来的浅绿色的浪尖上,为它们增添了一层深色,仿佛想终止这仅有的一项活动,平息海水不间歇的拍溅声和泡沫的喘息声,因为这种种声响划破了那神秘的寂静,月儿还藏匿在山峰的背后,它那淡青色的银辉使周围的一切沐浴在神秘的静谧之中。

"啊拉——啊嘿——阿克巴尔!"纳德尔·拉吉姆·奥格雷轻轻地叹了一口气。他是克里米亚的老牧羊人,高高的个子,灰白的头发,皮肤被南方的骄阳晒得黝黑,是个精明的干巴老头。

我和他躺在一块巨石旁边的沙石地上。这块巨石离开了它的故乡山脉之后,被阴影所遮盖,长满了苔藓,是一块悲伤阴沉的石头。

它的一面朝向大海,上面挂满了被海浪冲上岸的水藻水草。因此它好像被捆绑在那条把大海和山峦隔开的狭长的沙石海滩上了。我们的篝火照亮了它朝向山峦的另一面。火苗抖动着,阴影在这块古老的、布满深深裂纹的石头上来回奔跑。

我和拉吉姆正用刚捕来的鱼做鱼汤,两人心情都很好,一切都显得明朗、高雅,能够令人深透理解,当心境如此纯净和轻松的时候,除了愿意思索之外,别无其他念头。

海水亲昵地涌向岸边,海浪的声响那样温柔,像是在请求允许它们到篝火旁来取暖。在一片和谐的水声中偶尔听得见一声提高的淘气的音响,这是一个比较勇敢的海浪爬到离我们较近的地方来了。

拉吉姆匍匐在沙地上,头朝向大海,用肘部支撑着身子,手掌托住脑袋,沉思地望着昏暗的远方,毛茸茸的羊皮帽子滑落在他的后脑勺上,海上飘来一阵清新气味吹到他布满细纹的高额头上,他大发议论,也不问我是否在听他说话,他似乎是在和大海交谈。

"虔诚信仰上帝的人会上天堂。那些不为上帝和先知服务的人呢?也许,他就在泡沫里……水中那些银光闪闪的斑点,可能就是他……有谁知道呢?"

昏暗的海面,起起落落,显得明亮些了,有的地方露出月亮随意洒下的点点反光。月儿已从参差不齐的山峰背后出来了,现在正沉思地把它的光芒射在轻轻叹息着迎接它的海面上,射在海岸上,射在离我们躺卧的地方很近的那块巨石上。

"拉吉姆!……讲个故事吧……"我请求老头。

"干什么?"拉吉姆并未转过身地问道。

"是这样!我喜欢听你讲故事。"

"我已经全都讲给你听了……别的我不知道……"这表示他希望我央求他。我便央求他。

"愿意听我给你讲一支歌的故事吗?"拉吉姆同意讲了。

我愿意听听古老的歌曲,他便用凄婉的喧叙调子讲了起来,竭力保持这支曲子特有的韵律。

一

"蛇高高地爬到山上,蜷成一盘躺在山上一个潮湿的峡谷里,瞧着大海。

"太阳在高空放射光芒,群山朝天空喷吐着暑热,波浪在下面拍击着岩石……

"一股水流沿着峡谷在黑暗中迸溅着水花,把岩石敲得叮咚作响,朝大海奔流而去……

"忽然一只鹰从空中跌落在蛇蜷缩着的峡谷里,鹰的胸部摔伤了,羽毛沾上了鲜血……

"它短促地叫了一声,跌在地上,它怀着无能为力的愤怒用胸部在坚硬的石头上撞击……

"蛇吓了一跳,灵巧地爬开了,但它很快便明白,这鸟儿的生命只有两三分钟的时光了……

"它爬到摔伤的鸟儿跟前,直对着它的眼睛咝咝地说道:'怎么,你要死了?'

"'是的,要死了!'鹰深深地叹了一口气回答道,'我这一生活得很好!……我知道幸福是什么!……我曾经勇敢地战斗!……我看见了天空……你没有这样近地看到它!唉,你呀,可怜的人!'

"'天空嘛,那又怎么样,一块空荡荡的地方……在那儿我怎么爬?我待在这儿挺好……又暖和又湿润!'

"蛇这样回答那自由的鸟儿,心中暗自嘲笑它说了这些胡话。

"它这样想:飞也好,爬也好,结果是明确的:大家都将倒在地里，大家都将化作尘土……

"可是勇敢的鹰忽然抖动了一下，稍稍欠起身子，朝峡谷扫视了一周。

"水透过灰色的岩石滴落下来，在阴暗的峡谷里令人憋闷，四周散发出腐朽的气味。

"鹰竭尽全力悲愤而痛苦地大声叫道：'啊，但愿再一次飞上天空！……但愿用我受伤的胸部去挤压敌人……用我的鲜血把它呛死！……啊，战斗的幸福！'

"而蛇暗自思忖：'既然他这样呻吟，想必在天上的生活真是快活……'

"于是它向自由的鸟儿建议：'你挪到峡谷边上，再往下摔，翅膀也许还能把你托起来，让你在你的理想王国里再活些时候。'

"鹰抖动了一下，骄傲地叫了一声，沿着岩石上的黏液用爪子朝悬崖方向滑行。

"到了悬崖边上，它平伸翅膀，吸足了气，朝四周环视一遭，滚落下去。

"鹰像一块石头沿着一块块岩石很快地跌落下去，折断了翅膀，羽毛也脱落了。

"水流的波浪截住了它，洗净了它身上的血迹，为它披上泡沫，把它带进了大海。

"而海浪悲伤地吼叫着朝石头撞去……鸟儿的尸体消失在辽阔的大海里了……"

二

"蛇躺在峡谷里想了很久，它想着鸟儿的死，想着鸟儿对天空的热烈追求。

"这时它朝远方瞅了一眼,那地方永远能使眼睛因幸福的梦想而感到安慰。

"'那只死鹰,它在那深不可测的空旷之中看见了什么?为什么像它那样的鸟儿死到临头了,还会因为热爱在天空中飞翔而感到痛苦?他们在那儿明白了什么?我要是飞上天空哪怕只待一小会儿,也就心中有数了。'

"它说完便付诸行动。它先盘蜷成圆圈,然后朝空中一跳,像一条狭长的带子在阳光下一闪。

"天生是爬行的不可能飞行……它忘记了这一点。它跌落在石头上,但没有摔伤,于是大笑起来……

"'原来飞上天空的妙处就在于此,不过是往下跌落!……可笑的鸟儿!它们不懂得大地,待在地上便发愁,总想飞往高空,在炎热的寥廓天空寻求生活。那儿只有一片虚空。那儿光芒四射,但是没有食物,活的身体缺乏支撑。有什么可骄傲的呢?凭什么指责别人?不就是为了掩饰其愿望的狂放和这愿望背后处理生活事务的低能吗?可笑的鸟儿!……但现在它们的话再也不会让我上当了!我本人全明白了!我看见了天空……飞到天空去过了,我测试过它了,懂得了往下跌落是怎么回事,但没有摔伤,只是对自己更有信心了。让那些不肯喜爱大地的生物靠谎话去过日子吧。我知道了真相,所以我不会相信它们的号召。我是大地的创造物,我靠大地生活。'

"于是它自满自得地在石头上蜷缩成一团。

"海水闪闪发亮,一切都沐浴在耀眼的亮光中,波浪威严地撞击着海岸。

"在如同狮子怒吼似的涛声中响起了颂扬骄傲之鸟的歌声,岩石由于浪涛的撞击而发抖,天空由于这支庄严的歌子而战栗:

'我们歌唱,光荣属于勇士们的奋不顾身!

勇士们奋不顾身,就是生活的智慧!啊,勇敢的鹰!

你在对敌斗争中把鲜血流尽。

但终将有一天,你的滴滴热血如点点星火,将在黑暗的生活中大放光明。

让许多许多勇士们的心,

燃起狂热的渴望自由、光明的火焰!

我们为勇士们奋不顾身而歌唱……'"

远处青白色的海面沉寂无声,海浪拍击沙地发出悦耳的哗啦声,我默然无语,瞧着海的远方。海水中反射出月亮的银色光点越加多了……我们的小锅不知不觉开锅了。

一个海浪淘气地蹦上岸来,嬉闹着朝拉吉姆的脑袋爬了过来。

"往哪儿跑……去!"拉吉姆朝它一挥手,海浪便乖乖地滚动着退回海里去了。

拉吉姆把海浪看作生灵的怪诞行为,我丝毫不觉得可笑和可怕。四周的一切看起来出奇地显得生动、柔和、温情脉脉。山上还残留着白天的炎热,大海平静之极,其平静颇具感染力,使人觉得在它散发到山上的那股清新气息中蕴含着一种隐秘而威严的巨大力量。在湛蓝的天空中,星星的金色花边描绘出某种庄重肃穆的事件,这事件由于欣喜地期待一种启示而让人神魂迷醉,心潮难平。

一切都在睡意蒙眬之中,这状态既十分投入,又保持着高度警觉,似乎下一秒钟万物都会惊醒过来,发出无以诉说的甜蜜而又和谐的声音。那声音将说出世界的秘密,诉诸心智,然后又把心智当作精灵之火使之熄灭,那声音将吸引灵魂升上碧蓝的高空,而群星闪烁的花边也将奏起神的启示的奇妙音乐从碧蓝的高空来迎接灵魂。

(1894年)

伊则吉尔老婆婆

张敬铭　译

一

我是在阿克尔曼小城附近，在比萨拉比亚海岸听到这些故事的。

一天傍晚，白天收摘葡萄的工作结束了，同我一道干活的摩尔达维亚人都朝海边走去，而我和伊则吉尔老婆婆留了下来。我们躺在地上，在葡萄藤的浓阴底下默默地注视着朝大海走去的人们，直到他们的身影渐渐消融在夜幕下淡蓝色的薄雾中。

他们边走边唱，大声笑着，男人们一个个面孔晒成了古铜色，留着蓬松的黑胡子，浓密的卷发垂到肩上，身穿短上衣和宽腿灯笼裤。妇女和姑娘们也都是深褐色的面庞、深蓝色的眼睛，她们快活又灵巧，丝缎般的黑色头发披散着，轻柔的和风抚弄着丝发，吹得缠在头发里的小铜钱丁零作响。风有如一排宽阔整齐的波浪涌了过来，有时好像跳过了一道不可见的物体，猛然生出一股强劲的阵风，吹得妇女们的头发宛如奇妙的马鬃，在她们的脑袋周围飞扬，此情此景使妇女们有如童话中那般奇妙。她们走得离我们更远了，夜色和幻想把她们打扮得越发娇美了。

有人在拉提琴……一位姑娘在唱歌，是音色柔和的女低音，还时时传来阵阵笑声……

空气里弥漫着强烈的海的气味，临近傍晚时，一场大雨浇透了大地，此刻蒸发出浓郁的泥土的芳香。一朵朵形状奇特、色彩斑斓的浓密的浮云还在天空游动。那柔软的云仿佛一缕缕蓝色和灰蓝色的烟雾，而那稀薄处则像一层层青黑色和棕褐色的岩石。浮云之间露出小片小片深蓝色的天空，上面缀着点点金星，放射出温柔的亮光。所有这一切——声音和气味，浮云和人们——都显得出奇的美丽和忧伤，似乎将开始诉说一个奇妙的故事。一切好像都停止了生长，悄然不动了，说话的声音沉寂下来，远去了，变成了悲伤的叹息。

"你怎么不和他们一起去？"伊则吉尔老婆婆点点头，问道。

时间已把她折成了两半，她那双曾经是乌黑的眼睛如今显得黯无光泽，泪流不止。她那干巴巴的嗓音也很奇怪，老婆婆像是用骨头在讲话，时时发出破裂的声音。

"不想去。"我回答说。

"唔！……你们俄罗斯人天生就是老头儿，一个个都阴沉得像魔鬼似的……我们的姑娘们都怕你呢……而你可是既年轻又强壮啊……"

月亮升起来了。它那血红的圆盘显得很大，它仿佛是从这草原的深处出来的，而草原在它一生中吞食了这么多人肉，喝了这么多的人血，想必是因此才变得如此肥沃和富饶。葡萄叶带花边的阴影落在我们身上，如同一张网覆盖着我和老婆婆。浮云的影子在我们左侧沿着草原飘去，在淡蓝色的月光照耀下，云彩变得更加清澈和明亮了。

"看，这是拉纳来了！"

我顺着老婆婆那弯曲、颤抖的手所指的方向望去，看见那边飘浮着许多阴影,其中一块比别的阴影更黑更浓,她比别的姊妹飘得更快也更低,这是一片离地面更近飘得更快的浮云投下的阴影。

"那儿没有人啊!"我说。

"你比我这个老太婆还瞎嘛。看哪,那边,暗黑的,在草原上跑呢!"

我又看了一眼,除了影子仍然没有看见任何东西。

"那是影子!你为什么把它叫作拉纳?"

"因为这就是他,现在他已经变成和影子相似了。到时候了!他活了几千年,太阳烤干了他的身体、他的血和骨头,而风把它们化为尘埃吹散了。瞧瞧上帝因为人骄傲会怎样处治他啊!……"

"告诉我,是怎么一回事!"我央求老婆婆,预感到这将是草原上编成的一个美妙的故事。

下面的故事就是老婆婆讲给我听的。

"这件事可是发生在好几千年以前的了。在遥远的海的那边,在太阳升起的地方,有一个大河国。在这个国家里,每一片树叶和每一棵草都能给人提供足够的阴凉,为他遮挡酷热的阳光。

"那个国家的大地就有这么富饶!

"那儿生存过一支强悍的种族,他们放牧牲畜,把自己的精力和勇气都用来猎捕野兽,打猎归来便摆宴庆贺,唱歌,和姑娘们玩耍取乐。

"有一次正在设宴庆祝的时候,一只雄鹰从空中俯冲下来,叼走了一个黑头发的像夜晚那么温柔的姑娘。男人们射击鹰的箭纷纷坠落下来,可怜巴巴地返回地面。于是大家都出动去寻找那姑娘,却没有找到她。后来人们把这姑娘淡忘了,就像淡忘人世间各种事情一样。"

老婆婆叹了一口气便缄默不语了。她那尖细的嗓音让人觉得,这是所有被遗忘了的岁月在她胸中化作回忆的影子在诉说衷肠。大海低沉地复述着古老传说中一个故事的开头,而那些传说或许就是在大海的岸边创作的。

"可是二十年后,那姑娘自己回来了,她面容憔悴,疲惫不堪,带回来一个漂亮健壮的年轻人,和二十年以前的她一样。大家问她这些年在哪里,她回答说,鹰把她叼到山里,和她结为夫妻一起生活,这年轻人就是鹰的儿子,他的父亲不在了。当雄鹰年老体衰之后,它最后一次在空中飞得老高老高,接着收起了翅膀,从空中重重地摔在巉岩峭壁上,跌得粉身碎骨死了……

"人们惊奇地看着鹰的儿子,发现他并不比大家更好,只是他那双眼睛像鸟中之王一样显得冷漠而骄傲。大家和他攀谈,可他愿意就回答,否则就不说话。族中的长辈来了,他同他们说话就像跟平辈似的。长老们因此非常生气,说他是一支箭头没有磨尖、初出茅庐的箭,并告诉他说,成千个和他一样的年轻人,成千的比他年岁大一倍的人,都尊敬和顺从他们。可是他,大胆地瞧着长老们回答说,像他这样的人绝无仅有,即便所有的人崇敬他们,他也不愿效仿。啊……这样一来,长老们真气极了。他们气坏了,说道:'我们这儿容不下他,让他想去哪就去哪吧。'

"他笑了起来,随心所欲地朝一个漂亮姑娘走去,那姑娘正注视着他,走到姑娘跟前便拥抱了她,而姑娘的父亲就是刚才谴责他的长老之一。尽管这年轻人长得漂亮,姑娘还是推开了他,因为她怕父亲。推开他之后,姑娘走开了,他打那姑娘。当姑娘跌倒后,他用脚踩住她的胸部,直到一股鲜血从姑娘嘴里往上喷射,她叹息了一声,身子蜷得像蛇似的,后来便死了。

"所有看见这件事的人都吓呆了,他们头一次亲眼看见一位妇女被殴打致死。大家久久地默然不语,瞧着双眼圆睁口吐鲜血躺在地上的姑娘,和站在她身旁独自面对大伙儿的年轻人,他很骄傲,不肯低头,那架势倒像要呼吁人们惩罚那姑娘。后来人们醒悟过来,便抓住他并把他捆绑起来。暂且留下他,因为大家觉得如果立即打死他,未免太便宜他了,这样做大家不能满意。"

夜色更加浓密深沉了,到处充满奇异的轻微的声响,草原上传来黄鼠哀怨的吱吱声,葡萄叶丛中响起了山雀清脆的颤音,树叶在悄声细语并叹息着,一轮满月原先呈现出血红色,现在离地面高了,颜色发白。月亮的面庞泛出白色,放射出越发多的亮光,草原蒙上了一层淡蓝的雾障。

"于是他们聚集在一起,为了想出一种能同他的罪行相当的刑罚……想将他五马分尸,但他们觉得不够;又想叫大伙朝他射箭,这个办法也否了;有人建议烧死他,可是篝火的烟雾妨碍看见他如何受苦……建议很多,但找不到一个大家都喜欢的好办法,而他的母亲跪在大伙面前,不言不语,既无眼泪也不请求人们宽恕。大家议论了很久,这时一位智者经过长久考虑之后说道:

"'问问他,为什么他要这样做?'

"大家向他提出这个问题,他说:

"'给我松绑!我被捆着是不会说话的!'

"为他松绑之后,他问道:'你们要干什么?'他问话的口气,似乎他们是一群奴隶……

"'你刚才听见了吧……'智者说。

"'我为什么要向你们解释我的行为?'

"'为了让我们能够了解你。听着,你很骄傲,要知道你终究是要死的……让我们明白你这样做的原因。我们还要继续生活,懂得更多对我们有好处……'

"'好吧,我说,虽然我自己或许也并不十分明白刚才发生的事。我觉得我打死她是因为她推开了我……而我需要她。'

"'但她不是属于你的呀!'大家对他说。

"'难道你们只用属于自己的东西吗?我看见,每个人所有的只

有语言，还有手和脚……可是他拥有牲畜、女人、土地……还有其他许多东西……'

"关于这一点，大家告诉他，人获得的一切都是要付出代价的，要付出智慧和气力，有时要以生命为代价。而他回答说，他希望完好无损地保存住自己。

"大家和他谈了很久，终于看清他自认为是天下第一，除了他自己，什么都不在他眼里。当人们明白他把自己隔绝到何等孤独的地步，大家甚至感到害怕了。他没有种族，没有母亲，没有牛羊，也没有妻子，而这些他竟什么也不想要。

"当人们看清了这一点之后，又开始讨论如何惩处他。不过，这次他们没有议论多久，那位智者原先虽未参与他们的讨论，这时却先开口说话了：

"'等一等，刑罚已经有了。这是最可怕的惩罚。你们就是想一千年也想不出这个法子。对他的惩罚就在他自己身上！放了他，让他自由，这就是对他的惩罚。'

"这时发生了一起非同小可的事。晴天一声霹雳，虽说天空中原先并没云。这是上天示意肯定智者的话。大家鞠躬敬礼，随后便散开了。而这个年轻人——如今他的名字叫拉纳，意思是被排斥被驱逐的——他大笑着，在离弃了他的人们身后笑着。他独自留下来，像他的父亲一样自由自在。可他的父亲不是人，而他却是人。于是他开始过着像鸟儿那样自由的生活。他常去部落里盗窃牛羊、姑娘，盗窃一切他想要的东西。人们朝他射箭，可是箭无法穿透他的身体，因为有一层看不见的惩罚裹住了他的身子。他很灵活，很狡猾，既矫健又残忍，他不跟人们面对面地相遇。只能远远地看见他。就这样，他孤零零地，围绕着人群久久地飞翔。时间很长很长，不止一二十年。可是有一次他来到离人们很近的地方，他们朝他扑过去，他却不动弹，毫无自卫的表示。这时有人猜出了他的意图，大声叫道：

"'别碰他！他想死呢！'

"这样大家便站住了，他们不愿意减轻这个曾对他们作恶的人的厄运，不想打死他。人们站在那里嘲笑他。听着大家的笑声，他浑身发抖，他用双手一直在抓自己的胸口，在自己的胸膛里寻找着什么。突然他举起一块石头，向人们冲了过去。大家躲避他的攻击，但没有人朝他还手。当他精疲力竭，痛苦地大叫一声倒在地上之后，大家都走开了，继续观望他。只见他站了起来，拾起一把不知是谁同他斗争时丢失的刀，他用刀砍自己的胸部。但是刀像撞击在石头上似的折断了。他再次倒在地上，用头在地上撞击了很久。可是大地也回避他，凡是他用头撞击的地方都留下了一个坑。

"'他求死都办不到！'人们高兴地说。

"大家都走了，留下他自己。他仰面躺着，看见一群雄鹰像密集的黑点在高空飞翔。他的眼睛里有那么多的痛苦，用这些痛苦可以毒死世界上所有的人。从此以后，他就剩下一个人，自由自在的，等待着死亡。他就这样游荡，到处游荡……你瞧，他已经成了影子，而且将永远是这样！他不懂人们的语言，也不懂人们的行为，他什么都不懂。他总在寻找，游荡，游荡……他没有生活，连死亡都不肯对他微笑。在人群中没有他的位置……看看，一个人由于骄傲遭受到怎样的惩罚啊！"

老婆婆叹了一口气，不再说话，她的头垂在胸前，不知是何用意地摇了几下。

我看看她，觉得她困倦到了极点，不知怎的，心里开始非常可怜她。讲到故事结尾时，她的声调提高了，带着一点威胁的意味，而在这声调中依然听得出有一种奴隶的畏惧语气。

海岸边的人们唱起了歌——歌声很奇特。开始传来的是女低音，唱了两三音节之后，响起了另一个声音，又把歌曲从头唱起，第一个悠扬的声音总在前面……接着第三、第四、第五个声音同样按照顺序唱了起来。忽然间，几个男声的合唱又从头唱起了开始的那支歌。

每个女声都很独特，它们有如五彩缤纷的小溪，跳跃着，丁零作响，沿着一级级崖阶从高处的什么地方滚落下来，汇入平缓涌上去的男声雄浑的波浪之中，时而在浪中沉没，时而从里面冲了出来，把浪头盖住，又一个接一个清澈而强劲地在高处向上蜿蜒而去。

在这些声音的掩盖下，听不见浪涛的喧哗。

二

"你听见过有什么地方像这样唱歌吗？"伊则吉尔抬起头来，张开没牙的嘴微笑着问。

"没听见过，从来没听见过……"

"也不会听见啊。我们喜欢唱歌，只有漂亮的人才唱得好，我是说那些既漂亮又热爱生活的人。我们热爱生活，你以为正在那边唱歌的人们一天下来难道不累吗？他们从日出干到日落，月亮升起来，他们已经在唱歌了。不会生活的人宁愿躺下睡觉，热爱生活的人们总是在唱歌。"

"还有健康……"

"健康用于生活总是足够的。健康嘛！你要是有钱，难道不把它花掉吗？健康就像是金子。你知道我年轻时做过些什么？我织过毯子，从日出织到日落，几乎不动窝。我这人可是活泼得像阳光一样，却不得不像石头似的一动不动地坐着。有时候，坐得我全身的骨头都要散架了。可是一到晚上，我就跑去找我所爱的人，和他亲吻。还有爱情的时候，我就这样跑了三个月。这段时间每天晚上我都在他身边。你看我活到这把年纪了,我的血够多的!我爱过多少回啊!得到过多少吻,又给过别人多少吻啊……"

我看了看她的脸。她那双黑眼睛毕竟还是黯淡无光了,回忆也无法恢复它的亮泽。月光照着她干枯开裂的嘴唇、尖削的下巴颏和垂在颚上的银白色毛发,还有那酷似枭喙、皱纹很多的鹰钩鼻子。面颊有如两个颜色发乌的坑洼,坑洼里有一缕从红色包头巾下面露出来的灰白色的头发。她的脸上、脖子上和手上的皮肤布满了皱纹,让人觉得伊则吉尔老婆婆只要活动一下,她那干枯的皮都可能裂开,一片片地脱落下来,于是我眼前便浮现出一副裸露的骨头架子和一双黯无光泽的乌黑的眼睛了。

她又开始用她那金石碎裂似的嗓音讲故事了。

"我和母亲住在法尔米附近,就在伯尔拉特河岸上。他到我们村子来的时候,我有十五岁了。他是高个子,很灵活,黑胡子,挺乐和的。他划着一只小船,声音洪亮地对着我们的窗户喊道:'喂,你们有没有甜酒,有什么吃的东西吗?'我从窗户里隔着树枝看了一眼,看见河水在月光下泛着蓝光,他穿一件白衬衫,系一条宽宽的腰带,腰带的两头耷拉在腰旁,他一只脚踩在船上,另一只脚踏在岸上,摇晃着身子在唱歌。他一看见我就说:'这儿还住着这么个美人儿!我怎么都不知道!'好像在我之前所有的漂亮姑娘他都认识似的!我给了他甜酒和煮熟的猪肉。四天之后,我把自己整个儿都给了他……夜里,我跟他一起在船上游荡。他来的时候像黄鼠似的轻轻吹一声口哨,我便像条鱼似的从窗口跳到河里……我们便划船开溜了。他是从普鲁特河上来的渔夫,后来母亲全知道了,揍了我一顿。他一直说服我跟他走,到多布罗加①去,甚至跑得更远,去

---

① 罗马尼亚和保加利亚交界地区。

多瑙河口。可当时我已经不喜欢他了，他就会唱歌和接吻，没有别的！已经没意思了。那时候，古楚尔人①经常成群结帮地在那一带游荡，他们在当地还有情人……所以他们过得很开心。总有个女人在等待，等着她的喀尔巴阡山汉子，心里暗自琢磨，他已经进了大牢，或许在什么地方打架被打死了。可忽然间，他只身来到她身边，要不还带来三两个伙伴，就像是从天而降。他带来的礼品可多啦。要知道，对他们来说，什么东西都来得容易！他在她那儿摆酒设宴，当着伙伴的面夸奖她，那她可喜欢啦。我的一个女友有个古楚尔情人，我曾请求她让我瞧瞧那帮人……她叫什么来着？忘记她的名字了……如今开始忘事了。那个时候之后过去多少年月了，什么都忘了。她介绍我认识了一个小伙子，人很好……毛发都是红的，一身红汗毛，胡子和卷发都是红的！真是个火红的脑袋。但他是那么悲伤，有时候他很温和，有时候就像头野兽，狂吼乱喊，还打架。有一回他打了我一耳光，我像猫似的扑到他胸前，用牙咬他的脸……那之后他脸上有了个窝窝，我亲吻这个窝窝的时候，他还挺喜欢……"

"那个渔夫上哪儿去了？"我问。

"渔夫？他呀……当时……他跟着古楚尔人入伙了。起初他一直想说服我，还威胁说要把我扔到水里，后来便没事了。他跟他们入伙后，另一个女人跟了他……后来他们两个——渔夫和古楚尔人——一起被绞死了，他们被绞的时候我跑去看了。这事发生在多布罗加。渔夫往绞刑架那儿走，他的脸色是苍白的，他哭了。而那个古楚尔人抽着烟斗，边走边抽，两只手插在衣兜里，一撇胡子搭在肩上，另一撇垂在胸前。他看见我便取下了烟斗，喊道：'永别了！……'整整一年，我为他伤心难过。唉！……出这事的时候，

---

① 居住在喀尔巴阡山区的乌克兰人。

他们正要离开当地回他们的喀尔巴阡山去。他们到一个罗马尼亚人家里去做客告别,就在那儿叫人抓住了。只抓住两个人,打死了几个,其他人都跑了……那个罗马尼亚人后来到底遭到了报应……庄园和磨坊以及所有的粮食都烧光了。他成了个穷光蛋。"

"这是你干的吧?"我猜测着问道。

"古楚尔人的朋友可多了,不止我一个……凡是他们的好朋友,都置办了丧宴悼念他们……"

海边的歌声已沉寂下来,现在只有海浪的声响陪伴老婆婆了。那沉思的动荡不安的声响似乎是在复述那动荡不安的生活。夜色越来越柔和了,蓝色的月光在夜里显得更加明亮,而不露面的居民们在夜里忙于生活的各种不明确的声音也更低了,那越来越响的浪涛声淹没了它……因为风刮得更猛了。

"而且我还爱过一个土耳其人,在他的斯库台寝宫里住了整整一星期,日子过得挺好……但心里腻烦……老是女人,女人……他有八个女人,整天价吃了睡,睡了吃,尽说蠢话。要不就是骂架,像一群母鸡咕咕乱叫……他不年轻了,这个土耳其人。头发差不多全白了,可是人很气派,又有钱,说起话来像个王爷……他的眼睛乌黑,目光直射……能照直看到别人心里。他喜欢祈祷。我是在布加勒斯特看见他的……他在逛市场,派头就像是沙皇。他的目光那么神气,真神气。我对他笑了一下。当天晚上我被他的人抓住了,他们把我带到他那里。他是做檀香和棕榈买卖的,到布加勒斯特来买什么东西。'上我这儿来吧?'他说。'噢,行,我来!'——'好!'我就跟他去了。他非常富有,这个土耳其人。他已经有儿子了,一个皮肤黑乎乎的男孩,很机灵的孩子……他十六岁。我跟他一起从土耳其人身边跑了……跑到保加利亚,后来去洛姆-帕兰加……在那儿有个保加利亚女人在我胸口捅了一刀,不是为了未婚夫就是为了她丈夫,我已经记不清了。

"我在一个修道院里病了很久。那是个女修道院。一个波兰姑娘照料我……她兄弟从另一个修道院——在阿尔采尔－帕兰加——来看她,也是个修士……那模样……就像条蛆虫似的,总在我跟前扭来扭去的……我病好之后就跟他走了……去他的波兰了。"

"等一等!……那个小土耳其人上哪儿去了?"

"那个男孩?他死了,还是个孩子呢。不是因为想家就是由于爱情……他就像一棵没有长成的小树,照射的阳光太多,慢慢地干瘪了……就这样干枯了……我还记得,他躺着,全身都变得透明了,像冰块似的发蓝,可是他心里仍旧燃烧着爱情……一直要求我俯下身去吻他……我爱他,记得我给了他很多吻……后来他的身体坏透了,几乎不能动了。他躺着,真是可怜,他像乞丐乞讨施舍一样央求我躺在他身边暖着他。我躺下了。一躺在他身边……他全身马上就暖和了。有一次我醒转过来,可他已经冰凉了……死了……我为他流泪哭泣。谁说得准呢?也许是我害死了他。我那时年岁比他大一倍。我的身体那么强壮,气血充沛……可是他怎么样呢?……还是个孩子啊!……"

她叹了一口气,我第一次看见她在胸前画了三次十字,干枯的嘴唇翕动着念了句什么。

"那么,你到波兰去了……"我提醒她。

"是啊……跟那个小波兰人去的。那人很可笑,又下作。当他需要女人的时候,就像只猫似的跟我黏糊,甜言蜜语好比舌头上流着蜜,他不要我的时候,说的话就像在用鞭子抽打我。有一次我们为了件什么事在河边走,他对我说了一句傲慢无礼十分气人的话。噢!噢!我气极了!我像松脂开锅似的浑身冒火!我一把抱起他,像抱起个孩子——他的个头很小——我把他举了起来,掐住他的腰,掐得他脸都青了。然后我猛地一挥手,把他从岸上扔进了河里。他大喊大叫,他的叫声非常可笑。我在上面看着他,而他在水里乱扑腾。我转身便走，后来再没有遇见过他。我在这方面还算幸运：事情结束以后，我从来没有遇见过一度曾经爱过的人。这种相遇不好，总归有点像遇见了死鬼似的。"

老婆婆叹息着停下不说了。我脑海里想象着凭她的回忆复活出来的那些人。一会儿是那个长着火红毛发、留一大把胡子的古楚尔人，他平静地抽着烟斗，迈步去受绞刑。他那双蔚蓝色的眼睛肯定是冷峻的，目光专注而坚定。那儿，在他身旁的是从普鲁特来的蓄黑胡子的渔夫，他在哭，他不愿意死，他的脸由于痛苦变得惨白，原先那双快活的眼睛显得黯然无光，沾满泪水的湿胡子悲哀地耷拉在歪扭的嘴角两边。一会儿是他，那个派头十足的老土耳其人，他想必是个宿命论者和暴君，他身边是他的儿子，一朵苍白脆弱的东方小花，他是被亲吻害死的。那儿是爱慕虚荣的波兰人，他表面上彬彬有礼，其实残酷无情，嘴上花言巧语，心里冷若冰霜……他们只不过都是些暗淡的影子，而他们曾经吻过的女人此刻正坐在我身旁，她还活着，岁月已把她煎熬干了，她的身体没有肌肉，没有血液，有心而没有愿望，有眼睛却没有火焰，几乎也是一个影子了。

她又继续往下说：

"我在波兰开始觉得困难了。那儿的人既冷漠又虚伪。我不懂得他们那种像蛇叫似的语言。说话发的都是咝咝音。咝咝的什么？因为他们虚伪，所以上帝把这种蛇叫的语言给了他们。离开的时候，也不知道去哪里，我看见他们集会，要造你们俄罗斯人的反。我走到波希米亚①，一个犹太人买了我。他买我不是为了他自己，而是打算拿我做买卖。我同意了。为了活着，总该做点什么，我什么也不会，所以就用自己作抵偿。我那时就想，要是我能弄到一点钱，便

---

① 捷克西部地区旧称。广义指捷克地区全部，狭义仅指今南北摩拉维亚两州以外的捷克地区。

能回家了,回到伯尔拉德去,我必须挣脱锁链,不管它们有多坚固。我住在那里,有钱的老爷先生们常来找我,在我这儿饮酒作乐。他们这样做要花很多钱,为了我他们常常打架,弄得破了产。有个人长时间黏着我,有一次,瞧他干的什么事:他来了,一名仆人跟着他,扛来一个口袋。那位老爷抱起口袋,在我头顶上把口袋翻倒下来。一个个金币敲打着我的头,听着金币落在地上的响声我很高兴。可我还是把那位老爷赶出去了,尽管他说,他把自己的所有地产、房子、马匹都卖光了,就为了拿金子撒在我身上。我当时爱着一个满脸刀疤值得尊敬的先生。他整个脸上被土耳其人用马刀砍得十字叠着十字。此前不久,他曾为了希腊人和土耳其人打仗。瞧这人!……希腊人关他什么事,他是波兰人?可是他去了,跟他们一起去和他们的敌人拼杀。他被砍得满身是伤,一只眼睛被打得流了出来,左手的两个手指也被砍掉了……既然他是波兰人,希腊人关他什么事?到底是为什么呢?原来他酷爱建立功勋。人要是喜欢建功立业,他总会建成功业的,也能找到可以建立功勋的地方。在生活中,你知道吗,总有建立功勋的地方,而那些不能为自己得到功勋的人,他们根本就是懒汉或者是胆小鬼,不然就是不懂得生活。他假如懂得生活,每个人都会希望自己死后能在生活中留下一个影子,那样生活就不会把人们吞食得干干净净,不留一点痕迹……啊!那个满脸刀疤的先生是好人哪!他准备走遍天涯海角,为的是干一番事业。在他们造反时,肯定是你们的人把他打死了。你们为什么跑去打马扎尔人?嗯,嗯,别作声!……"

老伊则吉尔叫我别说话,她自己忽然也不吭声了,陷入了沉思。

"我还认识一个马扎尔人。有一次他离开了我,那是冬天的事,直到开春雪化的时候,才在田野里发现了他:脑袋被子弹打穿了。就是这么回事,看看,爱情毁掉的人不比害鼠疫病死的少。要是算起来,真不少……我刚才说到哪儿了?关于在波兰的事……对了,我在那儿演了最后一场戏。我遇到一个小贵族……长得真叫漂亮!像个迷人精。我可是已经老了,唉,老了!我有没有四十几?可能有……他还挺骄傲,是我们女人把他惯坏了。他让我没少费力气……就是嘛。他想立即占有我,但我没有顺从。我从来不是奴隶,不是任何人的奴隶。而我同那个犹太人已经没有关系了,给了他很多钱……我已经住在克拉科夫。那时候我应有尽有:马匹、金子、佣人……他来找我,傲气十足,像个魔鬼。他一直希望我自动投入他的怀抱。有一阵子我们总是吵吵闹闹……还记得,因为这事我甚至变得难看了。这情况拖了好长时间……我终于占了上风:他跪下来央求我……可他一到手马上就不要了。于是我明白自己毕竟老了……唉,这对我来说挺不好受!还真够难受的!要知道我爱过他,爱过这个魔鬼……可他,遇到我的时候还讥笑……这个下贱东西!他还在别人面前讥笑我,这事我知道。唔,说实话,我很痛苦。他就在离我不远的地方,我可以常常欣赏他。后来他走了,去和你们俄罗斯人打仗,我难受极了。我想克制,但是克制不了……于是便决定跟着他走。他在华沙附近的一片树林里。

"我去了之后才知道,你们的人把他们打垮了……他被俘了,那地方离一个村子不远。

"'这么说,我再也见不到他了!'我心里想。可是特别想见到他。嗯,我开始想办法跟他见上一面……我装扮成要饭的,包着头和脸,一瘸一拐地往囚禁他的那个村子走去。到处都是哥萨克和士兵……我真是费了好大的劲才到了那里!打听到了关押波兰人的地方,我一看,要想进去,可就难了。但我一定要进去。我就在夜里爬着去关押他们的地方。我沿着菜园子在一道道田畦之间爬行,看见一个哨兵挡住我的路……我已听见波兰人在唱歌,还有人在大声说话。他们唱的一首歌……是《圣母颂》……他也在里面唱……我的阿尔卡代克。从前是别人爬着来求我……如今到了这种时候——我倒像蛇似的在地上爬着来求人,说不准是爬来送死的。想到这里,我很痛苦。可是那个哨兵已经听见了,猫着腰朝前来了。我该怎么办?我从地上站起来,向他走过去。我连一把刀都没有,除了两只手和一个舌头什么都没有。可惜没有带上一把刀。'等一等,'我悄声说。哨兵已经把刺刀逼近我的喉咙了。我低声对他说:'别捅,等一等,你要是还有良心,就听我说。我没有什么东西送给你,可是我求你……'他把枪放下了,也低声对我说:'走开,婆娘,走,你要干什么?'我告诉他我儿子关在这里……'你要明白,当兵的,是儿子!你也是父母的儿子,不是吗?你就瞧瞧我,我也有一个像你这么大的儿子,他就在这儿!让我看他一眼,也许他快死了……而且说不定明天你会被打死……你母亲会哭你吧?要是你不看她一眼就死心里好受吗?我儿子心里也不好受呀。你就可怜可怜你自己,可怜可怜他和我——他的母亲吧!'

"唉,我跟他讲了很久,天下着雨,我们身上都淋湿了。风呼呼地吹,吼叫不停,一会儿往我背上,一会儿往我胸前推搡着。我站在那儿,在那个铁石心肠的士兵跟前直摇晃……可他总是一句话:'不行!'每次我听到他这句无情无义的话,想见阿尔卡代克的愿望就愈炽烈……我说话时打量了一下这士兵——他个子很小,很干瘪,而且一直在咳嗽。我趴倒在他身前的地上,抱住他的膝盖,一个劲地说好话央求他,然后猛地把他摔倒在地上。他跌倒在烂泥里。这时我很快把他翻了个个儿,让他脸朝下,把他的头用力按在水洼里,免得他叫出声来。他没有叫,只是不停地挣扎,想把我从他的背上甩下来,我用两只手抓住他的头朝烂泥里更深地往下压。他就断气了……这时我往波兰人唱歌的仓库跑过去。'阿尔卡代克!'我对着墙缝轻声呼唤。那些波兰人,他们挺机灵,听见我的声音也没有停止唱歌。正是他的眼睛和我的四目相对。'你能从里面出来吗?'"

能,从地板底下!'他说。'那就出来吧。'他们一共四个人从仓库底下爬了出来:三个人加上我的阿尔卡代克。'哨兵在哪儿?'阿尔卡代克问。'躺在那儿!'他们深深地猫着腰,不声不响悄悄地走了。雨还在下,风声很大。我们出了村,在林子里静悄悄地走了很久。大家就这样疾速地走着。阿尔卡代克抓住我的手,他的手滚烫,还在发抖。啊!……他不说话的时候我跟他在一起多么好。这是我渴求的生活中最后的美好时刻了。但是当我们走到草原上后便停下来。他们四人都感谢我。啊,他们对我讲了些什么,讲的话很多,时间很长。我一直在听,眼睛看着我那位老爷。他将怎样对待我呢?他过来拥抱我,说话的态度非常郑重……不记得他都说了些什么,事情的结果是这样,为了感谢我把他救了出来,他将爱我……接着他便跪在我面前,微笑着对我说:'我的女王!'这条虚伪的狗!……哼,我踢了他一脚,还想打他耳光,可他往后一躲,跳了起来。他面色苍白,站在我面前,样子很吓人……另外三个人也都站着,全都阴沉着脸。谁都不说话。我看看他们……还记得,我当时只感到非常厌烦,而且觉得那样心灰意冷……我对他们说:'走吧!'那几条狗还问我:'你会回过头去告发我们走的路线吗?'瞧瞧这些下贱货!唔,他们终于走了。后来我也走了。第二天,你们的人抓住了我,不过很快又放了我。这时我明白了,我该为自己筑个窝,规规矩矩过日子!我的身子沉重了,翅膀却变得软弱无力,羽毛也失去光泽了……是时候了,是时候了!后来我到了加利西亚,又从那儿去多布罗扎。在这儿生活已经快三十年了。我有过丈夫,是个摩尔达维亚人,死了有一年了。我就在这里生活!自己一个人过……不,不是一个人,和他们在一起。"

老婆婆朝大海那边挥了挥手。海边依然是静悄悄的。偶尔传来一点短促的、似有似无的声响,旋即又归于寂静了。

"他们喜欢我。我常跟他们讲各种各样的事。他们都还年轻,他们需要听……我和他们在一起很好。我看见他们心里就想：'有一阵子，我也是这样的……'只不过，我那个时候，人身上火力更旺，劲头更足，所以活得更好，更快活……是啊！"

她不说话了。和她在一起我感到忧郁。她瞌睡了，脑袋摇摇晃晃，口中念念有词，声音很轻，可能是在祈祷。

海面上升起一团乌云，黑压压沉甸甸的，坚挺的轮廓很像山脊。这团乌云渐渐向草原飘去。从乌云的顶端脱落下来几片薄云，它们朝前飞去，遮盖住一颗又一颗星星。大海在喧嚣。离我们不远，在葡萄藤架中间有人在叹息、接吻、悄声说话。草原深处有狗在吠叫……空气中有一种刺鼻的怪味令人神经不安。空中的云团在地上投下一块块浓密的阴影，沿着地面慢慢爬行，时而消失，时而再现……在月亮原先所在的地方只剩下一个模糊的蛋青色的斑痕，有时又被一片瓦蓝色的云严严实实地遮挡了。在草原的远方，此刻已是漆黑一片，极其可怕，里面仿佛藏匿着什么东西，不时有淡蓝色的小火星在忽闪，时而这里，时而那里，刚刚闪现立即又熄灭了，好像有几个人，彼此相距很远，分散在草原上寻找什么东西，火柴刚划燃，旋即又被风吹灭了。这些蓝莹莹的火苗非常奇妙，似乎暗示着什么童话故事。

"你瞧见那些火星儿了吗？"伊则吉尔问我。

"是说那些淡蓝色的吧？"我指着草原方向对他说。

"淡蓝色的？不错，就是它们……那么，它们还在飞！唔……我可是再也看不见它们了。我如今很多东西看不见了。"

"这些火星儿是从哪儿来的？"我问老婆婆。

我先前听说过一些关于这些火星儿产生的原因，但我很想听听伊则吉尔老婆婆怎么说。

"这些火星儿来自丹柯那颗燃烧的心。世上曾经有过一颗心，有一次，它像火把似的燃烧起来了……这些火星儿就是从这颗心里进出来的。我要给你讲讲这件事……这也是一个古老的童话……古老的,一切都是古老的!你瞧瞧,远古的时候有多少事啊?……现在倒没有这样的事了,没有古时候那样的事和人,也没有那样的故事了……为什么?嗯,你说说!你说不出来……你知道什么?你们大家,年轻人都知道些什么?哎哟哟!……远古时候人们的眼睛可锐利啦,什么谜都猜得到……可是你们不去看,所以也就不会生活……难道我没有看见生活是什么样?啊,什么我都看得见,尽管我的眼力差了!依我看,人们不是在生活,而是在试探,试探,然后把全部生活抵押上去。当他们把时间耗尽了,把自己洗劫一空了,便开始为命运哭泣。这和命运有什么关系?每个人自己就是自己的命运!我如今看见各式各样的人,可没有见到坚强有力的人!他们上哪儿去了?……而且漂亮的人也越来越少了。"

老婆婆陷入了沉思,她在思索,生活中坚强漂亮的人们藏到哪儿去了?她思索着,一面往黑乎乎的草原张望,似乎要在那儿寻找答案。

我等她继续讲,所以不说话,我如果问她什么话,怕她又被别的事吸引了。

接着她又开始讲了。

三

"很久很久以前,世上有一群人,他们的部落三面围绕着无法通行的森林,第四面是一片草原。这些人天性快乐,强壮而且勇敢。有一回他们遇上了困难深重的时期:不知从哪里来了一支别的部族,把原先那群人赶到了密林深处。那儿尽是沼泽地,暗无天日,因为那是一片古老的林子,密密层层的树枝缠结在一起,严实得看不见天空,阳光透过浓密的树叶勉强照到沼泽地上,可是阳光一落到沼泽地的水面上,立即就会冒出一股有毒的臭气,人们闻了这种臭气便接二连三地死去。于是人们开始为这个部族的妻子儿女哭泣,而父辈们寻思解救办法,人人变得忧心忡忡。必须离开这片林子,而要达此目的只有两条路可走:一条是后退,那儿有凶恶的强敌;另一条是前进,那儿巨人般的树木林立,粗壮的枝杈密实地紧抱在一起,疙里疙瘩的树根深植在沼泽地稠黏的污泥里。白天,树木形同石头,纹丝不动、悄无声息地立在灰蒙蒙的一片昏暗之中;晚上,当篝火燃起之后,它们便从四周朝人们更紧地围拢过来。不管是白天还是夜晚,黑暗就像铁环似的把这些人结结实实地团团围住,似乎要把他们压得粉碎。而他们只习惯于草原的辽阔。当风从树木的顶端刮过时,整个林子发出阴沉的吼声,仿佛是在威胁并为这些人唱挽歌,那情景就更加可怕了。他们毕竟都是坚强的人们,原本可以同一度战胜过他们的敌人决一死战,可是他们不能死于战场,因为他们有遗训,假如他们死了,那么遗训也就跟随他们同归于尽了。因此他们在漫长的黑夜里听着林子阴沉的吼声,坐在沼泽地有毒的臭气里琢磨。他们坐着,篝火投下的影子在他们周围跳起了无声的舞蹈。大家觉得,这不是影子在跳舞,而是林中和沼泽地凶恶的精灵在庆祝它们的胜利……人们坐着一直在思索,不论是工作还是女人,任什么也超不过忧思把人的身心折磨到这种程度。由于忧思,人们变得软弱了……人们当中产生了恐惧,恐惧捆住了他们结实的双手。妇女们为中毒身亡的尸体、为恐惧所困住的活人们的命运而恸哭,她们的哭声引起一片惊慌。林子里传来胆战心惊的言论,开始声音很低,有些畏怯,后来声音越来越响了……他们已打算去投奔敌人,把自己的自由奉送给敌人作礼物。被死亡吓破了胆,谁都不害怕过奴隶的生活了……就在这时出现了丹柯,他一人拯救了大家。"

看来，老婆婆经常讲述丹柯那颗燃烧的心，她讲得很动听，她的嗓音时而尖细，时而低沉，清晰地在我面前描绘出林子的吼声，以及那群被驱逐的不幸的人们在林中因沼地的毒气而丧生……

"丹柯是他们当中的一员，是一个漂亮的年轻人。漂亮的人往往都很勇敢。就在这时，他对他们，对自己的伙伴们说：

"'光思考搬不开路上的石头。谁要是什么都不做，他就什么都不会有。我们为什么把精力全消耗在思索和忧愁上？站起来，我们往林子里走，从树林里穿过去，它总是有尽头的，世上的一切都有尽头！走吧！喂！嗨！……'

"大家看了他一眼，看得出他在人群中是最优秀的，因为他的眼睛里闪耀出巨大的力量和强烈的火焰。

"'你来领我们走吧！'他们说。

"于是他领头朝前走了……"

老婆婆沉默了一会儿，看了看依旧是浓黑的草原。丹柯的燃烧的心在远处的什么地方忽闪出火星儿，像空中开放的瞬息即逝的淡蓝色的花朵。

"丹柯领着他们。大家相信他，和睦地跟随着他。这是一段艰难的路程。四周一片暗黑，每走一步，沼泽地都要张开它那贪婪的泥嘴吞食几个人，树木像一堵坚硬的墙挡住他们的路，枝杈彼此缠绕在一起，到处都是树根，像蛇似的横躺竖卧，每一步都要这些人大量地流汗流血。他们走了很久……林子越来越密，力气越来越少！于是他们开始抱怨丹柯，说他年纪轻，缺乏经验，领着他们去哪儿也是白费力气。他走在最前面，精神抖擞，心胸开阔。

"但是有一次，暴风雨降落在林子上空，树木发出阴沉威严的吼声。林子里真是黑到了极点，似乎自从盘古以来世上所有的黑夜一下子都集中在这里了。渺小的人们在高大的树木之间、在电闪雷鸣之下东倒西歪地走着。巨人般的大树发出尖厉的叫声，怒吼似的唱着歌,而闪电在树林顶上掠过,用它那蓝色的寒光霎时间把林子照亮,旋即又飞快地熄灭,仿佛它露面的目的就是来吓唬人们。闪电的寒光所照亮的树木似乎都成了活的生命,围绕着那些不愿意被黑暗所俘的人们,它们伸出歪歪扭扭的长胳膊,交织成一张密密麻麻的网,力图阻挡人们。有一种骇人的乌黑冰冷的东西从枝杈的暗处窥视着前进的人们。这真是一段艰难的路程,人们累坏了,精神上快撑不住了,但他们羞于承认自己软弱,于是便恼羞成怒,恶狠狠地咒骂走在他们前面的人——丹柯。他们开始指责他,说他没有能力领导他们,事情就是这样。

"他们在树林欢庆胜利的喧嚣声中,在战栗不止的黑暗里停步不前了,一个个又累又凶,开始审判丹柯。

"'你这个,'他们说,'卑下的坑害我们的人!你引导我们是让我们受累,你将因此而死!'

"'是你们说:领着我们走吧!我才来领路的!'丹柯用胸膛顶着大家,大声说。'我有胆量领路,所以领着你们走!可你们呢?你们做了什么事来搭救自己?你们只不过是走路,而且不会保持精力准备走更长的路!你们只顾走啊,走啊,像一群绵羊!'

"可是这几句话使他们更加怒不可遏了。

"'你死!你死!'他们吼道。

"森林一阵接一阵地狂吼,重复他们的喊声,闪电把黑暗撕成了碎片。丹柯看了看人们,他正是为了他们承受困苦,瞧他们就像一群野兽。许多人站在他四周,他们的脸上毫无高尚气度,根本不可能得到他们的宽恕。这时候他心里怒火中烧,可是由于对人们的怜悯怒火平息下来。他爱他们,心中寻思:没有他,也许他们都会灭亡。于是他的心燃起了希望拯救他们的火焰,想把他们领到一条轻松的路上去。这样一想,他眼睛里闪耀出一种强烈的光芒……他们看见了这种光芒,以为他发狂了,所以才这样目光炯炯。他们警觉起来,像一群狼,等待着他和他们战斗,他们把他围得更紧了,以便把丹柯抓住并打死。而他已明白了他们的想法,他们的想法使他感到忧伤,他的心因此燃烧得更加明亮。

"而森林一直在唱它那首阴郁的歌,雷声隆隆,雨还在下……

"'我能为人们做些什么?'丹柯的喊叫压过了雷声。

"忽然他用双手撕开自己的胸膛,从里面掏出自己的心脏,把它高高地举过头顶。

"那颗心燃烧得像太阳那样明亮,比太阳还明亮,整个林子沉寂下来,被这个伟大的爱心的火把照得透亮,黑暗由于火炬的光亮四散奔逃,在林子深处那儿发抖,跌进了沼泽那张污泥的大口。人们大惊失色,一个个呆若石头。

"'走!'丹柯大声喊道,他朝前奔去,回到原先的位置,他高高举起燃烧的心,为人们把道路照亮。

"他们像着了魔似的跟随他向前奔跑。这时森林又喧闹起来,惊奇地摇晃着它的树梢,但它的声响已被人们奔跑的脚步声盖住了。大家勇猛快速地奔跑,为燃烧的心这奇妙的景象所吸引。现在也有人死亡,但死而无怨,没有眼泪。而丹柯一直在前面,他的心仍在燃烧、燃烧。

"蓦然间,森林在他面前豁然开朗,闪开一条路,密实而无言的森林留在了后面,丹柯和那些人一下子都沉浸在阳光和雨水冲洗过的清新空气的海洋之中。雷雨留在那边,留在了他们身后,在森林的上空。而这边,阳光灿烂,草原在叹息,青草在晶莹的雨滴中熠熠放光,河水泛着金辉……那时已是傍晚,在落日的余晖下河水呈现出红色,酷似从丹柯撕裂的胸膛里流淌出来的滚烫的鲜血。

"高傲的勇士丹柯朝自己面前那辽阔的草原扫了一眼,欣喜的目光投向自由的土地,他露出骄傲的笑容。然后他便倒下死了。

"那些兴高采烈、满怀希望的人们竟没有发现他死了,也没有看见丹柯的尸体旁边他那颗勇敢的心还在燃烧。只有一个小心谨慎的人发现了这件事,他似乎害怕什么,一只脚踏在那颗高傲的心上……这样,那颗心便化为火星儿飞散了,熄灭了……

"这就是雷雨来临之前草原上点点淡蓝色火星儿的来历!"

现在老婆婆讲完了她的美丽的童话,草原上寂静得可怕,它似乎被勇士丹柯的力量惊呆了,丹柯为了人们点燃了自己的心,他为人们而死,却不要求人们给自己什么奖赏。老婆婆打盹了。我瞧着她,心里思忖:"她的记忆里留下了多少故事和回忆啊!"我思索着丹柯那颗伟大的燃烧的心,思索着人类的幻想,它创造出来的传说多么美好,多么有力。

刮来一阵风,掀起了伊则吉尔老婆婆身上的破烂衣衫,露出她干瘪的胸,她睡得更沉了。我盖好了她那年迈的身子,自己也在她身旁的地上躺着。草原上是一片静谧和暗黑。空中仍然飘浮着块块乌云,缓慢而愁闷地移动着……大海的声响显得阴郁而且悲哀。

(1895年)

切尔卡什

臧仲伦 译

由于尘土弥漫而变得灰暗的南方的蓝天,一片浑浊,炎热的太阳,仿佛透过一层薄薄的灰色面纱,俯视着碧蓝的大海。水面,几乎没有太阳的反光:水面被船桨和轮船螺旋桨的拍击、土耳其帆船和在拥挤的港湾南来北往的其他船舶的尖锐的龙骨划破了。被禁锢在花岗石堤岸内的海浪,承受着从浪尖滑过的巨大重压,拍打着船舷和海岸,拍打着、呜咽着,被多种废弃物弄得污秽不堪,泛起层层白沫。

船锚铁链的铿锵声,运货进港的车皮挂钩时的轰隆声,铁板落在石头路面上的金属号哭声,木材沉闷的碰击声,运货马车的辘辘声,时而高亢刺耳、时而低声咆哮的轮船汽笛声,搬运夫、水手和海关士兵的叫喊声——所有这些声音汇成一片劳动日的震耳欲聋的音乐,甚嚣尘上,荡漾回旋,低低地笼罩在港湾的上空,——加入这片喧嚣声的还有越来越多的新的声浪,它们不断从地面升起,有的低声轰鸣,严酷地震撼着周围的一切,有的尖利铿锵,划破了尘土蔽日的、酷热的长空。

花岗石、铁、木材、港口的马路、船舶和人们——一切都向着墨丘利神①奏出一支高亢激越的热情颂歌。但是混杂其间隐约可辨

---

① 罗马神话中的商业神,即希腊神话中的赫耳墨斯。

的人声却微弱而又可笑。但是最初产生这片噪声的人本身,也显得可笑而又可怜:他们小小的身子,满身尘土,衣衫褴褛,但是动作敏捷,弯腰曲背地背负着沉重的货物,在尘土飞扬中、在酷热的声音海洋里来回奔走。他们跟包围着他们的一个个钢铁巨人、一堆堆货物、轰隆作响的一节节车皮,以及他们所创造的一切相比,显得十分渺小。他们所创造的东西反过来奴役了他们,使他们失去了人之所以为人的东西。

一艘艘升火待发的重载巨轮,拉着汽笛,嘶鸣着,深深叹息着,在它们发出的每个声响里,似乎都能听到一种对那灰色的、满身尘土的人群发出的轻蔑、嘲笑的音符。他们在甲板上爬行着,把自己从事奴隶劳动创造的产品装满深深的货舱。双肩扛着成千上万普特①粮食的搬运夫们,把粮食装进货轮的铁肚,居然只是为了挣得几俄磅同样的粮食,来填饱自己的肚皮——看着搬运夫们长长的行列,简直使人笑出了眼泪。衣衫褴褛,浑身是汗,因疲劳、喧闹和酷暑而变得精神恍惚的人们,和由这些人创造出来的、在阳光下闪闪发光的高大的轮船(这些轮船的开动,归根到底毕竟不是靠蒸汽,而是靠制造这些轮船的人的肌肉和血汗)——这个对比,具有一整套可歌可泣而又残酷的讽刺。

喧闹使人心烦意乱,尘土刺激着鼻孔,使人睁不开眼睛,暑热炙烤着人的身体,使人精疲力尽,周围的一切都似乎绷得紧紧的,失去了耐性,转眼间就会激起一场巨变,引起一场爆炸,而爆炸过后,在因爆炸而变得清新的空气里,人们将会自由而轻松地呼吸,宁静将会笼罩大地,而这种尘土弥漫、震耳欲聋、刺激人、使人忧郁发狂的喧闹声将会消失,于是城市、大海、天空,都将会变得清静、明朗、美好……

---

① 俄国重量单位,1普特等于16.2公斤。

响起了十二下均匀、响亮的钟声。当最后一下钟声静下来以后，劳动的野蛮音乐也逐渐静了下来。再过片刻，这音乐就变成低沉不满的絮语。现在，人声和大海的拍溅声听得更清楚了。这是午饭的时刻到了。

一

搬运夫们放下工作，三五成群乱哄哄地在港口散开，向小贩们购买各种吃食，并在马路上就地找个阴凉的角落坐下——这时，格里什卡·切尔卡什出现了。这是一头饱经世故的老狼，一个嗜酒成癖的酒鬼和一个机灵大胆的贼，港口的人对他很熟悉。他光着脚，穿着一条磨破了的波里斯绒裤，没戴帽子，披着一件领子撕破了的肮脏的印花布衬衫，露出他那外面包着棕色皮肤的、干瘦的、棱角分明的骨头架子。从他那蓬乱斑白的黑发，以及面皮压皱、瘦削而凶猛的脸上，可以看出他刚刚睡醒。在他的一根褐色胡子上还粘着一小段麦秸，另一小段麦秸则贴在刮过的左面颊上的胡茬里，耳朵后面，他又斜插了一根刚刚折下来的菩提树的小树枝。个子高高、瘦骨嶙峋、背部微驼的他在石子路上慢吞吞地走着。他那凶猛的鹰钩鼻向四下转动着，冷冷的灰色眼睛在熠熠发光。他把锐利的目光投向自己四周，在搬运夫里搜寻什么人。他那褐色的小胡子，又长又密，像猫似的不时抖动两下。他两手背在身后，互相揉搓着，手指像鹰爪似的长而弯曲，神经质地不停绞动着。甚至在这里，在数以百计像他这样刺眼的流浪汉经常出没的地方，他那酷似草原鸷鹰的模样，他那凶猛、剽悍和表面沉稳、从容，但骨子里却机警敏锐，颇像一头他与之类似的猛禽在翱翔，并伺机猛扑的步态，仍旧十分惹人注目。

三五成群担任搬运夫的流浪汉，正挤坐在一大堆煤筐的阴影里。当他走到他们跟前，有一个敦实的小伙子冲他站了起来，这小伙子满脸紫斑，一副蠢样，脖子上净是擦伤，想必不久前刚挨过揍。他站起身来，跟切尔卡什挨肩走着，小声说道：

"船队发现丢了两捆洋布……在找哩。"

"是吗？"切尔卡什不慌不忙地打量了他一眼，问道。

"什么'是吗'？跟你说，他们在找。就这么回事。"

"怎么，他们问起我，让我帮他们找了吗。"

切尔卡什微微一笑，向义船①货栈所在地那边望了望。

"见鬼去吧！"

这伙计转身要走。

"喂，等等！这是谁给你挂的彩呀？瞧，把你的招牌都给砸了……你在这儿没瞅见米什卡吗？"

"好久没瞅见他了！"那伙计边向自己的同伴走去，边喊叫了一声。

切尔卡什继续向前走去，因为是老熟人了，大家都跟他打招呼。他一向心情快活，而且说话尖刻，但今天分明情绪不好，对大家的寒暄回答得生硬而刺耳。

蓦地，从一垛货物后面钻出一个海关警卫。他穿着深绿色军服，满身尘土，一副雄赳赳、气昂昂的模样。他挡住切尔卡什的去路，摆出一副挑衅的架势，站在他面前，左手抓住短剑的剑把，伸出右手就想去揪切尔卡什的衣领。

"站住！去哪儿？"

切尔卡什后退一步，抬头望着那警卫，冷冷一笑。

这老总那副狡猾中透出憨厚的红脸，想要装出一副吓人的模

---

① 19世纪，俄国为了促进商业和航运，由商界捐献成立的商船队。

样，为此，他鼓起腮帮子，脸变得圆圆的，涨得通红，双眉倒竖，瞪着两眼，神情十分可笑。

"跟你说过，不许到港口来，看我不打断你的肋骨！可你又来了不是？"警卫威严地喝道。

"你好，谢苗内奇！咱俩好久不见了。"切尔卡什向他从从容容地问候道，并向他伸出手去。

"敢情一辈子不见你才好！走，走！……"

但是谢苗内奇还是握了握向他伸过来的手。

"请问，"切尔卡什接着说，他那强有力的手指并没有放开谢苗内奇的手，而是非常友好地、亲热地晃了晃。"你没瞅见米什卡吗？"

"哪来什么米什卡？什么米什卡我也不认识！快走开，伙计！不然的话，让看货栈的瞅见了，非把你……"

"就是上回我跟他一起在'科斯特罗马'号干过活的那浑小子，"切尔卡什只管说自己的。

"你该说跟你一起偷东西的那主儿！你那米什卡送医院了，给铁锭压坏了腿。走吧，伙计，别敬酒不吃吃罚酒，走吧，要不然，看我不把你轰走！……"

"嘿，真有你的！你还说不认识米什卡哩……这不认识了。你的火气干吗这么大呀，谢苗内奇？……"

"我说，你别跟我打马虎眼啦，走吧！……"

那警卫生起气来，向四下里张望着，想把自己的手从切尔卡什有力的手掌里挣脱出来。切尔卡什从自己的浓眉下从容不迫地看着他，没有松开他的手，继续说道：

"别催我走嘛。跟你说够了话就走。我说，你日子过得怎么样？……老婆孩子都好吗？"他两眼闪着光，龇牙咧嘴地露出一副嘲弄的微笑，接着又加上一句："总想上你家作客，可老没时间——

净顾喝酒了……"

"得了得了,收起你那一套,别开玩笑,你这瘦猴,你这魔鬼!伙计,我可当真要……难道你还想走家串户、拦路抢劫不成?"

"何必呢?这儿这点东西已足够咱俩一辈子吃喝不尽了。真的,足够了,谢苗内奇!听说,你又偷了两捆洋布是吗?……得留神,谢苗内奇,要小心!可别不小心栽了!……"

谢苗内奇气得直打哆嗦,他唾沫横飞,想要说什么。切尔卡什却放开他的手,从容不迫地迈开两条长腿,转身向港口大门走去。那警卫跟在他后面,破口大骂。

切尔卡什的心情好了;他透过牙缝轻轻吹着口哨,两手插在裤兜里,慢吞吞地走着,向左右两边抛去一个又一个尖刻的嘲弄和玩笑。大家也一一回敬着他。

"格里什卡,真有你的,当官的还给你护驾哩!"一群搬运夫吃完饭,横七竖八地躺在地上休息,其中一人向他喊道。

"我光脚丫子,因此谢苗内奇在留神,不叫我划破了脚。"切尔卡什回答。

他俩走到大门口。两个当兵的给切尔卡什搜了身,把他轻轻推出了门外。

切尔卡什穿过马路,在一家酒店对门的矮石礅上坐下。从港口大门里面,车声隆隆地驶出了一长列满载货物的大车。接着又迎面驶来一些空车,车夫坐在车上,上下颠簸着。港口不断发出雷鸣似的吼声,吐出呛人的尘土。

在这疯狂的熙来攘往中,切尔卡什的心情十分舒畅。前面一笔可观的收入正在向他微笑。这事费力不多,但需要机灵乖巧。他深信自己机灵有余,因此他眯起眼睛,想象他明天一早口袋里装满钞票时开怀痛饮的情景……他想起他的老搭档米什卡——如果他不砸坏腿,今天夜里正好派大用场。切尔卡什寻思,如果没有米什卡,就他一个人,这事恐怕对付不了;心里不由得狠狠地骂了一句。今天夜里天气怎样?……他望了望天,沿街信步走去。

离他五六步远,有一个年轻小伙子正背靠矮石柱,坐在人行道旁的马路上。他穿着蓝色的花粗布衬衫和同样颜色和料子的裤子,脚蹬树皮鞋,头戴棕黄色的破便帽。身旁放着一个小背囊和一把没把的大镰刀,镰刀上缠着草辫,草辫上又整整齐齐地缠上了绳子。这小伙子肩膀宽阔,身子粗壮,一头淡褐色的头发,一张风吹日晒的脸,一双蓝蓝的大眼睛正依赖地、忠厚地望着切尔卡什。

切尔卡什露出牙齿,伸出舌头,做了一个可怕的鬼脸,瞪大两眼,注视着他。

小伙子起初莫名其妙地眨了眨眼,后来突然哈哈大笑起来,一面笑一面嚷道:"嘿,这人真怪!"接着又几乎屁股不离地、笨手笨脚地从自己靠着的矮石柱旁挪到切尔卡什靠着的矮石柱跟前,在尘土里拖着自己的背囊,镰刀安把的那头则磕着石头路面。

"怎么啦,大哥,看得出来,喝了个痛快吧!……"他扯了扯切尔卡什的裤腿,对他说道。

"是啊,傻小子,有这么回事!"切尔卡什微笑着承认。他一上来就喜欢上了这个有一双明亮、稚气的眼睛的壮实、忠厚的小伙子。"去割草了吧?"

"还用说!……割了不老少,挣钱没多少。这年头可难啦!人,多极了!挨饿的人都去了——硬压价,爱干不干!在库班,只给六十戈比。这年头!……可往年,听说,出价是三个卢布,还有给四个、五个的!……"

"往年!……往年那儿光瞧一眼俄罗斯人,就给三个卢布。大概十来年前吧,我也干过这活。你一进哥萨克村,说我是俄罗斯人!人家就马上来瞧你,摸摸你的身子,赞不绝口,接着就给你三个卢布!让你吃饱喝足。爱住多长时间全由你!"

小伙子起初张大了嘴听切尔卡什神侃,他那圆脸上露出一副又喜悦又莫名其妙的神情,但后来终于明白这流浪汉在胡诌,他咂了咂嘴,哈哈大笑起来,可是切尔卡什却一本正经地板着脸,把微笑藏在自己的胡子里。

"你真怪,说得还真像那么回事似的,我听着还真信了……不,说真格的,往年那边……"

"嘿,我说什么来着?我不是也说,那边,往年……"

"你得了吧!"……小伙子挥了一下手,"你是鞋匠吧?要不就是裁缝?……你到底是干啥的?"

"我到底是干啥的?"切尔卡什反问道,他想了想又说:"我是打鱼的……"

"打——鱼的!你得了吧!怎么,你逮鱼?……"

"干吗逮鱼呢?这儿打鱼的不光逮鱼,多半是打捞死人、旧铁锚和沉船——什么都干。有一种专干这事的钓鱼竿……"

"瞎掰,骗人!……没准,你这打鱼的是干这个的吧,他们替自己编了首歌:

  我们打鱼撒网,
  在陆地,在岸上,
  在粮库,在货仓!……"

"你见过这号人吗?"切尔卡什问,嘲笑地望着他。

"没有,哪见得着他们呀!只听说过……"

"喜欢吗?"

"喜欢他们?还用说!……这帮人真不赖,无牵又无挂,自由又自在……"

"你要自由干吗?……难道你也爱自由?"

"这还用说吗。自己说了算,爱上哪上哪,爱干啥干啥……可不吗!只要你会过日子,身上又没负担——这是最要紧的!爱怎么玩都成,不过,要记住上帝,不能干伤天害理的事……"

切尔卡什轻蔑地啐了口唾沫,转过身去,不理那小伙子。

"我现在的情况是这样的……"那小伙子说,"父亲死了,家业小,地又少,母亲老了,地里又不打粮食——我怎么办呢?总得活下去吧。可是这日子该怎么过呢?不知道,我得找个好人家去当倒插门女婿。这也行啊。只要让闺女分开过就成!……可是没门儿——那个魔鬼老丈人不肯分家。嗯,我就得给他扛活……扛很久……扛好多年!你瞧,这事儿有多糟!要是我能挣它一二百卢布,我马上就能成家立业,一个子儿也不给安吉普!你愿意让玛尔法分开过吗?不乐意?那拉倒!谢谢上帝,村里的姑娘也不止她一个。这样一来,我就完全自由了,可以自立门户了……可不吗!"小伙子叹了口气。"可现在没法办,只能当倒插门女婿。我本来想上库班去,挣它一二百卢布——这就够了!够阔了!……可是没办成。只能给人扛活……指着我种我家那点地是翻不了身的,没门儿!唉……"小伙子非常不乐意去当倒插门女婿。一想到这事儿,他就满脸愁云,坐在地上使劲儿扭过来扭过去的。

切尔卡什问:

"眼下你想上哪儿?"

"可不,上哪儿呢?你知道,当然,只好回家喽。"

"我说老弟,这我可不知道,没准,你想上土耳其吧……"

"上土——耳其!……"小伙子拉长了声音。"有哪个正教徒会上那儿去呀?你也说得太邪门了!"①

"你真是个笨蛋!"切尔卡什叹了口气,转过身去不再理那傻小

---

① 因土耳其信仰伊斯兰教,故有此说。

子。这个壮实的乡下小伙子在他心里唤起一个想法……

一个模糊的、慢慢成熟的，但又恼人的感觉，在他内心深处蠕动，不让他集中心思好好考虑一下今天夜里必须做的事。

挨了一顿骂的小伙子在低声嘀咕什么，时不时斜过眼去瞅一眼那个流浪汉。他可笑地鼓起腮帮子，噘起嘴唇，眯着的两眼不知为什么眨个不停，显得十分可笑。看来，他没有料到，他跟这个留着小胡子的流浪汉的谈话会结束得这么快和这么令人难堪。

流浪汉没有再理他。他坐在矮石柱上，若有所思地吹着口哨，用肮脏的光着的脚后跟在矮石柱上打着拍子。

小伙子想回敬他一下。

"喂，打鱼的！你经常喝醉酒吗？"他刚开口，那个"打鱼的"就向他转过身来，问他：

"我说傻小子！你愿意今天夜里跟我一块儿去干趟活儿吗？快说！"

"干什么活？"小伙子不信任地问道。

"哼，干什么！……让你干什么干什么……去打鱼。你划船……"

"这……成啊！没什么。可以干。不过话又说回来……可别跟你吃不了兜着走哇。你这人实在看不透……拿不准你是干啥的……"

切尔卡什感到心里像被火烫了似的，他冷冷地、恶狠狠地低声道：

"不懂的事你就别叨叨。看我不狠狠地敲你的脑瓜，那时候你就开窍了……"

他从矮石柱上跳下来，用左手捻了捻胡须，右手攥成铁硬的、青筋毕露的拳头，两眼熠熠发光。

小伙子害怕了。他迅速打量了一下周围，胆怯地眨着眼，也从地上跳起来。他俩互相打量着，一言不发。

"怎么样?"切尔卡什冷冷地问。这小牛犊居然敢侮辱他,他心里跟开了锅似的,气得发抖。刚才同他说话时,他看不起他,现在又骤然恨他,恨他有这么一双明亮的蓝眼睛、一张健康的晒得黑黑的脸、一双短小的结实的手,恨他在那边什么地方还有自己的村子、村里还有自己的家,恨他居然有一家富裕农民要他当上门女婿——恨他过去和未来的整个生活,而他最恨的是这个跟他切尔卡什相比不过是个娃娃的人,居然也敢爱自由——他既不懂自由的价值,也不需要自由。看到一个你自以为不如你和低于你的人,居然跟你有同样的爱和恨,因而变得很像你,总叫人觉得受不了。

小伙子望着切尔卡什,已经把他看成东家了。

"可我……也没反对呀……"他说,"我本来正找活干,跟你干,跟别人干,跟谁干都一样。我说这话不过是瞅着你不像干活的人——穿得太那个……破了。嗯,我知道,这事谁都能碰到。主啊,难道我没见过醉鬼吗!哎,见多啦!……还有不如你的哩。"

"哼,得了得了!同意吗?"切尔卡什又问,语气已经缓和了些。

"我吗?行啊!……我很乐意!你开个价吧。"

"我是看活儿给价。看干什么活儿。也就是说,看打到多少鱼……你可以到手五个卢布。懂吗?"

现在一谈到钱,这个农民又立刻认真起来,他要求雇主能给个准数。小伙子心里又燃起了不信任和怀疑。

"我看,这不合适吧,大哥!"

切尔卡什摆出一副东家的样子:

"不谈了,以后再说!先去饭铺!"

于是他俩并肩走在大街上。切尔卡什捻着小胡子,摆出一副神气活现的东家模样,小伙子则带着一副唯命是从的表情,但毕竟充满不信任和害怕。

"你叫什么?"切尔卡什问。

"加弗里拉!"小伙子回答。

他俩走进一家又脏又黑的小饭铺。切尔卡什走到柜台前,用一种老顾客随随便便的口吻,要了一瓶伏特加、两盘菜汤、一盘煎肉排、两杯茶,算清账后,他又简短地对跑堂交代:"都记账上!"对此跑堂默默地点了点头。这时,加弗里拉对自己的东家立刻肃然起敬:别看他那模样像个骗子,看来还挺有名气和信用。

"嗯,现在咱俩先吃点东西,好好谈谈。你先坐会儿,我出去一会儿就来。"

他出去了。加弗里拉环顾左右。饭铺开设在一间地下室里;里面潮湿、阴暗,满是难闻的伏特加、烟草、树脂,再加上某种刺鼻的东西的令人窒息的气味。在加弗里拉对面的另一张饭桌旁,坐着一个穿水手服的醉汉,红胡子,浑身是煤末和树脂。他时不时打着饱嗝,哼着一支歌,歌词颠三倒四,全唱错了,一会儿声嘶力竭,一会儿喉音很重。他分明不是俄罗斯人。

他身后坐着两个摩尔达维亚女人;她俩穿着破衣服,长着黑头发,脸晒得黑黑的,也在醉醺醺地、沙哑地唱着歌。

接着从黑影里又钻出一个个人影,全都是蓬头垢面,一副怪样,而且全是半醉半醒,又吵又嚷,极不安分……

加弗里拉感到毛骨悚然。他盼着东家快点回来。饭铺里的喧闹声汇成一个音符,仿佛一头巨兽在咆哮,其中混杂着上百种各种各样的声音,愤怒地、盲目地想从这石砌的洞穴里冲出去,但又找不到出去的通道……加弗里拉感到有一种醉人的、使人难受的东西正在钻进他的躯体。他的眼睛本来在好奇而又恐惧地扫视着饭铺,这时他感到两眼发黑,头昏目眩。

切尔卡什回来了,于是他俩就一边说话,一边吃喝。喝到第三杯酒,加弗里拉醉了。他变得快活起来,很想对自己的东家说点让他高兴的话:这东家真是个好人,居然让他美美地吃喝了一顿。可是蜂拥而来涌到他嗓子眼里的话，不知为什么说不出口来，舌头突然变重了。

切尔卡什望着他，嘲讽地微笑着，说：

"喝醉了！……唉，窝囊废！才喝了五杯！……还怎么干活？……"

"朋友！……"加弗里拉吐字不清地说道。"别怕！我一定给你好好干！……让我亲亲你！……行吗？……"

"得了得了！给，再喝一杯！"

加弗里拉喝呀喝的，一直喝到天旋地转，两眼发黑。这很不舒服，而且想吐。他的脸变得兴高采烈，一副傻样。他想说话，却可笑地吧嗒了两下嘴唇，只发出了两声牛叫似的哞哞声。切尔卡什注视着他，仿佛想起了什么，捻着自己的小胡子，阴沉地微笑着。

而饭铺里已是一片喝醉酒的狂呼乱叫。那个红胡子水手用胳膊肘支着桌子，睡着了。

"喂，走吧，"切尔卡什站起身来说道。

加弗里拉想站起来，可是硬是站不起来，他狠狠地骂了一声，用一种醉汉的毫无意义的笑声笑了起来。

"喝趴下了！"切尔卡什说，又在他对面的椅子上坐了下来。

加弗里拉一个劲地傻笑，用呆滞的目光望着东家。切尔卡什也注视着他，目光锐利，若有所思。他看到面前这个人的一生，已落到他的狼爪之中。他，切尔卡什，感到自己有力量来随意摆布这个人的一生。他可以把他像牌桌上的纸牌一样一折两段，也可以帮助他盖房买地，安居乐业。他感到自己成了别人的主宰；他想，这小伙子永远不会喝到命运曾经让他切尔卡什喝过的那杯苦酒了……他既羡慕又可怜这个年轻的生命，他嘲笑它，但想到它可能再次落到像他这样的人的掌握之中时，又为它感到难过……所有这些感情最后在切尔卡什身上融合成为某种父亲和东家合成一体的东西；既可怜这小伙子，又需要这小伙子。于是切尔卡什托住加弗里拉的胳肢窝，从后面用膝盖轻轻推着他，把他带到饭铺的院子里，让他躺在劈柴垛旁地上的阴影里，他自己也在他身旁坐下，抽起了烟斗。加弗里拉稍微动弹了两下，咕噜了几声，就睡着了。

二

"喂，弄好了吗？"切尔卡什低声问正在拾掇船桨的加弗里拉。

"马上就好！桨栓活动了——能用桨敲它一下吗？"

"不行不行！不许有一点响声！用手把它使劲按下去，它会自己卡紧的。"

他们俩在轻手轻脚地拾掇一条小船，这小船拴在一艘大船的船艄。这里有一大队满载橡木桶板的普通帆船，装着棕榈木、檀香木和粗壮的柏树原木的土耳其帆船。

夜，黑黑的，空中飘浮着一块块蓬乱的厚厚的云层。海上，风平浪静，一片漆黑，海水像油一样浓。大海发出一种潮湿的好闻的咸味，温柔地哗哗响着，拍溅着船舷和海岸，微微摇晃着切尔卡什的小船。在远离海岸的广阔的海面上，矗立着一艘艘商船的黑漆漆的骨架，船顶上悬挂着各色彩灯的尖尖的桅杆直指天空。海上映射着彩灯的光，到处洒满了黄色的光点。它们在天鹅绒一般软软的、黑压压的海面上优美地颤动着。大海像劳累了一天的工人，在酣睡中。

"开船！"加弗里拉把桨划进水里，说道。

"开船！"切尔卡什用舵使劲一扳，把小船推进帆船中间的水道。小船开始在平滑的水面上快速行驶，在桨的划动下，水面发出一道蓝蓝的磷光——它那长长的光带，柔和地闪耀着，在船后蜿蜒盘旋。

"喂,脑袋怎么样,还疼吗?"切尔卡什和气地问。

"可疼了!……跟开了锅似的嗡嗡响……我这就用水浸一下脑袋。"

"何苦呢?给,你还是润润肠胃的好,说不定倒清醒得快。"①他把一瓶酒递给加弗里拉。

"真的?主啊,赐福给我吧!……"

可以听到轻轻的咕嘟咕嘟声。

"嘿,你呀!开心吗?……够啦!"切尔卡什不让他再喝下去。

小船又飞速驶去,没有一点响声,轻轻地在船与船之间曲折前进……突然,它钻出了船群,于是无边无际的、雄伟的大海又蓦地展现在他们面前,一直伸向碧蓝的远方。在海天相接处是一片错落有致的云——有镶着毛茸茸的金边的灰中透紫的云彩,有像海水一样碧蓝的云层,还有那投下忧郁沉重的阴影令人沉闷的铅灰色乌云。云彩在慢慢移动,时而融成一片,时而相互追逐,时而把自己的颜色和形状混合在一起,互相吞并,时而又改头换面,重新出现,有的雄伟壮丽,有的阴郁凝重……在这片无生命物体的缓慢运动中,有着某种不祥的东西。似乎在那边,在海的尽头,它们多得无边无际,它们将永远从那边冷漠地爬上天空,而且心怀叵测,从此永远不再让那空中的亿万颗金色的眼睛在酣睡的大海上闪烁。这些眼睛就是那五彩缤纷的星星,它们一颗颗仿佛有生命似的,闪着幻想的光华,唤醒着人们的崇高愿望。人们十分珍惜它们的纯洁的光辉。

"大海美吗?"切尔卡什问。

"不错!不过海上怪吓人的,"加弗里拉回答,一面用船桨均匀而有力地拍击着水面。海水在长桨的拍击下溅起一圈圈水花,哗哗

---

① 据说,这叫以酒醒酒。

地响着,声音小得勉强可以听见,但海水始终闪耀着温暖的蓝蓝的粼光。

"吓人!真是笨蛋!……"切尔卡什嘲笑地咕哝道。

他是贼,但是他爱大海。他那沸腾的暴躁的性格,渴望刺激,但是他永远看不够这黑压压、无边无际、自由而雄伟的广阔海面。对于他所爱的大海的美,他居然听到这样的回答,未免可气。他坐在船艄,用舵切割着水面,安详地望着前方,真想在这天鹅绒般平静如镜的海面上久久地航行,划得远远的。

一到海上,他心中就会升起一种浩瀚的、温暖之感——它充斥他的整个心灵,使它多少荡涤掉一些尘世的污浊。他珍惜这个,喜欢在这水天一色的地方看到自己是好人,因为这里关于生活的忧虑和生活本身,分别失去了它的尖锐性和价值。一到夜里,海上就徐徐飘浮着一种大海在沉睡中呼吸的柔和声响。这广袤无垠的声音总是把宁静注入人的心灵,温柔地遏制着人心的愤怒冲动,使人心产生一种强大的憧憬。

"打鱼的家伙呢?"加弗里拉不安地向船里张望着,突然问道。

切尔卡什蓦地一惊。

"家伙?在我这儿,在船艄。"

但是,在这个娃娃面前撒谎,使他感到难堪,此外,经这小伙子一问,把他的思路和情绪打断了,他感到惋惜。他生气了。他心头和喉头那团熟悉的尖利的刺痛感,使他全身抽搐了一下。他威严而又生硬地对加弗里拉说:

"我说你呀——让你坐着就老老实实地坐着!别多管闲事,雇你来划船你就划船,再废话,没你的好。懂吗?……"

小船抖动了一下,停住了。船桨留在水里,泛起了泡沫,加弗里拉不安地在座位上扭动着。

"划呀!"

刺耳的骂声震动了空气。加弗里拉急忙挥动双桨。小船仿佛吃了一惊似的,迅速而又神经质地猛然前进,划破水面,发出一片哗哗的水声。

"稳点!……"

切尔卡什在船艄欠起身子,没有放下手中的桨,两道冷冷的目光紧盯着加弗里拉苍白的脸。他弯下腰,俯身向前,像一只准备纵身跃起的猫。听得见恶狠狠的咬牙切齿声和某些关节发出的怯怯的嘎吱声。

"谁在嚷嚷?"海上传来一声断喝。

"我说魔鬼,你划呀!……""轻点儿!……我揍死你,狗东西!……划呀,快划!……"切尔卡什沙哑地低声说。

"圣母……娘娘……"加弗里拉喃喃道,因为害怕和使劲,他在浑身哆嗦,疲惫不堪。

小船平稳地掉过船头,向港口往回驶去。港口的灯火汇成一片五彩缤纷的灯海,可以看见帆樯如林。

"喂!谁在大叫大嚷?"又传来那声喝问。

现在那声音比头一回远了些。切尔卡什放心了。

"就你在大叫大嚷!"他向喊声的方向说,接着又向还在低声祈祷的加弗里拉说道:

"我说老弟,算你运气!要是这些魔鬼赶过来追咱们——你就完蛋了。知道吗?我马上让你喂鱼去!……"

现在切尔卡什说话平静了,甚至很和气。但是加弗里拉还在吓得发抖,他央求道:

"我说你放了我吧!我用基督的名义求你了,放我走吧!随便找个地方让我上岸吧!哎呀呀!……我全完啦!……我说请你看在上帝的分上,放我走吧!你要我有什么用?我干不了这事儿!……我从来没干过这种事儿……头一回啊……上帝!我非完蛋不可!你是怎么把我骗上手的呢？啊？你是造孽呀！……是在毁灭人家的灵魂呀！……唉，这事儿……"

"什么这事儿？"切尔卡什厉声问，"嗯？说，什么这事儿？"

小伙子的恐惧使他感到很快活，他一面望着加弗里拉的恐惧，一面想到他切尔卡什居然成了一个可怕的人，感到很得意。

"这可是件昧良心的事呀，大哥！看在上帝分上，放我走吧！……你要我有什么用呢？……啊？……亲爱的……"

"别废话！用不着你就不雇你了。懂吗？——少废话。"

"主啊！"加弗里拉叹了口气。

"又来了！……别愁眉苦脸的！"切尔卡什打断了他的祷告。

但是现在加弗里拉已经控制不住自己了，他低声抽泣，抹眼泪，擤鼻涕，在座位上扭过来扭过去，但是却在使劲和拼命地划船。小船像箭似的飞速前进。在前面航道上又耸起一个个黑漆漆的船体，小船消失在船群之中，像个陀螺似的在船与船之间的狭窄的水道上转来转去。

"你呀，我说！如果有人问什么，想活命就别吱声！懂吗？"

"哎呀！……"加弗里拉绝望地叹了口气，算是对这个厉声吩咐的回答，接着又痛心地补上一句："我这辈子算完啦！……"

"别唠叨！"切尔卡什低声喝道。

这一声断喝使加弗里拉失去了思维能力，他面如死灰，全身发冷，预感到大祸即将临头。他机械地把桨划进水里，身子后仰，把桨提起来，又划进去，两眼一直死死盯着自己的树皮鞋。

海浪在昏睡般的哗哗声中忧郁地轰响着，听来十分可怕，前面就是港口……在港口花岗石大墙那边，可以听到人的说话声、水的拍溅声、歌声和尖细的哨子声。

"停！"切尔卡什低声说，"放下桨！两手顶住墙！轻点，鬼东西！……"

加弗里拉两手扒住光滑的石头，让小船沿着墙前进。小船的船舷蹭着长满黏液的石头，在无声地移动。

"停！……把桨给我！拿到这儿来！你的身份证在哪？在背囊里？把背囊给我！哎，快给呀！这是为了不让你溜，亲爱的朋友……现在你溜不了啦。没桨，你还凑合能溜，可是没身份证，你会害怕的。等着！注意，你敢发出一点声音——就是钻到海底，我也能把你找回来！……"

倏地，切尔卡什用手扒住什么东西，身子腾空上了墙，不见了。

加弗里拉打了个寒噤……这事发生得如此迅速。他感到，他在这个留着小胡子的瘦贼身上所感到的那该死的重压和恐惧，正慢慢地从他心头坠落、滑下……现在正好逃跑！……他心情舒畅地舒了口气，打量了一下周围。左面耸立着一个没有桅杆的黑黢黢的船身——像是一口硕大无朋的棺材，没有人，空空的……海浪每次向它的两侧打来，船里就产生一种低沉、响亮的回声，像是沉重的叹息。右侧水面上，蜿蜒着防波堤的灰色石墙，像是一条冰冷的水蛇。后面也可以看见一个个黑黢黢的骨架，而在前方，在大墙和这口棺材和船舷间，可以看见寂静无声的、荒凉的大海和海上的乌云。乌云在慢慢移动，又大又重，并从黑暗里发出一种恐怖，好像要用自己的重压把人压扁似的。一切都冰冷、黑暗、凶险。加弗里拉感到一阵恐怖。这个恐怖比切尔卡什加予他的恐怖更甚：它牢牢地攫住加弗里拉的心胸，使他胆怯地缩成一团，把他牢牢地钉在小船的长凳上……

周围的一切都哑默无声。除了大海的叹息外，没有一点声响。乌云仍旧和刚才一样在空中慢慢地、沉闷地爬动着，但是乌云却越来越多地从海上升起，举眼望天，使人不由得以为这也是大海，不过这大海波涛汹涌，倒挂在另一个昏睡的、平静的、光滑的大海之上。乌云像一排排汹涌澎湃、白浪滔天的波浪，扑向地面，又像风吹散波涛而形成的一个深渊,又像是一排排新生的巨浪,还没有被疯狂而愤怒的碧蓝浪花所覆盖。

加弗里拉感到自己被这个幽暗的寂静和美压垮了,他感到他想快点看到东家。要是他留在那边不回来咋办?……时间过得很慢,比乌云在天上爬还慢……寂静变得越来越可怕了……但是,听,在防波堤的大墙后边,似乎可以听到水的拍溅声、沙沙声和某种类似人的低语声。加弗里拉觉得他马上要死了……

"喂!睡着啦?接住!……小心……"传来了切尔卡什低沉的声音。

从大墙上放下一件立方形的沉甸甸的东西。加弗里拉把它接过来,放进了船舱。又放下一件同样的东西。接着探出了切尔卡什长长的身影,横过大墙,又出现了两支桨,加弗里拉的背囊也扔了过来,摔在他脚旁,于是气喘吁吁的切尔卡什在船艄坐了下来。

加弗里拉望着他,快乐地、怯生生地微笑着。

"累了吧?"他问。

"还能不累,小牛犊!来,使劲儿划!撒丫子快跑!老弟,你这回挣得不少啊!事情已经办成了一半。现在只剩下在这些鬼东西的眼皮底下划过去了。只要划过去,你就等着拿钱,找你的玛什卡去吧。你不是有个相好叫玛什卡吗?喂,娃娃,是不是?"

"不——价!"加弗里拉使出全力,拼命划船,胸部忽起忽落,像风箱似的,两手使劲划桨,像两只钢丝弹簧。水在小船下汩汩地响着,船艄后面的蓝色光带,现在更宽了。加弗里拉已经浑身大汗淋漓,但他仍旧不停地使劲划船。这天夜里,他经历了两次惊吓,现在他害怕再遇上第三次,他只希望快点干完这该死的活,立刻上岸,赶快跑掉,离开这个还没当真杀掉他或者还没把他弄进监狱的人。他决定不跟他说任何话,不去顶撞他,叫干什么就干什么,要是能够平安无事地跟他分手,那他明天就去给显灵者尼古拉做祈祷。

他胸中已有一篇热烈的祈祷词，准备滔滔不绝地流出。但是他克制住自己，像艘小火轮似的呼哧呼哧喘着气，一言不发，只是皱紧眉头，时不时瞥一眼切尔卡什。

而那一个，瘦高个儿，俯身向前，仿佛一只准备展翅飞翔的鸟，用那鹞鹰似的眼睛注视着小船前方的一片黑暗，不断转动着那凶猛的鹰钩鼻，一只手牢牢地把着舵，另一只手则捻着由于微笑而不住抖动的小胡子。切尔卡什对自己和自己的成功十分得意，对这个被他吓破了胆，并且变成他的奴隶的小伙子，也十分满意。他看着加弗里拉在使劲划船，倒可怜起他来了，他想给他鼓鼓劲。

"喂！"他微笑着，低声说，"怎么，你吓坏了是不是？"

"没——没事儿！……"加弗里拉吐了口气，喉咙里咕嘟响了一下。

"你现在划船就不必太使劲啦。现在可以歇会儿，只要再过一道关就行……你歇会儿吧……"

加弗里拉顺从地停下来，用衬衫袖子擦去脸上的汗，又把桨划进了水里。

"喂，划轻点。别让水发出声音。还得过一道关。轻点，轻点呀……不然的话，老弟，这儿的人可不好对付……说开枪就开枪。你还没来得及叫声'啊呀'，脑门上就打个大包。"

小船擦着水面在悄悄前进，几乎毫无声响。只有一滴滴蓝蓝的水珠从桨上滴落下来，落到海里时，在它们落下的地方倏地闪出一小块也是蓝蓝的光点。夜变得越来越黑，越来越沉静了。现在天空已不像波涛汹涌的大海——乌云已经四散，像一块均匀的、沉重的帷幕覆盖天际，一动不动地、低低地悬挂在水面上。大海也变得更宁静、更黑了，海上飘来的温暖的咸味，也变得更浓了。大海已经不像从前那样辽阔了。

"唉，下场雨就好啦！"切尔卡什低声说。"那咱俩就可以溜过去,跟拉上大幕似的。"

小船的左右两侧,从黑压压的水里陡地矗立起一座座大楼——这是驳船,一动不动,阴森森的,也是黑乎乎的一片,在其中一艘驳船上,有灯光在移动,有人提着马灯在来回走动。大海抚摩着驳船的两侧,发出一种低沉的央求般的声音,驳船也用响亮的、冷冷的回声,应和着大海,仿佛在争论,不肯向大海让步。

"哨卡!……"切尔卡什低声说,声音低得勉强可以听见。

自从他叫加弗里拉划轻些开始,加弗里拉又被一种剧烈的紧张感攫住,生怕出事。他全身探向前方,探向黑暗,他觉得他的人长长了——他身上的骨头和血管正在抻长,隐隐作痛,脑袋里只装着一个念头,也在疼,背上的皮肤在哆嗦,两条腿好像被一根根又细又尖又冷的针在往里扎似的。两眼由于一直紧张地注视着黑暗,也在酸疼。他害怕有人从黑暗中倏地站起来,对他们一声断喝:"站住,贼!……"

现在,当切尔卡什低声说了"哨卡"之后,加弗里拉打了个哆嗦:一个尖利的、焦灼的想法穿过他的全身,穿过并触动了他那绷紧的神经——他想大喊一声,叫人来帮忙……他已经张开了嘴,并且在长凳上微微欠起了身子,挺起了胸膛,胸中深深吸进一大口气,张开了嘴——但是蓦然一阵恐怖袭来,使他大惊失色,这恐怖跟鞭子似的抽了他一下,他闭上眼睛,从长凳上颓然摔倒。

……在小船前方,在遥远的天际,从黑黝黝的海水里,骤然升起一把蓝色晶莹的巨大宝剑,划破黑暗的夜空,剑锋扫过天上的乌云,像一条宽阔的蓝带,横卧在大海的胸膛。它横卧着,光带所及,从黑暗里陡地浮现出在此以前看不见的船舶,黑黢黢的,寂静无声的,被浓重的夜色笼罩着。似乎这些船过去被猛烈的暴风雨刮进了海底,在那里待了很久,现在又遵循大海所诞生的剑光的指令,从海底浮了上来——浮上来看看苍穹和海上的一切……它们的索具拥抱着桅杆,像是跟这些黑色的庞然大物同时从海底浮起来的死死缠住它们的一丛丛水草。那道剑光又从海的深处升起,直指夜空,这把可怕的蓝色宝剑,倏地升起,光芒四射,又划破夜空,又横卧海面,不过已经是在另一个方向。于是那时,在宝剑落下的地方,又浮现出一些它未曾出现之前看不见的船群的骨架。

切尔卡什的小船停了下来,在水面摇晃着,似乎不知道怎么办才好了。加弗里拉用两手捂住脸,躺在船底,切尔卡什用脚踹他,低声怒骂:

"笨蛋,这是海关的巡逻艇……这是探照灯!……起来,蠢货!灯光马上就会照到咱们身上来的!……你会把咱俩全给毁了的,鬼东西!起来呀!……"

后来,皮靴后跟终于有一下比别的更重地踢到加弗里拉的脊背上,他一跃而起,但还是不敢睁开眼睛,他坐到长凳上,伸手摇起了桨,划起了船。

"轻点!看我不宰了你!哎呀,轻点……真是个笨蛋,他妈的!……你怕什么?说呀!照你这德行!……不就是探照灯吗。划轻点……鬼东西!……这是缉私队。不会碰咱们——他们走远了不是。他们不会碰咱们的,别怕。现在咱们……"切尔卡什兴高采烈地打量了一下四周。"当然,划出来啦!……嘿!……我说你真运气,你这大笨蛋!……"

加弗里拉不吱声,划着船,沉重地呼吸着,斜眼望着那道剑光仍在时起时落的地方。切尔卡什说,这不过是盏灯,他怎么也不信。劈开黑暗的冷冷的蓝光,既然能使大海闪出一片银光,它里面一定有某种不可思议的东西,于是加弗里拉又陷入一种又愁又怕的催眠状态。他像机器似的划着船,老是缩成一团,好像在等待从天而降的打击似的。他心里已没有任何念头,任何愿望——他变得麻木不仁,一片空虚。这一夜的惊惶不安,终于吞噬了他身上一切属于人的东西。

切尔卡什却兴高采烈。他那习惯于提心吊胆的神经已经平静了下来。他的小胡子在得意地抖动,两眼在熠熠发光。他觉得他的心情好极了。他得意地吹着口哨,大口大口地吸着大海湿润的空气。他看看四周,当他的目光停留在加弗里拉脸上时,他和蔼地笑了。

一阵风吹过,吹醒了大海,海面蓦地泛起细密的涟漪。乌云似乎变薄了,变透明了,但是整个天空仍旧乌云密布。尽管风(不过是一阵轻风)在大海上自由飘荡,但乌云却凝然不动,似乎在动着某种灰色的、沉闷的念头。

"我说老弟,你也该清醒清醒了吧!瞧你那模样——好像把你的整个灵魂都从臭皮囊里挤出去了,就剩下一大包骨头似的!一切都干完了。喂!……"

加弗里拉听见有人说话,心里还是高兴的。尽管说这话的人是切尔卡什。

"我听见了,"他低声说。

"这就对啦!尿包……来,你掌舵,我划船,大概累了吧!"

加弗里拉机械地跟他交换了位置。当切尔卡什跟他交换位置的时候,瞥了一眼他的脸,发现他两腿发抖,全身摇晃,他更加可怜起这小伙子了。他拍了拍他的肩膀。

"好了好了,别怕啦!不过钱倒挣得不少。老弟,我要好好犒劳犒劳你。你想要张二十五卢布的票子吗?啊?"

"我——什么也不要。我只要上岸……"

切尔卡什挥了下手,啐了口唾沫,就动手划起桨来,他挥动着自己的长胳膊,把桨不断朝后远远地甩去。

大海醒了,海上掀起一片细浪,波浪不断涌起,又不断在浪尖上镶上一圈浪花的流苏,后浪撞击前浪,碎成一片细雾。浪花在消融时发出咝咝的声音,叹息着——于是周围的一切便充满一片音乐般的喧哗声和拍溅声。黑暗似乎变得渐渐有了生气。

"嗯,告诉我,"切尔卡什开口道,"你回到村子,结了婚,就开始耕地种庄稼,老婆一旦生儿育女,吃的就不够啦;于是你就一辈子拼命干……嗯,怎么样?这事很有味道吗?"

"有啥味道!"加弗里拉胆怯地哆嗦着回答。

有几处,风吹散了乌云,从裂缝处可以看见一小块蓝天和天上的一两颗星星。这些星星倒映在波涛起伏的大海上,仿佛在浪尖上跳跃,时而消失不见,时而重新闪耀。

"靠右!"切尔卡什说,"很快就到。可不吗!……干完了。这活干得不赖!你这下瞧见了吧?……一夜,我就到手五百卢布!"

"五百?!"加弗里拉不相信地拖长了声音问,但立刻又害怕起来,用脚踢着小船里的那两包东西,急促地问道,"这到底是什么玩意儿?"

"这玩意儿可值钱了,要是全照原价卖出去,足值一千卢布。不过我不卖高价……干得漂亮吗?"

"真——的?……"加弗里拉疑惑地拖长了声音。"要是这给我的话!"他叹了口气,立刻想起了农村、穷苦的家业、自己的母亲,以及一切既遥远又亲切的东西,他就是为了这些才出来做工的,就是为了这些才在这一夜受尽了洋罪。回忆的波浪袭来,裹住他的全身。他想起他那小村,由陡峭的山坡迤逦而下,直达山溪,而山溪则掩映在一片桦树、白柳、花椒树和稠李之间……"唉,那就阔啦!……"他伤心地叹了口气。

"是——吗?我想,你就会马上乘火车回家……一回家,姑娘们准爱上你,嘿,别提多美啦!……你随便挑一个!还得给自己盖座房子——嗯,要盖房子,这点钱恐怕不够吧……"

"这话不假……盖房还不够。我们那儿的木料可贵啦。"

"那怎么办?把老房子翻修一下得了。马怎么样?有马吗?"

"马！马倒有，就是太老啦，鬼东西。"

"嗯，这么说，还得来匹马。来匹好马！来头奶牛……几只羊……各种家禽……对不对？"

"还用说吗！……唉，主啊！那日子就过得美啦！"

"是——啊，老弟，这日子就能凑合过啦……这事我也懂点儿。过去我也有过家……我父亲是个大财主，村里是数得上的……"

切尔卡什划得很慢。小船在波浪上晃动着，浪花顽皮地拍打着船舷。小船在黑压压的大海上慢慢移动，大海闹得越来越欢了。两个人在水上晃悠着，都在幻想，若有所思地望着自己的周围。切尔卡什勾起加弗里拉的思乡之情，是想多少鼓励鼓励他，安慰安慰他。起初，他说话的时候，还在小胡子里暗自窃笑，但是到后来，他和对方一问一答，向他提到农村生活的乐趣(对这种乐趣，他自己早已绝望，也早忘了，只是现在才重新想起它)，才渐渐忘情，本来应当问小伙子一些关于农村和农村的事儿，可是他却不自觉地自己说开了：

"农民生活中最要紧的，老弟，就是自由！你自己当家做主。你有自己的房子，哪怕它一文不值，但是它是你自己的。你有自己的地，哪怕它只有巴掌大小，但是它是你自己的！你在自己的土地上就是国王！……你有身份……你可以要求任何人尊敬你……对吗？"切尔卡什非常兴奋地结束了自己的议论。

加弗里拉好奇地望着他，也觉得兴奋起来。在谈到这些事的时候，他已经忘了他在跟谁说话。他在自己面前看到的是跟他一样的农民，世世代代扎根在土地上、流血流汗的农民，儿时的回忆使他和土地联系在一起，后来他擅自离开这片土地，不再关心它，因而受到了应有的惩罚。

"这话在理，大哥！唉，不就是这理吗！你瞧你现在这模样，没有土地成什么了？土地就跟母亲一样，大哥，一个人是不可能长久忘记母亲的。"

切尔卡什醒悟过来……他感到胸口一阵刺痛。每当他的自尊心,一个对什么都不在乎的好汉的自尊心被什么人稍一触犯,特别是被一个在他看来一文不值的人所触犯,他就怒火中烧,按捺不住。

"胡扯!"他凶狠地说,"你大概以为我这是正经八百地说的……想得倒美!"

"是啊,真是个怪人!……"加弗里拉又胆怯起来。"我难道说你了吗?恐怕,像你这样的人不老少啊!唉,世上有多少不幸的人啊!……到处流浪……"

"你来划船,笨蛋!"切尔卡什简短地命令,不知为什么把涌到喉头的一长串怒骂又咽了回去。

他俩又互相交换了位置,切尔卡什在跨过货包爬到船艄去的那工夫,真想给加弗里拉一脚,把他踢进水里。

简短的谈话中止了,但是现在甚至在加弗里拉的沉默里,也向切尔卡什散发出一股农村的气息……他回想过去,忘了掌舵,小船被波浪冲到了另一边,向海上漂去。波浪也似乎懂得这艘小船已经失去了目标,于是就越来越高地把他抛掷着,轻轻戏弄着它,桨起处,浪花上闪烁着点点温柔的蓝光。切尔卡什眼前迅速闪过一幅幅过去的图画——那遥远的过去与现在隔着一堵高墙,十一年流浪生活的高墙。他看到自己还是个小孩,看到自己的村子,自己的母亲——一个脸蛋红红的、有一双善良的灰色眼睛的胖女人,看到自己的父亲——一个红胡子的彪形大汉,老板着脸;他又看见自己当了新郎,看见妻子——黑眼睛的安菲莎,梳着一条长长的辫子,体态丰满,性格温柔、快活,他又看见自己英俊潇洒,当上了近卫兵;他又看见父亲,但已是白发苍苍,被工作压弯了腰,母亲也是满脸皱纹,弯腰曲背,人也变矮了;他接着又看见自己服役回家时全村人欢迎他的情景;他看见父亲当着全村人的面为自己的格里戈里感到自豪。他那时已是一个留着小胡子的体魄健壮的士兵,一个动作灵活的美男子……记忆——这是不幸人的长鞭,它甚至能使过去的顽石复活,甚至能给从前喝过的毒药也滴上几滴蜂蜜……

切尔卡什感到自己被某种煦风般宽容一切的暖流所笼罩。这股风给他的耳畔送来了母亲的亲切话语,父亲这个规规矩矩的庄稼汉的庄重的教诲,以及大地母亲许多被遗忘的声音和浓郁的芳香——大地刚解冻,刚翻耕,刚披上冬小麦的碧绿如茵的春苗……他感到自己孤苦伶仃,已从那种生活方式里被永远抛弃、永远逐出,而他血管里流着的血,正是在这种生活方式里培养出来的。

"喂!咱们到底上哪呀?"加弗里拉蓦地问道。

切尔卡什打了个寒噤,用猛禽般惊惧的目光环顾了一下四周。

"活见鬼,上哪了呀!使劲划……"

"想心事了?"加弗里拉笑着问。

"累了……"

"那么说,咱们现在已经不会因为这玩意儿遭殃啦?"加弗里拉用脚踢了踢货包。

"不会了……你放心。马上就可以一手交货和一手拿钱啦……可不是吗!"

"五百?"

"至少。"

"这,这个,可是一大笔钱呀!要是给我这个苦命鬼!……嘿,我就有戏唱啦!……"

"唱庄稼人的戏?"

"没准还不止这些哩!我马上……"

于是加弗里拉插上幻想的翅膀,开始飞翔。切尔卡什则一言不发。他的小胡子耷拉着,右半身被浪花打湿了,两眼下陷,失去了光泽。他心中一切凶猛的东西都被软化了,被一种逆来顺受的沉思所冲淡。这种若有所思的神情，甚至从那脏衬衣的皱折里都看得出来。

他让小船来了个急转弯，向着一件从水里探身出来的黑压压的东西驶去。

天上又布满了乌云，淅淅沥沥地下起了温暖的细雨，雨点落在浪尖上，发出快活的叮叮咚咚的响声。

"停！别出声！"切尔卡什命令。

小船的船头咣当一声撞在一艘帆船上。

"鬼东西，都睡着了！……"切尔卡什咕哝道，用篙钩住从船上放下来的绳索。"把船梯放下来！……还下起了雨，没法早来！喂，海绵！……喂！……"

"谢尔卡什吗？"船上传来和气的咕噜声。

"喂，放船梯呀！"

"卡利梅拉①，谢尔卡什！"

"放船梯呀，黑鬼！"切尔卡什咆哮道。

"嘿，你今天好大的脾气……哈啰！"

"爬上去，加弗里拉！"切尔卡什对同伴说。

他们转眼就上了甲板，那里有三个留大胡子的黑乎乎的人影，他们在用一种奇怪的叽里呱啦的语言热闹地相互交谈着，望着船外切尔卡什的小船。第四个人，裹着长长的厚呢斗篷，走到他身边，默默地握了握他的手，然后又怀疑地打量着加弗里拉。

"天亮前准备好钱，"切尔卡什对他简短地说，"现在我去睡觉。加弗里拉，走！想吃点东西吗？"

"还是睡觉吧……"加弗里拉回答。五分钟后他已经打鼾了，而切尔卡什则坐在他身旁，把一只不知道谁的靴子在脚上试穿着，

---

① 希腊语：晚上好。

一边若有所思地向一旁啐着唾沫,一边透过牙缝忧郁地吹着口哨。接着,他也挨着加弗里拉伸腿躺下,两手枕着脑袋,动了动小胡子。

帆船在波涛起伏的水面上轻轻摇晃着,不知什么地方的木头在发出如泣如诉的声音,雨轻轻地落在甲板上,波浪拍溅着船舷……一切都很悲伤,听去像是母亲对自己儿子的幸福已不抱希望了的摇篮曲……

切尔卡什龇着牙齿,微微抬起头,打量了一下周围,低声嘟囔了一句,重又躺下……他又开两腿,看去像把大剪刀。

三

他头一个醒,惊慌地望了望周围,立刻放下心来,瞧了瞧还睡着的加弗里拉。他打着鼾,睡得正香。甚至在睡梦中,他那孩子般健康而又晒得黑黑的脸,还在向什么东西微笑。切尔卡什叹了口气,踩着窄窄的绳梯向上爬去。货舱的舱口露出一块铅灰色的天空。天已经亮了,但自有一种秋天的肃杀和灰暗。

过了约莫两小时,切尔卡什回来了。他的脸红红的,两撇小胡子十分神气地向上翘着。他穿着一双结实的长靴、短上衣和皮裤,像个猎人。他的全套服装虽然是旧的,但料子结实,穿着也很合身,这使他的身材显得宽了,掩盖了他的瘦骨嶙峋,使他别有一种英武之气。

"喂,小牛犊,起来吧!……"他用脚踢了踢加弗里拉。

加弗里拉一跃而起,因为刚睡醒都不认识他了。加弗里拉睡眼蒙眬地、害怕地注视着他。切尔卡什哈哈大笑。

"瞧你这模样!……"加弗里拉终于咧开嘴笑道。"变成老爷了!"

"干我们这行当,这很快。嘿,你的胆子也太小了嘛!昨天夜里你有多少回都准备死了?"

"是啊,你自己想想嘛,我头一回干这事!要知道,这会使良心痛苦一辈子的!"

"嗯,还想再干吗?啊?"

"再干!……这事儿——怎么跟你说呢?要看有什么好处?……就这么回事!"

"嗯,要是给你两张花票子①呢?"

"你是说二百卢布?没什么……这可以……"

"慢!良心痛苦咋办?"

"这事儿,也许……就不痛苦啦!"加弗里拉微微一笑。"非但不痛苦,还能出人头地,一辈子享用不尽。"

切尔卡什快活地哈哈大笑。

"嗯,得了!不开玩笑了。咱们上岸吧……"

他们又上了小船。切尔卡什掌舵,加弗里拉划船。他们头上是阴云密布的灰色天空,浑浊发绿的大海戏弄着小船,把它在浪尖下抛上抛下,发出哗哗的响声。波浪暂时还小,正快活地把亮晶晶的、带有咸味的浪花抛进船舱。顺船头往前看,可以看见远处有一片金黄色的沙滩,船艄后面则是一望无际的大海,海面波涛起伏,连绵不绝,点缀着一片白茫茫的浪花。在那边远处,许多船舶隐约在望;往左远看——帆樯林立和城里鳞次栉比的白房子。从那儿,沿着海面,传来一片低沉的轰隆声,它与海浪的澎湃声混在一起,组成一首美妙而有力的乐曲……而在这一切之上又覆上一层薄薄的灰色晨雾,使物体彼此隔开,遥遥相望。

"嘿,傍晚时分一定会风雨大作!"切尔卡什用手指着大海说。

---

① 面额为100卢布的纸币。

"暴风雨?"加弗里拉问,用桨使劲地划开波浪。海风吹得浪花四溅,把他从头到脚都打湿了。

"对!……"切尔卡什点头道。

加弗里拉试探地望了望他……

"喂,给了你多少?"他看见切尔卡什不想开口说话,终于问道。

"瞧!"切尔卡什说,从兜里掏出一沓钞票给加弗里拉看了看。

加弗里拉看见花花绿绿的票子,于是一切在他眼前都染上了一片明亮的、彩虹般的色彩。

"嘿!我还以为你骗我哩!……这有多少?"

"五百四!"

"太棒了!……"加弗里拉低声说,用贪婪的眼睛目送着又被装进口袋的那五百四十卢布。"哎呀!……要是这些钱!……"他沮丧地叹了口气。

"咱俩去喝个痛快,小伙子!"切尔卡什开心地大声说,"嘿,走吧……你甭担心!老弟,我会分给你的……给你四十!怎么样?满意吗?要不要现在就给你?"

"只要你不觉得吃亏——也行啊!我收下就是!"

加弗里拉由于焦灼的、憋得难受的期待而浑身发抖。

"哼,你这鬼东西!我收下就是!请你收下吧,老弟!请你千万赏个脸,收下吧!因为我不知道把这一大堆钱往哪儿搁才好!请你行行好,收下吧,给!……"

切尔卡什递给加弗里拉几张票子,他用发抖的手接过钞票,放下桨,立刻藏进怀里。他贪婪地眯起眼睛,呼呼地吸着气,好像在喝什么烫嘴的东西似的。切尔卡什带着一种嘲弄的微笑看着他。而加弗里拉已经重新操起桨,神经质地、急匆匆地划着船,好像害怕什么东西似的,并且垂下了眼睛。他的肩膀和耳朵在哆嗦。

"你这人也太财迷了!……这不好……不过,也没什么!……农民嘛……"切尔卡什若有所思地说。

"你不知道有了钱能办多少事!……"加弗里拉骤然浑身激动、感慨激昂地说道。接着他前言不对后语地,急匆匆地,在追逐自己的思想,想到什么说什么地谈起了农村有钱和没钱的生活。有了钱——受人敬重,生活富足,日子过得快活!……

切尔卡什注意地听着他说话,神情严肃,若有所思地眯着眼睛。他间或心满意足地微微一笑。

"到了!"他打断了加弗里拉的话。

波浪托起小船,轻巧地把它推上沙滩。

"好了,老弟,现在完事了。可以把小船拖远点,免得让潮水冲跑了。会有人来找它的。咱俩就此分手!……打这儿进城大约八俄里地。你怎么,不再回到城里去吗?啊?"

切尔卡什的脸上绽出一朵又善良又狡猾的微笑,他那模样仿佛想出了一件对自己非常愉快,而又出乎加弗里拉意料的事情似的。他把一只手插进衣袋,把兜里的钞票弄得沙沙响。

"不……我……不去……我……"加弗里拉气喘吁吁地说,好像喉咙里被什么东西卡住了似的。

切尔卡什望了望他。

"你干吗龇牙咧嘴的?"他问。

"没么……"但是加弗里拉的脸一忽儿变红,一忽儿发灰,他站在那里犹豫不决,既好像要向切尔卡什猛扑过去,又好像被另一种难以实现的愿望弄得心乱如麻,不知如何是好。

切尔卡什看到这小伙子那副激动的模样,心里很不自在。他等着,看他怎样发作。

加弗里拉先是怪模怪样地笑着,简直像哭。他的头低垂着,切尔卡什看不见他的面部表情,只能模糊地看到他那两只红一阵、白一阵的耳朵。

"见你的鬼去吧！"切尔卡什挥了下手。"你难道爱上我了吗？扭扭捏捏，像个大姑娘！……要不然，舍不得跟我分手？唉，傻小子！快说你有什么事？不然的话，我走啦！……"

"你想走?!"加弗里拉一声断喝。

他这声断喝使荒漠的沙岸哆嗦了一下，被海浪冲洗干净的金黄色沙滩的波纹也似乎摆动了一下。连切尔卡什也吓了一跳。蓦地，加弗里拉纵身跃起，扑到切尔卡什的脚旁，双手抱住他的大腿，使劲往身边一拉。切尔卡什晃动了一下，沉重地跌坐在沙滩上，他咬紧牙齿，高高挥起他那攥成拳头的长胳膊。但是他还没来得及打下去，就听到加弗里拉不好意思的、央求的低语，于是他住了手。

"亲爱的！……你就把这些钱给我吧！给我吧！看在基督分上！你要这些钱干吗呢？……不就是一夜——一夜工夫吗……可是我却要花好多年……给我吧——我一定替你祷告！祷告一辈子——在三座教堂——祈求上帝拯救你的灵魂！……你还不是把钱白花了……我可要把它用到种地上！哎呀，把钱给我吧！你要它干吗呢？……你难道舍不得？一夜工夫不就发大财了！你行行好吧！你反正完蛋了……你已经走投无路……可我能够——啊呀！你就把钱给我吧！"

切尔卡什被他吓了一跳，感到很奇怪，也很恼火。他坐在沙滩上，身子后仰，两手撑地，坐着，一言不发，瞪大着惊惧的双眼，望着这小伙子。加弗里拉把脑袋埋在他的两腿中间，气喘吁吁地低声央求着。他终于推开他，站起身来，把一只手伸进口袋，掏出钞票，扔在加弗里拉身上。

"给！给你吃了……"他喝道，气得浑身发抖，对这个贪得无厌的奴隶又恨，又非常可怜他。他把钱扔给他后，感到自己成了英雄。

"我本来就想多给你点。我昨天想起农村，心就软了……我想：

就帮这小伙子一把吧。我等着,看你怎么办,会不会来求我?可你……嘿,窝囊废!叫花子!难道为了几个钱就可以这样折磨自己吗?笨蛋!贪得无厌的魔鬼!……自己姓什么都忘了……为了几个小钱就把自己卖了!……

"亲爱的!……愿基督保佑你!我这下可阔啦!……我现在是……财主啦……"加弗里拉兴高采烈地嚷道。哆哆嗦嗦地把钱藏进怀里。"嘿;你呀,亲爱的!……我一辈子忘不了!……永远忘不了!……我要让我的老婆孩子为你祷告!"

切尔卡什听着他那快活的哭号,看着他那被贪婪的狂喜扭曲了的容光焕发的脸,不由得感到自己虽然是个贼,是个流浪汉,离乡背井,孤苦伶仃,但是他永远不会这样贪心、低下和忘乎所以。永远不会成为他这样的人!……正是这个思想和这种感觉,使他充满一种自由的意识,使他站在加弗里拉身旁,没有立刻离开这荒凉的海滩。

"你成全了我!"加弗里拉叫道,抓住切尔卡什的手,贴在自己脸上。

切尔卡什一言不发,像狼似的龇着牙齿。加弗里拉还在一个劲地倾吐心曲:

"你知道我刚才想什么了吗?咱们划到这儿来的时候……我想……用桨……给他,也就是……给你'嘿'的一下……把钱装进自己的腰包,把他……也就是把你,扔进大海……啊?我想,谁会想到他,来找他呢?就算找到了,也不会追究他是怎么死的和谁弄死的。我想,他不是那种值得为他鸣冤叫屈的人!一个世上所不需要的人!谁会来替他做主啊?"

"把钱拿来!……"切尔卡什掐住加弗里拉的喉咙,一声怒喝。

加弗里拉挣扎了两下,但是切尔卡什的另一只手却像蛇一样紧紧缠住了他……发出衬衫撕破的声音——加弗里拉躺在沙滩上,发狂似的瞪着两眼,手指使劲抓着空气,两腿乱蹬。切尔卡什站直了身子,干瘦而凶猛,他恶狠狠地龇着牙齿,发出一阵断断续续的、挖苦的笑,他的小胡子在他那颧骨突出的尖尖的脸上神经质地抖动着。他这辈子还从来没有受过这么大的侮辱,他也从来没有发过这么大的火。

"怎么样,这下你幸福了吧?"他一边狞笑,一边问加弗里拉,说完就背过身,往进城的方向走去。但是他还没走出五步,加弗里拉就跟猫似的弓起身子,一跃而起,抓起一块圆石头,使劲挥了一下胳膊,向他扔去,还恶狠狠地叫道:

"给——你一下!……"

切尔卡什哼了一声,两手抱住脑袋,身子向前晃了一下,向加弗里拉转过身,接着便脸朝下地摔倒在沙滩上。加弗里拉瞧着他,吓呆了。切尔卡什的一条腿动弹了一下,想抬起头来,接着又挺直了身子,像琴弦似的抖了一下。见状,加弗里拉拔腿向远处飞跑,那儿有一片雾霭溟蒙的草原,上空挂着一大块狰狞的黑压压的乌云。海浪在哗哗响着,冲上沙滩,跟它融成一片,又再一次冲上来。泡沫咝咝响着,浪花在空中飞舞。

雨飘洒下来。起先稀稀落落,很快就大雨如注,变成密密匝匝的瓢泼大雨。雨拉成雨丝,织成雨网,霎时间遮没了远处的草原和远方的大海。加弗里拉钻进雨网不见了。除了霏霏扬扬的雨丝和躺在海边沙滩上的长长的人影以外,很久什么也看不见。但是后来,逃跑的加弗里拉又从雨里钻了出来,他像鸟似的飞来;他跑到切尔卡什身旁,在他跟前趴下,想把他从地上翻过来。他的手泡进温暖的红色黏液里……他哆嗦了一下,向后一缩,脸色疯狂,一片苍白……

"大哥,起来吧!"他在哗哗的雨声中向切尔卡什耳边悄声道。

切尔卡什醒了过来,把加弗里拉从身边推开,声音沙哑地说:

"滚!……"

"大哥!饶了我吧!……这是魔鬼支使我干的……"加弗里拉亲着切尔卡什的手,声音发抖地低语。

"走……走开……"切尔卡什哑声道。

"去掉我灵魂上的罪过吧!……我的亲人!饶了我吧!……"

"该死……你滚!……滚到魔鬼那儿去!"切尔卡什突然叫道,从沙滩上坐起来,他的脸色苍白而恼怒,两眼无光,睁都睁不开,好像他十分困倦想要睡觉似的。"你还要什么?你要做的事都做完了……走!快滚!"他本来想用脚去踢十分伤心的加弗里拉,但是力不从心,要不是加弗里拉抱住他的肩膀,扶住他,非又倒下去不可。切尔卡什的脸现在和加弗里拉的脸挨在一起,两人的脸色苍白而可怕。

"呸!"切尔卡什向自己的雇工睁得大大的眼睛上啐了口唾沫。

加弗里拉逆来顺受地用袖子擦了擦,悄声道:

"你爱干什么都成……我决不说半个不字。看在基督分上饶了我吧!"

"吸人血的小爬虫!……连咬人都不会!……"切尔卡什轻蔑地叫道,在褂子底下撕开一片衬衫,一言不发地,间或咬紧牙关,开始给自己包扎脑袋。"钱拿了吗?"他透过牙缝问道。

"我没拿钱,大哥!我不要!……拿这钱会遭殃的!……"

切尔卡什把一只手伸进上衣口袋,掏出一沓钱,把一张花票子又放回兜里,其余的都扔给了加弗里拉。

"拿去,快走!"

"我不要,大哥!我不能拿!饶了我吧!"

"叫你拿你就拿!……"切尔卡什惊惧地转着眼珠,吼道。

"饶了我吧!饶了我,我就拿……"加弗里拉怯怯地说,说罢就跪倒在切尔卡什脚旁,跪倒在大雨冲刷过的湿漉漉的沙滩上。

"胡说，你会拿的，吸人血的小爬虫！"切尔卡什很有把握地说，接着又揪住他的头发，使劲把他的脑袋提起来，把钱杵到他脸上。

"拿着！拿着！总不能白干！拿着，别怕！别因为差点没把人打死，就不好意思！像我这种人死他个把，谁也不会追究。就是知道了，还说声谢谢哩。给，拿着！"

加弗里拉看见切尔卡什笑了，他心里感到轻松了些。他把钱紧紧攥在手里。

"大哥，你能饶恕我吗？不愿意？啊？"他眼泪汪汪地问。

"好兄弟……"切尔卡什摇摇晃晃地站起来，学着他的腔调回答道，"饶恕你什么呢？没什么可饶恕的！今天你搞我，明天我搞你嘛。"

"唉，大哥呀大哥……"加弗里拉摇着头悲伤地叹了口气。

切尔卡什站在他面前，异样地微笑着，他扎在脑袋上的那块破布在渐渐变红，像是戴着一顶红色的土耳其帽。

下着倾盆大雨。大海在低沉地哀叹，波涛疯狂和愤怒地拍打着海岸。

"好了，再见！"切尔卡什一面上路，一面嘲笑地说。

他踉踉跄跄地走着，两腿哆嗦着，一只手奇怪地托着脑袋，生怕把它丢了似的。

"饶了我吧，大哥！……"加弗里拉再次恳求。

"没什么可饶恕的！"切尔卡什一面上路，一面冷冷地回答。

他踉踉跄跄地走了，左手一直托着脑袋，右手则轻轻捻着褐色的小胡子。

加弗里拉目送着他，一直到他消失在雨丝中为止。雨越下越大，像一道道纤细而又无尽无休的水流似的从乌云里倾泻下来，把草原裹紧在密密匝匝的灰蒙蒙的雾霭之中。

后来，加弗里拉摘下自己湿漉漉的便帽，画了个十字，看了看攥在手掌中的钱，如释重负地长叹了一声，把钱藏进怀里，开始大踏步地、坚定地沿着海岸，朝切尔卡什走得看不见了的相反方向走去。

大海在咆哮，把沉重的巨大的海浪抛掷到海边的沙滩上，溅起一片浪花和泡沫。雨在使劲鞭打着海水和大地……风在吼……周围的一切都充满了咆哮、怒号和轰鸣……透过大雨，既看不见大海，也看不见天空。

很快，雨和浪花就洗净了切尔卡什躺过的地方的血迹，以及切尔卡什和那个年轻小伙子在海边沙滩上留下的脚印……于是在那荒凉的海岸上就什么也看不见了，谁也不会想到有两个人曾经在这里演出过一出小小的悲剧。

（1895年）

马尔华

臧仲伦　译

海——在欢笑。

暑热蒸腾，海风在轻轻拂动。微风过处，海在波动，蒙上了层层涟漪。波纹映照着太阳，耀眼欲花，成千上万个银光灿烂的笑靥在向着蓝天微笑。海天一色，一片湛蓝。在海与天之间，到处是一片波浪的欢笑。波涛滚滚，后浪推前浪地奔跑着冲上沙嘴的海边浅滩。这片波涛声，这片波光粼粼的海面，被千波万折地映照着的太阳的光华和谐地融合在一起，组成了充满生气和欢乐的不断运动。太阳是幸福的，因为它普照大海；大海是幸福的，因为它映照着欢乐的阳光。

风儿亲切地抚摩着大海缎子般的胸脯；太阳则用自己热烈的阳光温暖着海面，而大海则在这些充满柔情蜜意的爱抚下，昏昏欲睡，娇喘吁吁，使得热风中充溢着因海水蒸发而散发出来的一种带有咸味的芳香。碧浪滚滚，冲上黄沙，洒下一片白色的泡沫。泡沫则发出轻轻的咝咝声，在滚热的沙滩上渐渐消融，湿润着沙土。

狭长的沙嘴，就像一座硕大无朋的尖塔从海岸倒塌，落进了大海。塔尖斜插进碧波浩渺、波光粼粼的水面，它的基座则在远处悄然隐没，因为那里溽暑蒸腾的雾霭笼罩着大地。微风过处，从那边吹来一阵阵重浊的怪味，而这里，在湛蓝明亮的天幕下是一片洁净的大海，闻到这股怪味，真是匪夷所思，有污情趣。

沙嘴的沙滩上到处散落着鱼鳞，沙土里插着木棍，木棍上挂着渔网，光影落地，像一面蜘蛛网。有几艘大船和一只小船，排成一排，闲置在沙滩上；不断冲上海岸的波浪，仿佛在向船招手，引诱它们随它下海似的。篙、桨、筐和木桶，横七竖八地堆放在沙嘴上，其间有座窝棚，是用柳条、树皮和草席搭成的。窝棚入口，在一根生有枝杈的木棍上，靴底朝天，晾着一双毡靴。而在这些乱七八糟的东西上面，竖着一根长长的旗杆，旗杆上挂着一块红布，在迎风招展。

在一艘船的阴影里，躺着瓦西里·列戈斯捷夫，他是格列边希科夫渔场的前哨——沙嘴的看守人。他趴在地上，两手撑头，注视着远方的海岸，注视着依稀可辨的海岸线。那里，在水面上，晃动着一个小小的黑点；瓦西里高兴地看到，那黑点正向他这边越移越近，而且越来越大了。

波浪上的阳光闪闪烁烁，发出一片亮光，他眯上眼睛，满意地笑了：这是马尔华来了。她一来就会咯咯咯地笑个不停，她那迷人的胸脯就会富有诱惑力地一起一伏，伸出她那软软的纤手拥抱他，亲热地吻他，吻得没个够，而且亲吻声响得把海鸥都吓跑了，然后就开始讲对岸的各种新闻。他俩就要一起炖美味的鲜鱼吃，喝酒，躺在沙滩上卿卿我我，说着话儿，互相打闹。然后，天一黑，他俩就烧水沏茶，就着茶吃面包圈，最后就躺下睡觉……每逢星期天他俩都这样，这是每周一次的节日。然后，一清早，他就划船把她送到对岸，那时，清风徐来，正处在黎明前的一片昏暗中，大海还在昏睡。她则睡眼惺忪地坐在船尾，而他则划着船，看着她。这时候，她那模样儿多可笑呀，又可笑又可爱，像一只吃得饱饱的小猫。她坐在长凳上，也可能滑下来，滑到船底，于是她就在那里缩成一团，睡着了。她常这么干……

这天，溽暑难耐，连海鸥也懒得动弹。它们排成一排排，蹲在沙滩上，张大了嘴，耷拉着翅膀，或者懒洋洋地漂浮在波浪上，随着波浪晃悠，既不鸣叫，也不像平时那样像猛禽似的跃然海上。

瓦西里觉得，小船上似乎并不止马尔华一个人。难道谢廖日卡又缠上她了？瓦西里在沙滩上沉重地翻了个身，坐了起来，手搭凉棚，心慌意乱地开始打量跟她同船来的那人到底是谁？马尔华坐在船艄掌舵。划船的那人肯定不是谢廖日卡，划得别别扭扭，笨手笨脚，要是同谢廖日卡来，马尔华根本用不着掌舵。

"嗨！"瓦西里不耐烦地叫了一声。

沙滩上的海鸥抖动了一下翅膀，警惕地侧目而视。

"嗨、嗨……"马尔华清脆的嗓音从船上传来。

"你跟谁呀？"

传来一阵笑声，算是回答。

"鬼东西！"瓦西里声音不大地骂了一句，啐了口唾沫。

他很想知道同船来的那人是谁；他卷着纸烟紧盯着那个划船人的后脑勺和后背。桨打着水，发出响亮的拍溅声，在空中回荡。那个看守人光脚在沙滩上挪动着两腿，沙子在他脚下发出嘎吱嘎吱的声音。

"跟你同来的那人是谁呀？"他叫道，这时他已经看得见马尔华那漂亮的脸蛋上他所熟悉的笑靥。

"等等嘛，你会知道的！"她哈哈笑着回答。

划船的那人向岸边转过了脸，也笑呵呵地望着瓦西里。

看守人皱紧双眉，使劲回想，这个他似曾见过的小伙子到底是谁呢？

"使劲划！"马尔华下令。

小船一个冲刺，猛地爬上了沙滩，带着一身浪花，几乎半条船都上了岸，船身侧向一边，停住了，浪花则滚滚后退，退回大海。划船人纵身一跃，跳上岸，叫道：

"你好，爸爸！"

"雅科夫！"瓦西里沮丧地叫起来，看来，他的惊讶多于高兴。

他俩拥抱着，在嘴上和脸蛋上亲了三次；瓦西里脸上，惊奇、快乐和尴尬羼杂在一起。

"怪不得我瞧着……有点那个——心里咯噔一下……啊，是你呀——怎么会是你呢？哎呀！我看来看去——该不是谢廖日卡吧？不，我看不是谢廖日卡！到头来，是你呀！"

瓦西里一只手摸着满嘴的络腮胡子，另一只手在空中挥舞着。他想扭过脸去看看马尔华，但是儿子充满笑意的眼睛紧盯着他的脸，他看到这目光，觉得很尴尬。他心中有两种感情在交战，一方面，看到他有这么一个健康而又漂亮的儿子，很得意；另一方面，他那相好就站在他身边，他又觉得难堪。他挪动着两脚站在雅科夫面前，向他接二连三地提了一连串问题，也不等儿子对这些问题做出回答。他心乱如麻，他感到特别不好受的是听到马尔华那带刺的话：

"你就别转来转去啦……瞧你那份高兴劲儿！快领他到窝棚去，有好吃的拿出来……"

他向她转过了脸。她嘴上挂着一丝他所不熟悉的嘲笑，而她整个人——像平时一样，丰满、温软、娇艳而又红润，与此同时，又像变了样，变成陌生人似的。她那碧绿的眼珠来回逡巡，一会儿看看父亲，一会儿看看儿子，用一口碎玉也似的牙齿嗑着西瓜子儿。雅科夫也面含微笑地打量着他俩，有几秒钟，他们仨都默然不语——这几秒钟使瓦西里觉得很不愉快。

"我马上就来！"瓦西里突然手忙脚乱起来，向窝棚走去。"你们躲着点太阳，我去拿点水，我去……咱们炖鲜鱼吃！雅科夫，我得让你美美地吃顿鲜鱼！你们在这里，这个……请自便，我说话就来……"

他在窝棚旁边，从地上拿起一口小锅，又走过去，钻进了渔网,霎时间便在一片灰色的渔网中不见了。

马尔华和他的儿子也向窝棚跟前走去。

"我说棒小伙儿,我可把你带来见你爸了,"马尔华说,乜斜着眼,打量着雅科夫矮壮的身躯。

他把脸转过来向着她,他脸上已经长出了鬈曲的暗褐色的络腮胡子。他目光一闪,说道:

"是啊,总算到了……这里很不错——多美的大海!"

"辽阔的大海……嗯,怎么样——你爸老多了吧?"

"不,没什么。我以为,他的头发还要白些,可一看,他的白头发还很少……人也结实……"

"你说,你们多长时间不见了?"

"大概五年了吧……他从乡下出来的时候,我才十六岁……"

他俩走进窝棚,屋里很闷,草席上有一股咸鱼味,他俩坐了下来:雅科夫坐在一段粗木桩上,马尔华则坐在一堆草袋上。他俩中间放着一只拦腰锯断的木桶,桶底朝上,做桌子用。他俩坐好后,不言声地互相打量着对方。

"那么说,你想在这里干活?"马尔华问。

"这……我就不知道了……找到活——就干呗。"

"我们这里有的是活!"马尔华很有把握地说,她那双碧绿的、谜一般眯起的眼睛,上上下下地打量着他。

他没看她,而是用衬衫袖子擦了擦脸上的汗。

突然,她笑了。

"你娘大概让你给你爸捎来了什么指示和问好吧?"

雅科夫瞅了她一眼,皱起眉头,简短地说:

"那自然……怎么啦?"

"不怎么啦!"

雅科夫不喜欢她笑,——这笑声似乎在挑逗他。小伙子转过身去，不看这女人，想起了母亲的叮嘱。

把他送出村子栅栏门的时候，母亲斜倚在栅栏上，她说得很快，干涩的眼睛眨个不停：

"你告诉他，雅沙①……看在基督分上，你告诉他——就说，爸！……我娘就一个人，在乡下……五年过去了，老是一个人！一天天老啦！……你告诉他，雅科武什卡②，看在主的分上，娘快成老太婆啦……老是一个人，一个人！成天价干活。看在基督分上，你就这么告诉他……"

她说罢提起围裙，捂住了脸，哽哽咽咽地哭了。

当时，雅科夫并不可怜她，现在倒可怜起她来了……他转过身来瞅了马尔华一眼，板着脸，扬了扬眉毛。

"瞧，我回来啦！"瓦西里叫道，一手拎着鱼，一手拿着刀，进了窝棚。

他已经恢复常态，不再感到难堪，他把难堪深深地埋藏在心底，现在他十分沉着地看着他俩，仅在他的动作里还表现出某种他平常所没有的忙乱。

"我马上就抱柴生火……说话就回来……咱们好好聊聊！啊，雅科夫，怎么样？"

他说罢又走出了窝棚。

马尔华在不停地嗑瓜子，毫无礼貌地打量着雅科夫，他则努力不看她，虽然很想看。

后来，因为不说话憋得他难受，他开口道：

"我把背囊落船里了——得拿去！"

他不慌不忙地从座位上站起来，走了出去。他一出去，瓦西里

---

① 雅科夫的小名。
② 雅科夫的昵称。

就走了进来，他向马尔华趴下身子，急匆匆、气呼呼地说道：

"哎呀，你带他来干吗？关于你，我跟他说什么呢？你算我的什么人？"

"带就带来了呗！"马尔华简短地回答。

"唉，你呀……真是没脑子的娘们！现在叫我怎么做人？就这么开门见山地跟他说，那个……冷不丁？……我家里有老婆！是他娘……你也该想到这个呀！"

"我才不想动这个脑筋哩！我怕他还是怎么的？要不，我怕你？"她问，摆出一副轻蔑的神态，眯起她那双绿眼睛。"方才，你在他面前的那股忙活劲儿！简直让我觉得好笑！"

"你好笑！你叫我怎么做人？"

"你早该想到这点嘛！"

"我咋知道他会猛不丁从海里钻出来呢？"

沙子在雅科夫的脚下发出嘎吱嘎吱的声音，他俩闭上了嘴，没再谈下去。雅科夫拿回来一只轻轻的背囊，把它扔到墙角，乜斜着眼，不怀好意地瞅了那女人一眼。

她起劲地嗑着瓜子，瓦西里则坐在树桩上，用两手擦擦膝盖，笑容可掬地开口道：

"那么说，你来了……你怎么会想到来的呢？"

"也没什么……我们给你写过信……"

"什么时候？我什么信也没收到呀！……"

"是吗？我们还真的写了……"

"看来，信丢了。"瓦西里难受地说。"你瞧，活见鬼不是？……要紧的时候——偏丢了……"

"这么说，你不知道我们的情况喽？"雅科夫问，不信任地瞅了他父亲一眼。

"上哪知道去？没收到信呀！"

于是雅科夫就告诉他，他们家那匹马死了，二月初他们就把粮食吃光了；想上外边找点活干又找不着。草料也不够，奶牛差点没饿死。凑合着混到了四月，后来就这么决定：耕完地以后让雅科夫去找他爸，找点活干，混这么仨俩月。关于这事他们写信告诉过他，后来卖掉了三只羊，买了点粮食和干草，雅科夫就来了。

"原来是这么回事！"瓦西里叫道。"是啊……那么……你们是咋搞的呢……我给你们邮钱了呀……"

"这钱多经花呀？修了房子……马利娅出阁……我买了张犁……要知道五年了呀……多长时间过去了！"

"是啊！这么说，钱不够花？是这么回事……我炖的那鱼要……"他站起身来，走了出去。

瓦西里在篝火旁蹲下，沉思起来。火上架着一口小锅，锅开了，锅里的血沫溢了出来，洒在火上。儿子告诉他的一切，并没有使他特别感动，反而使他心里产生了一种对老婆和雅科夫的不快感。五年来，他无论寄多少钱回家，他们还是像个无底洞，里里外外什么事也没搞好。要不是马尔华在这里，他非得说雅科夫两句不可：自作主张，也没得到父亲允许，就离开了乡下——这点聪明倒有——可是老家里里外外的事却搞不好。直到今天，瓦西里一直过得很愉快，很轻松，很少想到老家的事，现在才突然想起来，简直是个无底洞，五年来，他往里扔了多少钱呀，在他的生活里，这老家简直像他不需要的多余的东西。他用勺搅动着锅里的鱼，叹了口气。

在太阳的光照下，篝火的那点小小的黄色火苗，显得既可怜又苍白。一缕缕蓝色而又透明的炊烟，从火堆升起，飞向大海，迎着飞溅的浪花。瓦西里注视着飞散的炊烟，心想，现在他的日子就不会过得那么痛快啦，不会像从前那么自由自在啦。这马尔华是他的什么人，雅科夫想必已经猜出来啦……

而她坐在窝棚里,那双眼睛一直笑眯眯地,用一种撩拨而又挑逗的神情,把小伙子看得很尴尬。

"没准把未婚妻留乡下了吧?"她看着雅科夫的脸,突然问道。

"留下了又怎么样,"雅科夫不乐意地答道。

"漂亮吗?"她漫不经心地问。

雅科夫不作声。

"干吗不吭声?……是不是比我好看!"

他不情愿地看了看她的脸。她的脸蛋晒得黑黑的,很丰满,嘴唇红艳艳的——半开半闭,嘴上挂着调皮的微笑,嘴唇在微微颤动。一件粉红色的花布衬衫穿在她身上,显得特别合身,显露出她那圆润的肩膀和高高的、富有弹性的胸脯。但是,她那双狡猾的、眯起的、带笑的、碧绿的眼睛——他看了就不喜欢。

"你干吗这么说呀?"他叹了口气,用央求的口吻说道,虽然他想刺儿她一下。

"那该怎么说呢?"她笑道。

"还笑呐……有啥好笑的?"

"笑你……"

"嗯,我怎么你啦?"他不高兴地问,在她的目光下又垂下了眼睛。

她没有回答。

雅科夫多少看出来了,她是他父亲的什么人,这就使他跟她说话的时候浑身不自在。这猜测并没有使他吃惊:他早所说了,外出打工的人,生活很放荡,他也懂得,像他父亲这么一个壮实的男子,没女人是很难在外面混这么长时间的。但是在她和他父亲面前,他总感到别扭。后来,他又想起了母亲——一个累得精疲力尽、爱唠叨、一刻不停地在那儿——在乡下干活的女人。

"鱼炖得啦!"瓦西里走进窝棚宣布道。"拿几把勺来,马尔华!"

雅科夫瞅了一眼父亲,心想:

"她既然知道勺放在哪儿,可见她常来。"

她拿了几把勺,说要拿出去洗洗,又说在船艄,她还带来了酒。

父子二人目视着她的背影,只剩下他们俩,面对面地坐着,沉默少顷。

"你怎么会碰上她的?"瓦西里问。

"我在办事处打听你,她也在那儿……她说:'干吗沿着沙滩绕道过去,咱坐船去,我也要去那儿。'于是就来了。"

"是啊……我也常想:'现在雅科夫啥样了?'"

儿子憨厚地冲着父亲的脸笑了笑,这笑给了瓦西里勇气。

"那么……你娘没事儿?"

"没事儿,"雅科夫眨巴了一下眼睛,模棱两可地说。

"真见鬼,没办法,孩子!"瓦西里挥了挥手,叫道。"我起先也想熬来着——受不了!习惯啦……我是娶过亲的人。再说,她也可以帮我补补衣服伍的……说到底,唉!离不开女人,就像人总有一死,想躲也躲不了!"他仿佛掏心窝似的结束了他的表白。

"关我啥事?"雅科夫说。"你的事,我不管。"

而他心里在想:

"她才不会帮你补裤子哩……"

"再说,我总共才四十五岁……在她身上也花不了几个钱,她又不是我老婆……"瓦西里说。

"那自然,"雅科夫同意道,但是又想:"总免不了要掏点腰包吧!"

马尔华来了,一手提着一瓶伏特加,一手拎了串麻花形的面包;他们仨坐下来吃鱼。他们默默地吃着,吧唧吧唧地吮着鱼骨头,把鱼骨和鱼刺吐到门口的沙地上。雅科夫狼吞虎咽，吃了很多。马尔华看到这情景大概很高兴：她亲切地微笑着，看着他那晒得黑黑的腮帮子鼓起着，沾满鱼汤的厚嘴唇在迅速地蠕动，大概觉得很好玩。瓦西里吃得很没有胃口，但是又极力装出一副津津有味、忙于吃鱼的样子——他这样做是为了不受干扰地仔细琢磨一下，他对他俩究竟应采取什么态度，才能不让儿子和马尔华看出来。

海鸥凶猛的尖叫声不断打破波浪亲切温顺的乐曲。蒸腾的暑热渐渐变得不那么灼热了，有时清风徐来，吹进窝棚，充满大海的气息。

雅科夫在饱餐了一顿鲜美的鱼和喝了点酒以后，已经昏昏欲睡。他开始傻笑，打嗝，打哈欠，异样地看着马尔华，看得瓦西里都认为有必要对他说道：

"你在这里先躺会儿，雅舒特卡①，躺到喝茶……到时候，我们叫醒你。"

"也成，成……"雅科夫同意道，就势歪倒在一摞草袋上。"那……你们上哪？哈哈！"

瓦西里经他这一笑觉得很尴尬，匆匆走了出去，而马尔华则撇了撇嘴，拧紧眉毛，回敬雅科夫道：

"我们上哪——你管不着！你怎么？还想给我们的上帝打小报告！你就是这号人，小伙子！……"

"我？好吧！"雅科夫冲她的背影叫道。

"等着……我非得让你知道点我的厉害！骚货……"

他又嘟囔了一会儿，睡着了，通红的脸上挂着一丝酒足饭饱的微笑。

瓦西里把三根船篙插进沙里，在篙的上端拴了根绳子，把篙拴

---

① 雅科夫的又一小名。

在一起，上面苫了张草席，搭了个凉棚，然后在凉棚里躺下，把两手枕在脑后，望着天空。当马尔华挨着他也在沙地上坐下后，他向她转过了脸；她看到他脸上一副不满的、怏怏不乐的神色。

"怎么——见了儿子不大高兴？"她问道，笑了起来。

"瞧他那德行……笑我……还不是为你！……"

"是吗？为我？"她狡黠地表示惊讶。

"那可不？"

"哎，你呀，可怜虫！现在咋办！不来找你好不好？怎么样？也好——我不来了！……"

"瞧你，真是个妖精！"瓦西里责怪她道。"唉，你们这帮人呀，都一样！他笑我，你也笑我……你俩还是我最亲近的人哩！凭什么笑我？鬼东西！"他扭过身去，不看她，闭上了嘴。

马尔华两手抱膝，轻轻摇晃着身子，她那碧绿的眼睛在眺望着波光粼粼的欢乐的大海，她笑了——这笑，是那些懂得自己美的力量的女人常有的得意的笑。

一艘帆船在水面上顺风滑行，活像一只长着一对灰翅膀的大而拙笨的鸟。这船已经远离海岸，在往前航行，驶向那海天一色、碧波无际的远方。

"干吗不言语？"瓦西里问。

"我在想，"马尔华说。

"想什么？"

"不想什么，"她扬了扬眉毛，沉默少顷，又加了一句："你儿子是个棒小伙……"

"你想干什么？"瓦西里醋劲大发地叫道。

"你管不着……"

"你给我留神！"他恶狠狠地瞪了她一眼，充满疑心。"你别胡闹！我虽然脾气好，但是别惹我，——有你受的！"

他咬牙切齿，紧握拳头，继续道：

"你今天一来就耍小心眼儿……当时我还没明白过来……哼，你给我留神，给我逮住了，没你的好！瞧你那嬉皮笑脸的样儿……老是那样……对付你们这号女人，我有的是办法……"

"瓦夏①，你别来吓唬我……"她漠然地请求道，也不看着他。

"我说话是算数的！别开玩笑……"

"你别吓唬我啦……"

"你要胡闹，看我不揍扁了你……"瓦西里恶狠狠地威胁道。

"揍我？"她向他转过身来，好奇地望着他那激动的脸。

"你是什么少奶奶吗？就揍你……"

"我是你什么人——你老婆？"马尔华开导似的安详地问道，她没等到回答，又继续道："你无缘无故地打惯了老婆，也想对我这样吗？哼，不。我自己的事自己做主，我谁也不怕。可是，瞧你那德行——连儿子都怕：方才，在他面前躲躲闪闪那样儿——可耻！还威胁我哩！"

她轻蔑地一摆头，闭上了嘴。她那冷冰冰的、瞧不起人的话，倒把瓦西里的火气压下去了。他还从来没见过她这么美丽。

"发脾气啦，呱呱呱地说个不停啦……"他说，他对她是又恨又爱。

"我还有句话要告诉你。你对谢廖日卡吹大牛，说什么我离不开你，就像离不开面包似的没法活！你这话错了……也许，我并不是爱你，也不是来看你，而是我喜欢这地方……"她伸手向四周画了个大圈儿。"这单一片空旷——大海、天空，卑鄙无耻的小人一概没有——说不定我喜欢的就是这个。至于你在这里——对我完全无所谓……就像到这里来要买门票一样……如果是谢廖日卡在——

---

① 瓦西里的小名。

我照样来找他,将来你儿子在——我也同样会找他……要是根本没有你们,谁也不在这里,那更好……你们让我烦透了!凭我这么漂亮,只要我愿意,随便什么时候都可以找到我需要的男人……"

"原来是这样?"瓦西里恶狠狠地低声道,猛地扑过来一把掐住她的脖子。"我让你尝尝这味道!"

他使劲摇晃她,但是她不挣扎,虽然她的脸涨红了,两眼也布满了血丝。她只是把自己的两只手放到他掐她喉咙的那只手上,眼睛一眨不眨地盯着他的脸。

"你原来是这么个骚货!"瓦西里声嘶力竭地叫道,样子越来越张狂。"居然不吭声,一肚子坏水……居然跟我搂搂抱抱……居然跟我亲亲热热……看我不揍扁了你!"

他把她按倒在地,泄愤似的捶她的脖子,一下,两下——他那握得紧紧的拳头重重地落在她的脖子上。当他挥舞拳头,拳头落到她那富有弹性的脖子上的时候,他感到舒服极了。

"就揍你……怎么样,毒蛇?"他洋洋得意地问她,把她甩到一边。她一声都没哼,默然而又镇静。她仰天倒下,躺在沙地上,头发蓬乱,衣衫不整,满脸通红,可是仍旧十分美丽。她那碧绿的眼睛带着一副冷冷的憎恨从睫毛底下望着他。但是,他却气得大口大口地喘着气,同时又因为出了这口恶气心里感到痛快,因此没看到她的目光,而当他扬扬得意地低头看她的时候——她笑了——她那丰满的嘴唇抖动了一下,两眼蓦地闪出了光彩,脸蛋上出现了两个笑靥。瓦西里惊奇地看了看她。

"你怎么啦,……鬼东西!"他粗鲁地拽了一下她的胳膊,喝道。

"瓦西卡[①]!……是你打了我吗?"她悄声问。

[①] 瓦西里的又一小名。

"哼，不是我是谁？"他莫名其妙地望着她，不知道怎么办好了。总不能再打她吧？再说，他心里的火气也消了，再打她，也抬不起手来了。

"这么说，你爱我？"她又问道，听到她那轻声絮语，他感到全身一阵燥热。

"好吧，"他铁青着脸说。"就该这么治你！"

"我还以为你已经不爱我了呢……心想：'现在他儿子来了……非撵我走不可啦……'"

她笑了，笑得有点异样，而且笑的声音也太响了点。

"傻瓜！"瓦西里说，也不由得绽开了笑容。"儿子——他哪管得了我的事？"

他在她面前不好意思起来，同时也觉得她可怜，但是一想到她说的话，他又厉声道：

"这跟儿子没关系……至于我打了你——那是你自找的，干吗气我？"

"我这样做是故意的——试试你的心……"她把肩膀斜靠过来，依偎着他。

"试试！有什么可试的！这可试着啦。"

"没关系！"马尔华眯起眼睛，很有把握地说道，"我不生气——要知道，打是疼骂是爱嘛！为了这个，我还要报答你哩……"她目不转睛地盯着他，接着又压低了声音重复道："啊，我可要好好地报答你呀！"

瓦西里在这话里听出了正中他下怀的许诺，这许诺使他感到既激动又甜蜜；他笑呵呵地问道：

"怎么个报答法呢？……说呀？！"

"你会看到的，"马尔华不动声色地说道，但是她的嘴唇抖动了一下。

"唉,你呀,我的宝贝儿!"瓦西里用他那情人的胳臂紧紧地搂着她。"你知道吗,我打了你——倒更心疼你了!真的!更亲了……你说对不?"

海鸥在他俩头上翱翔。亲切温顺的风从海上吹来,带来一片浪花,几乎涌到了他们脚跟,而海的无尽无休的欢声笑语,一直在回响……

"唉,咱们这事呀!"瓦西里若有所思地抚摩着依偎在他怀中的女人,舒畅地吐了口气。"世界上的事就这么颠倒:越罪过越甜蜜。你什么也不懂……有时候,我想到我这一辈子——甚至觉得可怕!尤其是黑夜……睡不着的时候……睁眼一看:前面是大海,头上是青天,四周一片漆黑,叫人瘆得慌……而这里只有你一个人!于是你自己都感到自己太渺小了……脚下的大地在晃动,地球上,除了你以外,谁也没有。那时候,哪怕你在这里呢,好歹有咱两个人……"

马尔华把头枕在他大腿上,闭上眼,躺着,也不言声。瓦西里的脸虽然粗里粗气,但却善良,而且风吹日晒变成了棕色。他的脸俯下来,趴在她身上,他那褪了色的络腮胡子刺得她的脖子怪痒痒的。马尔华一动不动地躺着,只有她的胸脯在高高地、均匀地一起一伏。瓦西里的眼睛一会儿迷惘地看着大海,一会儿又停留在这个离他很近的胸脯上。他开始亲她的嘴唇,不慌不忙地,一声声亲得那么响,倒像在喝拌了好多黄油的热粥似的。

他们就这样鬼混了大约三小时;当太阳开始落入大海的时候,瓦西里才无精打采地说道:

"嗯,我去烧水沏茶……客人快醒了!"

马尔华像一只睡眼惺忪的小猫,懒洋洋地往边上靠了靠,他不乐意地站起身来,向窝棚走去。那雌儿微微抬起睫毛,看着他的背影,舒了口气,就像人们甩掉累人的重担,轻松地舒了口气似的。

接着,他们任便围坐在篝火旁喝茶。

太阳把大海染上了落日时分瞬息万变的一片华彩，层层碧浪闪出紫红色和珍珠般的光彩。

瓦西里边用一只白瓷缸子抿着茶，边询问儿子关于村里的情况，他自己也不断回想起村子里的人和事。马尔华并不插嘴，只是听着他俩有一搭没一搭地说话。

"这么说，乡亲们还跟从前那样过日子？"

"凑合过呗……"雅科夫回答。

"咱们的要求也不高！一座木屋，粮食管够，逢年过节来一点伏特加……但是连这也办不到……在老家有饭吃，难道我还会离乡背井到这里来吗？在乡下，我自己当家，跟大伙平起平坐，可是瞧这里——替人当差……"

"不过这里吃得饱，活也轻松……"

"嗯，话也不能这么说！腰酸背疼，骨头都累散了架——也是常有的事。再说，这里是给别人干活，那里是给自己干。"

"钱也挣得多呀，"雅科夫沉着地反驳道。对儿子说的这番道理，瓦西里心里是同意的：乡下比这里，非但日子苦，活儿也重；但是不知道为什么，他不愿让雅科夫知道这点。于是他板起了脸，说道：

"这里能挣多少钱，你算过？还是乡下好，儿子……"

"跟关在牢房里似的，又黑又苦，"马尔华冷笑道。"尤其是女人过的日子——只有眼泪。"

"女人的日子到处都一样……这世道也到处一样，同一个太阳！……"瓦西里瞅了她一眼，皱起眉头。

"你这是胡说！"她激动地叫道。"在乡下，不管我是否乐意，都要出嫁。女人嫁了人——一辈子当佣人：割麦子，纺线，喂牲口，生儿育女……留给她的是什么呢？净挨男人打骂……"

"也不是净挨打嘛，"瓦西里打断她的话。

"可这里，谁也管不了我，"她不理他，继续道。"像只海鸥，爱飞哪儿飞哪儿！谁也挡不了我的道……谁也不敢碰我！……"

"碰了你又怎么样？"瓦西里用提醒她的口气笑嘻嘻地问道。

"哼——那我一定报答他！"她低声道，她那熠熠发光的眼睛骤然黯淡下来。

瓦西里迁就地笑了。

"唉，你呀——伶牙俐齿，但是没用！净说些妇道人家的话。在乡下，女人可顶用啦！……而这里——女人……活着就为了浪……"沉默少顷，他又加了一句："为了造孽。"

雅科夫看到他俩谈不下去了，若有所思地叹了口气，说道：

"这大海好像没边儿……"

他们仨都默默地望了一眼他们面前浩渺无际的大海。

"要是这是一大片土地！"雅科夫叫道，伸手画了个大圈。"而且是黑土地就好啦！那就可以种庄稼啦！"

"那敢情好！"瓦西里和善地笑了，赞许地望了一眼儿子的脸——这脸因为方才表露的愿望霎时涨得通红。儿子热爱土地，这话他爱听，他心想，这种爱只要保持不变，说不定会很快而且迫不及待地召唤他回农村去的，因而不致受到无拘无束的渔场生活的诱惑。这样，他就可以留在这里，跟马尔华在一起了——于是一切又会恢复原样……

"雅科夫，你这话说得好！一个农民就应该这么想。农民有了土地才能挺起腰杆：有地种——就能活，离开了土地——就完蛋！农民没有地，就像树没有根：只能用来盖房做家具，可是活不长——会腐烂！树形不美了——树皮剥光了，枝枝杈杈也刨光了，也难看 了！……雅科夫，你这话很有道理嘛。"

大海一边把太阳拥入自己的怀抱，一边以波浪拍溅的欢迎曲迎接太阳。太阳则用自己告别的光线把波浪渲染成一片奇妙的、色调丰富的华彩，创造生命的神奇光源，正用自己雄辩而又和谐的色彩与大海告别，为的是在远离注视着它的这三个人的地方，用日出的欢乐的光唤醒沉睡的大地。

"我看着太阳一点点落下去，我的心都融化了。真的，不骗你！"瓦西里对马尔华说。

她不言语。雅科夫的蓝眼睛迷惘地眺望着远方的大海，在笑。他们仨若有所思地眺望着那白天的最后时刻渐渐熄灭的远方，望了很久。他们面前烧剩的木炭在发出微弱的光。他们背后，夜的黑影渐渐布满天空。黄色的沙滩渐渐暗下去，海鸥不见了——四周的一切逐渐变得静悄悄的，使人感到既亲切而又浮想联翩……甚至吵闹不休的波浪，虽然仍在不停地奔跑着爬上沙滩，但它们的响声比之白天也渐渐变得不那么快活和喧闹了。

"我老坐着干吗？"马尔华说。"该走啦。"

瓦西里踌躇了一下，看了看儿子。

"着什么急呀？"他不满地咕哝道。"等等嘛——月亮马上上来了……"

"月亮又怎么啦？没月亮我也不怕——天黑了离开这里，又不是头一回！"

雅科夫瞅了一眼父亲，然后眯起眼睛，借此掩饰眼中的嘲笑，然后又看了看马尔华——她也在看他——他觉得怪别扭似的。

"嗯，好吧！你走吧！"瓦西里允许了，但神态很不满，似乎很扫兴。她站起身来，跟他俩告了别，姗姗地沿着沙嘴的岸边走了；波浪滚滚，不断涌到她脚下，似乎在跟她调情。天上繁星满天，在忽明忽灭地闪闪烁烁，像是天上开放的朵朵金花。她那鲜艳的衬衫逐渐离开一直目送着她的瓦西里和他的儿子，在一片薄暮中渐渐失去光泽。

快快来……我的情郎！

哎——呀——呀!贴紧我胸膛!

——马尔华用高亢、尖细的嗓子唱道。

瓦西里感到她似乎停了下来,在等他。他愤然啐了口唾沫,心想:"她是存心撩得我心头冒火,这妖精!"

"你听!唱哩!"雅科夫讪笑道。

他们看去,她仅仅是薄暮中的一个灰色的点。

别舍不得我的乳房哟,
我的奶子活像两只白天鹅!
——她的歌声在海上飞扬。

"听,唱得多来劲!"雅科夫叫道,全身探向那富有诱惑力的词句飞来的地方。

"这么说,你在乡下没把里里外外的事情办好喽?"响起了瓦西里严厉的声音。

雅科夫莫名其妙地瞅了他一眼,依旧保持原来的姿势。

歌声淹没在波浪的喧哗中,他们只能听到那撩人的歌词的只言片语:

……啊呀……独守空房,
……睡不着呀……在这样的黑夜!

"热!"瓦西里在沙地上翻来覆去,心烦意乱地说道。"天都黑了……还热!这该死的地方……"

"这是——沙滩……在太阳下烤了一整天……"雅科夫侧向一边,仿佛欲言又止地说道。

"你怎么？……笑我？"父亲厉声问。

"我？"雅科夫天真地反问。"笑你什么？"

"可不是吗，有什么好笑的……"

他俩都闭上了嘴。

而透过波浪的喧哗声，向他们传来的不知是叹息，还是一声声亲切的呼唤。

过了两星期，又到了星期天，瓦西里·列戈斯捷夫又躺在那挨着窝棚的沙滩上，望着大海，在等马尔华。广袤无垠的大海在欢笑，波光粼粼，映照着太阳，千军万马似的波涛，浩浩荡荡，此起彼伏，为的是跑上沙滩，把自己长发上的泡沫甩下，然后又波浪滚滚地返回大海，消融在海中。一切都跟十四天前一样。只有瓦西里，过去在等相好的时候，内心坦然而且很有把握，今天在等她的时候却显出了焦躁。上星期她没有来，今天总该来了吧！他不怀疑她会来，但是他想尽快看到她。雅科夫今天不会来捣乱了：前天，他同几个工人一起来拿渔网，说是星期天一早他要进城买衬衫。他已经雇给渔场干活，每月十五卢布，已经几次出海打过鱼，现在的样子挺麻利，也挺快活。跟其他工人一样，身上散发出一股咸鱼味；他也同所有的工人一样，穿得又脏又破。瓦西里想到儿子的时候叹了口气。

"要是他在这里混得不错……懒散惯了……到时候，说不定就不肯回农村了……那就得我自己……"

海上，除了海鸥外，渺无人迹。那边，有一条细长的沙岸，把海与天隔开，那边，有时候会出现一些小小的黑点，在岸边移动，然后消失不见。可是始终没有船，虽然落到海上的阳光几乎已经垂直了。早先这时候，马尔华早来了。

两只海鸥在空中厮打，不断有羽毛从海鸥身上飞落下来。海鸥声嘶力竭的叫声，撕破了波浪欢乐的歌，这歌声经久不断，与明朗的天空的庄严的寂静和谐地融合为一体，这歌声倒像阳光在海上欢乐戏耍的声音。那两只海鸥厮打着落入水中，由于疼痛和愤怒在拼命喊叫，接着又飞上天空，互相追逐，各不相让……而它们的女友——一大群海鸥——好像没有看见这场争斗似的，管自在清澈和碧波荡漾的水面上翻着跟头，贪婪地捕捉着鱼虾。

大海——广袤无垠。海上，在那边，在离海岸很远的地方，始终没有出现那熟悉的黑点。

"不来了？"瓦西里说出了声音。"不来拉倒！臭美！……"

他说罢轻蔑地朝海岸那边啐了口唾沫。

大海在欢笑。

瓦西里站起身来，向窝棚走去，打算给自己做饭，但他又觉得不想吃，于是又回到老地方，又在那里躺了下来。

"哪怕来个谢廖日卡呢！"他心里发出一声长叹，强迫自己去想谢廖日卡。"这小伙子一肚子坏水。嘲笑所有的人，对所有的人都拔拳相向。健壮有力，识几个字，也见过世面……不过是醉鬼。跟他在一起很快活……娘们十分喜欢他——虽然他刚来不久——就全都跟他跑了。只有马尔华离他远远的……她居然不来。这臭娘们！也许，她生他的气了，因为他打了她？难道这对她是新鲜事儿？没准，换了别人……还不定怎么揍她哩！即使现在，他也要狠狠地揍她……"

就这样，一会儿想儿子，一会儿想谢廖日卡，但是想得最多的还是马尔华，瓦西里躺在沙滩上，翻来覆去，一直在等她。他这种心慌意乱不知不觉地转变成了阴暗的疑心，但是他不愿意对此多想。他自欺欺人地丢开了自己的疑心，一直混到傍晚，一会儿站起来，在沙滩上走来走去，一会儿又重新躺下。大海已经黑下来了，可是他还在向远处眺望，等着小船。

这天马尔华没来。

瓦西里躺下睡觉的时候，灰心丧气地咒骂自己干的这差使，离不开，不让他上岸，快睡着的时候，他还常常跳将起来——在他昏昏欲睡的时候,他似乎听到,在远处,有船桨的拍击声。于是他手搭凉棚,望着模糊、漆黑的大海。对面岸上,在渔场,烧着两堆篝火,可是海上渺无人迹。

"不来拉倒,这妖精!"他威胁道,然后便乱梦颠倒地睡着了。

而在渔场,这天发生了这样的事。

雅科夫起了个大早,当时太阳烤得还不怎么热,海风徐来,一片清新,令人精神为之一爽。他从工棚里出来,到海边洗脸;他走到岸边,看见了马尔华。她坐在一艘渔船的船舷上,船就停靠在岸边。她把两只光脚挂在船舷外,头发湿漉漉的,正在梳头。

雅科夫站住脚,开始用好奇的目光注视着她。

她那件花布衬衫在胸口没有系扣,从一只肩膀滑落了下来,而那只裸露的肩膀雪白、粉嫩、香喷喷的。

浪花不断拍打着渔船的船尾。马尔华一会儿高高地升起在海面,一会儿又坠落得很低,两只光脚都快碰到水面了。

"洗澡啦?"雅科夫喊了一声。

她向他转过脸来,对他匆匆一瞥,仍旧梳她的头,答道:

"洗澡了……干吗起这么大早?"

"你不是还早吗……"

"你哪比得了我呀!"

雅科夫不作声。

"学我的样过日子——得掉脑袋!"她说。

"喔?瞧你青面獠牙,多可怕呀!"雅科夫笑道,接着便蹲下来洗脸。他用两手捧水,泼到脸上,发出咕噜咕噜的声音,感到神清气爽。然后,他用衬衫下摆擦着脸,问马尔华:

"你干吗老吓唬我?"

"那你干吗老盯着我?"

雅科夫不记得他看她比看渔场上别的女人多,但是眼下却猛地对她说道：

"谁让你长得这么……又白又胖的呢！"

"要是你爸知道你这么贼头鬼脑——看他不揍扁了你！"

她狡猾而又顽皮地望着他的脸。

雅科夫笑了，趁势爬上了渔船。他还是不明白，她说他贼头鬼脑指什么。既然她说了。就意味着她盯着他看了。他感到很快活，很开心。

"我爸又怎么啦？"他沿着渔船的船舷向她爬过去，说道。"你卖给他啦？"

他挨着她坐下后，两眼死死盯着她那裸露的肩膀和半露的胸脯，盯着她的整个身影——既清新馥郁，又健壮结实，散发出海的气息。

"瞧你那样——活像条大鳇鱼①！"他仔仔细细地打量了她一遍以后，赞赏地说道。

"不是给你吃的！"她简短地说，既不看他，也不整理整理自己敞开的衣衫。

雅科夫叹了口气。

他们面前是一望无际的大海，旭日东升，海上阳光普照，海风轻拂，吹起了层层细浪，奔跑嬉戏，轻轻拍打着船舷。远在海上，可以看到沙嘴，仿佛大海缎子般胸脯上的一块疤痕。在沙嘴上，在蓝天的柔和的背景上，有根旗杆像条细线似的矗在那里，可以看到，一块破布在迎风飘扬。

"对，小伙子！"马尔华的眼睛不看雅科夫，开口道。"我味道鲜美，不过不是给你吃的……而且我也没卖给谁，你爸也管不着我。

---

① 鳇鱼——鲟科，体形与鲟类似，最长几达五米，背灰绿色，腹黄白色，味极鲜美，卵尤名贵。产于黑海、里海和咸海。

我为自己活着……不过你也别来惹我,因为我不愿意夹在你和瓦西里中间……我不愿意你们俩吵架和钩心斗角……懂啦?"

"我又怎么啦?"雅科夫诧异道。"我又没碰你……"

"料你也不敢碰!"马尔华说。

她说这话时露出一副对雅科夫十分轻蔑的神态;他是一个男子汉,也是一个有血肉的人,看到这神态,他的气不打一处来。一种寻衅闹事、近乎怨愤之感攫住了他,他的两眼冒出了怒火。

"喔?我不敢?"他挨近她,叫道。

"就是不敢!"

"是吗?我偏碰你又怎么着?"

"碰呀!"

"碰了又怎么着?"

"看我不敲你的后脑壳,让你一个跟头栽进水里。"

"好啊,敲呀!"

"那你碰呀!"

他用火热的眼睛打量了他一下,突然伸出两只有力的爪子般的手从她身旁紧紧搂住了她,压紧了她的胸部和后背。她的身体是温暖而结实的。一接触到她的身体,他浑身就像着了火似的,喉咙里仿佛有什么东西给堵住了。

"就碰了!来呀……打呀!来呀……你怎么啦?"

"松手,雅什卡!"她镇静地说,企图从他抖动的胳臂中挣脱出来。

"敲后脑壳呀?"

"松手!当心,没你的好!"

"来呀……你别吓唬我!哎,你呀……马林果①!"

---

① 马林果:在俄语中多用作喻体,象征香甜、美好、俊俏。

他用身体紧贴着她，伸出厚厚的嘴唇使劲亲她一侧的红艳艳的腮帮子。

她顽皮地哈哈大笑，紧紧抓住雅科夫的两只手，突然，浑身一使劲，猛地向前一冲。两人互相搂抱着，重重地摔进了海水，在一片泡沫和浪花中倏地隐没不见。之后，在波动的水面上露出了雅科夫的湿漉漉的脑袋，面孔吓得铁青，在他脑袋旁，马尔华钻了出来。雅科夫拼命挥动两手，拍打着四周的水，又吼又嚷，而马尔华则哈哈大笑，在他周围游来游去，用两手捧着咸咸的海水泼到他脸上，一面扎着猛子，躲开他手忙脚乱、四处挥动的爪子般的手。

"鬼东西！"雅科夫喷着鼻子，叫道。"我会淹死的！够啦！……真的……我会淹死的！水——苦……啊呀，你呀……我要淹死啦！"

但是她已经放开了他，并且像男人似的用双手划着，向岸边游去。在那儿，她灵巧地重又爬上渔船，站在船艄，笑着，看着雅科夫急急忙忙向她游来。她的衣服湿透了，紧贴身上，线条毕露地活画出她从肩膀到膝盖的身影，雅科夫划到小船旁，用手抓住船帮，用贪婪的眼睛紧盯着这个几乎一丝不挂的、在快活地嘲笑他的女人。

"好啦，爬上来吧，笨手笨脚的！"她吃吃笑着说，跪下来，向他伸出一只手，另一只手则撑在船舷上。

雅科夫拽住她的手，兴奋地叫道：

"好哇……现在，站稳啦！我让你——再洗个澡！……"

他站在齐肩深的水中，把她往身边一拽；波涛汹涌，越过他的脑袋，在船帮上撞得粉碎，把浪花溅到了马尔华脸上。她皱了皱眉，哈哈大笑，突然一声尖叫，纵身跃入水中，用身体的重量撞倒了雅科夫。

他俩在碧蓝的海水里像两条大鱼似的，又开始玩耍起来，彼此向对方拍打着水，又是尖叫，又是喷鼻，又是扎猛子。

太阳笑吟吟地在看着他俩，渔场房舍的玻璃窗也笑呵呵地反射着快乐的阳光。被他俩强壮的手臂拍碎了的海浪在喧哗,海鸥被人的打闹所惊动,发出尖利的叫声,在他俩的头顶飞旋,而他俩的脑袋,每当波涛从海的远处涌来,便淹没在水里。

最后,他俩打累了,海水也喝够了,便爬上岸,坐在太阳下歇息。

"呸!"雅科夫皱起眉头啐了一口。"哎呀,这海水真混账!而且喝了好多!"

"世界上的混账东西可多啦,比如说,坏小子——我的老天爷,有多少啊!"马尔华拧着头发上的水,笑道。

她的头发是深色的,虽然不长,但却浓密而鬈曲。

"怪不得你会看上老头呢,"雅科夫用胳膊肘捅了捅她的腰,挖苦地一笑。

"有的老头就比年轻人好。"

"父亲好,儿子就更好喽。"

"瞧你说的!油嘴滑舌,打哪学来的?"

"村里的大姑娘常常说,我这大小伙儿还挺不赖呢。"

"大姑娘懂什么?你得问我……"

"你又怎么啦?难道你不是姑娘?"

她定睛瞅了他一眼,他贼头鬼脑地笑着。于是她突然板起面孔,生气地对他说道:

"过去是,不过——生过一回孩子!"

"编得巧,但不见得好,"雅科夫说,哈哈大笑起来。

"傻瓜!"马尔华不客气地回敬道,扭过身去,不理他。

雅科夫心虚了,闭上了嘴,噘起了嘴唇。

他俩有半小时不说话,不时转着身子,面向太阳,让太阳快点晒干他俩湿漉漉的衣衫。

工棚里(这是一些又长又脏的板棚,房顶都是一坡水的),工人们陆续醒了。远看,他们全一样——穿得破破烂烂,光着脚……他们嘶哑的说话声不断传到岸边来,有个人拿了只空桶,敲着桶底,沉闷的敲打声飞过来,咚咚咚地像在敲一面大鼓。两个女人在尖声叫骂,狗在汪汪叫。

"大伙醒了,"雅科夫说。"今天,我本来想一早进城的……却净跟你鬼混了……"

"跟我在一起没你的好,"她又像开玩笑,又像当真地说道。

"你干吗老吓唬我?"雅科夫奇怪地笑道。

"瞧着,瞧你爸不揍你……"

一提到父亲,他猛然火起。

"我爸又怎么啦?你说呀?"他粗鲁地叫道。"我爸。我已经不小了……神气什么呀……这里不是那规矩……我又不是瞎子,看得见……他自己也不老实……他在这里也胡来……哼,那就甭管我的事。"

"甭管你?你打算干什么?"

"我?"他鼓起腮帮子,挺起胸膛,仿佛举重似的。"你问我?我要干的事,多了!一阵清风吹遍了我全身,把农村的灰尘从我身上统统吹走了。"

"那么快?"马尔华嘲笑地说。

"那又怎么样?我要猛不丁把你从我爸手里夺过来。"

"是吗?此话当真?"

"你以为我怕他?"

"是吗?"

"你呀你呀,"雅科夫激动而又热烈地说道,"你别来挑逗我!我呀,你当心!"

"当什么心?"她镇静地问。

"没什么。"

他扭过身，背对着她，闭上了嘴，一副自信而又雄赳赳、气昂昂的样子。

"你真威风！瞧，管事有一只小黑狗，见过吗？它那样儿也跟你一样。打大老远就汪汪叫，好像要咬人似的，可是人一走近，就夹着尾巴逃跑了！"

"哼，好吧！"雅科夫恶狠狠地叫道。"你等着！你会看到我是什么样的，你会看到的。"

她冲他的脸傻笑。

这时，有个高个儿、青筋毕露、长一头又密又乱的火红色头发、紫红脸膛的男子，踉踉跄跄地向他们这边慢慢走来。他披着一件大红布衬衫，也不系腰带，背上撕了个大洞，差点一直撕到领子，为了不让袖子掉下来，他挽起袖子，一直挽到肩膀。裤子更是破烂不堪，满是破洞，而且光着两脚，脸上密密麻麻地布满雀斑，两只又大又蓝的眼睛，很亮，神态很粗野，鼻子大而往上翘，这使他的整个人显得十分放肆和无礼。他走到他俩身旁，停住了脚步，在阳光下，他的身体从衣服上的无数破洞里露出来，油光锃亮，他大声吸了吸鼻子，两眼疑惑地盯着他俩，做了个可笑的鬼脸。

"昨儿个，谢廖日卡喝得不多，今儿个，谢廖日卡的口袋——像个没底的篮子……请你们借给我二十戈比！我反正不还……"

雅科夫听了他口齿利索地说了这番话后，善意地哈哈大笑起来，而马尔华则打量了一番他浑身上下破成这副模样，莞尔一笑。

"你们给呀，鬼东西！给二十戈比，我就给你俩办喜事——乐意吗？"

"啊呀，你真会逗乐！难道你是牧师吗？"雅科夫笑道。

"傻蛋！我在乌格利奇给牧师当过看门的……快给二十戈比！"

"我不想结婚！"雅科夫回答他道。

"反正——给钱就成！我不告诉你爸你在追他的大美人儿，"谢廖日卡坚持道,一边伸出舌头舔着干裂的嘴唇。

"你造谣去吧,他才不信呢……"

"我真要造谣呀,他还真信!"谢廖日卡警告道,"看他不揍扁了你!"

"我不怕!"雅科夫笑道。

"那好,我来揍你!"谢廖日卡挤了挤眼,平静地宣称。

雅科夫舍不得他那二十戈比,但是有人关照过他,千万别跟谢廖日卡缠夹不清,宁可满足他的要求。他也不会要很多,要是不给他——上工的时候,他非恶心恶心你不可,要不,就没来由地揍你一顿。雅科夫想到这些告诫,只好叹了口气,把手伸进口袋。

"这才像话!"谢廖日卡夸他道,一边坐到他身旁的沙滩上。"听我的话没错,保你吃不了亏。"他又转身对马尔华说,"你啥时候嫁给我呢?快准备吧——我等不及了。"

"瞧你破破烂烂那样儿……先补好破洞再说,"马尔华回答。

谢廖日卡自己也颇不以为然地看了看自己身上的破洞,摇了摇头。

"还不如把你那裙子给我一条哩。"

"好啊!"马尔华说,笑了起来。

"真的!给我——有什么穿旧了的吗?"

"你先给自己买条裤子吧,"马尔华劝他。

"得啦,我宁可把这钱喝了……"

"宁可喝了!"雅科夫拿着四枚五戈比铜币,笑道。

"那又怎么啦?牧师对我说过,一个人应该关心的不是自己的皮肉,而是自己的灵魂。现在我的灵魂想喝酒,而不是想要裤子。把钱拿来!好,我这就去喝了它……不过,你的事我还得告诉你爸。"

"告诉去吧!"雅科夫挥了挥手,满不在乎地向马尔华挤了挤眼,捅了捅她的肩膀。

谢廖日卡注意到了这点,啐了口唾沫,又警告他道:

"我也忘不了要揍你一顿……等我有空了——狠狠揍你一顿!"

"凭什么!"雅科夫惊慌地问。

"我也不知道……嗯,那么你很快要嫁给我喽?"谢廖日卡问马尔华。

"你倒是先给我说说,咱俩将来干什么?将来怎么过日子?那时候我再考虑考虑,"她一本正经地说。

谢廖日卡望了望大海,眯起眼睛,舔了舔嘴唇,表白道:

"什么也不干,就玩!"

"上哪找吃的去?"

"哎呀,"谢廖日卡挥了一下手,"你呀,就像我妈,唠唠叨叨。干什么和咋过日子?我怎么知道干什么和咋过日子?我喝酒去了……"

他站起身来,离开了他们,马尔华异样地笑着,目送着他,小伙子则颇不友好地注视着他的背影。

"瞧他那发号施令的样儿,"等谢廖日卡离开他们走得远远的了,雅科夫道。"在我们乡下,这样的二流子早被活活打死了……给他一顿痛打——就结了……可这里却怕他……"

马尔华看了看他,鄙夷不屑地说道:

"哼,你这小猪崽子!你懂个屁,你知道他的身价吗!"

"有什么懂不懂的?这种人五戈比买一大把,而且一把里有百来个。"

"你给我得了吧!"马尔华嘲弄地说。"这是买你的价……而他……他见过大世面,连地心都钻了个透,他谁也不怕……"

"我又怕谁了?"雅科夫壮着胆问道。

她不理他,若有所思地注视着冲上岸来的飞溅的浪花,波浪在晃动着沉重的渔船。桅杆在左右摆动,船尾在一起一落地拍打着水面。响声很大，似乎很懊恼——倒像这渔船想要挣脱海岸，扬帆到广阔、自由的大海上去似的，因此对拴住它的缆索在发怒。

"哎呀，你怎么还不走呢？"马尔华问雅科夫。

"我上哪？"他反问道。

"你不是要进城吗……"

"不去了！"

"好吧，那去看你爸。"

"你呢？"

"我怎么啦？"

"也去？"

"不……"

"你不去，我也不去。"

"整天围着我转？"马尔华平静地问。

"我才不稀罕你哩……"雅科夫生气地答道，站起身来，离开了她。

但是，他说他不稀罕她，倒说错了。没有她，心里闷得慌。同她说过话儿以后，他心里产生了一种异样的感觉：对父亲有一种模模糊糊的反感，对他有一种说不出来的不满。昨天并没有这种感觉，今天，见到马尔华前，也没有这种感觉……而现在却似乎感到父亲挡了他的道，虽然他远在那边，远在海上，在那个眼睛勉强看得见的狭长的沙滩上……接着他又觉得马尔华怕他父亲。要是不怕他——他跟她就完全是两码事了。

他在渔场上转悠，对人们东张西望。瞧，在那边工棚的阴影里，在一只木桶上坐着谢廖日卡，正在叮叮咚咚地弹着巴拉莱卡琴，扮着可笑的鬼脸，唱道：

　　警察老爷啊！

对我客气点儿……
带我上局子去，
别让我摔进烂泥塘……

围着他的大约有二十来人，跟他一样，穿得破破烂烂，所有的人身上就像这里所有东西一样，散发出一股咸鱼味和硝石味。有四个娘们，既脏又不漂亮，正坐在沙滩上喝茶，从一把洋铁皮茶壶里倒着茶。这里还有一个工人，虽然还是早晨，就已经喝醉了，在沙滩上翻过来覆过去的，想要站起来，但是刚站起来又倒了下去。什么地方有个女人在尖声哭叫，传来了坏了的手风琴声，到处闪亮着一片片鱼鳞。

中午，雅科夫在一大堆木桶间给自己找了个小小的阴凉地儿，在那里躺下后，一直睡到傍晚，醒来后又开始在渔场溜达，他总感到有一种模模糊糊的吸引力，吸引他到什么地方去。

他溜达了大约两小时后，在离渔场很远的一丛小白柳下找到了马尔华。她侧身躺在那里，手里拿着一本破破烂烂的书，看见他走过来，她便抬起头来笑吟吟地看着他。

"瞧，你在这儿！"他说，边挨着她坐下。

"你找了我很长时间？"她很有把握地问。

"我难道找的是你？！"雅科夫叫道，他突然明白，本来就是这样嘛：他在找她。小伙子困惑地摇了摇头。

"你认字吗？"她问他。

"认几个……认得不多，全忘了……"

"我也是——认得不多……学校里学的？"

"在乡下一所学堂里。"

"我是自个儿学会的……"

"是吗？"

"真的……我在阿斯特拉罕给一个律师当厨娘；他儿子教会了我读书。"

"这么说，也不是自个儿学会的嘛……"雅科夫说。

她看了看他，又问道：

"你想不想看书？"

"我？不……看什么书呀？"

"我就爱看——向管事老婆借了本书，就读上了……"

"讲什么的？"

"讲一个神痴①阿列克谢。"

于是她就若有所思地讲给他听，有一个青年，本来是富贵人家的少爷，后来离开父母，离开自己的幸福走了，后来又回到父母身边，但是衣衫褴褛，一贫如洗，住在爹妈的院子里，跟狗睡在一起，一直到死都没告诉他爹妈他是谁——马尔华悄声问雅科夫：

"他干吗要这样呢？"

"谁知道他是怎么回事？"雅科夫漠然地答道。

他们周围是一堆被风和海浪堆积起来的沙丘。远处传来低沉而又模模糊糊的喧闹声——这是渔场上在喧闹。夕阳西下，沙滩上映照着一片绯红的夕阳的余晖。海风轻拂，一丛丛可怜的白柳在微微摇曳着它们那可怜的树叶。马尔华不言语，在倾听着什么。

"你今天怎么不上那儿……上沙嘴去？"

"这关你什么事儿？"

雅科夫饿狼似的斜睨着这女人，心里在琢磨，怎么告诉她他想干那事呢。

"我总是这样，每当我独自一人，静悄悄的……总想哭……要不就唱。不过好歌我不会唱，哭又难为情。"

---

① 指平时疯疯癫癫，但却能预知未来的先知。

他听着她那静静的、亲切的声音,但是她说的话在他心中没有一丝一毫触动,只是使他内心的欲望变得更强烈了。

"你这样吧,"他向她挪近了点,但是并不看她,闷声闷气地开口道,"你听我说……我是个年轻小伙子……"

"而且又笨又傻!"马尔华摇着头,深信不疑地拖长声音说。

"好吧,就算我笨,"雅科夫懊恼地叫道。"难道这要什么聪明吗?笨才好哩!你听我说嘛——你愿意跟我……"

"不愿意!……"

"不愿意什么?"

"没什么!"

"你别瞎闹……"他小心翼翼地勾住了她的肩膀。"你想想……"

"滚开,雅什卡!"她板起面孔说道,把他的手从自己身上甩开。"滚!"

他站起身来,向四周看了看。

"好吧……既然这样——我还不稀罕呢!像你这样的女人这里多的是……你以为——你比别人强?"

"你这狗崽子,"她镇静地说,说罢便站起身来拍了拍身上的沙土。

他俩并排着向渔场走去。因为两脚老陷在沙地里,走得很慢。

雅科夫粗俗地劝她满足他的愿望,她却镇静自若地笑笑,用话挖苦他。

当他俩已经走近渔场工棚的时候,他猛地停下来,抓住她的一只肩膀。

"你这是存心撩拨我上火嘛?!你这是干吗呢?我非把你——你给我留神!"

"你撒手呀,我说!"她一扭身从他手里挣脱了出来,扭头就走,谢廖日卡从工棚的转角处向她迎面走来,他摇晃了一下他那头

乱糟糟的火红色头发,挖苦地说道:

"玩过啦?行啊!"

"你们都给我见鬼去吧!"马尔华恶狠狠地叫道。

而雅科夫在谢廖日卡面前停了下来,阴沉地看着他。他俩之间相距大约十步光景。

谢廖日卡盯着雅科夫的眼睛。两人面对面地站了大约一分钟,就像两只山羊,准备用额头彼此顶撞似的,然后他俩又各奔东西,默默地分手了。

大海静静的,由于日落变得一片绯红;渔场上空荡漾着一片沉默的轰响,这中间,有一个喝醉酒的女人的十分刺耳的声音,在歇斯底里地叫喊着一首荒谬的歌:

……塔——加尔加,马塔加尔加,
我——的马塔尼奇卡!
醉醺醺,挨了打,
打得衣衫不整,披头散发!

这歌就像潮虫似的让人恶心,飞散在满是硝石味和烂鱼味的渔场——飞散着,玷污着波浪的乐曲。

在朝霞柔和的光华里,远处的海面,映照着一朵朵珍珠贝似的云彩,在安安静静地打盹。沙嘴上忙碌着一些睡眼惺忪的渔民,正在把渔具装上渔船。

一大堆渔网沿着沙滩爬进了渔船,被堆成一堆,放在船底。

谢廖日卡像平时一样,不戴帽子,光着脊梁,站在船尾,用沙哑的、醉醺醺的声音催促着一个个打鱼工人,风儿在玩耍着他的破衬衫和红头发。

"瓦西里!绿浆搁哪啦?"有人叫道。瓦西里愁眉苦脸,像十月里的连阴天,正在渔船上归置渔网,谢廖日卡则看着他那伛偻的后背,舔着嘴唇——这是他宿酒未醒又想以酒解酒的征兆。

"你有酒吗?"他问。

"有,"瓦西里闷声闷气地答道。

"嗯,那我就不去了……留在岸边拖网。"

"齐了!"沙嘴上喊道。

"起锚,开船!"谢廖日卡走下渔船,下令道。"你们去吧,我留这儿。注意——把网撒开些,别弄乱了!……撒匀些——别打结!……"

渔船被推进水里,打鱼工人从两侧上了船,分别拿起桨,把桨举起,准备打水启航。

"一!"

船上的桨齐刷刷地落进波浪,渔船猛地冲向前去,冲进落满朝霞的广阔的水面。

"二!"掌舵的在指挥,船上的桨仿佛大海龟的爪子似的又举上了船舷……"一!……二!……"

在岸上,留下准备拖网的共有五个人:谢廖日卡、瓦西里,还有其他三名工人。其中有个工人坐到沙滩上,说道:

"还能睡会儿……"

其他两名工人也学他的样,于是穿着肮脏的破衣服的三个身躯在沙滩上蜷缩成了一团。

"星期天你怎么不来?"瓦西里跟谢廖日卡向窝棚走去的时候,问他。

"来不了……"

"喝醉啦?"

"没有。看着你的儿子和他后娘,"谢廖日卡平静地告诉他。

"没事找事!"瓦西里歪着嘴一声冷笑。"他俩又不是小孩!"

"更坏……一个是傻蛋,另一个是疯子……"

"你说马尔华是疯子?"瓦西里问,他的两眼陡地冒出怒火。"她什么时候变成这副模样的?"

"老伙计,她心比天高……"

"她是个贱货。"

谢廖日卡乜斜着眼瞅了瞅他,轻蔑地喷了一下鼻子。

"贱货!唉,你们这帮人呀……都是些拱土坷垃的大嘴巴畜生!屁也不懂……你们只要娘们的奶子大——娘们的性格,你们是不要的……而性格是一个人最要紧的……娘们没性格,就跟面包没盐一样。巴拉莱卡琴没了弦,你还弹什么琴,还能有什么乐子?你是一条公狗!……"

"昨天竟把你喝成了满嘴胡吣!……"

他很想问问,谢廖日卡昨天是在哪儿和怎么看见雅科夫和马尔华的,但是又羞于启齿。

来到窝棚后,他给谢廖日卡倒了一茶缸伏特加,他指望谢廖日卡喝了这一大杯酒以后,马上就被灌醉了,会把他俩的事自动告诉他。

但是谢廖日卡喝完了,清了清嗓子,一下子整个人变得精神起来,他在窝棚门口坐下,伸着懒腰,打着哈欠。

"一口气喝了这么一杯——像吞下一团火似的!……"他说。

"瞧你这喝法!"瓦西里看到他这么快就把酒喝了下去,感到很吃惊,不禁感慨地说道。

"我就会这么喝……"这流浪汉点了点他那棕红色的脑袋,用手掌擦了擦他那濡湿的胡须,用一种教训人的口吻开口道:"我就会这么喝,伙计!我干什么都干脆利落,直来直去。不会绕弯——要干就干个痛快!至于会有什么后果——反正一样!除了掉进地球,决不会从地球上蹦出去……"

"你不是想去高加索吗?"瓦西里问,他在悄悄接近自己的目标……

"啥时候想走就走。我啥时候想走——三下五除二——一下子……全齐了!要不马到成功,要不就碰得鼻青脸肿……简单得很!"

"没有比这更简单的了!你过日子好像不动脑筋似的……"

"就你聪明!乡里用鞭子抽过你多少回了?"

瓦西里看了看他,无言以对。

"这就很好嘛,你们乡里的父母官用树条鞭把你那点聪明从后面抽到前面来了——唉,你呀!哼,就凭你那点脑子能做什么呢?你那点脑子又顶个屁用?你又能想出什么花花点子来?本来嘛!我没脑子,但是我一个劲地往前闯,任何人都不在我话下!我准比你有出息,"那流浪汉夸口道。

"这——也许吧!"瓦西里一声冷笑。"你准能出息到西伯利亚去①……"

谢廖日卡开怀大笑。

他出乎瓦西里意料,居然没醉,这使瓦西里十分恼火。再给他来杯酒吧,舍不得,在清醒的状态下,要从谢廖日卡嘴里套出话来是办不到的……倒是这流浪汉自己救了他。

"你怎么不问马尔华的事?"

"我问这干吗?"瓦西里拖长了声音无所谓地说道,他有一种预感,不由得打了个寒噤。

"星期天她不是没到这儿来吗……这些天她究竟干什么了,你咋不问呢……没准吃醋了吧,老东西!"

"这种娘们多的是!"瓦西里轻蔑地一挥手。

---

① 指因犯罪而发配西伯利亚。

"这种娘们多的是！"谢廖日卡学他的腔调说道。"哎，你们这帮给土地主干活的大老粗，乡巴佬呀！给你们蜂蜜，给你们柏油——你们全当成了黑麦粥……"

"你干吗尽夸她？来给她说媒吗？我早给她说好媒啦，"瓦西里话中带刺地说。

谢廖日卡把他浑身上下打量了一遍，沉默了片刻，把一只手放到他的肩膀上，语重心长地开口道：

"我知道你跟她好。我没跟你捣乱——也不应该捣乱嘛……但是现在这个雅什卡，你的儿子，净围着她转——得狠狠地揍他，给他放点血！听见啦？要不我来揍……你是个好庄稼人……榆木疙瘩，大傻瓜……我没跟你捣乱，你记住这点。"

"原来是这么回事！你不是也跟在她屁股后面转吗？"瓦西里闷声闷气地问。

"也！我要是知道我也——我早干脆把你们俩全甩到一边去了，给我清道——这不结了……要不然——我要她干吗？"

"那你干吗夹在中间鬼混呢？"瓦西里疑惑地问。

谢廖日卡想必被这个简简单单的问题问住了。

他睁大了两眼，看了看瓦西里，笑了。

"干吗夹在中间鬼混？鬼才知道怎么回事……也没什么——这娘们……是这样的……属辣椒的……我喜欢……我可怜她也没准……"

瓦西里不信任地望着他，但是又感到谢廖日卡说的是实话，掏心窝的话。

"她要是个黄花闺女，没人动过——可怜她还好说。而现在这模样——就叫人纳闷了！"

谢廖日卡没吭声，看着那艘渔船在海上远远的地方正调过头来，画了个半圆，船头转向海岸。谢廖日卡的眼睛看着，神态开朗，脸是善良的、朴实的。

瓦西里看着他，心软了。

"你这话没错，她是个百里挑一的女人……就是作风轻浮！……雅什卡？哼，看我不揍他！这狗崽子！……"

"我一见这小子，气就不顺……"谢廖日卡道。

"他跟她吊膀子？"瓦西里摸着胡子，含混不清地说道。

"你瞧着吧——他准会像个楔子似的打进你们俩中间。"谢廖日卡很有把握地说。

在远处的海面上，旭日将升，阳光猛地像打开一把玫瑰色的扇子似的喷薄而出。透过波浪的喧闹声，从海上那艘渔船上传来一声模糊不清的喊叫：

"拽一拽！……"

"起来，伙计们！嗨，拽渔网！"谢廖日卡指挥道。

于是他们一共五人，每人拽起渔网的一个边。从水里直到岸上扯起一根长绳，像弦一样绷得紧紧的，于是这些捕鱼工人便用纤绳系上，哼唷哼唷地拽着长绳。

而渔网的另一头则由那条渔船在向岸边拉，在波浪上慢慢滑行。

壮丽、辉煌的太阳正从海上冉冉升起。

"你看见雅科夫——告诉他，让他明天上我这儿来一趟，"瓦西里请求谢廖日卡。

"行。"

渔船靠岸了，于是另一帮捕鱼工人便从船上跳下沙滩，拽着渔网的另一头。两组工人逐渐彼此靠拢，渔网上的漂子在水面上跳动，形成一个正规的半圆形。

这天晚上很晚的时候，渔场上的工人已经吃过晚饭，马尔华累了，她若有所思地坐在一条船底反扣着的破船上，眺望着暮霭缭绕的大海。那边，远远的，有一星火光在闪亮；马尔华知道，这是瓦西里升起的篝火。孤孤单单，这火仿佛在远处黑沉沉的大海上迷了路，一会儿很亮，一会儿又像精疲力尽似的行将熄灭。马尔华看着这个迷失在茫茫大海中，在永不止息的波涛声中跳动的小红点，感到很凄凉。

"你干吗坐这儿？"她背后响起了谢廖日卡的声音。

"关你什么事？"她看了他一眼，问道。

"觉得有意思呗。"

他端详着她，没有吭声。他卷了支烟，抽了起来，骑坐在那只破船上。然后又友好地说道：

"你这娘们也怪：一会儿谁都不待见，一会儿又几乎遇到谁就挂到谁的脖子上。"

"我挂到你的脖子上啦？"她漠然问。

"不是我，是雅什卡。"

"你眼红？"

"嗯……咱们开门见山地谈谈心，好不好？"谢廖日卡拍了一下她的肩膀，建议道。她侧身坐在他身旁，他看不见她的脸，她只是简短地甩给他一句话：

"说吧。"

"你怎么，把瓦西里甩了？"

"不知道，"她沉默片刻后答道。"你问这干吗？"

"不干吗……"

"现在我对他有气。"

"为什么？"

"他打我！……"

"是——是吗？这是他干的？你就让他打啦？啊——呀——呀！"

谢廖日卡觉得奇怪。他从一旁看了看她的脸，讽刺地吧嗒着嘴唇。

"我要是狠下一条心——就不让他打了，"她生气地反驳道。

"那你是怎么回事呢？"

"狠不下这个心。"

"那么说，你很爱这只公猫啰？"谢廖日卡嘲弄地说，用他的烟卷的烟喷了她一脸。"哎呀，这事儿！我还以为你不是这种人呢……"

"你们这帮人我谁也不爱，"她用一只手挥去烟雾，漠然地说。

"没准，你瞎掰吧？"

"我干吗瞎掰？"她反问。谢廖日卡从她的声音里听得出来，她的确没必要瞎说。

"你不爱他，怎么会让他打呢？"他严肃地问。

"我怎么知道？你干吗老缠着我？"

"怪事。"谢廖日卡晃了晃脑袋，说道。

他俩很久没有说话。

黑夜渐渐降临。云彩在天上慢慢移动，将影子投在海上。波浪在哗哗地响。

瓦西里在沙嘴上升起的那堆火熄灭了，但是马尔华仍旧朝那边眺望着。谢廖日卡则望着她。

"我说！"他说道。"你知道你想要干什么吗？"

"我要是知道就好啦！"马尔华深深地叹了口气，声音非常低地回答道。

"那么说你不知道？这就不好啦！"谢廖日卡很自信地说。"我就永远知道！"说罢又带几分伤感地加了一句："不过，我倒很少想要干什么。"

"我永远想要什么东西，"马尔华若有所思地开口道。"究竟想要什么呢？……我也不知道。有时候坐上小船——驶进大海！划得远远的!就为了永远不再看到人。而有时候又想把每个人都弄得晕头转向,让他们围着我转。这样,我就可以看着他们笑。有时候我又可怜所有的人,而最可怜的是我自己。有时候又恨不得把所有的人都痛打一顿。然后再打自己……让自己不得好死……我常常又难过又快活……而所有的人全是榆木疙瘩。"

"人心全烂了,"谢廖日卡同意道。"可不是吗,我看你呀——既不是猫,也不是鱼……也不是鸟。不过,这一切在你身上都有……你不像娘们。"

"那就谢谢上帝啦!"马尔华粲然一笑。

在一排沙丘后面,在他俩左边,出现了一轮明月,把一片银辉洒遍了大海。月亮大而温存,在沿着蓝色的天宇慢慢浮动。明亮的星光在均匀和充满幻想的月光下,逐渐暗淡下去,慢慢消融不见。

马尔华嫣然一笑。

"啊……你知道吗……我有时候想——要是夜里给这工棚点把大火——一定天下大乱!"

"你还真行!"谢廖日卡赞赏地叫道,突然捅了捅她的肩膀。"你听我说……我来教你——咱们来玩个逗乐的玩意儿?你干不干?"

"干什么?"马尔华兴趣盎然地问。

"你把那个雅什卡——都撩逗得火烧火燎了吧?"

"都冒火啦,"她笑道。

"逗他跟他爸吵!真的!肯定逗乐……他俩肯定会跟两头熊似的打起来……你先给老头加把火,再给那小子来两下……然后咱们再把他俩牵到一块儿狗咬狗……好不好?"

马尔华扭过头来,注意地看了看他那红头发、愉快地微笑着的脸。他那被月光照亮的脸,比起白天在太阳光下,看去要光洁得多,不那么斑斑点点的。他脸上看不出恶意,——除了善意的、略显顽皮的微笑外,毫无歹意。

"你凭啥不喜欢他俩呢?"马尔华怀疑地问。

"我?……瓦西里倒没什么,他是个好庄稼人。可雅什卡——浑。你知道吗,所有的乡下人我都不喜欢……都是混蛋!他们假装无依无靠——于是人们就给他们面包吃——给他们一切!……可是他们有地方自治会,替他们办所有的事。他们有家业,有田地,有牲口……我曾在自治会的一名大夫家当过车夫,看够了他们的嘴脸……后来我就到处流浪。有时候,走进村子,讨一点面包吃——就挨顿狠揍!你姓甚名谁?你是干什么的?把身份证拿出来!……我不知挨过多少打……有时候把我当盗马贼,有时候干脆毫无道理,打就打了。把我关进冷屋子……他们就爱哭穷和装腔作势,但日子还是过得去的:他们有指靠——有田有地。我哪比得了他们呀?"

"你难道不是乡下人吗?"马尔华很注意地听着,这时打断了他的话。

"我是城里人!"谢廖日卡略带自豪地否认道。"乌格利奇市的平民百姓。"

"我是帕夫利什人,"马尔华若所思地告诉他。

"没一个人替我撑腰!至于乡下人……他们这些鬼东西,日子还是过得去的。他们有自治会什么的。"

"自治会——这是什么玩意儿?"马尔华问。

"什么玩意儿?鬼才知道是什么玩意儿!专门给他们立的、管他们的衙门……甭管它啦……你说正经的——让他俩打一架好不好?这不要紧——不过打打架罢了!……瓦西里不是打了你吗?那好,让他儿子替你报仇。"

"那有什么?"马尔华笑道。"敢情好……"

"你想……看见人家为你互相把对方的肋骨打断。难道不开心吗?你只要说两句话,不是吗?……你不过动动嘴罢了——一、二、三,全齐了!"

谢廖日卡津津有味地说给她听,她演的这一角色有多美,说了很长时间。他既像说笑话,又像说正经的。

"唉,我要是个漂亮娘们就好啦!我非得把这世界闹个天翻地覆不可!"最后,他感慨地说,两手抓住头,使劲抱着,眯上眼睛,闭上了嘴。

他俩分手的时候,月亮已经高高地挂在天空。他俩一走,夜显得更美了。现在就剩下一望无际的、庄严的大海,被月光染成一片银白色,还有那缀满繁星的碧空。此外就是一堆堆沙丘,沙丘之间的一丛丛白柳,还有沙滩上的两排长长的、脏兮兮的房子,就像两口钉得很粗糙的大棺材。但是这一切在大海面前显得那么可怜,那么渺小。星星望着这情景,在冷冷地闪着光。

父子俩面对面地坐在窝棚里喝酒。酒是儿子带来的,免得坐在父亲这儿无聊,也为了拍拍父亲马屁。谢廖日卡告诉雅科夫,他父亲因为马尔华的事在生他的气,并且威胁马尔华要把她揍个半死,马尔华知道这威胁,所以才不肯让他雅科夫得手。谢廖日卡取笑他无能。

"你竟敢吊膀子,他非好好地揍你一顿不可!他要使劲揪你的耳朵,把你的两只耳朵扯成一俄尺长!你还是别碰见他好!"

这个红头发的、让人看了讨厌的人的嘲笑,使雅科夫恨透了父亲。再加马尔华又扭扭捏捏,一会儿挑逗地看着他,一会儿又愁容满面,这更加剧了他想占有她的欲望,这欲望甚至达到了痛苦的程度……

于是雅科夫来看他父亲时便把父亲看成了他的绊脚石——没法跳过去,也没法绕过它。但是雅科夫觉得他一点也不怕他,因此他信心十足地看着他那双忧郁的、虎视眈眈的眼睛,仿佛在对他说:

"来呀,你敢动?!"

他俩已经喝了两杯,但是除了几句无关紧要的有关渔场生活的话以外，彼此还没正儿八经地说过一句话。周围是海，他俩四目对视，彼此耿耿于怀；他俩也都知道，这种彼此怨恨，很快就会爆发，会把他俩烧得焦头烂额。

窝棚上的草席被风吹得飒飒地响，顶上盖的树皮在互相磕打，旗杆顶上挂的那块红布在絮絮叨叨地诉说着什么。所有这些声音都是怯怯的，仿佛遥远的窃窃私语，在前言不对后语地、犹疑不决地乞求着什么。

"怎么，谢廖日卡还老喝酒？"瓦西里阴阳怪气地问。

"喝，每天晚上都喝得醉醺醺的，"儿子回答，又倒了点酒。

"他会给毁了的……这就是活得自在……天不怕地不怕！……你也会变成这样的……"

雅科夫简短地回答：

"我不会这样。"

"不会？！"瓦西里皱起眉头说。"我知道我在说什么……你在这里住多长日子了？都第三个月了，也该早点回家啦，能带回家多少钱呢？"他怒气冲冲地把茶杯里的酒倒进嘴里，攥紧胡子，拽了一下，拽得连脑袋都动了一下。

"在这里时间这么短，能挣几个大钱？"雅科夫理由十足地答道。

"既然这样，你也就不必在这里浪荡啦——回乡下去吧！"

雅科夫默然冷笑。

"做什么鬼脸？"瓦西里怒声喝道，他对儿子的沉着很恼火。"父亲在说话，你还笑！留神，你也放肆得太早了点吧？悔不该娇惯你，没给你套上笼头……"

雅科夫又倒了点酒，一饮而尽。父亲粗鲁地没茬找茬使他很生气，但是他忍住了，不愿意把心里想的和要说的话都说出来，也为的是不惹恼父亲。父亲的目光严厉而又生硬，他有点胆怯。

而瓦西里看到儿子一个人喝酒,也不给他倒,就更来气了。

"老子跟你说话——让你回家去,你倒好,跟老子打哈哈?星期六去结账……然后……回家,回乡下!听见啦?"

"我不回去!"雅科夫坚定地说,倔强地摇了摇头。

"为什么不回去?"瓦西里两手支着桶底,从座位上陡地站了起来,咆哮道。"我给你说了没有?狗东西,你倒冲老子嚷嚷起来了?忘了我能怎么对付你吗?忘了?"

他嘴唇发抖,脸都气歪了;太阳穴上暴起两根青筋。

"我什么也没忘,"雅科夫眼睛不看父亲,低声道。"倒是你全记得吗?当心!"

"轮不到你来教训我!看我不揍扁了你……"

雅科夫躲开了他父亲举到他头上的拳头,咬牙切齿地说:

"你别碰我……这里不是乡下。"

"闭嘴!到哪儿我都是你老子!……"

"这里乡公所不用鞭子抽人,这里没乡公所,"雅科夫冲他的脸一声冷笑,也慢慢地站了起来。

瓦西里两眼充血,脖子前伸,两手紧握拳头,满嘴酒气,气呼呼地,喷到儿子脸上;而雅科夫身子后仰,阴沉的目光警觉地注视着父亲的一举一动,他准备还手,但表面很沉着,骨子里却捏着一把汗。他俩中间放着一只当桌子用的木桶。

"你以为我不会抽你?"瓦西里声音嘎哑地问道,像只猫似的弓着后背,准备一个箭步扑向儿子。

"在这里——大家全都平起平坐……你是工人——我也是。"

"原来是这么回事?"

"哼,是又怎么样?你干吗对我凶神恶煞的?你以为我不明白?你自己先就……"

瓦西里一声怒吼,猛地一拳打去,雅科夫没来得及躲闪。一拳正打在他头上;他一个踉跄,咬牙切齿地注视着父亲凶狠的脸和又举起的拳头。

"你当心!"他两手握紧拳头,警告父亲。

"我给你当心个屁!"

"别胡来,我告诉你!"

"啊……你!……你想打你爸?……打你爸?……打你爸?……"

这里,他们感到太挤了,他们脚下净是装盐的草袋,反扣着的木桶和木墩。

雅科夫挥舞着双拳,抵挡着父亲的拳击。他面容苍白,大汗淋漓,咬牙切齿,睁着跟狼一样火红的眼睛,面对父亲,慢慢后退,他父亲则恶狠狠地挥着拳头,向他步步紧逼,他气得已经不顾一切,仿佛突然毛发倒竖——像一只浑身的毛都竖了起来的发狂的野猪。

"住手——够了——别胡来!"雅科夫凶狠而又沉着地说道,一步步向窝棚门外退去。

父亲咆哮着向他扑去,但是他一下下打过去,碰到的只是儿子的拳头。

"瞧我不把你……瞧……"雅科夫自觉比他灵活,不住逗他。

"你等着……别跑……"

但是雅科夫往斜刺里一跳,拔腿就向海边跑去。

瓦西里低着头,两手前伸,紧追不舍,但是一只脚不知绊着了什么,胸部朝下,跌倒在沙滩上。他很快两膝跪下,爬了起来,两手撑着沙滩,坐在地上。这么一折腾,把他累得精疲力尽,因为一肚子气没法出,加上痛苦地感到自己气力不支,他伤心地号叫起来……

"你这该死的东西!"他嘎声高叫,向雅科夫逃走的方向伸长了脖子,嘴唇发抖,气得连啐了几口唾沫。

雅科夫斜靠在一艘小船上,警觉地注视着他,并用一只手揉着被父亲打疼的脑袋。他那衬衫的一只袖子被扯了下来,只剩下一根线挂着,领子也被扯破了,满是汗水的白白的胸部像抹了层油似的在阳光下闪耀,他现在对父亲只有轻蔑;他原以为他很强壮,现在他看着父亲蓬头散发、可怜兮兮地坐在沙滩上,向他举拳威吓,便露出强者对弱者的既宽容而又令人可气的微笑。

"我诅咒你……永远!"

瓦西里大声诅咒他,声音大得使雅科夫不由得扭过头去看了看远在大海对面的渔场,仿佛害怕对面有人会听到这无可奈何的喊叫似的。

但是对面只见一片波涛和阳光。于是他向一边啐了口唾沫,说道:

"叫吧!……你让谁不痛快呢?还不是让你自己……既然咱俩闹成这样了。我倒有句话要说……"

"闭嘴!……滚开……快滚!"瓦西里叫道。

"我决不回乡下……我要在这里过冬……"雅科夫一面仍旧注视着父亲的一举一动,一面说道。"我觉着这里好——这,我明白,我不是傻瓜。这里轻松愉快……在乡下,你骑在我身上爱干啥干啥,而这里——你咬我鸟!"

他伸出手指向父亲做了个下流动作,笑了起来,声音倒不大,但却笑得瓦西里重新火冒三丈,他跳起来,操起一支桨,便向他冲去,声嘶力竭地叫道:

"对你爸?对你爸?我打死你……"

但是,当他疯了似的冲到小船跟前时,雅科夫早跑远了。他跑着,衬衫上那只被扯下的袖子,跟在他身后,在空气中晃荡。

瓦西里把桨向他扔去,桨没击中目标就掉了下来。这庄稼汉又精疲力尽了,他胸部朝下地摔倒在小船上。他看着儿子,用指甲挠着木头，而雅科夫则从远处向他叫道：

"没羞！胡子都白了——还为了娘们，发这么大脾气……唉，你呀！至于乡下，我决不回去……你自己回去吧……你在这里干不了啦……"

"雅什卡，闭嘴！"瓦西里一声怒吼，压倒了他的叫声。"雅什卡！我打死你……滚！"

雅科夫不慌不忙地走开了。

父亲用迷惘而又疯狂的眼睛目送着他。瞧，他的身影缩短了，他的两腿仿佛埋进了沙丘……沙子已经齐到他腰了……齐到肩膀了……连头也看不见了。整个人都没有了……但是过了不多会儿，在他消失的稍远的地方，他的脑袋、肩膀又开始出现了，然后是整个的人……现在他的身影又变小了……他回过头来看看这边，在喊叫着什么。

"你这该死的东西！该死，该死！"瓦西里对儿子的喊叫回敬道。儿子挥了下手，又向前走去，接着……又在沙丘后面消失不见了。

瓦西里继续朝那边望着，望了很长时间，他一直靠在船帮上，半趴半躺着，直到这个不舒服的姿势使他腰酸背痛为止。他感到浑身的骨头架子都散了。他站起身来，身体摇晃了一下（他觉得浑身骨头疼）。他的腰带挤到了腋窝底下，他用麻木的手指解开了腰带，凑到眼前看了看，顺手扔到了沙滩上。然后他向窝棚走去，走到一个沙坑前停了下来，想起他就是在这里摔倒的，要是他不摔倒，肯定逮住了儿子。窝棚里的东西全扔得乱七八糟。瓦西里东张西望地寻找酒瓶，后来在草袋中间找到了，捡了起来。瓶塞堵住了酒瓶，酒倒不出来。瓦西里慢吞吞地抠出了瓶塞，把瓶口塞到嘴里，想喝酒。但是酒瓶的玻璃口磕打着他的牙齿，酒从嘴里流到胡子上，接着又流到了胸口。

瓦西里的脑袋在嗡嗡响，心里感到很难受，后背又酸又疼。

"唉，我老啦！……"他说出了声音，随后便跌坐在窝棚入口处的沙滩上。

他前面是大海。海浪在欢笑，像平时一样在玩耍，在喧闹。瓦西里久久望着水面，想起了儿子贪心的话：

"要是这是一大片土地！而且是黑土地就好啦！那就可以种庄稼啦！"

一种苦涩感抓住了这个庄稼汉。他使劲擦了擦胸口，看了看周围，长叹了一声。他的脑袋垂得低低的，佝偻着背，像有件重物压到他脊背上似的。他胸口憋得喘不上气来。瓦西里清了清嗓子，两眼望天，画了个十字。他思前想后，心情十分沉重。

……为了一个骚娘们，他居然抛弃了在诚实劳动中同他过了超过十五年的老婆——因此主才惩罚他，让儿子起来造他的反。正是这样，主啊！

儿子侮辱了他，撕碎了他的心，使他痛苦……他让他爸这么伤心，打死他还是轻的！为什么呢？因为一个女人，一个过着不要脸的生活的下贱女人！……罪过呀，他这老家伙居然忘了自己的老婆和儿子，跟这种女人鬼混……

因此，主才在神圣的震怒中提醒了他，通过他的儿子公正地惩罚了他，使他感到心如刀割……正是这样，主啊！……

瓦西里弯腰曲背地坐着，画着十字，常常眨着眼睛，用睫毛拂去使他泪眼模糊的一滴滴伤心泪。

太阳渐渐落进大海。天上一抹赭红的晚霞在渐渐熄灭。从无言的远方吹来阵阵温暖的海风，吹着这个庄稼汉的泪眼婆娑的脸。他浮想联翩，悔恨交加，一直坐到进入梦乡。

同父亲吵架后又过了一天，雅科夫同一帮工人坐了驳船（由轮船拖着当拖船用），到离渔场三十俄里以外去捕捉鲟鱼。过了五天，他才独自坐着一艘小帆船回到渔场——派他回来拿吃的。他中午才到，那时工人们吃完了午饭，正在休息。骄阳似火，晒得滚烫的沙滩使他的脚底感到火烧火燎的，而鱼鳞和鱼刺遍地皆是，十分扎脚。雅科夫小心翼翼地迈着两腿，向工棚走去，一边走，一边骂自己没穿靴子。他又懒得再回到渔船上去，再说他急于想吃点什么和看到马尔华。他在海上闲来无聊，常常想她。他现在很想知道她有没有见到他父亲，他又跟她说了些什么……没准，他打她了？打她倒没什么害处——让她放老实点！要不也太厉害，太难伺候了……

渔场上静悄悄的，很荒凉。工棚里的窗户全开着，这些木头大匣子似乎也在热得难受。一个小孩躲在工棚之间的管事办公室，在上气不接下气地啼哭。从一堆木桶后面传来什么人的低语声。

雅科夫朝他们大胆走去：他觉得他好像听到了马尔华的声音。但他走到木桶旁，向里面张望了一下，立刻后退了一步，紧锁双眉，站住了。

在一大堆木桶后，在阴影下，躺着红头发的谢廖日卡，他胸部朝上，两手枕在脑后。他的一边坐着父亲，另一边坐着马尔华。

雅科夫先想到父亲：

"他到这里来干吗？难道他离开他那个清闲的差使调回渔场了？为了离马尔华近点，不让他接近她？啊，这鬼东西！要是我娘知道他干的这些好事！……过去还是不过去呢？"

"倒也是！……"谢廖日卡说。"那么——再见啦？嗯，好！走吧，去翻土坷垃吧……"

雅科夫高兴地眨了眨眼。

"我这就走……"父亲说。

于是雅科夫大胆地向前走了一步，向他们问好：

"大伙好哇！"

父亲匆匆瞥了他一眼，扭过头，马尔华连眉毛都没动一动，谢廖日卡则用一条腿蹬了一下，用低沉的声音说道：

"瞧，我们的宝贝儿子从远方回来了！"接着又用他平时说话的腔调加了一句："得跟剥羊羔皮似的把他的皮剥下来蒙鼓……"

马尔华低声笑起来。

"热！"雅科夫边坐下边说道。

瓦西里又瞥了他一眼。

"我一直在等你，雅科夫，"他开口道。

雅科夫觉得他说话的声音比平时低，脸也似乎换了个样。

"我回来拿吃的……"他告诉他们，说罢便向谢廖日卡要烟丝卷烟抽。

"有烟丝也不给你这混账东西，"谢廖日卡说，并不动弹。

"我要回去了，雅科夫，"瓦西里用手指在沙地上抠着沙子，庄重地说道。

"怎么搞的？"儿子天真地看了看他。

"那，你呢……留下？"

"对，我留下……咱俩都回去干吗？"

"嗯……我没意见。随你便……都老大不小的了！不过你这个……记住……我折腾不了多长时间了。活，没准能活下去，干活就不知道咋样了……看来，我已经不习惯干地里活了……不过你要记住，你在乡下还有娘。"

他大概说话很吃力：话就像粘在牙缝上似的。他摸着胡须，手在发抖。

马尔华目不转睛地看着他。谢廖日卡眯起一只眼睛，而把另一只睁得大大的，盯住雅科夫的脸。雅科夫心花怒放，但又怕别人看出来，所以他看着自己的脚尖，不言声。

"别忘了你娘……注意，她只有你一个，"瓦西里说。

"还用说？"雅科夫蜷缩着身子说。"我知道。"

"知道就好！……"父亲不放心地看了他一眼，说道。"我不过是说——别忘了。"

瓦西里深深地叹了口气。足有好几分钟四人相对默然。之后,马尔华说:

"快要打钟上工了……"

"那,我就走了!……"瓦西里站起身来,宣布道。其余的人也跟着他站了起来。

"再见,谢尔盖①……你有机会到伏尔加河——也许会来看看我吧?……辛比尔斯克县,马兹洛村,尼科洛-雷科沃乡……"

"好吧,"谢廖日卡说,摇了摇他的手,但是仍旧紧握不放。他的粗大的手青筋毕露,长满了红毛。他微笑着望了一眼瓦西里那既闷闷不乐而又严肃的脸。

"雷科沃-尼科洛是个大镇……大老远都知道它,我家离那儿——四俄里,"瓦西里解释道。

"好,好……有机会一定去……"

"再见!"

"再见,好伙计!"

"再见,马尔华!"瓦西里眼睛望着别处,闷声闷气地说道。

她用袖子不慌不忙地擦了擦嘴,把她那雪白的胳臂勾住他的两只肩膀,连续三次,默然而又严肃地亲了亲他的两颊和嘴唇。

他有点不好意思,模糊不清地咕哝了一句什么。雅科夫低下头,含笑不语,而谢廖日卡则两眼望天,轻轻打了个哈欠。

"这时候走,路上热,"他说。

"不要紧……那,再见了,雅科夫!"

"再见。"

他们面对面地站着,不知道怎么办了。"再见"这句伤心话,

---

① 谢廖日卡的大名。

在这几秒钟内,那么经常和单调地在空中荡漾,在雅科夫心中唤起了对父亲的亲近感,但是他不知道怎样才能把这感情表达出来:像马尔华一样拥抱他,还是像谢廖日卡那样跟他握握手?表现在儿子的姿态和脸上的那种迟疑不决的神态,让瓦西里看了就有气,此外,他在雅科夫面前还感到一种近乎羞耻的感觉。他心中的这种羞耻感,乃是因为他想起了沙嘴上的事,以及因马尔华亲吻而引起来的。

"那,记着你娘!"瓦西里终于说道。

"好吧!"雅科夫亲热地微微一笑,大声道。"你尽管放心……我心里有数!……"

他说罢摆了摆头。

"嗯……要说的话都说了!主保佑你们在这里好好过日子……有什么对不住你们的地方,请多包涵,……谢廖加①,我那只小锅埋沙里了,就在那艘绿船的船艄底下。"

"他要锅干啥?"雅科夫不假思索地问。

"他给我派了那差使……上那儿,上沙嘴!"瓦西里解释道。

雅科夫看了看谢廖日卡,又瞥了一眼马尔华,低下了头,掩饰着他眼里流露出来的快乐的光。

"再见啦,伙计们……我走了!"

瓦西里向他们鞠了个躬,走了。马尔华跟在他身后。

"我送你一阵……"

谢廖日卡躺到沙滩上,接着,一把抓住雅科夫的腿——因为他也抬腿跟在马尔华的后面。

"吁!上哪?"

"看我的!放开我……"雅科夫想挣脱他的手。

但是,谢廖日卡又抓住了他的另一条腿。

---

① 谢廖日卡的又一小名。

"陪我坐会儿……"

"哎呀，你瞎闹什么呀？"

"我不是瞎闹……你给我坐下！"

雅科夫咬牙坐了下来。

"你要干吗？"

"你等着！先闭上嘴，让我想想再告诉你……"

他威吓地用他那桀骜不驯的眼睛把这小伙子扫视了一眼，雅科夫只好乖乖地坐下，不作声……

马尔华和瓦西里默默地走了几分钟。她从侧面看了看他的脸，她的眼睛发出一种异样的光。瓦西里则愁眉深锁，默然不语。他俩的脚不断陷在沙子里，所以走得很慢。

"瓦夏①！"

"什么事？"

他看了看她，又立刻扭过头去。

"我是存心让你跟雅什卡吵架的……你们本来满可以不吵不闹地在这里过下去的，"她平静而又不慌不忙地说道。

"你干吗要这样？"沉默少顷，瓦西里问。

"不知道……没道理！"

她笑着耸了耸肩。

"你做的好事！唉，你呀！"他没好气地责备她道。

她不言声。

"你会给我把这小伙子带坏的，彻底带坏的！哎呀！你真是个妖精，妖精……不怕上帝……无耻……你干的是啥事呀？"

"那应该干什么呢？"她问他。她的问话不知是惊慌还是懊恼。

"干什么？唉，你呀！……"瓦西里对她火冒三丈，大声喝道。

---

① 瓦西里的小名。

他非常想揍她一顿，把她摔倒在他脚下，把她踩进沙里，用皮靴踢她的胸脯，踢她的脸。他握紧拳头，向后面张望了一下。

那儿，在木桶旁，矗立着雅科夫和谢廖日卡的身影，他俩的脸都面向着他。

"走开——滚！要不然，我揍扁了你……"

他放低声音，近乎耳语，冲她的脸骂道。他两眼充血，胡子气得发抖，两手不由得伸到她的头发旁；她包着头巾，头发从头巾下耷拉下来。

她那碧绿的眼睛镇静地看着他。

"真该打死你，婊子！你等着……碰上个愣头青……非把你脑瓜打开不可？"

她嫣然一笑，沉默了一会儿，然后深深地叹了口气，甩给他一句话：

"嗯，得了……再见！"

她说罢，陡地扭过身子，往回走去。

瓦西里在咬牙切齿地冲她的背影咆哮。可是马尔华却管自走着。瓦西里印在沙地上的脚印又清楚又深，她使劲用自己的脚去踩，踩进去后就极力用自己的脚把脚印踩平。她就这样慢吞吞地一直走到木桶跟前。谢廖日卡迎着她问道：

"怎么，送走了？"

她点点头便挨着他坐了下来。雅科夫看着她，亲热地微笑着，嘴唇在动，好像在悄悄说着只有他一个人听得见的什么话似的。

"怎么——送走了又舍不得了？"谢廖日卡又用一首歌的歌词问她道。

"你什么时候上那边沙嘴去？"她用头指着大海，反问道。

"晚上。"

"我陪你去……"

"好极了！……这话我爱听……"

"我也去！"雅科夫果决地声称。

"谁叫你去啦？"谢廖日卡眯起眼睛，问道。

响起了一口破钟发抖的声音——这是呼唤上工的钟声。钟声一下接一下地急促地在空中回荡，在波浪的快乐的絮语中渐归寂灭。

"瞧着吧，她会叫我去的！"雅科夫说，挑衅似的望着马尔华。

"我？我叫你去干吗？"她表示惊讶。

"咱们打开天窗说亮话，雅什卡！……"谢尔盖站起身来，板着脸道。"你要是再缠着她——我就揍你个稀巴烂！你要是敢动她一根指头——我就像打死只苍蝇似的打死你！拍一下你的脑瓜——这世界上就没你了！就这么干脆！"

他的整个脸、整个身影，以及伸到他脖子跟前的虬筋盘结的胳臂，都十分有力地说明，这一切对于他的确最简单不过了。

雅科夫后退了一步，闷声闷气地说：

"等着吧！她会自动……"

"休想——想得倒美！你是个什么玩意儿？狗东西，这羊肉不是给你吃的：给你啃块骨头，还得说声谢谢……怎么啦？……瞪着俩眼珠子干吗？"

雅科夫瞥了一眼马尔华。她那双碧绿的眼睛在冲着他的脸冷笑。这是一种气人而又侮辱人的笑。她从一侧紧紧依偎着谢廖日卡，样子是那样亲昵。这使雅什卡倒抽了一口凉气，浑身直冒冷汗。

他俩肩并肩地走着，离开他稍远，便纵声大笑。雅科夫把右脚使劲插进沙里，于是就在这种紧张的姿势中呆立不动，呼吸沉重。

远处，有一个小小的、黑色的人影，在沿着一片黄沙的死气沉沉的波纹移动；他的右边是在阳光下闪耀的欢乐、雄伟的大海，而左边，直到地平线，是一片沙滩——单调、沉闷、荒凉。雅科夫看了看这孤独的人，眨了眨眼睛，眼睛里充满怨艾和困惑。他伸出两手使劲擦了擦自己的胸脯……

渔场上开始热火朝天地干活。

雅科夫听见马尔华清脆的胸音在高声喊叫：

"谁拿了我的刀？……"

波涛在哗哗地响着，太阳在闪耀，大海在欢笑……

(1897年)

科诺瓦洛夫

吴宗华　吴锡华　译

我漫不经心地在报纸上浏览,发现一个使我关心的姓氏——科诺瓦洛夫,于是我便读到了下面一段文字:

> 昨晚,在本地监狱第三囚室,穆罗姆市小市民亚历山大·伊凡诺维奇·科诺瓦洛夫,在炉灶的通气口上自缢身亡。死者年四十岁,因流浪罪曾在普斯科夫被捕,后被押送回乡。监狱当局宣称:此人一向安静,不多言语,喜欢沉思。狱医推断,科诺瓦洛夫自杀的原因,是患忧郁症所致。

读完这则简短的报道,我想可能只有我才能比较清楚地说明这个沉思默想的人轻生的原因,因为我了解他。我甚至没有权利对他的生平保持缄默,因为他是一个非常出色的小伙子,像他这样的人在人生旅途中是不多见的。

我是十八岁的时候遇见科诺瓦洛夫的。当时,我在面包房给一位面包师当"下手"。面包师曾经是"军乐队"队员,他狂饮伏特加,常常把和好的面弄坏,喝得醉醺醺的时候,喜欢用嘴巴吹乐曲,不管碰到什么东西,就用手指在上面胡乱打出各种曲调。每当老板训斥他把面包做坏了或者耽误了早晨的面包生意时,他便大为光火,把老板痛骂一顿,与此同时总要向老板显示一番自己的音乐天才。

"说什么面团发过头了!"他大声喊道,撅起他那把棕色的长胡子,吧嗒着他那两片不知何故总是湿乎乎的厚嘴唇。"皮儿烤焦了!面包还是生的!呸,你呀,见你的鬼去吧,你这个斜眼的丑八怪!难道我是为了干这活儿才到这世上来的吗?叫你同你的活儿都下地狱去吧。我可是个音乐家!你懂吗?我啊,要是中提琴手喝醉了,我就顶替他拉中提琴;吹双簧管的被人抓走了,我就吹双簧管;短号手病了,谁能上呢?还是我!丁——打——拉——达——狄!而你呢,乡巴佬,喀查普①,咱们结账吧。我不干了!"

老板是个圆滚滚的虚胖子,一张女里女气的脸上长着一双杂色的眼睛。他气得肚子一鼓一鼓的,跺着两条短粗腿,尖声号叫:

"害人精!捣乱鬼!出卖耶稣的叛徒犹大?"他张开粗短的手指,举起双手,突然用刺耳的大嗓门儿高声嚷道:"你要造反,我就把你送到警察局去,啊?"

"要把皇上和祖国的仆人送进警察局?"这位昔日"军乐队"的大兵大声吼道,攥着拳头向老板扑去,老板啐着唾沫,气得呼哧呼哧地走了。他只能如此而已,因为时值夏天,这个时候在伏尔加河岸的城市是很难找到好面包师的。

这样的场面几乎每天都有。这位大兵喝酒,糟蹋和好的面团,吹奏各种进行曲和华尔兹舞曲,或者表演他自己的"节目";老板气得咬牙切齿,而我却因此不得不一个人干两个人的活。

有一天,老板和大兵之间上演了这样的一场闹剧,使我高兴至极。

"喂,大兵,"老板来到面包房,满脸扬扬得意,面带狡黠的微笑说,"喂,大兵,噘起嘴唇奏你的进行曲吧!"

"这是干吗?"同往常一样喝得半醉不醒的士兵躺在放着面团的

---

① 旧时乌克兰沙文主义者对俄罗斯人的蔑称。

木柜上，忧郁地问道。

"准备走人吧！"老板兴高采烈地说。

"上哪儿？"大兵问道，他从柜子上垂下两条腿，感到事情不妙。

"你爱上哪儿就上哪儿……"

"这是什么意思？"大兵怒气冲冲地嚷道。

"这意思就是我不打算再雇你了。结账走人吧！你爱上哪儿就上哪儿！"

大兵一向认为自己有能耐，老板束手无策。可老板的这则声明使他多少清醒了一点。他明白，他那并不高明的本事很难找到活儿。

"哼，你这是在撒谎？"他站起来，不安地说。

"走吧，走……"

"走？"

"你滚！"

"这就是说，我为你干够了，"大兵痛苦地摇晃着脑袋，"你吸我的血，吸干了就赶我走。真狡猾。哼，你是个吸血鬼！"

"我是吸血鬼？"老板勃然大怒。

"就是你！吸血的魔鬼，吸血的蝙蝠，一点也不错！"大兵斩钉截铁地说着向门口蹒跚走去。

老板朝着他的后背挖苦地冷笑，一双小眼睛里闪烁着幸灾乐祸的目光。

"走吧，现在你上别人那里找工作去吧！是的，老兄，我已经四处给你宣扬了，你就是白送上门去，人家也不会要你的！哪儿也不会要你了……"

"雇新人了吗？"我问道。

"新手嘛，是个老伙计。他当过我的帮手。嘿，那是个什么样的面包师啊！真是个金不换！可也是个酒鬼！喝起来没个完……他这就来,马上干活,他会像熊一样干上三四个月。他不知道睡觉,不知道休息,也不论工钱多少。他总是边干活边唱歌!你不知道,我的小兄弟,他唱起歌来让人心里难受得听不下去。唱着,唱着,就又喝起酒来!"

老板叹了一口气,失望地挥了挥手。

"他一喝起来,不管怎么都不能止住他。一直要喝得病倒,或者喝得身上一个子儿不剩……这时候,他常常感到见不得人,要不他就找个地方躲起来,就像魔鬼避神像似的。瞧,他来了………他来了就不走了,是吗?廖沙?"

"不走了,"从门口传来一个低沉而洪亮的声音。

门口站着一个三十岁上下的高个儿汉子,宽宽的肩膀靠在门框上。看他的衣着,是典型的流浪汉;瞧他的脸型,是地道的斯拉夫人。上身穿一件肮脏破烂得难以想象的红布衬衫,下身是一条肥大的粗麻布灯笼裤,一只脚上穿着半截胶靴,另一只脚穿的是皮鞋,两只鞋都破烂不堪。脑袋上一头蓬乱的淡褐色头发,胸前一蓬扇子似的褐色大胡子,头发和胡子中间夹着一些碎刨花和干草。椭圆形的脸苍白而憔悴,蔚蓝色的大眼睛倒使他显得精神焕发,瞧起人来目光亲切和善。藏在褐色大胡子里有点苍白的漂亮嘴唇在微笑。这微笑似乎是在抱歉地说:

"我就是这副模样……请多包涵。"

"进来,萨绍克,这就是你的帮手,"老板说,一边搓着手,一边和善地望着新面包师结实的身躯。他默默地向前跨了一步,向我伸出一只巨人般宽大壮实的长手。我们互致问候。他坐在板凳上,眼睛望着向前伸展的双腿,对老板说:

"瓦西里·谢苗内奇,您给我买两套衬衫、鞋子……一块当帽子用的粗麻布。"

"都会置办好的,放心!帽子我这里有,衬衫和裤子晚上就准备好。这会儿你先干活。我了解你,知道你的为人。我不会亏待你的……谁也不会亏待科诺瓦洛夫,因为他不亏待任何人。难道我这个老板是禽兽?我自己过去也是个干活的,我知道其中的甘苦……好,小伙子们,你们待着,我走了……"

我们俩留了下来。

科诺瓦洛夫坐在板凳上,一言不发,微笑着观察周围。这面包房在地下室,拱形的天花板,三扇窗户都低于地面。光线不足,空气很坏,潮气又大,满地的脏物和面粉末子。靠墙有三个长柜子,一个放和好的面,另一个放发酵的面团,第三个空着。每个柜子上都有一道从窗外射进来的昏暗的光带。一只大炉子几乎占了面包房的三分之一;炉子周围脏兮兮的地板上放着面口袋。炉子里长长的木头烧得灼热,映照在面包房灰色墙壁上的火焰在摇曳抖动,仿佛在无声地述说着什么。

被烟熏黑的拱形天花板使人感到憋闷,阳光同炉子里的火焰交织成模糊昏暗的令人眼睛疲倦的光亮。窗外传来街上低沉的喧嚣声,飞进来马路上的尘埃。科诺瓦洛夫仔细地察看了这一切,叹了一口气,用闷闷不乐的声音问道:

"你在这里干了很久了吗?"

我回答之后我们又皱着眉头相对无言。

"真是一间牢房!"他叹了一口气。"咱们到街上去,出去坐坐好吗?"

我们走出了大门,坐在长凳上。

"这里可以痛快地呼吸了。我不习惯一下子掉进地穴,受不了。你想想吧,我是从海边来的,曾经在黑海的渔民帮里干活……从那辽阔的地方突然扑通一下跌入地穴!"

他忧伤地微笑着,看了看我,又沉默了,凝望着过往的行人和乘车人,那明亮的蔚蓝色眼睛里露出悲哀的神情……夜幕降临,街上闷热、喧闹，尘土飞扬，房屋的影子落到了街上。科诺瓦洛夫背靠墙坐着，双手放在胸前，用手指抚摸着柔软光滑得像丝绸一般的大胡子。我从侧面看着他那苍白的椭圆形脸庞，想道："他是个什么样的人呢？"但我却不敢主动同他攀谈，因为他是我的头头，因为不知为什么他赢得了我的尊敬。

他的前额有三道细细的皱纹，但有时这些皱纹会展平消失，我很想知道，这个人到底在想些什么……

"咱们回去吧，到时候了。你去揉第二批面，我去准备第三批。"

我们按分量称出一堆和好的面，又揉好了另一堆面之后，坐下来喝茶，科诺瓦洛夫把一只手伸进怀里，问我：

"你识字吗？就这个，你给念念，"他递给我一张皱巴巴的脏纸。

"亲爱的萨沙！"我念道，"我在信上向你问好，吻你。我过得不好，寂寞得很。我等不到跟你一起出走或者同你在一起生活的那一天。这该死的生活令我非常厌烦，虽然开始时我喜欢过它。这一点你很清楚，同你相识之后我也开始明白了。请快给我写信吧，我是多么希望收到你的来信。暂且再见，但不是永别，我亲爱的、心爱的大胡子朋友。我不讲任何责备你的话，虽然你使我非常伤心，因为你是头蠢猪，不跟我道别就走了。但是，在你身上我只看到好的，此外什么也看不见：你是第一个好人，这一点我不会忘记。你能不能想法子为我赎身，萨沙。姑娘们对你讲过，如果我赎了身，就会离开你，这是瞎说，纯粹的假话。你要是真可怜我，赎身后我会像你的狗那样跟定你。你办这件事很容易，而对我来说却很困难。你在我身边时，我因为被迫过这样的日子而常常流泪，不过我从来没有对你讲过。你的卡比托林娜。"

科诺瓦洛夫从我手中把信拿过去，若有所思地用一只手的手指搓着信纸，另一只手捻着胡子。"你会写吗？"

"会……"

"有墨水吗?"

"有。"

"你给她写封信,好吗?她,大概,也许,把我看作坏蛋了,她以为我把她忘了……你写!"

"好吧。她是谁?"

"是个妓女……你看到了,她写了赎身的事。这就是说,要我在警察局里许诺娶她为妻,他们就会把身份证还给她,把她的执照收回去,从此她就自由了!明白了吗?"

半个小时后,一封感人的信写好了。

"那么,念一下,信写得怎么样?"科诺瓦洛夫急不可耐地问道。

信是这样写的:

> 卡芭!你别以为我是个卑鄙的小人,不要以为我把你忘了。不,我没有忘记你,只是又喝上了酒,把钱都喝光了。现在我又找到了工作,明天我要向老板预支工资,把钱捎给菲利普,他会去给你赎身。钱够你的路费。暂且再见。你的亚历山大。

"嗯……"科诺瓦洛夫挠了挠脑袋说,"写得不怎么样。没有对她的怜悯,也没有眼泪。还有一点,我让你写些骂我的话,你也没写……"

"为什么要骂自己?"

"让她知道我在她面前感到羞愧,我知道我对不住她。所以要这样写。你像撒豌豆似的,写得干巴巴的!你倒是来点眼泪啊!"

我不得不在信中来了点儿眼泪,成功地完成了任务。科诺瓦洛夫满意了,他把手搭在我的肩膀上,亲切地对我说:

"这回写得棒极了!谢谢你。看来你是个好小伙子,我跟你能合得来。"

我也觉得跟他挺投缘，我请他讲讲卡比托林娜。

"卡比托林娜？她是个小姑娘，完全是个孩子。是维亚特卡省①一个商人的女儿……她误入歧途，越走越远，最后进了妓院……我一看，还完全是个小孩子啊！我的天，我想，怎么能这样？嗯，我就同她认识了。她呢，就一个劲儿哭。我说：'没什么，忍着！我会把你从这儿救出去的，你等着吧！'之后，我一切准备就绪，钱什么的都弄好了……可是我又没命地喝起酒来，不知怎么到了阿斯特拉罕。后来，又到了这里。有人把我的情况告诉了她，她就给我写了这封信。"

"那你要娶她喽？"我问他。

"娶她，哪能啊！我要是戒不了酒，哪能当什么新郎？不，我想这样：我把她赎出来，她爱上哪儿上哪儿。自己去找个活儿干，也许，她会活得像个人样儿。"

"她愿意跟你过……"

"她不过是胡闹。她们这些婆娘都是这样……我太了解她们了。我有过各种各样的女人。甚至有一个是商人的老婆……我在马戏团当过马夫，她看上了我。'走，到我家当马车夫去。'当时，我已经厌烦了马戏团，就同意了。结果就……她开始跟我亲热。她家有房子，有马，有佣人，过得像贵族。她的丈夫又矮又胖，就是我们老板这副模样；她却像一只猫，瘦弱，温顺，但很热情。每当她拥抱我、吻我嘴唇的时候，就像是把灼热的煤炭倒进我的心里。我会全身发颤，抖得可怕极了。她吻我时，老是哭个不停：肩膀直哆嗦。我问她：'你怎么啦，维露恩卡？'她说：'宝贝儿，你啊，萨沙，你什么都不懂。'她可爱极了……她说得是对的，我是什么都不懂，我真傻，我自己知道，自己都不明白我在干什么。我甚至没去想我

---

① 现基洛夫州。

过的是什么日子！"

他沉默了一会儿，睁得大大的眼睛瞧了我一眼，目光不知是惊恐还是疑惑，像是忐忑不安的神情，他那漂亮的脸庞因此变得愁云密布，也变得更加漂亮了……

"那么，你同那个商人老婆是怎样了结的呢？"我问。

"你知道，我开始厌烦了。我跟你讲，老弟，厌烦得叫我没法过，简直活不下去。好像世界上只有我孤零零的一个人，除了我，任何地方都没有一个生灵。当时我厌烦一切。我本身就是个累赘，所有的人也都是累赘；就是人们都死光了，我也不会叹一声气！这可能是我的一种病态。从此我就开始喝酒了。于是，我对她说：'维拉·米哈依洛夫娜！放我走吧，我不能再这样下去了！''什么，这么说，你是讨厌我了？'她还笑，你知道，她笑得那么不自然。我说：'不，不是我讨厌你，是我自己受不了啦。'开始，她不明白我的意思，甚至叫骂起来……后来她明白了。她低下头说：'好，你走吧！'她哭了。她有一双乌黑的眼睛，卷发也是乌黑的。她娘家不是商人，而是当官的……是啊……当时我可怜她，憎恨我自己。她跟这样的丈夫过，当然是烦闷的。他是个十足的酒囊饭袋……她哭了很久，因为她已经习惯了跟我在一起……我也习惯于爱抚她：常常把她抱在手上来回摇晃。她睡着了，我就坐在旁边看着她。人在睡梦中看上去往往挺可爱的，那么单纯，连呼吸都带着微笑，什么也不想。还有，那时我们住在别墅里，经常同她一起驾车出去玩，她高兴极了。我们把马拴在森林中的一角，找一块阴凉的草地。她让我躺下，让我的脑袋枕在她的腿上，念书给我听。我听着听着就睡着了。她念的故事很好听，非常有趣。我永远忘不了哑巴格拉西姆和他的狗的故事①。格拉西姆是个谁都支使他干活的佣人，除了

---

① 指俄国作家屠格涅夫(1818—1883)的短篇小说《木木》。

狗，没有人喜欢他。人们取笑他，捉弄他，他就同狗亲近。这是一个发生在奴隶制时代让人非常伤心的故事……女东家对他说：'哑巴，淹死你的狗，它老是汪汪叫。'哑巴走了……弄来一条船，把狗抱上去，划走了……她念到这里，我浑身发抖。天啊，要杀死一个大活人在世界上唯一心爱的生灵！这是什么世道？真是个伤心的故事！但这是件真事——好就好在这里。是有这样一些人，对他们来讲，世界就体现在某一件事物上，譬如在一只狗的身上。为什么呢？因为只有这只狗爱他。没有爱，人便无法生活：上帝之所以给人以灵魂，就是为了让人去爱……她还给我念了各种不同的故事。真是个非常可爱的女人，至今我还舍不得她。要不是我命该如此，我是不会离开她的，除非她自己不愿意了或者她丈夫知道了我同她的事。她会体贴人，这是她最好的一点，不是送礼的那种体贴，而是知心的体贴。她跟我接吻，女人总归是女人……有时她心情宁静，奇怪得很，这时她真是可爱极了。她看着我，一直看透我的心灵，像保姆和母亲那样跟我讲话。在这种时候，我在她面前就像一个五岁的娃娃。但是，我终于离开了她，多么令人苦恼！我一心想到个什么地方　　去……'再见了，维拉·米哈依洛夫娜，原谅我，'我说。'再见了，萨沙。'她说。说完后这个古怪的女人把我的衣袖捋到胳膊肘，猛地咬了我一口！我差一点号叫起来！差点儿被她咬下一块肉，我的手痛了整整三四个星期。你看，现在还有明显的疤痕。"

他露出肌肉发达、白皙漂亮的手臂给我看，脸上带着善良的苦笑。在胳膊肘拐弯处有一块明显的伤疤，呈两个几乎首尾相连的半圆形。

"真是个怪女人！她这是咬一口留作纪念。"

我以前也听到过这类故事。几乎每个流浪汉都有过"商人家的女人"或者"贵族夫人"；在许多故事里，这些商人家的女人和贵夫人都是具有离奇色彩的人物，肉体和心理上互相矛盾的特点奇怪地融合在她们身上。譬如她今天是蓝眼睛,既厉害又快活,那么你等着吧,一个星期以后你会听到别人说她是黑眼睛,性情温顺又多愁善感。流浪汉往往用怀疑的口吻谈论这些人,并且详细地讲述许多使她们丢脸的事。

但在科诺瓦洛夫讲述的故事中,听起来有一种实实在在的东西,有我没有听到过的特点——如念书,给魁梧的科诺瓦洛夫起个娃娃之类的外号……

我想象着一个柔顺的女人睡在他的怀抱里,头紧贴着他宽阔的胸脯,这是很美妙的,因此我更加相信他讲的故事的真实性。最后,在回忆"商人的女人"时,他的声调也是独特的——悲伤而柔和。而真正的流浪汉永远不会用这样的声调来谈论女人或谈论什么事物,他们总喜欢表明自己是天不怕地不怕的。

"你怎么不吭气?你是不是以为我在撒谎?"科诺瓦洛夫问道,他的声音充满着不安。他坐在面粉口袋上,一只手端着茶杯,另一只手慢条斯理地抚摸着胡子。他那双蓝眼睛疑惑地看着我,额头上出现明显的皱纹。

"不,你相信我……我为什么要撒谎呢?假定说,我们的流浪汉弟兄都是讲故事的能手……哪怕他一辈子没摊上什么好事儿,也不会去损害别人,假如他给自己编造出个什么故事来,还把它讲得跟真的似的,讲得连自己都相信确有其事,于是他自己便感到了满足。很多人就靠这个活着。真拿他们没有办法……但我对你讲的却都是实话,这些事都是实实在在的。难道有什么特别的地方吗?有个女人,她感到活得寂寞。不管我是个马车夫,还是地主老爷、军官……都是男人……这些人在女人眼里都是蠢猪,他们所追求的是同样的东西,人人都一心要多得到一些而少付出一点。而老实人呢,是凭良心办事的。我是个很老实的人……女人们很了解我,她们知道我不会欺侮她们,不会嘲笑她们。一个女人不顾一切去犯淫乱罪,但却最怕别人嘲笑和羞辱。她们可比我们脸皮薄。我们只要一得手，就恨不得跑到集市上去说，去夸口——瞧，我是怎么把一个蠢女人弄到手的！而女人却无处可去，谁也不会把自己的丑事当作勇敢去夸耀，她们，老弟啊，即使是最堕落的女人，也比我们爱面子。"

我一面听她讲，一面心里想："这个人讲了这么多有失自己体面的话，难道他那么自信吗？"

他沉思着，用那双孩子气的明亮的眼睛盯着我，他的话使我感到更加惊奇了。

炉子里的木柴烧完了，烧得发红的木炭向面包房的墙上投射出玫瑰色的光斑。

一小块蓝色的天空和两颗星星向窗内窥视。一颗大的闪烁着绿宝石般的光芒，离它不远的那一颗只隐约可见。

一个星期之后，我同科诺瓦洛夫便成了朋友。

"你是个老实巴交的小伙子！很好！"他用一只大巴掌拍着我的肩膀，开朗地笑着对我说。

他干起活来熟练而优美。看着他怎样摆弄那七普特重的发面团，把它擀薄，看着他俯身在面柜子上揉面，把强壮的两臂深深地插入有弹性的面团里直到胳膊肘，面团在他钢铁般的手指间吱吱作响，真是赏心悦目。

我不断往铁锹上放湿面团，他快速地把这些湿面团扔进炉子里去烘烤，我只勉强赶得上供给他。起初我生怕面包会互相粘在一起，但是当他烤完三炉、二百二十个松软、焦黄、圆圆的面包，没有一个被"挤压"，我才明白，我是在同一位行家打交道。他喜欢干活，醉心于工作，当面包烤得不好或者面团发酵太慢时他就唉声叹气，如果老板买了潮湿的面粉，他就生气，责骂老板，要是面包出炉时合乎规格，圆乎乎的，又高又"喧"，焦黄适度，表皮又薄又脆，他就像孩子一样高兴和满足。他从铁锹上拿一个烤得最好的面包放在手上，烫得他把面包在两个手掌上来回倒换，愉快地笑着对我说：

"嘿，咱们俩做出来的是多么漂亮的美人儿……"

我高兴地看着这个把全副精力都贯注于工作的大小孩儿，其实每个人都应当这样对待自己的工作。……

有一次我问他：

"萨沙，听说你唱歌唱得很好？"

"唱歌……我只不过是有时唱唱，一阵一阵的……我烦闷时就唱歌……也就是说，我唱歌时，就是感到烦闷了。你别说这个了，别招惹我。你自己怎么不唱？啊，你这个机灵鬼！你最好是等着我……以后咱们俩一起唱，好吗？"

我当然表示同意，当我想唱歌时就吹口哨；但有时也突然唱起来，一边揉面、擀面，一边小声地哼哼几句。科诺瓦洛夫听了，嘴唇就微微颤动，过一会儿就提醒我许下的诺言；有时候却冲着我嚷嚷：

"行了，别哼哼啦！"

有一次，我从箱子里拿出一本书，凑在窗前坐下，开始读起来。科诺瓦洛夫直挺挺地躺在面柜上打瞌睡，可是我在他耳朵边翻书页的簌簌声使他睁开了眼睛。

"这本书写的是什么？"

"是《波德利波沃村的人们》[①]。"

"大声念，好吗？"他央求道。

于是我就坐上窗台念起来，他躺在面柜上，脑袋靠在我的膝盖上听着……我偶尔窥视他的脸，与他的目光相遇——至今我仍记忆犹新——两只神情紧张的、注意力高度集中的眼睛睁得大大的……

[①] 俄国作家列舍特尼科夫(1841—1871)的成名之作，该文讲述了农奴制改革后彼尔姆省农民和卡马河纤夫的悲惨命运。

他的嘴半张着,露出两排雪白匀称的牙齿。微微上挑的眉毛,宽阔的额头上弯弯的皱纹,抓住膝盖的双手,他那一动不动、全神贯注的姿势使我的精神振奋起来,于是我尽可能清楚而生动地向他讲述苏索伊卡和比拉的悲惨故事。

我终于累了,合上了书。

"念完了吗?"科诺瓦洛夫小声地问我。

"还不到一半……"

"你把它念完吧?"

"好吧。"

"嘿!"他坐在面柜上,捧住自己的脑袋摇晃。他很想说些什么,他的嘴一张一合地喘着气,像只风箱,不知为什么还眯着眼睛。我没想到会产生这样的效果,也不明白他的这些动作是什么意思。

"你念得真好!"他小声地说,"不同的人你用不同的嗓音念……个个都活灵活现……阿波罗斯卡、比拉……多傻的傻瓜!我听起来都觉得可笑……后来怎么样了呢?他们要上哪儿去?上帝!要知道,这可都是真的。现在的人也是这个样子……真正的男子汉……他们的声音,他们的脸,是那么活灵活现……听着,马克西姆!咱们给烤炉里放足面包坯,你再接着往下念!"

我们填满了烤炉,又准备好了第二炉的。我又念了一个小时四十分钟。然后停一下,烤好一炉,我们把面包抽出来,装进第二炉的,又揉了面,把酵母放进去,这一切都完成得极迅速,而且几乎是不声不响的。

科诺瓦洛夫皱着眉头,不时温和地向我发出一些简短的命令,忙个不停……

快天亮时,书读完了,我觉得舌头都麻木了。

科诺瓦洛夫坐在面粉口袋上,用古怪的眼睛望着我,双手撑着膝盖,一声不响……

"好吗?"我问道。

他点了点头,眯着眼睛,不知为什么又小声地说道:

"这书是谁写的?"他眼睛里闪耀着文字难以描述的惊讶,脸上突然闪现出热烈的神情。

我把这本书的作者告诉了他。

"这个人了不起!他怎么受得了!啊?简直可怕。写得多么生动啊,抓住了人的心。这本书的作者,为此得到了什么?"

"这是什么意思?"

"譬如说,给他奖赏或者什么的?"

"为什么要给他奖赏呢?"我问。

"怎么叫为什么?书嘛……就像警察局的公告。它一出来,马上就有人读它……评论它:比拉、苏索伊卡……都是些什么样的人啊?所有的人都会同情他们的……是些愚昧无知的人。他们过的是什么日子啊?还有……"

"还有什么?"

科诺瓦洛夫不好意思地看着我,胆怯地说道:

"应当发布一个命令。他们也是人,应当接济他们。"

为了回答他的问题,我给他讲了一通大道理……但是,唉,大道理没有产生我所预料的效果。

科诺瓦洛夫低下了头,边沉思边摇晃着身子,还是唉声叹气,始终没有打断我的话。最后我累了,我也不说话了。

"就是说,什么也没给他?"他问道。

"给谁?"我问他,因为我已经忘了作者列舍特尼科夫。

"给作者呗。"

我没有回答他,对这位听者感到很恼火,显然,他也知道自己没有能力解决人世间的问题。

科诺瓦洛夫没等我回答,就把书拿到自己手上,小心翼翼地翻着，一会儿打开，一会儿合上，又放还原处，深深地叹了一口气。

"这一切真是深奥难解啊，上帝！"他小声说道，"一个人写一本书……在纸上写满了斑斑点点——这就完事了。书写完了……他也死了？"

"死了，"我说。

"死了，可是书留下了，人们都读它。人们用不同的眼光看这本书，发表不同的看法。你听说过，你也知道：世界上生活着比拉、苏索伊卡、阿勃罗斯卡这样的人……你可怜这些人，虽然你从来没有见过他们，他们对你来讲也根本无所谓！可能有几十个像他们这样的人在街上走，你看见他们，可一点也不了解他们……你也根本不会理会他们……他们在走着，走着……而在书中你却可怜他们，可怜得心痛。这怎么解释？可作者却没有得到奖赏就死了？他什么也没得到？"

我发火了，跟他解释了给作者报酬的事。

科诺瓦洛夫听着我讲，惊奇地瞪大了眼睛，深表同情地吧嗒着嘴唇。

"这就好了，"他深深地叹了一口气，咬住左边的胡子，忧郁地低下了头。

这时，我开始讲小酒馆在俄国文学家生涯中所起的毁灭作用，谈到一些真诚的天才作家怎样被毁于伏特加，伏特加酒成了他们苦难深重的生活中唯一的乐趣和慰藉。

"这样的人也喝酒？"科诺瓦洛夫小声地问我。他把眼睛睁得大大的，流露出对我的不信任以及对文学家的惊讶和怜悯。"他们也喝酒！他们怎么啦……写完书就喝酒吗？"

依我看，这是个不应该提的问题，所以我没有回答他。

"当然，"科诺瓦洛夫断定："以后这些人仍旧在观察生活，体验着他人生活中的苦楚。他们的眼睛一定与众不同……他们的心情也与众不同……他们把生活看透了,便感到苦闷……就把苦闷写在书里……但是这也不能使他们摆脱压抑,他们的心灵受了伤,心中的苦闷用火也烧不掉,只有借酒浇愁了。于是,他们就喝酒。我说得对吗?"

我同意他的看法,这似乎使他兴奋起来。

"老实说,"他继续阐述作家们的心情,"应当为此而嘉奖他们。对吗?因为他们比别人懂得多,他们向人们指出各种各样的混乱现象。就拿我来讲,譬如说,我是个什么货色?是个流浪汉、乞丐、酒鬼,是神经不正常的人。我对自己的生活无可辩解。我为什么要活在这世界上,世界上有谁需要我呢?我既没有一个窝,又没有妻儿,而且我对这些也毫无兴趣。我活着,心里烦闷……为什么呢?不知道。我的心没有着落,你懂吗?这怎么说呢?我的心灵里没有一星半点火花,没有那种力量,是吗?我身上缺少一种东西,就是这么回事!明白吗?我活着,正在寻找这种东西,并为此烦恼,可我要找的究竟是什么,我也不清楚………"

他一只手托着脑袋,望着我,脸上的神情说明他正在思考,正在寻找一种表达自己思想的方式。

"那么,以后怎么样呢?"我追问道。

"以后吗?……我无法回答你……但是我想,如果有那么一位作家仔细观察我,他就能向我说清楚我的生活是怎么回事,是吗?你怎么想?"

我想,我就能向他说清楚他的生活,于是我立即着手进行这件依我看来是明明白白、手到擒来的事。我就向他讲各种各样的生活条件和环境,谈不平等现象,谈作为生活牺牲品的人们和主宰生活的人们。

科诺瓦洛夫认真地听着我讲。他坐在我对面,那双大大的沉思聪慧的蓝眼睛似乎逐渐被一层薄雾所遮蒙,额上的皱纹越发明显,他似乎屏住了呼吸,全神贯注地努力要弄明白我讲话的含义。

这使我感到满足。我热烈地向他讲述他的生活,并向他说明他变成现在这个样子,自己并无过错,他是客观环境可怜的牺牲品。按天性说,所有的人本质都是相同的,只是由于一系列历史的不公正现象,才使他落到社会的最底层。

"你不要自责……你是被侮辱的。"我用这一句话结束了我的谈话。

他没吭声,仍目不转睛地盯着我。他的眼睛涌现出端庄欢愉的微笑,于是我急不可耐地等着他对我所说的话的反应。

他温和地笑了,以女性的温柔动作靠拢我,一只手搭在我的肩上。

"你,老弟,讲得多轻松!这些事情你是从哪里知道的?都是从书上来的吗?你读的书可真不少。唉,我要是也读那么多书就好了!……但主要的是,你讲的话很有同情心。我第一次听到这样的说法。真怪!人不走运的时候,总是互相埋怨、指责,而你却归罪于整个生活、整个制度。所以,按你的说法,人对自己是无可指责的,因为他命中注定是个流浪汉,所以他就成了流浪汉。关于囚犯的说法也很怪:他们去偷窃,是因为他们没有工作,可是要吃饭……你是多么富于同情心!但是你也无能为力,显然是毫无办法的。"

"你等等,"我说,"你同意我的说法吗?我说得对不对?"

"对不对,你自己最清楚,你是个读过书的人。你说的那些话,要是指别人,大概是对的,要是指我……"

"怎么样?"

"嗯,我是特殊的一类……我喝酒,这能怪谁!我的弟弟巴维尔卡,他不喝酒,他在彼尔姆开了个自己的面包房。我干活比他强,可我是流浪汉和酒鬼,此外再没有别的称呼,也没有运气……要知道，我们是一个娘胎的兄弟！他还比我小。应当说，我一生下来就不像一般的人。可你却说，所有的人都是一样的。我的生活道路是特殊的……不光是我。还有很多像我这样的人。我们是一种特殊的人，不属于任何一类。应当把我们打入另册……使用特殊的法律，为的是把我们从生活中除掉！因为我们做不了什么好事，却占着位置，还碍别人的事……谁对我们有过错？是我们自己有过错……因为我们对生活没有兴趣，对自己也没有感情……"

他，这个有一双孩子般明亮眼睛的成年人，以如此轻松的心情把自己从生活中划分出来，归入被现实所抛弃因而属于应该被清除的那一类人中去。他的苦笑使我对他那种在一般流浪汉身上从未见过的自暴自弃感到惊愕；那些人总是同一切统统隔绝，敌视一切，对任何事都要试试他们那种凶恶的怀疑论调的力量。我遇见到的只是那些责怪一切、埋怨一切的人，他们坚持认为自己是无辜的，回避大量的驳倒了他们那些论据的明显事实，——他们总是把自己的失败归咎于无声的命运，怪罪于坏人……而科诺瓦洛夫不抱怨命运，也不议论别人。他把他生活中的一切纷争无序都归罪于自己，我越是向他说明他是"环境和条件的牺牲品"，他越是顽固地向我证明，他的悲惨命运是由于他自己的过错造成的，这很奇怪，但也使我很生气。他在自我抨击中得到了满足。他用洪亮的男中音冲着我嚷嚷时，正是这种满足感使他的两眼熠熠生辉。

"每个人都是自己的主人，如果我是个下流坯，那不能怪任何人！"如果这些话出自文化人之口，不会使我惊奇，因为在号称"知识分子"的既复杂又混乱的心理状态中不会找不到这样的毛病。但是这些话出自一个流浪汉之口——在拥挤于城市里肮脏的贫民窟里那些被命运所凌辱、一贫如洗、忍饥挨饿的半人半兽的人们当中，他也算是个知识分子——一个流浪汉说出这样的话，听起来就令我感到奇怪了。我不得不断定，科诺瓦洛夫真是属于一种特殊的类别，但我并不希望是这样。

从外表到每一个细微处来看,科诺瓦洛夫都是一个典型的流浪汉。但是越是仔细地观察他,我就越深信,同我打交道的是一个变种。他打破了我对那些人的观念,他们早就被认为是一个阶级,值得引起重视,具有强烈的愿望,十分凶悍却远非愚蠢……

我同他争论得越来越激烈。

"你等等,"我喊道,"如果各种黑暗势力从四面八方向你袭来,一个人怎么能顶得住呢?"

"要更加坚强地顶住!"我的对手十分冲动,眼睛炯炯发光,大声说道。

"那么顶在哪儿啊?"

"找个支点顶住呗!"

"那你为什么没顶住呢?"

"我已经讲过了,你这个人真怪,那是我自己不好!……我没有找到自己的支点!我正在找,我为我还没有找到而烦恼!"

但是还要顾及烤面包,于是我们又开始干活,同时双方都要继续向对方证明自己的观点是对的。当然,我们什么也没能证明,双方都十分激动,一干完活儿就躺下睡了。

科诺瓦洛夫舒展了身子,躺在面包房的地板上,很快就睡着了。我躺在面粉口袋上,从上往下看着他那满脸胡子和强壮身躯,他像个大力士般躺在大柜旁边的粗席上。屋里飘散着热腾腾的面包香味、面坯的酸味和二氧化碳的气味……天亮了,透过蒙着一层薄薄粉尘的玻璃窗隐约可见灰蒙蒙的天空。火车隆隆驰过,牧人吹笛集合畜群。

科诺瓦洛夫在打鼾。我看着他宽阔的胸脯一起一伏,琢磨着各种办法以便使他尽快同意我的看法,但是什么办法也没想出来就睡着了。

清早我同他一起起床,备好了发面,洗完脸就一起坐在木柜上喝茶。

"喂,你有书吗?"科诺瓦洛夫问我。

"有……"

"念给我听,行吗?"

"好……"

"很好!你知道吗!我干它一个月,向老板要工钱,分一半给你!"

"那是为什么?"

"去买书……给你自己买,买合你口味的书,也给我买,哪怕买两本也行。给我买写农民的书。就像写比拉和苏索伊卡的。告诉你,要那些写得富有同情心的,不要只是为了逗人乐的……有些书,完全是胡说八道!真蠢。写一帮俗人,各式各样的俗故事。我不喜欢这种书。以前我不知道还有你念的那种书。"

"你喜欢关于斯捷潘·拉辛① 的书吗?"

"关于斯捷潘的?好吗?"

"非常好……"

"拿来吧!"

不久,我就给他念科斯托马罗夫②的《斯捷潘·拉辛的起义》。起初,我的大胡子听者并不喜欢这部史诗般完美的专著。

"为什么没有对话?"他看着书问我。我给他解释原因,他打了个哈欠,想掩饰过去,但没有成功,他不好意思了,像犯了错误似的对我说:

---

① 斯捷潘·拉辛,俄国 17 世纪 60 年代中期哥萨克农民大起义的领袖。因深得民心、英勇善战而成为人民起义的领袖。70 年代初起义失败后,因叛徒出卖,他受尽沙皇政府的酷刑,坚强不屈,于 1671 年被切肢割头,壮烈牺牲。
② 科斯托马罗夫(1817—1885),俄国历史学家和作家。

"念吧，没什么！我这是……"随着历史学家用艺术家的画笔描绘出斯捷潘·拉辛的形象，书中的"伏尔加自由民魁首"逐渐高大起来，科诺瓦洛夫的神情就完全变样了。原先他感到乏味，表情冷漠，睡意蒙眬，两眼无神，渐渐地，在我毫无觉察中，他的样子焕然一新，令我吃惊。他坐在木柜上，脸朝着我，双手抱着膝，把下巴放在上面，因此胡子遮住了他的腿；他双眉紧皱，眉毛下面一双渴望的、热烈惊奇的眼睛望着我。他身上那种常使我觉得惊讶的童稚气消失殆尽，同他那善良的蔚蓝色眼睛很相配的淳朴的女人般的温柔也荡然无存，现在他的眼睛眯小了，神色黯然。在他那紧绷的、肌肉结实的身躯里有一种雄狮般火辣辣的东西。我沉默了。

"念啊，"他轻声而严厉地说。

"你怎么啦？"

"念！"他重复说，他的语调中，请求和激动交织在一起。

我继续念，偶尔看看他，见他越来越激动，身上发出一种热腾腾的令我激动、使我陶醉的雾气。这时，我念到斯捷潘被捕了。

"被捕了？"科诺瓦洛夫叫了起来。

他的叫喊中饱含着痛楚、屈辱和愤慨，额头沁出了汗珠，眼睛瞪得出奇的大。他从木柜上跳下来，魁伟高大，神情激奋，一只手搭在我肩上，急切地大声说：

"等等！你别念……你说，然后会怎么样？不，停停，你别说！他们要处死他吗？啊？快念下去，马克西姆！"

科诺瓦洛夫的情感使我认为，拉辛的亲兄弟不是弗罗尔卡，而是这个科诺瓦洛夫。似乎有某种割不断的、经历了三个世纪仍未冷却的血缘关系，把这个流浪汉同斯捷潘联系在一起，这个流浪汉以他强健而生气勃勃的血肉之躯的全部力量，以他"无限"忧愁的心灵的全部热情，感受到了三百年前被捕的自由之鹰的痛楚与愤恨。

"你念啊，看在基督的分上！"

我兴奋而激动地念着,感觉到我的心脏在怦怦地跳,我同科诺瓦洛夫一起体验着斯捷潘的痛苦。这时,我念到了斯捷潘被拷打的章节。

科诺瓦洛夫把牙齿咬得咯咯响,蔚蓝色的眼睛放射出火焰般的光芒。他从后面贴近我的背,目不转睛地盯着书,深重的呼吸声在我的耳朵上方呼哧直响,把我的头发吹到了眼睛上。我晃动脑袋把头发甩开。科诺瓦洛夫看到我的动作后,便把一只沉甸甸的手掌放在我的脑袋上。

"这时拉辛把牙齿咬得咯咯响,结果连牙齿带鲜血一起吐到地上……"

"行了!见鬼去吧!"科诺瓦洛夫叫了起来,从我的手中把书夺过去。使尽全力把书摔在地上,他自己随后也瘫倒下去。

他哭了,但不好意思掉泪,便大声吼叫,以免痛哭失声。他把脑袋埋在两膝之间哭着,把眼泪蹭在肮脏的粗布裤子上。

我坐在他对面的木柜上,不知道该说什么来安慰他。

"马克西姆!"科诺瓦洛夫坐地板上说,"真可怕!比拉……苏索伊卡。然后是斯捷潘,啊?都是些什么命运啊!他就这样把牙齿吐了出来!……啊!"

他全身抖个不停。

斯捷潘吐出牙齿,他感到特别震惊,说到牙齿,他的肩膀就像生病似地发抖。

展现在我们面前的这幕残酷的拷打场面,把我们刺激得神志恍惚,不能自已。

"你再给我念一遍,听见了吗?"科诺瓦洛夫把书从地上捡起来递给我,向我要求道。"你指给我看看,写牙齿的那些字在哪儿?"

我指给他看,他的眼睛就使劲地盯着这几行字。

"是这样写的吗?'他连牙齿带鲜血一起吐到地上!'可这些字

母同其他字母一模一样……天哪,他该多痛苦闷,啊?连牙齿都……书的结尾写的什么?是死刑吗?哎呀!我的天,谢天谢地,总算处死了!"

他显得高兴了,眼睛里露出满意的神情,然而他强烈希望受尽折磨的斯捷潘快些死去的这份同情心,却使我惊奇得一阵战栗。

整整一天,我们是在奇怪的气氛中度过的:我们总是谈论斯捷潘,回忆他的生活,回想为他谱写的歌曲以及他所受的拷打。科诺瓦洛夫两次用浓厚的男中音唱起歌来,但两次都中断了。

从这天起,我们俩更亲密了。

我又给他念了几次《斯捷潘·拉辛的起义》《塔拉斯·布尔巴》①和《穷人》②。我的听者也很喜欢塔拉斯,但是塔拉斯抹不掉科斯托马洛夫的书给他留下的深刻印象。科诺瓦洛夫不理解马卡尔·捷夫什金和瓦丽娅③。马卡尔信中的语言,他觉得很可笑;而对瓦丽娅,他持怀疑态度。

"你瞧,她对老头儿多么亲热!狡猾的女人!他可是这么个丑八怪!不过你,马克西姆,扔开这些无聊的事吧!这算什么?他写信给她,她写信给他……浪费纸……让他们滚蛋吧!既没有怜悯,又不可笑,写这些干什么?"

我向他提起波德利波沃村的人们,但他不同意我的看法。

"比拉和苏索伊卡是另一种类型的人!他们是生机勃勃的,他们生活着,战斗着……而这些人算什么?他们写信……无聊!他们简直称不上是人,不伦不类,纯粹是瞎编出来的。要是塔拉斯能和

---

① 俄国作家果戈理(1809—1852)的小说,它以史诗的风格展现17世纪乌克兰人民反对波兰王国统治阶级的英勇斗争。
② 俄国作家陀思妥耶夫斯基(1821—1881)的小说,刻画了"小人物"的内心世界,并揭示贫富对立和不平等。
③ 马卡尔·捷夫什金和瓦丽娅都是《穷人》里的人物。

斯捷潘在一起的话……我的天!他们会干出一番什么样的事业来。那么比拉和苏索伊卡想必也会振奋起来的,是吗?"

他分不清时期,在他的印象里,他所喜爱的英雄都生活在一起,他们中只有两个人住在乌索利耶,一个在乌克兰,一个在伏尔加……我费了好大的劲才使他相信,如果苏索伊卡和比拉沿卡马河顺流而下,他们不可能遇到斯捷潘,而如果斯捷潘穿过顿河哥萨克地区到乌克兰,也不可能找到布尔巴的。

当科诺瓦洛夫明白了是怎么回事时,感到很伤心。我试着给他念普加乔夫[①]起义的书,想看看他对普加乔夫是什么态度。但科诺瓦洛夫认为普加乔夫是个废物。

"嘿,这是个大骗子,你瞧!他以沙皇的名义作幌子蛊惑人心……害死了多少人,走狗!斯捷潘呢?老弟,他可是另一回事。而普加乔夫不过是一个坏蛋,没别的可说。有啥了不起!还有没有像写斯捷潘那样的书?写那个傻呵呵的马卡拉的书,没意思,你把它扔了吧。你最好再给我念一遍斯捷潘被处死的事……"

假日里,我同科诺瓦洛夫过河到草地去。我们带了些伏特加、面包,还带一本书;一早就出发,科诺瓦洛夫把这种旅行称之为去呼吸"自由的空气"。

我们特别喜欢待在"玻璃工厂"里。这是离城不远的田野里的一座房子,不知为什么起了这样一个名字;是一幢三层的石头房,屋顶塌陷,窗框破损,有一个地窖。整个夏天,地窖里尽是臭气熏天的烂泥浆。灰绿色的房子破败不堪,几乎要倒塌,残损的窗户犹如黑洞洞的眼窝从田野向城市望去,恰似一个命运不济的残疾人,被城市所抛弃,一副垂死的可怜样。春汛时节,它年年都受到水的

[①] 叶美良·普加乔夫是俄国18世纪的农民起义领袖,冒称自己是沙皇彼得三世,1775年被沙皇政府处死。

冲击，整座房屋到地基都长满了青苔，但它仍然结结实实地耸立着，由于周围水洼成片，警察不常光顾。虽然没有屋顶，倒也为各种各样身份不明、无家可归的人提供了一个栖身处。

这座房子里，这样的人往往很多。这些衣衫褴褛、忍饥挨饿、怕见阳光的人像猫头鹰似的住在这个废墟里。我和科诺瓦洛夫是很受他们欢迎的客人，因为我们俩离开面包房时，都要带点圆面包，在路上还要买四分之一瓶伏特加和满满一盘"热菜"——肝、肺、心、肚等。只要花两三个卢布，就能让"玻璃人"——科诺瓦洛夫这样称呼他们——美美地吃上一顿。

他们用讲故事来回报我们的佳肴。在这些故事里，极其可怕、动人心魄的真情同天真的谎言离奇地交织在一起。每一个故事就像放在我们面前的一件钩花织品，其中多数是黑线——那是真情，而那些彩线则是谎言。这样的一件钩花织品犹如一张网罩住了你的头和心，箍得生痛，形形色色的粗鲁的令人痛苦的画面使人透不过气来。"玻璃人"用他们自己的方式表达对我们的爱。我时常给他们念各种各样的书，他们总是专心致志、聚精会神地听我念。

这些被生活抛弃的人，对生活了解之深刻令我吃惊，我贪婪地听他们讲故事，而科诺瓦洛夫听他们讲，却是为了反驳讲故事人的哲理，并拉我参加争论。

其中一个人身穿奇装异服，长得一副谁也不敢惹他的模样，在讲述他的生活和潦倒的故事时，极力为自己辩护，科诺瓦洛夫听后沉思地微笑着，否定地摇摇头。他的态度引起了大家的注意。

"你不相信吗？廖沙？"讲故事的人喊道。

"不，我相信……怎么能不相信人呢！就是你明知道他在撒谎，也要相信他，听他讲，努力去弄明白他为什么要撒谎。有时候，谎言比实话更能说明一个人……关于自己，我们又能讲些什么实话呢？都是些最龌龊的事……可谎话倒可以说得很好……对吗？"

"对，"讲故事的人同意道。"那你为什么要摇脑袋呢？"

"为什么？是因为你的说法不对。你讲这些，是为了让人相信，你的全部生活不是你自己造成的，而是邻居和各式各样不相干的人造成的。那么，这时你在哪儿呢？你为什么不花点力气来与自己的命运抗争呢？我们大家都埋怨别人，可我们自己也是人哪！就是说，别人也可以怪罪我们？别人妨碍我们的生活，可我们也同样妨碍别人的生活，对不对？这怎么解释呢？

"应该创造一种生活，让所有身在其中的人都自由自在地过日子，谁也不妨碍谁。"科诺瓦洛夫说。

"可是谁来创造这样的生活呢？"他扬扬得意地问道，又生怕别人抢先回答，马上回答道，"我们，我们自己！如果我们不会过日子，我们把自己的生活搞失败了，那么我们怎么能创造自由自在的生活呢？因此，我的弟兄们，全都要靠我们自己！很明白，我们是……"

人们反对他的意见，认为自己的看法是正确的，但他固执地重申自己的观点：大家都不能怪罪任何人，每个人自身都有过错。

很难驳倒他这个观点的根据，也很难接受他对人们的看法。一方面，依照他的观点，人们完全有权利有能力建设自由的生活，另一方面，人们又那么无能为力，那么脆弱，除了互相埋怨之外，一筹莫展。

从中午开始的这种争论，常常要持续到半夜，于是我和科诺瓦洛夫从"玻璃房"摸黑回家，污泥一直没到膝盖。

有一次我们差一点淹死在泥潭之中，另一次我们落入了围捕圈，同"玻璃房"里各式各样的朋友 起在警察分局里过了一夜，警察认为这些人都是可疑人物。有时候我们俩不喜欢高谈阔论，就走到远处的草地去，过了河，那里有一个又一个小湖泊，湖里满是春汛时节冲到那里的小鱼。我们在某个小湖岸边的树丛中燃起篝火，

只是为了增加环境的色彩;我们在这里读书或谈论生活,有时科诺瓦洛夫沉静地建议:

"马克西姆!咱们来观望天空!"

我们仰卧在地上,望着我们头顶上遥不可及的天空。起初,我们听着周围树叶的簌簌声和湖水的拍溅声,感觉着我们身子底下的土地……然后,蔚蓝色的天空似乎在逐渐把我们吸上去,我们失去了存在的感觉,处于半睡半醒、冥思遐想的状态之中,好像离开了大地,在浩渺的天空中飘浮,我们努力保持这种状态,一声不响,纹丝不动。

我们一连躺上几个小时,回家干活时感到精神焕发、体力充沛。

科诺瓦洛夫深深地、默默地热爱大自然,只要在田野里或者河岸上,他总是身心充满着某种温和亲昵的情绪,他便越发像一个婴儿了。他望着天空,偶尔发出一声深沉的叹息:

"哦,多好啊!"

在这感叹声中,有着比许多诗人的华丽辞藻更丰富的内涵和情感,诗人们赞美大自然,与其说是因为真心崇拜大自然的非笔墨所能形容的温馨之美,不如说是为了维护自己作为对美具有敏锐鉴赏力者的声誉。

同其他东西一样,当人们把吟诗当作职业时,诗歌就会失去它神圣的淳朴。

日复一日地过了两个月。我和科诺瓦洛夫交谈了许多事,也读了许多书。我经常给他念《斯捷潘·拉辛的起义》,以致他能够用自己的语言自如地讲述书的内容,从头讲到尾。

这本书对他来讲,就像一个神奇的童话对一个感受力很强的小孩一样。他用这本书里人物的名字来称呼他所使用的某些物品,有一次，一个装面包的盘子从架子上掉下来摔坏了，他伤心而又凶狠地叫道：

"嘿，你啊，普罗佐尔夫斯基长官！"

他把烤坏的面包戏称为弗罗尔卡，把酵母叫作"斯捷潘的小枕头"，而斯捷潘则成了所有非凡的、巨大的、不幸的和失败的事件的同义词。

我认识科诺瓦洛夫的第一天曾给他读过卡比托林娜的信，并替他写了回信，在以后这段时间里，我们几乎没有提起过她。

科诺瓦洛夫通过一个叫菲力普的人给她寄了钱，求他在警察局为姑娘作担保。可是菲力普和姑娘都没有给他回信。

有一天晚上，正当我和科诺瓦洛夫准备烤面包的时候，面包房的门突然被打开了，从潮湿的过道黑暗处传来一个女人羞怯而又充满激情的低低的声音：

"对不起……"

"找谁？"我问，此时科诺瓦洛夫把铁铲放在脚旁，惶恐不安地扯着自己的胡子。

"面包师科诺瓦洛夫在这里干活吗？"

这时她已经站在门槛上，吊灯的光直照在她包着白色羊毛头巾的头上。头巾下露出一张可爱的翘鼻子小圆脸儿，厚厚的红嘴唇微笑着，丰润的脸颊上一边一个小酒窝。

"是在这儿！"我回答她。

"在这儿，在这儿！"科诺瓦洛夫扔下铁铲突然扯着大嗓门高兴地说着，大步向来客迎去。

"萨什卡！"她深深地叹了一口气，朝他迎上来。

科诺瓦洛夫朝她俯下身去，相拥在一起。

"唔，什么？怎么样？到了很久了？瞧你这样子！自由了？太好了！你瞧怎么样？我早就说过！……现在你又有出路了！大胆地往前走!"科诺瓦洛夫仍站在门槛上,紧搂着她的脖子和腰,急切地向她讲道。

"马克西姆……你,老弟,你今天一个人忙活吧,我可要去张罗女人家的事儿了……卡芭,你在哪儿住呢?"

"我是直接到这儿来,找你的……"

"直接到这儿,在这儿可不成。这儿是烤面包的地方,无论如何不行!我们老板是个挺严厉的人。得另找个地方过夜,比方说开个房间。走吧!"

他们走了,我留下来忙活那些面包,我以为第二天天亮前科诺瓦洛夫是绝不会回来的,可是,使人十分惊讶的是,三小时以后他就回来了。使我更加惊讶的是,当我满以为在他脸上能看到兴奋的光晕时,见到的却是一张沮丧、忧伤而瘦削的脸。

"你怎么啦?"我问道,对我的朋友这种意外的情绪分外关切。

"没什么……"他恶狠狠地啐了一口唾沫,沉默了一会儿,沮丧地答道。

"不是吧,到底怎么啦?"我追问他。

"跟你说什么呢?"他直挺挺地躺在木柜上,疲惫不堪地回答道。"到底……到底……到底是个娘们儿。"

我费了很大的劲才听到他的解释,他跟我说了大致如下的话:

"我说是个娘们儿嘛!我要不是傻瓜的话,那么这样的事绝不会发生。你懂吗?你会说:女人也是人!当然啰,她会巴结讨好,不吃草,会说话,会笑,可见不是畜生。但是终究不配跟咱们弟兄做伴儿……为什么呢?啊……这我可不知道。就是觉得不合适,但我不明白为什么。这个卡比托林娜想要什么呢,说是'我想像你的老婆那样同你一起生活。我愿意做你的女佣……'真是荒唐!我说,'得了吧,你是个可爱的小姑娘,可也是个小傻瓜,你想想,你怎么跟我一起生活?我的头等大事是喝酒;第二,我连房子都没有;第三，我是流浪汉，不能老在一个地方过日子。如此等等，理由很多。'可她说，'喝酒——这无所谓！干活的男人都是酒鬼，他们不都有老婆吗；房子嘛，总会有的；如果你有了老婆，就哪儿也不会去了。'我说，'卡芭，这我可是说什么也不能听你的。因为我知道我不会过这样的生活，我也学不会。'她说，'那我就去跳河！'我说她'傻瓜！'她破口大骂，'嘿，你这捣蛋鬼，不要脸的东西，骗子，长腿魔鬼！'她骂啊，骂啊……她对我大发脾气，暴跳如雷，吓得我差一点逃走。后来她又哭起来。她哭着责怪我，'如果你不要我，那为什么要把我从那个地方弄出来？'又说，'你干吗要把我从那个地方骗出来？'还说，'你干吗要把我从那个地方拐出来，我现在到哪儿去安身？你这个红毛鬼，傻瓜……'现在。我拿她怎么办？"

"是啊，你究竟为什么要把她从那儿弄出来呢？"我问。

"为什么？就是傻瓜呗！大概是由于怜悯吧！要是一个人掉进泥潭，任何一个过路人都会可怜他。可要说成家什么的，那是绝对不可能的！这件事我不会同意的。我哪是什么成家的人？我要是有这个想法，那早就打定主意了。有的是好处！可以找一个有陪嫁的……诸如此类吧。但如果我没有这个能力，我怎么能去做这种事呢？她哭了，这当然……有点那个，不好……但是又怎么办呢？我做不到！"

他用摇头来证实他那句令人烦恼的话'我做不到'。他从木柜上下来，两只手把胡子弄得乱蓬蓬的，低着头边啐唾沫，边在面包房里踱步。

"马克西姆！"他不好意思地请求道，"好歹你到那儿去一趟，对她说为什么，说说理由啊……啊？去吧，老弟！"

"我给她讲什么呢？"

"全讲实话！就说，他不能。他认为这么办不合适……要不你就这样说……他有花柳病！"

"这是假的吧？"我笑了。

"是假的，可这个理由充足，啊？你啊，见你的鬼！真麻烦！啊！我讨什么老婆啊？"

他讲这些话的时候摊开双手，一脸疑惑和惊恐的样子，表示他确实没有地方安顿他的老婆！尽管他讲这件事时显得滑稽可笑，但这件事的矛盾却使我认真地思考起这个姑娘的命运来。他在面包房里来回踱步，自言自语地说：

"现在我不喜欢她了，真可怕！她这么拽着我，拉着我，是要让我陷进无底的泥潭。你瞧，她居然为自己相中了一个丈夫！她虽然不很聪明，但倒是个狡猾的姑娘。"

显然，他道出了流浪汉的本性，也道出了对受到侵害的自由的永久向往。

"不，用这样的蛆虫是钓不着我的，我可是一条大鱼！"他夸口地喊道。"我就这么办，不错，可实际上怎么样呢？"于是，他站在面包房中央，笑着沉思起来。我注视着他激动的脸部表情的变化，力图猜出他决定怎么办。

"马克西姆！咱们上库班去吧？！"

这是我始料不及的。我原来在文化教育方面对他抱有某些希望，愿意教他识字，把我所知道的一切都教给他。他答应过我整个夏天不动窝，这样我为他念书的任务就减轻了，可是突然……

"你在瞎说八道！"我有点困惑不解地对他说。

"那我该怎么办？"他叫道。

我对他讲，卡比托林娜对他的纠缠完全不像他所说的那么严重，应当看一阵子，等一等再说。

结果，这个等只是一会儿的工夫。

此时已近半夜，科诺瓦洛夫回来已经一个半到两个小时了。我们背对着窗户，坐在炉前地板上谈话。我们身后突然响起了玻璃的破碎声，一个相当重的鹅卵石咚的一声落到地上。我们惊恐地跃身而起,奔向窗口。

"没打中!"刺耳的尖叫声冲着窗户嚷道,"瞄得不准。要不然……"

"咱们——走!"一个男低音野兽般地吼叫道,"咱们——走,以后我会教训他的。"

一阵失望的、歇斯底里的、醉醺醺的大笑声,从街上穿过被打碎的窗户传进来,声音尖得刺激人的神经。

"这是她!"科诺瓦洛夫伤心地说。

这时我只看见两条腿从人行道上耷拉在窗前的坎凹处。两条腿悬着,古怪地晃荡着,脚后跟敲着坎凹的砖壁,似乎在寻找支撑点。

"咱们走吧。"男低音嘟哝着。

"放开我!别拽我,让我出口闷气。永别了,萨——什卡!永别了……"接着是一阵十分粗野的辱骂。

我走近窗口,看见了卡比托林娜。她弯下身子,两手撑在人行道上,拼命向面包房里张望,乱蓬蓬的头发披在肩上和胸前。白色头巾歪在一边,束胸布被撕破了。卡比托林娜喝醉了,身子左右摇晃,打着嗝骂人,歇斯底里地尖声大叫,全身颤抖,披头散发,醉得通红的脸上淌着泪水……

一个高个子男人朝她弯下身子,他一只手扳起她的肩膀,另一只手撑在房屋的墙上,一个劲儿地吼叫着:

"走……"

"萨什卡!你坑了我……你记住!该诅咒的,红毛鬼!但愿你不到一小时就去见阎王!我原来一直指望你,你这坏蛋却耍弄我,好吧!咱们要算账的!你躲起来了!你害臊了,可恶的丑八怪……萨——沙,亲爱的。"

"我没躲起来……"科诺瓦洛夫走近窗口,爬上木柜,瓮声瓮气地说,"我不会躲起来,你冤枉人……我本来是希望你好……以为你会好起来,可是你却干这种荒唐事!……"

"萨什卡,你能把我杀死吗?"

"你干吗要喝醉酒呢?难道你知道,明天准会发生什么事!……"

"萨什卡!萨沙!你淹死我吧!"

"行——了,走——吧!"

"恶棍!你为什么要充好人?"

"吵闹什么,啊?是什么人?"

这番对话里突然掺进了夜间巡逻队的警笛声,并且盖过了对话声,随后又消失了。

"我怎么相信了你这个鬼……"姑娘在窗下号啕痛哭。

后来她的双腿突然哆嗦了一下,又迅速往上提起,就在黑暗中消失了。响起了低沉的说话声和纷乱的嘈杂声。

"我不去警察局!萨——沙!"姑娘悲哀地号叫起来。

马路上响起了沉重的踩脚声。

接着是警笛声,嘶哑的吼叫声,号哭声……

好像有人在忍受残酷的折磨。然后这些声音渐渐远去,越来越低沉,越来越弱,最后像噩梦似的消失了。

我和科诺瓦洛夫被这突如其来的一幕弄糊涂了,我们凝望着漆黑的街头,无法从哭泣、号叫、辱骂、长官的吆喝声和病态的呻吟声中清醒过来。我回想起刚才的种种声音,很难相信这一切都是现实。这一幕短短的沉痛的悲剧旋即落下了帷幕。

"完了!"科诺瓦洛夫格外温和而简短地说,再次谛听着那严厉地从窗外望着他的黑夜的寂静。

"她竟这样对待我!"几秒钟后他惊讶地说,还保持原来的姿势,跪在木柜上,两只手撑在微斜的窗台上,"给抓到警察局去了……喝得醉醺醺的……碰上什么鬼了。这么快就拿定了主意!"他

深深地叹了一口气,从木柜上爬下来,坐在面袋上,双手抱着脑袋,摇晃着身子,低声问我:

"告诉我,马克西姆,刚才发生的是怎么回事?我现在该怎么办?"

我告诉他,首先必须明白你想做什么,一开头你就该想到可能会出现什么结局。可是,他对这一切都不明白,也不知道,所以全盘皆错。这件事使我很气愤,卡比托林娜的呻吟声和叫喊声,醉醺醺的'我们——走',这一切似乎仍在我耳边回响,我不能原谅我的同伴。

他耷拉着脑袋听我讲,我讲完之后,他抬起头,脸上现出既恐慌又惊讶的神色。

"真有你的!"他叫了起来,"真周到!那么,现在该怎么办?啊?怎么办?我该为她做些什么?"

他说话的声音里饱含着稚气的天真和对这位姑娘的愧疚,同时也有束手无策的困惑。这使我可怜起这位同伴来了。我想,刚才我对他说的话可能过于严厉了。

"是啊,我为什么要把她从那个地方弄出来呢!"科诺瓦洛夫后悔了,"唉!现在她这样对我……我得上那儿去,上警察局去,去张罗张罗。我要去看她……还有这样那样的事儿。我要对她说说……去吗?"

我说,你去见她未必有什么用处。你跟她说些什么呢?况且她喝醉了,可能已经睡了。

可是他坚持己见。

"我要去,你等等。我反正是希望她好,……随你怎么想。在那里,是些什么人跟她在一起?我走了。你待在这儿……我马上回来!"

他在脑袋上扣了顶便帽,连那双平日向人显摆的皮靴都没穿,就急匆匆地走出了面包房。

我干完活就躺下睡了,一早醒来,习惯地看了看科诺瓦洛夫睡觉的地方,他还没回来。

直到傍晚他才回来,愁眉苦脸,头发蓬乱,额上的皱纹很深,蓝色的眼睛似乎蒙上了一层雾。他看都不看我,走近木柜,看了看我干的活,就不声不响地躺在地板上。

"怎么样?你见到她了?"我问。

"我就是为了看她去的。"

"那怎么样呢?"

"没什么。"

显然,他是不愿意说。我想他的这种情绪不会持续太久,所以没有提问题去烦他。他整天闷声不响,只在最必要时对我说几句与工作有关的简短的话。他低着头在面包房里来回踱步,眼睛仍像回来时那样雾蒙蒙的。他身上似乎有什么东西熄灭了。干活慢慢吞吞,无精打采,沉湎于思索之中。晚上,我们把最后一批面包坯放进炉子里,由于担心面包烤过头,我们没敢睡,他要求我:

"哎,念念斯捷潘的事吧。"

因为描写拷打和处死的情节最能使他激动,我就给他念这些段落。他直挺挺地躺在地上听着,纹丝不动,眼睛连眨都不眨,望着熏黑了的天花板拱顶。

"就这样把人干掉了,"科诺瓦洛夫慢吞吞地说,"但那时候总还可以活下去,有自由。还有地方可去。现在呢,倒是一片宁静和平和……如果从旁边这么一看,现在的生活完全是平和的。有书本,学文化……但是人们的生活没有保障,对人也没有任何照管。犯罪是禁止的,但不犯罪又不可能……因此虽然街上秩序井然,但心里却是一片混乱。谁也理解不了谁。"

"那么你同那个卡比托林娜到底怎么样了?"我问。

"啊?"他哆嗦了一下,"同卡芭吗?完了……"他坚决地摆了摆手。

"就是说,你了结了?"

"我?不,是她自己了结的。"

"怎么啦?"

"很简单。她坚持自己的想法,再没有别的……一切照旧。只是她从前不喝酒,现在喝上了。你把面包取出来,我要睡了。"

面包房寂静无声。油灯冒着烟,炉门间或发出轻微的噼啪声,架子上烤好的面包皮也哔剥作响。窗户对面的街上,巡夜人在交谈。偶尔还有某种奇怪的声音从街上传来——像是什么地方的招牌晃悠的咯吱声,又像是什么人在呻吟。

我把面包取出来,也躺下睡了,但无法入睡,我仔细听着夜里的一切声响,半闭着眼躺着。突然看见科诺瓦洛夫蹑手蹑脚地爬起来,朝架子走过去,从架子上取下一本科斯托马罗夫的书打开来,凑近眼睛。我清楚地看见他那张沉思的脸,注视着他顺着一行一行的文字移动着的手指,晃着脑袋,翻着书页,又凝视着书,然后转眼看着我。沉思、消瘦的脸上映出一种奇怪、紧张又疑惑的神情,久久地望着我,比托林娜令我感到新奇。

我忍不住好奇,便问他在干什么。

"我以为你睡着了……"他不好意思地说,然后手捧着书向我走来,坐在我旁边,结结巴巴地说,"你瞧,我想问你这么件事……有没有什么关于生活规范方面的书?教人怎样生活的?最好能说明各种行为,哪些是有害的,哪些是可行的……你瞧,我为自己的行为感到害臊……有的行为开始我以为是好的,可结果却是坏的。就拿卡芭来说,"他喘了一口气,继续用央求的语调说,"你找找看,有没有关于行为方面的书?给我念念……"

静默了几分钟。

"马克西姆!"

"啊?"

"这个卡比托林娜可是把我给抹黑了!"

"行了,你也别想了……"

"当然,现在已经没法子了……告诉我……她有权这样做吗?"

这是个微妙的问题,但是我想了想,给了他肯定的回答。

"我也是这样认为的……她有权利这样做。"科诺瓦洛夫沮丧地拉长了声音说完之后沉默了。

他直接躺在地上铺着的粗席上,长时间地翻来覆去,好几次站起来,抽烟,坐在窗下,又重新躺下。

后来我睡着了,醒来时他已经不在面包房了,直到傍晚才回来。看起来,他满身尘埃,阴沉的眼睛凝视着某个地方,他把便帽扔在木架子上,叹了一口气,在我旁边坐下。

"你上哪儿去了?"

"去看卡芭了。"

"怎么样了?"

"完了,老弟!我已经对你说过……"

"没什么,看来,这种人真拿她没办法……"我试着驱散他的坏情绪,就说起了习惯势力的强大力量以及其他适合于这种场合的话。科诺瓦洛夫望着地板,固执地沉默不语。

"不,这是什么话!这不算本事!我只不过是个有传染病的人……命中注定不该活在这个世界上……我身上散发出有毒的气味。只要我靠近谁,谁就马上被我传染。我给所有人带来的只有痛苦……如果想一想,我的全部生活给谁带来过愉快呢?没有给任何人!不过我也跟许多人接触过……我是个正在腐烂的人。"

"这是胡说!"

"不，真是这样！"他肯定地点了点头。

我努力说服他，但他从我的话语中更加确信自己无法适应生活……他很快就明显地变了，变得沉默、憔悴，对书本失去了兴趣，干起活来也没有了昔日的热情，一声不响，爱独自待着。

休息的时候，他躺在地板上，眼睛死死地盯着天花板的拱顶。他的脸消瘦了，眼睛也失去了明亮稚气的光辉。

"萨沙，你怎么啦？"我问他。

"开始酗酒了，"他解释道，"我很快就要猛喝伏特加了……我心里烧得慌……像是胃热病，你知道……到时候了……如果没有这些事，我倒还可以支撑一段时间；可现在这件事折磨着我，怎么会这样？我是要给人家做好事，可突然……满拧！是的，老弟，生活确实需要行为规范……难道不能想出一种规则，使所有的人的行为就像一个人，并且又能互相理解吗？要知道，现在人和人之间互相隔膜，这根本无法生活！难道聪明人还不懂得，世界需要建立秩序，并且要使人们都明白吗？……哎哟哟！"

他一心思考着生活需要秩序，没有听我讲话。我甚至发现，他似乎在躲避我。有一回，他听我又一次谈起改造生活的方案时，对我发怒了。

"真讨厌……这话我听过……问题不在于生活，而在于人。人是第一位的，明白吗？唔，此外再没有别的了……像这样，按你说的，一切都改变了，可人还是现在这个样子。不行，你应当先改造人，向他指点出路……使他过得愉快，生活不艰难，这才是应该为人们争取达到的目的。要教会他走自己的路。"

我表示异议，他不是冒火，就是愁眉苦脸，然后兴味索然地喊道：

"唉，不谈了！"

有一次，他傍晚时分出去，夜里没有回来干活，第二天也没回

来。老板来了,脸色焦虑地说:

"我们那个列克萨哈①吃喝玩乐去了。在'斯坚卡'坐着呢。该另找个面包师了"

"……也许他会改过的?!"

"嗯,那当然好,你等着瞧吧……我可了解他。"

我到了"斯坚卡",这是一个建筑精巧的有石围墙的小酒馆。它的特点是没有窗户,光线是从屋顶上的天窗射进来的。其实,这是在地上挖出来的一个方形地窖,上面盖了一层薄板。里面散发着泥土味儿、马合烟味儿和酿过了头的伏特加味儿,坐满了老主顾——一些愚昧无知的人。这些人整天待在这里,等着白喝一个来此吃喝的工匠,直到把他的钱榨干。

科诺瓦洛夫坐在小酒馆中央的一张大桌子旁,有六个奇装异服、衣衫褴褛的先生,面孔活像霍夫曼②短篇小说里的主人公,一个个正在恭敬而讨好地围坐着听他讲话。他们喝着啤酒和伏特加,用一种像黏土疙瘩的东西作下酒菜。

"喝吧,弟兄们,敞开喝,我有钱也有衣服,够大家喝三天的。我要喝得一个子儿不剩下……够了!我再也不想干活了,也不想在这儿生活了。"

"这是个最糟糕的城市,"一个长得像琼·法尔斯塔夫③模样的人说。

"干活儿?"另一个困惑不解地望着天花板,惊讶地问道,"难道人是为了干活才出世的吗?"

于是,他们七嘴八舌地向科诺瓦洛夫证明,他有权喝得一个子

---

① 科诺瓦洛夫的蔑称。
② 霍夫曼(1776—1822),德国19世纪杰出的小说家,其作品具有神秘怪诞的色彩。他笔下的人物常受一种神秘的幽灵般的力量支配,无法主宰自己的行动。
③ 莎士比亚戏剧《亨利四世》中的人物。

儿不剩,甚至把这个权利上升为应尽的义务——跟他们这帮人一起把钱喝个精光。

"啊,马克西姆,书包不离身!"科诺瓦洛夫看见我,说了句一语双关的俏皮话,"你啊,书呆子,伪君子,喝!我,老弟,像完全脱了缰的马。完蛋了!我要喝个精光,喝到身上只剩下头发。你也来吧,啊?"

他还没醉,只是蔚蓝色的眼睛闪烁着激动的光,漂亮的胡子垂到胸前,像一把绸扇子不停地颤动,因为他的下巴在神经质地哆嗦。衬衫领子敞着,雪白的额头上小粒的汗珠闪闪发亮,一只颤抖的手端着啤酒杯向我伸过来。

"别喝了,萨沙,咱们离开这儿。"我把手放在他的肩上说。

"别喝?"他笑了起来,"如果你十年前这样对我说,我也许不喝了。可现在我最好还是不放弃喝……我有什么办法?我感觉到了,感觉到了一切,生活中所有的变化……可我却什么都不懂,连自己该走的路也不知道……我感觉到了,所以我得喝,因为我再也无事可做……喝!"

他的那伙人显然不满地看着我,十二只眼睛极不友善地打量着我。

这些可怜的人生怕我把科诺瓦洛夫带走,因为这顿酒食他们可能等了整整一个星期了。

"弟兄们,这是我的伙伴,是个有学问的人,真见鬼!马克西姆,你能在这儿给他们念念斯捷潘的故事吗!嘿,弟兄们,世界上真有这样好的书!写比拉的,马克西姆,是吧?弟兄们,那不是书,而是血和泪。嗯,那个比拉,是我吗?马克西姆!……还有苏索伊卡,也是我……真的!总算弄明白了!"

他惊讶地瞪大了眼睛望着我,下嘴唇古怪地哆嗦着。他的伙伴们不大情愿地给我腾出个位置。我在科诺瓦洛夫旁边坐下,此刻他正端起一杯兑了一半伏特加的啤酒。

显然,他想尽快用这杯混合酒麻醉自己。酒下肚后,他从盘子里抓起一块样子很像是泥巴的烧肉,看了看它,往肩后一抛,扔到了小酒馆的墙上。

这伙人低声叽咕起来,活像一群饿狗。

"我是个不可救药的人……母亲为什么要把我生到世上来?什么都不明白……一团漆黑!憋得慌……如果你不愿意跟我一起喝酒,马克西姆,那就再见!面包房我不会回去了。老板那儿还有我的钱,你去拿来给我,我要把它喝光……不,你拿去给自己买书吧……去拿吗?不想去?不拿……还是去拿吧?既然如此,你是猪……给我走开!走——开!"

他醉了,他的眼睛像野兽似的闪着光。

这伙人做好了充分的准备,要把我从他们的圈子里掳走,我没等他们下手就走了。

三小时后我又来到"斯坚卡"。科诺瓦洛夫的这伙人里又增加了两个人。所有的人都喝醉了,科诺瓦洛夫比其他人稍微好一些,他唱着歌,胳膊撑在桌子上,透过顶棚上的洞口望着天空。醉鬼们姿态各异,听着他唱歌,有几个在打嗝。

科诺瓦洛夫用男中音唱,唱到高音时,就像唱歌能手那样用假嗓子唱。他一只手撑着脸颊,饱含深情地唱出了凄凉的花腔,激动得脸色苍白,两眼半闭,喉头向前突起。八个红脸醉汉无动于衷地望着他。时不时发出嘟哝和打嗝的声音。科诺瓦洛夫的歌声在颤抖,在哭泣,在呻吟,看着这个唱着忧伤歌曲的可爱的小伙子,真是催人泪下。

难以忍受的气味,一张张满是汗水的醉脸,两盏冒黑烟的煤油灯,因肮脏和烟熏而发黑的墙板,泥土地面和地窖的昏暗——这一切都是病态的、阴森森的,仿佛是一帮正被活埋的人在墓穴里摆宴席，其中一个人在唱临终前的最后一首歌，向上苍告别。我这个伙伴的歌声里饱含失望的悲哀、平静的绝望和走投无路的忧伤。

"马克西姆在这儿吗？你想到我这儿当头目吗？"他停止唱歌，向我伸过手来说，"我，兄弟，完全准备好了……我自己招来一帮人……他们就在这儿……以后还会有人来的。我们能招得到。这没——没什么！我们还要把比拉和苏索伊卡也招来。我们每天供给他们稀饭和牛肉……好吗？行吗？你带上书……念关于斯捷潘和其他人的书……朋友！我觉得恶心，我恶心……恶——心！"

他使足了劲用拳头砰的一声捶在桌子上。杯盘震得叮当乱响，这伙人被惊醒了，可怕的喧嚣声顿时充满小酒馆。

"喝啊，伙计们！"科诺瓦洛夫大声喊道，"喝啊！敞开喝——喝它个够！"

我离开了他们，在门口街上站了一会儿，听到科诺瓦洛夫在断断续续地大发议论。当他又开始唱歌时，我便动身回面包房，在夜晚的寂静中，拙劣的醉醺醺的歌声跟在我身后久久地呻吟、呜咽。

两天后科诺瓦洛夫离开这个城市到别处去了。

必须出生在文明社会里，人才能获得一种忍耐力，以便终生生活在这个令人难以忍受的恶劣环境里，再也不想走出这个圈子，这个圈子充斥着已约定俗成的社会陋习：恶毒的诽谤，病态的自尊心、思想上的宗派观点和形形色色的虚伪——总之，这种环境使人感情冷漠、智慧消失殆尽。我有幸不是在这个社会里出生和受教育的，正是由于这个令我欣慰的原因，我没有大量地吸收这个社会的文明，过了一段时间之后，我便产生了跳出这个圈子去呼吸一下新鲜空气的迫切要求，以摆脱这种过于繁杂的和病态高雅的生活方式。

在乡下，几乎同在知识分子中间一样，使人感到难以忍受的厌烦和苦恼。最好还是到城市的贫民窟去，那里虽然处处都很肮脏，但却有朴实和真诚；或者到祖国的田野和大路上走走，那真是引人入胜，能使人精神焕发，除了要有一双耐力好的腿脚外，不需要其他任何工具。

五年前我就进行过这样一次旅行，在神圣的俄罗斯大地漫游，到了费奥多西亚。当时那里正在修建防波堤，我想挣几个钱作路费，便到了建筑工地。

开始，我想看看这项工程的壮景，于是我登上山头，坐在那里，俯瞰浩瀚无际的大海和正在筑堤显得很小的人。

在我面前展现出一幅宽阔的劳动画面：海湾前多石的海岸被挖得坑坑洼洼，一堆堆石头和木料、手推车、圆木、铁条、打桩机，还有一些用原木制成的设备，人们忙碌地穿梭其间。用黄色炸药炸山，用丁字镐砸碎石头，为铁路线清理场地，在巨大的灰浆池里搅拌水泥，用水泥制成一俄丈见方的大石块投入海里，建筑一道围墙，以抵御奔腾不息的波浪的巨大冲击。在被人们的双手弄得遍体鳞伤的深棕色山峦的衬托下，人小得像虫豸，他们顶着石粉的尘雾，在南方三十度的酷暑中蠕动在一堆堆碎石和一垛垛木头之间。周围的混乱和头顶上灼热的太阳，使他们的忙碌看起来似乎是为了把山挖开，钻进山的深处，逃避酷暑，躲避被破坏得凄凉灰暗的土地。

闷热的空气里，一片埋怨的嘟哝声和喧哗声，丁字镐砸石头的咚咚声，手推车轮悲戚的吱吱声，铁锤打在木桩上沉闷的响声，《船夫曲》哭泣似的歌声，斧头砍削原木的咔嚓声，以及这些灰暗无知、忙忙碌碌的人喊出的各种声音……

有个地方一堆人在大声吆喝着，对付一块大山石，想把它挪开；另一处人们在抬一根沉重和原木，他们扯着嗓门喊叫：

"抬——起——来！"

被挖得伤痕累累的山头上也响起沉闷的回声……抬——起——来！

人们弯身推着满载石头的手推车,沿着断断续续、木板随地乱扔的线路鱼贯前进,另一队人推着空车迎面过来,故意走得很慢,借此延长休息时间。打桩机旁有一大堆穿着杂色服装的人,其中一个人拖长高音唱道:

"哎哟哟,弟兄们哟,热死人哟!

哎哟,没有谁来可怜我们哟!

哎唷嗬,哎唷嗬,

哎唷嗬!"

他们拽紧绳索,威武地吼叫着,铁砣顺着打桩机的竖井往上升,又回落到原处,发出低沉的呻吟声,把打桩机震得发颤。

山海之间的工地上,每个工作点上都有一些灰色的小人儿在往来穿梭,空气里充满着他们的叫喊声、灰尘和人体的酸味。穿着白色制服的指挥人员在人群中奔走,他们衣服上的金属纽扣在阳光下闪闪烁烁,像一双双无情的黄色眼睛。

大海宁静悠闲地向雾茫茫的地平线绵延伸展,晶莹的波浪轻轻地拍打着劳作不息的海岸。大海在阳光下光彩夺目,它像格列佛①在和善地微笑,他知道,只要他愿意,一动手,小人国的工地就会一下子消失得无影无踪。

大海卧躺着,它的光辉叫人睁不开眼,它辽阔、强大、善良,它强有力的呼吸吹拂着海岸,振奋着疲惫不堪的人们。如今,海浪在温顺地用它嘹亮动听的乐音抚慰着遍体鳞伤的海岸,而人们的劳动正是为了限制海的自由。大海似乎在可怜人们:它已生存了千百万年,它懂得,并不是建设者们蓄意同它作对。它早就明白他们不过是奴隶,他们扮演的角色就是同大自然的力量进行面对面的斗争;

---

① 英国作家斯威夫特(1667—1745)的小说《格列佛游记》中的主人公。格列佛船长周游四国,到达的第一个国家是小人国,居民身高仅6英寸。

而在这场斗争中，大自然也准备好了对人们进行报复的力量。他们无休止地建设，终年干活，他们的汗和血化成了世上一切建筑物的水泥；但他们却什么也没有得到，他们把自己的全部力量献给了对建筑的永恒渴望，这种渴望在地球上创造了奇迹，但他们最终也没有得到一席栖身之地，只得到少得可怜的一点面包。他们也是一种大自然的力量，正因为如此，大海不是愤怒地，而是亲切地望着对他们没有任何好处的劳动。这些啃噬着山头的灰色小虫豸，也像点点滴滴的海水一样，首先向巍峨冰冷的岩崖扑去，永远企盼着扩大海洋的疆域，可也在冲击岩崖时被撞得粉身碎骨。点滴的海水大多同汪洋大海同出一源，只是暴风雨袭来，它们就会像大海一样强大，像大海一样去进行破坏。大海自古以来就熟知在沙漠建造金字塔的奴隶，也知道可笑的薛西斯一世①的奴隶，薛西斯因为大海冲毁了他的玩具桥梁而要惩罚大海三百大板。奴隶总是差不多的，他们总是服从，他们总是吃得很差，他们永远在完成伟大而神奇的事业；他们有时把强迫他们干活的人奉若神明，但更经常的是诅咒他们，偶尔也会奋起反抗统治者。

海浪悄悄地涌上海岸，岸上布满为阻挡大海的永恒运动而建筑石堤的人群，海浪唱着嘹亮而温柔的歌，歌唱过去，歌唱几个世纪来它在这岸边所目睹的一切。

干活的人中，有一些古铜色的干瘪的怪人，他们裹着红头巾，戴着缀有帽缨的圆锥形帽子，穿着蓝色上衣和紧腿大裆的灯笼裤。据我所知，他们是安纳托利亚②的土耳其人。他们喉音浓重的方言跟维亚迪奇人③的拖长的方言、伏尔加流域强劲快速的方言、乌克

---

① 前485年至前465年的波斯国王。
② 小亚细亚的别名。
③ 属东斯拉夫部族。

兰人柔和的语言很难分得清。

俄罗斯发生了饥荒。饥荒几乎把所有遭灾省份的人都赶到了这儿。他们分成许多小集团,同乡尽量跟同乡聚在一起,只有四海为家的流浪汉可以很快被辨认出来,因为他们独特的衣着、他们说话的特殊风格,都跟那些依旧系念着本土、只是由于饥荒才暂时离开本土但又忘不了它的人们不同。在各个集团,在维亚迪奇人和乌克兰人中都有他们的人,他们不论到哪儿都能胜任工作,不过他们多数是在打桩机旁边工作,因为这活儿比起推手推车和抡丁字镐来要轻松些。

当我走近他们时,他们正停下了拉绳子的手,站在那里,等着工头修理好打桩机滑车里的什么东西,可能是卡在里面的绳子。工头在木架上方检查修理,不时喊道:

"拉呀!"

大家懒洋洋地拉着绳子。

"停——停!……再拉。停——停!……拉!"

领唱的是个小伙子,他很久没刮胡子了,一脸麻子,身姿像个士兵。他耸耸肩,向旁边斜视一眼,清了清嗓子就唱了起来:

"石夯把木桩往土里砸呀!"

下一句词儿大概连最最马虎的检察官也通不过,因此引起哄堂大笑。显然是这位领唱人即兴胡编出来的,他在众人的哄笑声中,捻着小胡子,像一个习惯于听众喝彩的音乐家。

"来——呀!"工头在打桩机的上方恶狠狠地叫喊道,"抓住!"

"米特里契,你会喊破嗓子的!"有个工人警告他。

这个声音我很耳熟,好像在哪里见过这个人,椭圆的脸,一双蔚蓝色的大眼睛,高个子,宽肩膀。这是——科诺瓦洛夫吗?但科诺瓦洛夫高高的前额上没有那道从右鬓角横划到鼻梁的伤疤;科诺瓦洛夫的头发比他的颜色浅,也没有这个小伙子那一绺绺的卷发;

科诺瓦洛夫有一把漂亮的大胡子,而这个人的下巴剃得光溜溜的,只有上嘴唇留着浓密的胡梢向下的乌克兰式小胡子。尽管如此,这个人的身上仍然有我挺熟悉的东西。于是我决定同他谈谈,等他停止打桩时向他打听,要想"参加工作"应当向谁提出来。

"噢,噢,嗬嘿!噢,噢,嗬嘿!"工人们用力喘气,屈膝蹲下,拉紧绳子,又马上直起身子,仿佛要离开地面似的飞向空中。打桩机的架子吱吱嘎嘎地颤抖着,大伙儿都赤裸着上身,把晒得黢黑的、毛茸茸的胳膊高高地举过头,一齐拉着一根绳子;他们的肌肉鼓胀得像球,但是四十普特重的铁砣上升的高度越来越低,它锤在木头上的声音也越来越小。看着他们干活,你会以为,这是一群偶像的崇拜者正在祈祷,他们绝望而又迷茫地举起双手向无言的上苍顶礼膜拜。他们穿着五颜六色勉强遮身掩体的破烂衣裤,脖子脏得成了土褐色,因注意力高度集中而双肩颤抖、神色紧张、汗流满面,乱蓬蓬的头发粘在湿乎乎的前额上,致使他们周围充满了热烘烘的蒸气。这些人融成一大堆沉重的肉团,在南方的炎热和浓重的汗酸味的空气中笨拙地蠕动着。

"行了!"有人恶狠狠地、扯着破嗓子嚷了一声。

工人们的手松开了绳子,绳子立即有气无力地耷拉在打桩机旁,人们沉重地一屁股坐在了地上,一边擦汗,艰难地喘息着,一边扭动腰背,抚摸肩头,一片低沉的埋怨声,像一头发怒的巨兽的吼声。

"老乡!"我朝我一直在注视的那个人喊道。

他懒洋洋地向我转过身来,向我扫了一眼,然后眯着眼仔细地打量我。

"科诺瓦洛夫!"

"等一等……"他用手把我的脑袋往后一推,仿佛要抓住我的喉咙,然后一下子露出了高兴和蔼的笑容。

"马克西姆！你呀，该死的！该死的！老朋友，啊？你也不走你自己的那条路了！到流浪汉的队伍里来了？这就好！好极了！有多久了！从哪儿来？现在我可以跟你一起到处闯荡了？以前过的算什么日子？只有悲哀和无聊；那不是过日子，而是苟且偷生！我呢，老弟，从那时候起就四处游逛。到过那么多的好地方！呼吸了多么好的空气 啊！……啊！你打扮得真妙……简直认不出来了：看穿着，是当兵的；看你的脸，又像是大学生。怎么样，这儿那儿地到处转悠，这样的生活不坏吧！我倒还记得那个斯捷潘……还有塔拉斯，还有比拉……都记得。"

他用拳头捶了一下我的胸肋，用大巴掌拍拍我的肩膀，连珠炮似的发问使我一句话也插不进去，只好看着他慈善的面孔微笑，他因这次会面高兴得神采飞扬。我也很高兴见到他，非常高兴；这次相会使我回忆起我生活的起点，这起点无疑比继续原来的生活更好。

最后，我终于有了说话的机会，于是我问我的老朋友，他额上的伤疤和头上的卷发是怎么来的。

"这个嘛，你瞧，有一段故事。那时，我想同我的三个伙伴一起越过罗马尼亚边境，去看看罗马尼亚那边的情况。我们就从边境附近比萨拉比亚的一个叫卡古尔的小地方出发。当然，我们是在夜晚悄悄走的。突然响起一声喊叫：站住！我们撞上了海关的哨卡。那就赶紧跑吧！一个当兵的在我脑袋上狠狠地揍了一下。揍得虽然不太厉害，但是我还是在医院住了个把月。也真巧！那个当兵的是我的老乡！是我们穆罗姆市的。不久，他也被送进了医院，是一个走私贩子用刀子捅伤了他的肚子。我们俩清醒过来以后议论这些事。当兵的问我：'你是我打伤的？' '你既然承认，那就是你了。'大概是我，你可别生气，那是我的职责。我们以为你跟走私贩子是一伙的。他们也回敬了我一下，捅了我的肚子。这可没办法：生活是一场严肃的游戏。'就这样，我跟他成了朋友。他是个好战士，叫雅西卡·冯辛……"我问："那卷发呢？""卷发？老弟，这是在得了伤寒之后的事。我得了伤寒。他们把我关进基什尼奥夫的牢房，要对我擅自偷越国境进行审判，我在那里得了伤寒。躺倒了，好不容易才起床。弄不好就永远起不来了，幸亏有个小护士非常照顾我。我，老弟，我老碰到怪事。她像照顾小孩一样地照顾我，可我对她有什么用？我说，'玛利亚·彼得洛夫娜，别这么麻烦了，我可不过意啦！'可她只管笑。是个好心的姑娘……有时她会念一些劝人为善的书给我听。我问她，有没有这样的事？她带来一本书，写的是一位英国水手，轮船失事了，他获救后逃到一个无人的荒岛上，在岛上创造自己的生活。很有趣，非常有趣！我很喜欢这本书，能去他那儿多好。你明白吗，这是什么样的生活？岛屿，大海，天空——你独自一个人生活，你什么都有，你是自由的！那儿还有一个野蛮人。要是我，就把这野蛮人淹死，我要他有什么用？就我一个人待着也不寂寞。你读过这样的书吗？"

"唔，那你怎样从监狱里出来的呢？"

"他们把我放了。审判以后宣告无罪释放。很简单……这么办吧：我今天不再干活了，见鬼去吧！我的一双手活动得也够了。我现在有三个卢布，今天干了这半天还可以拿四十戈比。你瞧，就这些财富！那么，跟我一块儿上我们那儿去吧……我们不住在工棚，就住在这附近，在山里，有一个山洞，住在里面很方便。我和一个伙伴住在那里，同伴病了，打摆子打得直抽筋……好，你在这儿坐一会儿，我到工头那儿去一趟，马上就回来！"

他很快站起来走了，此时打桩工们正好抓起绳子开始干活。我坐在石头上，看着我周围喧闹的忙活，望着那宁静的蓝绿色的大海。

科诺瓦洛夫高大的身影在人群、石堆、木头和手推车之间匆匆地走过去，消失在远处。他摆动双手走着，穿一件又短又瘦的蓝色粗花布短上衣、一条粗麻布裤子，脚上是一双沉重的破鞋。淡褐色的卷发像一顶帽子在他的大脑袋上微微颤动。有时他转过身用双手向我打什么手势。他整个面貌焕然一新,显得活跃、镇定自信、坚强有力。他所到之处,周围的人们都在干活,木头噼啪作响,石头崩裂,手推车发出少气无力的吱吱声,尘雾飞扬,有个什么东西轰隆掉下来,人们在叫喊、吵架、呼号,也有人歌唱,声音像在呻吟。在一片嘈杂纷乱之中,我这位朋友的漂亮身躯踏着坚定的步伐向前走去,他的形象十分突出,似乎有一种表明科诺瓦洛夫其人的含义。

我们见面后过了两小时,我和他已经躺在"住人很合适的山洞"里了。"山洞"确实非常合适,很早以前就有人在山上开采石头,挖了一个四方形的大壁槽,里面住四个人还十分舒服。但是山洞很低,入口的上方悬着一块大石头,像伸出来的房檐,因此要进到洞里,就要在洞前卧倒,然后慢慢把身子缩进去。洞深三俄尺①左右,脑袋不必进去,连脑袋都进去很危险,因为入口处那个大石块一旦掉下来,就会把我们全部埋在里面。我们不希望这样,于是就这么办:腿和身体钻到洞里去,里面很凉爽,而脑袋则留在外面阳光下,在洞口边,我们头顶上的大石块如果掉下来,只能砸烂我们的头颅。

那个生病的流浪汉全身都在洞外,躺在离我们两步远的地方,因此当他疟疾发作时,我们能听到他牙齿打战的声音。他是个枯瘦的高个子乌克兰人,"从波尔塔瓦来的",他沉思地对我说。

他在地上打滚,尽力把自己紧紧地裹在一件全是破布缝成的灰色长袍里,当他感到一切努力都是徒劳时,便绘声绘色地咒骂起来。一面骂一面继续把身子裹紧。他的眼睛又小又黑,老是眯缝着,似乎总在凝视什么。

---

① 俄尺等于0.71米。

太阳烤着我们的后脑勺,着实令人难以忍受,科诺瓦洛夫把几根小棍子插进土里,把我的军大衣抖开挂在上面,好似一块遮阳屏风。远处传来港湾的喧闹声,但我们看不见港湾,因为在我们的右边是一座城市,矗立着一大片笨重的白色房屋,左边是海。极目远眺,各种奇异柔和的斑斓色彩构成了神话中的琼楼玉阁,那淡雅清幽、扑朔迷离的美景使人赏心悦目,心驰神往……

科诺瓦洛夫望着这远处的美景,怡然自得地微笑着对我说:

"太阳要落山了,到时候咱们点起篝火,煮点茶,有面包,还有肉。你想吃西瓜吗?"

他用脚从山洞的角落里勾出一个西瓜来,从口袋里拿出一把刀,一面切瓜一面说:

"每当我在海边的时候,总是想:为什么人们很少到海边来住?他们要是住在这儿,一定会更好,因为大海是多么可爱,人们的心灵会从它那里获得美好的思想。哎,你讲讲这几年你是怎么过的?"

我就开始讲述。远处的海面映出一抹橘红金黄,淡雅的玫瑰色云雾迎着太阳冉冉升起。仿佛是峰顶覆盖着皑皑白雪的群山从海底缓缓上升,被夕阳染成了玫瑰色。

"马克西姆,你在城市里混是毫无意义的,"科诺瓦洛夫听了我的经历后很自信地说。"你干吗撂不下城市呢?那里的生活是腐朽的。既没有空气,也没有空间,人所需要的一样也没有。要人吗?到处有的是人……要书吗?你读的书也够了!看来你也不是为了这个才来到世上的吧……再说书,都是一派胡言。哎,你买了书,装进背包,就走人。你愿意跟我一起上塔什干吗?上撒马尔罕或者上别处?然后远行到阿穆尔去,好吗?我,老弟,决定到地球的四面八方去走走,这样最好。你走走,总能看到新东西……什么也不想……微风拂面,能吹掉心灵里的各种灰尘。既轻松又自由……没有任何东西会妨碍你:想吃,就停下来,干点活挣它半个卢布;找不到工作,就讨点面包,人家会给的。就这么过,你能看到许许多多地方……能看到一切美好的东西。去吗?"

日落西山。海上的云色暗了,海水也暗下来了,凉风习习吹来。天空已有稀疏闪烁的星星,港湾劳动的嘈杂声停息了,只偶尔从那儿传来人们像叹息似的轻微的叫喊声。海风朝我们吹来,带来了海浪哀愁的拍岸声。

夜色越来越浓,五分钟前乌克兰人的身影还清晰可见,此刻已经变成了模糊的一团……

"该点篝火了……"他一边咳嗽一边说道。

"行……"

科诺瓦洛夫不知从哪儿弄来一堆碎木头,用火柴把它们点着,细细的火舌舔着那多树脂的黄色木头。缕缕青烟在充满大海的潮气和清新空气的夜晚袅袅升起。周围越发寂静了:生活好像从我们身边隐退了,它的声响也融化在黑暗中,消失了。云散了,深蓝色的天空星光灿烂,柔软如丝的海面上也闪烁着渔船的灯火和星星的反光。篝火燃得很旺,宛如一朵金黄色的大花……科诺瓦洛夫把茶壶放进篝火里,抱着双膝,若有所思地望着火花。那个乌克兰人像一只大蜥蜴似的向火堆爬过来。

"人们建造了许多城市、房屋,成堆地聚集在那里,污染着土地,互相挤得喘不过气来……多好的生活!不,像我们这样,才是生活……"

"啊,"乌克兰人晃了晃脑袋说,"我们要是冬天能弄到羊皮袄就好了,如果还能有暖和的茅屋,那简直就是老爷式的生活了。"他眯缝着一只眼睛,微微一笑,望着科诺瓦洛夫。

"是啊,"这一位不好意思地说,"冬天真是该死的季节。过冬确实需要待在城里……这毫无办法……可是大城市终究还是没意思……两三个人都不能和睦相处,那为什么还要成堆地聚到一起呢?……我说的就是这事!当然,如果认真想想,不论在城市,还是在草原,哪儿都没有人可待的地方。但是,最好还是不要去想这些事儿……想不出什么名堂来的,倒叫人心烦……"

我以为,科诺瓦洛夫过了一段流浪生活会有所变化,我们初识时他心中的愁结,会因为呼吸了几年自由的空气,而像蜕掉了一层皮似的从他身上脱落。然而他最后一句话的声调使我又看见了过去我所了解的那个寻找人生"支点"的朋友——仍旧是那个对生活疑虑困惑、对生活不断思考探索的科诺瓦洛夫,疑惑和思索像铁锈和毒药,腐蚀着他那虽然强壮却不幸天生敏感的躯体。这类"沉思的"人在俄国的生活中很多,他们比任何人都更为不幸,因为他们盲目的头脑增加了思考的重负。我很惋惜地看着我的朋友,而他似乎为了证实我的想法,悲哀地喊道:

"马克西姆,我回想起咱们在一起的生活和那儿发生的……一切。后来我走了许多地方,见过许多五花八门的东西……世上竟没有一样东西对我是合适的!我竟找不到一处安身之地!"

"谁叫你天生就有一个什么笼头都套不上的脖子呢?"乌克兰人从火里取出烧开的茶壶,冷冷地说:

"不,你告诉我……"科诺瓦洛夫问道,"为什么我安不下心来?为什么人们过得都还不错,都有活干,有老婆、孩子等等……他们还总乐意干这干那。可我却不能。真苦闷。我为什么这么烦恼?"

"这人总是发牢骚,"乌克兰人惊讶地说,"难道你发发牢骚,心里就会好受些吗?"

"是的……"科诺瓦洛夫忧郁地表示同意。

"我平时话不多,但我知道怎么说,"性格坚强的乌克兰人满怀自信地说,一面仍在努力克制疟疾发作。

他咳得厉害了,来回翻身,暴躁地向篝火吐痰。我们周围一片寂静，笼罩着浓黑的夜幕。天空也是漆黑的，月亮尚未升起。大海与其说是看见的，不如说是感觉到的，因为我们眼前是浓密的黑暗，仿佛有大片黑雾降落了下来。篝火熄灭了。

"大家躺下睡觉吧，"乌克兰人提出建议。

我们钻进"山洞"躺下了，把脑袋伸在洞外，大家沉默不语。科诺瓦洛夫刚躺下就像块石头一样纹丝不动了。乌克兰人不断地翻腾，牙齿老在打战。我久久地望着篝火里的炭隐隐约约地露出点点微火：开始火苗亮而且大，继而渐渐变弱，随后上面一层成了灰烬，最后那微火在灰烬下逐渐消失。不久，篝火除了热气之外什么也没有剩下。我望着它想道：

"我们大家也是这样……但都希望自己发出更多的光和热！"

……三天以后我同科诺瓦洛夫分手了。我前往库班，他不愿意去。告别时我们俩都坚信还会见面。

但这个愿意未能实现。

(1897 年)

因为烦闷无聊

张敬铭　译

客车喷吐着一团团浓厚的灰色烟雾，像一条巨大的爬虫，消失在草原的远方那一片金黄色的麦海之中。怒气冲冲的嘈杂声也随着列车的烟雾消散了，它划破荒芜辽阔的草原上冷漠的寂静，持续了几分钟。伫立在草原中的铁路小车站显得十分孤单，令人感到忧伤。

当列车低沉而生动的噪音向四处飘散，在晴朗无云的苍穹之下沉寂下去之后，车站周围又重新笼罩着一片使人愁闷的寂静。

草原上一片金黄，天空是一片湛蓝，草原和天空都显得广阔无边。置身其间，车站的褐色房屋，给人一种印象，似乎是某个缺乏想象的画家勤勉创作的一幅凄凉的画，画面正中偶然地涂上了破坏性的一笔。

每天十二点和下午四点，火车从草原向车站驶来，各停上两分钟。这四分钟便是车站上主要的事情和唯一的娱乐，这四分钟给车站的员工们带来了各种印象。

每一趟列车上都有大批衣着各异、形形色色的人群。他们在瞬息间来到这里，他们的面孔在车厢的窗口一闪而过，神情显得疲惫、焦急、冷漠，然后是铃声、哨声，随着轰隆声他们奔向草原的远方，奔向沸腾着热闹生活的城市。

车站的员工们好奇地瞧着这些面孔，把列车送走之后，他们便彼此交流匆忙之间观察到的事情。围绕在他们四周的是静谧的草原，头顶上是冷漠的天空,而在他们心中,对那些每天从他们身旁匆匆而过、奔往某地的人们隐隐地含着一种忌妒之情,因为他们留下了,被囚禁在荒漠之中,过着与尘世隔绝的生活。

瞧,他们送走了列车,站在站台上目送那条黑色的长带,直到它消失在金黄色的麦海里。而他们大家也不说话,都在回味刚才从他们身边飞驰而过的生活的印象。

他们几乎全体都在这里:站长,一个体态肥胖的金发男子,面容慈祥,蓄着哥萨克式的长胡子;他的副手,是个红头发的年轻人,长着尖削的下巴;车站的警卫卢卡,他个子矮小,为人灵活而狡猾;还有一名扳道工,大胡子戈莫佐夫,他身材敦实,是个言语不多的汉子。

车站门口的长凳上坐的是站长的妻子。这是个身材矮小的胖女人,她热得够呛;躺在她膝盖上的婴儿睡着了,孩子的脸庞和他母亲的一样,肤色发红,胖乎乎的。

列车驶到一个斜坡下面便完全不见了,好像钻进了地里。

这时站长扭过头来对妻子说:

"怎么样,索妮娅,茶炊烧好了吧?"

"那还用说。"她懒洋洋地低声回答。

"卢卡!你过来,那个……把路基和月台打扫一下……看看,乱七八糟的东西扔下了多少!……"

"知道了,马特维·叶戈罗维奇……"

"嗯……呶,怎么样?咱们喝茶吧,尼古拉·彼得罗维奇?"

"照常规办事吧。"副站长说。

送走了白天这趟车之后,马特维·叶戈罗维奇问妻子:

"索妮娅,怎么样,午饭准备好了吗?"

然后他给卢卡下命令,内容总是一成不变的,又邀请在他们家搭伙的副站长:

"呶，怎么样？咱们吃午饭吧？"

副站长通情达理地说：

"照常，照常……"

他们离开月台走进屋里，室内花儿很多，家具很少，散发着烹调和尿布的气味，然后围坐在餐桌旁，谈话的内容就是从他们身旁匆匆而过的事情。

"发现了吗，尼古拉·彼得罗维奇，二等车厢里有个穿黄衣服的皮肤微黑的女人？那真是个够味儿的角色！"

"长得不错，可在穿着上缺少情趣。"副站长说。

他的言辞话语总是很简短，口气自信。他自认为是见多识广、受过教育的人。他中学毕业了。他有个黑布封面的小本本，里面抄录了各种警句名言，那是他从偶然弄到手的报上的小品文和书籍里面摘抄下来的。只要不涉及职务工作，站长毫无争议地承认他在一切事情上的权威，注重听取他的意见，他尤其喜欢尼古拉·彼得罗维奇那小本本里的至理名言，常常由衷地加以赞赏。副站长就黑皮肤女人的服饰发表的见解引发出马特维·叶戈罗维奇的一个问题：

"莫非黄颜色对黑皮肤的女人不合适？"

"我是说衣服的式样，不是颜色。"尼古拉·彼得罗维奇解释道，从玻璃罐里舀出果酱利落地放在小碟子里。

"衣服式样，那就是另一码事了！……"站长表示同意。

站长夫人也加入了谈话，这话题她觉得亲切而明白。但是，由于这些人的智慧不十分敏锐，所以谈话拖拖拉拉，进行得很慢，难以使他们激动。

而朝窗口张望的是一片痴恋着静默的草原和在气氛庄重肃穆中面容威严的天空。

每小时差不多都要开来几列货车，车上的随行人员都是早已认识的。这些乘务员一个个睡眼惺忪，因为在草原上令人烦闷的旅行而变得心情压抑。不过,他们有时也会讲述线路上发生的事:比如在某地段轧死了一个人,或职务方面的新闻,某人被罚款了,某人做了调动。这些新闻不会引起议论,而是被吃掉了,就像馋嘴的人把美味佳肴吃掉一样。

太阳从天空慢慢地朝草原尽头爬下去,当它快要触及地面时便变成紫色的了。微红的晚霞笼罩着草原,勾引起伤感的情绪,令人隐秘地向往着那一片虚空的远方。然后,太阳的边沿触到了地面,懒洋洋地堕入地下或隐没不见了。此后,晚霞的绚丽色彩所交织的音乐还久久地在天际奏鸣,不过它越来越苍白无力,直到温暖宁静的黄昏来临。群星闪烁着,颤抖着,它们似乎害怕大地上的寂寞。

黄昏时分,草原显得小些了;暗黑的夜幕从四面八方悄无声息地向车站爬来。漆黑的令人忧伤的夜终于来了。

车站上亮起了灯,其中绿色信号灯挂得最高,也最明亮。一片黑暗和沉寂围绕在它的四周。

有时响起了铃声,这是通知要做接车的准备了,一阵急促的铃声飘散到草原上,又很快消融在其中。

铃声响过不久,一盏明亮的红灯从朦胧的远方奔跑出来,这是列车在向这四周漆黑一片的孤零零的小站驶过来了,它那沉闷的轰隆声把草原上的宁静震得晃动起来。

车站这个小社会的底层和贵族上层相比,生活显得略有差别。警卫卢卡总忍不住想跑到离车站七俄里的村子看望老婆和兄弟。那儿有他的家业,这是他请求那位沉默寡言、举止稳重的扳道工戈佐夫代他在车站值班时说的话。

说到"家业"这个词时戈莫佐夫总是沉重地叹一口气,并对卢卡说:

"那就去吧。家业是需要照料的,这没错……"

可另一名扳道工阿法纳西·雅戈特卡是个老兵,这人是圆胖的红脸膛,两鬓灰白,爱嘲讽人,表情凶狠,他就不相信卢卡。

"家业!"他叫道,讥讽地笑着。"老婆!我明白这是怎么回事……你的老婆嘛,准是个寡妇,不是吗?或者是士兵的妻子?"

"去你的,你这个鸟总督!"卢卡轻蔑地回敬他。

他管雅戈特卡叫鸟总督,因为这老兵酷爱小鸟。他的窝棚里里外外挂满了鸟笼和鸟窝。棚内棚外鸟儿整天价叫个不停。他抓来的鹌鹑不知疲倦而单调地叫着"不即不即",白头翁长篇演说似的咕噜不止,色彩斑斓和小鸟不停地啾啾啼鸣歌唱,使老兵孤寂的生活得到一份慰藉。他所有的空闲时间都用来侍弄小鸟,对待它们温柔亲切,关怀备至,而他对周围的伙伴却毫无兴趣。他叫卢卡为蛇,称戈莫佐夫为喀查普①,也不怕难为情,当面说他们两个是"女人的跟屁虫",因此应该把他俩揍一顿。

卢卡对他的话不大在意,但老兵若真把他惹恼了,他就会刻毒地骂上一大串:

"你这个不起眼的边防军,老鼠嘴里的残渣!你懂什么,废物胚子?你一辈子尽在大炮底下追赶田鸡,看守团队的白菜……轮得到你来发议论吗?照料你的鹌鹑去吧,鸟统帅!"

雅戈特卡平心静气地听完卢卡的谩骂后,便去找站长告状,可站长为了大家不拿鸡毛蒜皮的小事去烦他,便大声呵斥着把老兵赶走了。于是雅戈特卡自己来找卢卡,开始不慌不忙心平气和地骂他,词句的分量很重,非常难听,卢卡听后很快就啐着唾沫跑开了。

戈莫佐夫对老兵的数落报以叹气,并急忙辩解道:

"有什么办法?对这号人什么办法也没有……没错,是给宠坏了……不过,顺便说说,你要是不议论他,那就不会被他议论了……"

---

① 乌克兰人对俄罗斯人的蔑称。

有一次老兵冷笑着回答他：

"唠唠叨叨的老一套！不议论，不议论……要是不议论，那人们就没的可说了……"

除了站长太太，车站里还有一位妇女，就是厨娘。她的名字叫阿林娜。她快四十岁了，长得很难看，五短身材，乳房下垂，总是邋里邋遢、破衣烂衫的。她走起路来东摇西晃，麻子脸上一双眯缝眼，闪出畏惧的目光，眼睛周围布满了皱纹。在她那不协调的身段中有某种奴性的、备受摧残的东西，厚嘴唇重叠的样子使人觉得她似乎想请求所有的人原谅，要拜倒在人们脚下，连哭泣都不敢，戈莫佐夫在车站过了八个月，从来没有特别注意过阿林娜。遇到她时问一声"好"，她也照样回答一句，交谈两三句话便各走各的路。可是有一次戈莫佐夫来到站长家的厨房，请求阿林娜为他缝补几件衬衣，她同意了，缝补好之后不知何故又亲自送去给他。

"这可要谢谢你了！"戈莫佐夫说。"三件，一件是十戈比，那么，应该付给你三十戈比……对不对？"

"就这样吧……"阿林娜回答。

戈莫佐夫沉思起来，很久没有说话。

"你是哪个省的？"他终于向一直瞅着他的胡子呆看的女人发问。

"梁赞省的……"她说。

"打老远来的！那怎么上这儿来了？"

"是这样……我是一个人……孤零零的……"

"因为这一点可以走得更远些嘛。"戈莫佐夫叹了一口气。

他们再次长时间地不说话。

"我也一样。我是下城谢尔加切夫县的人……"戈莫佐夫开口说。"我也是一个人，孤单单的全在这儿了。可我有过家业，也有过妻子……两个孩子。妻子在闹鼠疫时死了，孩子也是一下子就这样……这场……灾难也差不多把我整垮了。嗯……后来也试过重新安排一下。可是不行，机器散架了，不干了，所以我走了……跑开了，就是说，离开原先那股道……这不已经挣扎了两年多了……"

"没有自己的窝，是不好过啊，"阿林娜低声说。

"可不是吗！……你是寡妇吧？"

"是处女……"

"不会吧，我想！"戈莫佐夫直言不讳表示怀疑。

"上天保佑，是处女。"阿林娜向他保证。

"为什么不嫁人呢？"

"谁会要我啊？我啥都没有……对谁有好处……再说我的脸也长得丑……"

"嗯……嗯……"戈莫佐夫若有所思地拖长声调，一边摸摸胡子，开始试探地望着她。然后又问她工资有多少。

"两个半卢布……"

"是这样。那么……就是说，我欠你三十戈比？听我说……你晚上来拿钱吧……就十点钟吧，好吗？我给你钱之后……咱们喝点茶，说说话，免得寂寞……咱俩都挺孤单……来吧！"

"我来，"她随口说完便走了。

后来，她准时在晚上十点钟来到他这里，直到第二天拂晓才离去。戈莫佐夫再没有叫她去，三十戈比也不给她。可是有一次她自己去找他，表情呆板而又恭顺，来后默默地站在他面前。他躺在单人床上，看了她一眼，朝墙壁那面挪了挪身子，然后说道：

"坐吧。"

等她坐下后又吩咐她说：

"听着，这件事要保守秘密。别让任何人发现！不然对我不好……我不年轻了，你嘛，也一样……懂吗？"

她肯定地点点头。

送她走时他把自己的衣服拿给她去修补,并再次提醒她:

"别让任何人发现!"

他们便开始这样生活,对大家隐瞒着他们的关系。

夜晚阿林娜每逢偷偷去他那里几乎都是爬着去的。他宽容地接待她,摆出主人的架势,有时公开对她说:

"你这副面孔真够丑的!"

她默然地对他微笑,暗淡的笑容里含着歉意,每次离开他时差不多总要带一些他交给她的活计。

他们不经常见面。戈莫佐夫偶尔在车站的什么地方遇见她,便悄声对她说:

"今晚来吧……"

她便恭顺地去他那里,凹凸不平的麻脸上表情极为严肃,似乎她是来完成任务的,她懂得这任务的重要性。

当她回去时,脸上又重新露出他常见的那种犯罪和恐惧的死相。

有时她定定地站在一个角落里或在一棵树后,久久地望着草原。夜色笼罩着草原。草原上的庄严肃穆使她的心感到恐惧。

有一次,送走了一趟夜车之后,车站的头头脑脑在马特维·叶戈罗维奇住宅的窗前,在花园里杨树的浓阴下面喝茶。

在炎热的日子里他们常常这样安排,这样终归能为他们单调的生活增添一点多样性。

喝完了茶,列车留下的印象也消耗尽了,大家都不说话。

"可是今天比昨天还热,"马特维·叶戈罗维奇说,一只手把空杯子递给妻子,另一只手擦着脸上的汗水。

太太接过杯子时表示:

"这是因为烦闷才觉得更热……"

"唔!大概是……的确如此……这会儿玩牌可好啦……可惜我

们只有三个人……"

尼古拉·彼得罗维奇耸耸肩，眯起眼睛，明确地指出：

"玩牌，按照叔本华的说法乃是一切思想的崩溃。"

"妙！"马特维·叶戈罗维奇大为感动。"这话怎么说？思想的崩溃……嗯，不错！那是谁说的？"

"叔本华，一个德国人，哲学家……"

"哲——哲学家？唔……"

"那些个哲学家们，都是在大学里供职吧？"索菲亚·伊万诺夫娜好奇地询问。

"该怎么跟您说呢？这不是官职，而是……这么说吧，一种天赋……任何人都可以成为哲学家……只要他生来就有思考的习惯，凡事都要刨根问底。大学里当然也有哲学家……不过他们也有可能随便待在……甚至可能就在铁路上供职。"

"在大学里的那些人收入很多吧？"

"要看聪明程度……"

"不过，要是有第四个人，咱们玩一会儿牌多好哇！"马特维·叶戈罗维奇说着叹了一口气。

谈话又中断了。

百灵鸟在蓝天中歌唱，红胸鸲在树枝间蹦过来、跳过去，轻声啼鸣，房间里传来了婴儿的哭声。

"阿林娜在那儿吗？"马特维·叶戈罗维奇问道。

"当然在。"太太简短地回答了一句。

"这个阿林娜是个古怪的女人，您发现没有，尼古拉·彼得罗维奇……"

"古怪是平庸的第一个印记，"尼古拉·彼得罗维奇似乎是在自言自语，现出沉思默想状。

"怎么说？"站长兴奋起来了。

尼古拉·彼得罗维奇明白地复述了这句格言，说话时甜蜜蜜地眯缝起眼睛，而索菲娅·伊万诺夫娜用陶醉的口吻说：

"您读过的东西记得真牢……我要是读完了，第二天就忘了，就是把我打死，也是什么都记不住……不久前我在一本小册子《田地》里读到一篇东西，特别有意思，挺有趣，是什么呢？我一个字都不记得了！"

"成习惯了，"尼古拉·彼得罗维奇简洁地解释了一句。

"不，这最好是那个……他叫什么？叔本华……"马特维·叶戈罗维奇笑着说。"结果是这样：一切新事物都会变成旧事物！"

"恰恰相反，因为有位诗人曾说：是的，节约是生活的智慧——生活中一切新的都是由旧的制成的。"

"去，真见鬼！你这是怎么着……就像从筛子里往外撒似的！"

马特维·叶戈罗维奇满意地笑了，他太太也笑得很甜，而尼古拉·彼得罗维奇心中沾沾自喜，他想遮掩这一点但未能如愿。

"关于平庸的话是什么人说的？"

"巴里亚京斯基，是个诗人。"

"另一句话是谁说的？"

"也是个诗人，姓法方诺夫。"

"都是聪明人！"马特维·叶戈罗维奇把诗人们夸了一下，然后满面春风笑着把两句话各重复了一遍。

烦闷好像在和他们逗乐，刚把他们松开一分钟立刻又紧紧地攥住他们。接着他们又停止说话了，由于喝茶更加热得难受了。

草原上只有一轮太阳。

"是啊，我说这个阿林娜，"马特维·叶戈罗维奇想起了她。"这女人真古怪，我瞧着她心里纳闷，她好像受过什么伤害，既不笑，也不唱歌，很少说话……像个木头疙瘩。不过她干活不错，您知道，她把列利娅照料得很好，对孩子很经心……"

他说话声音很低,不愿让阿林娜隔着窗户听见。他知道,对女佣人不能夸,如果你不希望她骄傲自大的话。太太打断了他的话,意味深长地皱了皱眉头:

"喂,你就歇会儿吧……你对她并不全了解!"

"我是这样软弱,
成了爱的奴隶,
啊,我的恶魔,
我臣服于你!"

尼古拉·彼得罗维奇拖腔拿调地轻声吟唱,同时还用小勺在桌子上敲打拍子。他满面堆笑。

"什么,怎么回事?她……喂,喂,你们两个不是都在撒谎吧!"
接着马特维·叶戈罗维奇哈哈大笑起来。

笑得腮帮子发抖,大颗的汗珠很快从额头上滚落下来。

"这根本就没那么可笑!"太太止住了他。"第一,原本她是带孩子的;第二,你没瞧见吗,面包像什么样子,太酸,都烤焦了……这是什么原因?"

"嗯,面包嘛,确实有点那个……得训斥训斥她!不过,上帝保佑!这……这事我可真没想到!她竟是这种人!嘿,你呀,见鬼!可是他呢,他是谁?卢加什卡?我得把他,把这老鬼好好地嘲弄一番!说不定这是雅戈特卡干的?哦,是这个嘴巴刮得光溜溜的家伙!"

"是戈莫佐夫……"尼古拉·彼得罗维奇简洁地说道。

"什么?是那个举止稳重的男子汉?咳?你们别是在胡编乱造吧,呃?"

马特维·叶戈罗维奇对这件非同小可的滑稽故事太感兴趣了。他一会两眼湿润地哈哈大笑,一会儿一本正经地说一定要狠狠地训斥这对恋人，然后把他们相互谈情说爱的情景想象一番，便又震耳欲聋地哈哈大笑。

最后，他似乎着迷了。于是尼古拉·彼得罗维奇拉长了面孔，而索菲娅·伊万诺夫娜则严厉地打断了丈夫的话。

"嘿，鬼东西！我一定要拿他们取乐一下！这真有趣……"马特维·叶戈罗维奇仍止不住地唠叨。

卢卡来了，他报告说：

"电报机响了……"

"我就来。给四十二次车发信号。"

他和副站长很快来到车站，卢卡急促地敲钟发信号。尼古拉·彼得罗维奇在电话机旁坐下，向邻近的车站询问"是否可以让四十二次发车"，可站长在办公室不停地走动，满面笑容，嘴上说：

"咱们得跟这两个鬼东西开一回玩笑……反正是为了消愁解闷，就算稍微开心一下也好……"

"这是许可的！……"尼古拉·彼得罗维奇表示同意，一边在电话机上拨着键盘。

他懂得，哲学家遣词用句应该简明扼要。

不久，他们便得到了寻欢作乐的机会。

有一天夜里，戈莫佐夫到地窖里去找阿林娜，按照他的吩咐并经站长允许，阿林娜在地窖里乱七八糟的破烂杂物中间搭了一个铺。地窖里又潮又凉，断腿的椅子、破木桶和各种破旧家什在黑暗中形状看起来非常吓人，阿林娜独自一人时常害怕得几乎睡不成觉，她睁着眼睛躺在稻草捆上，不停地悄声诵念她知道的祷告。

戈莫佐夫来后，不声不响地把她搓揉挤压了很久，直到他累了才睡着。但阿林娜很快便叫醒了他，惊惶不安地小声喊道：

"季莫费·彼得罗维奇！季莫费·彼得罗维奇！"

"嗯？"戈莫佐夫在睡梦中含混地应了一声。

"有人把我们给锁上了……"

"怎么会这样?"他跳起身问道。

"他们走过来……就把锁……"

"你撒谎!"他吃惊而愤怒地说道,把她从自己身边推开。

"你自己去瞧瞧,"她温顺地说。

他站了起来,一路跌跌撞撞磕磕碰碰地走到门旁,他推了推门,沉默片刻,然后忧心忡忡地说:

"这是那老兵……"

门外传来一阵开怀大笑声。

"放我出去!"戈莫佐夫大声请求。

"什么?"这是那老兵的声音。

"放我出去,我说……"

"明天早上让你出来。"老兵说完便走开了。

"我要去值班,鬼东西!"戈莫佐夫气愤地喊道,话音中有央求的意味。

"我去值班……你就好好地待着吧!……"

老兵真的走了。

"咳,狗东西!"扳道工苦恼地低声咕哝了一句。"等着吧……你反正不能总把我锁着……还有站长在……你怎么跟他说?他问戈莫佐夫上哪儿了,啊?到时候看你怎么回答他……"

"可这件事,说不定,就是站长本人吩咐他做的。"阿林娜不抱指望地轻声说。

"你说是站长?"戈莫佐夫吃惊地反问道。"这是为什么要他这么做?"接着他沉默了一会儿,然后对她吼道:"你撒谎!"

她深深地叹了一口气作为回答。

"这事会怎么样啊?"扳道工问道,在门旁的一只木桶上坐了下来。"我真够丢人的!都怪你,丑八怪,女魔鬼,这全都怪你……

喔——唷！"

他攥紧拳头朝传来她的呼吸声的方向威胁了一下。她却是一声也不吭。

潮湿的黑暗包围着他们，黑暗中散发出一股股酸白菜、尿布和什么东西刺鼻的难闻气味。门上的缝隙透进来几道月光。门外响起一列货车从车站开出的轰隆声。

"怎么不说话，丑八怪？"戈莫佐夫以轻蔑的口吻恶狠狠地说道。"现在我怎么办？做了那么多坏事倒不说话了？唉，你呀，上帝！我怎么和这种人缠在一起！……"

"我去请求原谅，"阿林娜轻声说。

"什么？"

"也许，会原谅……"

"这对我有什么用？嗯，原谅了你又怎么样？我身上是不是会留下耻辱？他们会取笑我的啊，不是吗？"

一阵静默之后他又开始指责她、咒骂她。时间残酷无情，走得极为缓慢。最后，女人声音颤抖地请求他：

"原谅我吧，季莫费·彼得罗维奇！"

"原谅你就是用棍棒敲你的头！"他怒吼道。

又是一阵让人忧虑的压迫人的静默，使这两个被囚禁在黑暗中的人心中充满麻木的痛苦。

"上帝！快点天亮吧！"阿林娜痛苦地祈求道。

"你闭嘴……是不是想要我狠狠地揍你一顿！"戈莫佐夫吓唬她。接下来是忍受寂静和缄默的折磨。时间的冷酷无情随着黎明的临近不断增加，每一分钟似乎都在拖延着不肯消失，对这两个人的可笑处境感到心满意足。

戈莫佐夫终于打了个盹，等到地窖旁传来一只公鸡打鸣声时才醒来。

"喂，你……巫婆！睡着了？"他瓮声瓮气地问道。

"没有，"阿林娜回答时重重地叹了一口气。

"再睡一会儿才好呢！"扳道工嘲讽地提议。"嘿，你呀……"

"季莫费·彼得罗维奇，"阿林娜几乎是尖声地喊叫道。"不要生我的气！你可怜可怜我吧！请你行行好，可怜我吧！我就一个人，孤单单一个人！你对我……就是我的亲人，你是我……"

"别哭喊，不要惹人笑话！"戈莫佐夫严厉地制止了女人歇斯底里的低声絮叨，刚才那几句话使他的心肠稍微软了一点。"你就住嘴吧……既然什么也不懂……"

于是他们又默默地等待着随后而来的每一分钟，时间分分秒秒地过去，没给他们带来什么。最后，阳光终于从门上的缝隙里折射进来，一道道耀眼的光线划破了地窖里的黑暗。不久，地窖近旁传来了脚步声。有人走近门旁，站了一会儿又离开了。

"一群恶棍！"戈莫佐夫嘟哝道，并啐了一口唾沫。然后又是一阵无声无息的紧张等待。

"上帝啊！行行好……"阿林娜小声地念叨。

似乎有人轻轻地朝地窖悄悄靠近……门锁哐啷一响，传来了站长严厉的声音：

"戈莫佐夫，拉着阿林娜的手出来，喂，快点！……"

"你走啊！"戈莫佐夫压低嗓门说，阿林娜走了过来，低下头站在他身旁。

门打开了，站长就站在她面前，站长鞠躬说道：

"祝贺你们正式结婚！有请！奏乐！"

戈莫佐夫一步跨出门来便站住了，突然爆发了一阵震耳欲聋的狂呼乱吼。门外站着卢卡，雅戈特卡和尼古拉·彼得罗维奇。

卢卡挥动拳头捶着木桶，用公山羊似的男高音叫喊着什么，老兵吹响了他的小号角，而尼古拉·彼得罗维奇一只手在空中挥舞，鼓起腮帮子，嘴唇噘成管状发出声响：

"砰！砰！砰——砰——砰！"

木桶颤抖的响声刺耳，小号角号叫着。马特维·叶戈罗维奇叉着腰哈哈大笑。他的副手看见戈莫佐夫面色发青、抖动的嘴唇露出窘迫的笑容、不知所措地站在他们面前，也狂笑不止。阿林娜像一尊石像似的一动不动，头低垂在胸前，站在戈莫佐夫身后。

> 阿林娜对季莫费
> 把甜蜜的情话讲……

卢卡胡编乱诌地唱着，一边对戈莫佐夫扮出令人厌恶的鬼脸。而老兵举起小号角，凑到戈莫佐夫跟前，对着他的耳朵一个劲地吹。

"喂，走啊……拉着她的手呀！"站长喊道，他笑得肚子痛。他的太太坐在台阶上身子东倒西歪，尖声叫喊着：

"马佳①……行了……喔唷！笑死了！"

> 为了相见的一瞬间，
> 我忍受着痛苦的煎熬。

尼古拉·彼得罗维奇对着戈莫佐夫的鼻尖唱道。

"新婚夫妇乌拉！"当戈莫佐夫朝前跨出一步后，马特维·叶戈罗维奇领头高呼，四个人齐声大喊"乌拉！"老兵那粗声粗气的低音也夹在里面喊叫。

阿林娜跟在戈莫佐夫后面走，她抬起了头，张开嘴，胳膊垂放在身体两侧。她的眼睛木然地望着前方，但未必看得见什么。

---

① 马特维的爱称。

"马佳,叫他们……接吻!……哈,哈,哈!"

"新郎新娘,苦啊①!"尼古拉·彼得罗维奇喊道,而马特维·叶戈罗维奇甚至靠在一棵树上,因为他笑得站立不稳了。木桶不停地哐当乱响,小号角尖声狂叫着起哄,卢卡边跳边唱:

"啊,你呀,阿林娜,给我们熬了一锅稠粥!"

接着尼古拉·彼得罗维奇又用嘴唇作为铜管吹奏起来:

"砰——砰——砰!特拉——塔——塔!砰!砰!特拉——拉——拉!"

戈莫佐夫走到宿舍门口便躲了进去。阿林娜留在宿舍外面,一群精神失常的人们把她围在中间,他们不停地叫喊,哈哈大笑,对着她耳朵吹口哨,开心得发狂,发疯似的绕着她蹦跳。她站在他们面前,一张傻呆呆的脸,衣服又脏又破,既可怜又可笑。

"新郎溜号了,可是……她留下了,"马特维·叶戈罗维奇指着阿林娜对妻子叫道,他又笑得浑身乱抖。

阿林娜朝他扭过头去,绕过宿舍走了,往草原里走了。口哨声、叫喊声、笑声尾随她而去。

"行了!别闹了!"索菲娅·伊万诺夫娜喊道。"让她去清醒一下!还要她准备午饭呢。"

阿林娜往草原里走了,那儿在划归铁路用地的后面有一长条密实的麦田。她像一个心事重重的人走得很慢很慢。

"怎么样,怎么样?"马特维·叶戈罗维奇再三追问参加了这场闹剧的人们,他们彼此正在讲述有关那对新人一举一动的详情细节。人人大笑不止。而尼古拉·彼得罗维奇甚至合时宜地插进一小段 名言:

"笑那可笑之事,实非罪过也!"

---

① 按俄罗斯风俗,对新婚夫妇叫喊"苦啊",意思就是要求他们接吻。

他讲给索菲娅·伊万诺夫娜听，并煞有介事地补充道："笑得太多，于身体有害！"

那一天站上的人们笑得很多，可是午饭吃得很差，因为阿林娜没有回来做饭，午餐是站长夫人亲自下厨做的。一顿不大好的午餐破坏不了大家的好情绪。戈莫佐夫直到该他值班前都没有走出宿舍，他一出来便被叫到了办公室，在马特维·叶戈罗维奇和卢卡的大笑声中，由尼古拉·彼得罗维奇当场开始仔细盘问戈莫佐夫，要他交代他是怎样"勾引"他的美人儿的。

"就计谋的新奇而言，这可是头等罪过。"尼古拉·彼得罗维奇对站长说。

"是罪过。"举止稳重的扳道工苦笑着回答。他明白，如果他谈到阿林娜的时候能够巧妙地嘲讽她几句，那大家对他就会取笑得少些。于是他讲述道：

"开始她老是对我挤眉弄眼。"

"挤眉弄眼?！哈——哈——哈！尼古拉·彼得罗维奇，你只要想象一下，就她那张嘴脸对他挤眉弄眼该是个什么样子？妙不可言！"

"就是说，她挤眉弄眼，而我看见了，心里想，这可不行！后来，她说，那么想不想，她说，让我帮你缝补一下衬衫吧！"

"不过，'缝纫在那里并不重要'……"尼古拉·彼得罗维奇说完又向站长解释："您知道，这是涅克拉索夫写的诗《贫女与富女》当中的句子……季莫费，你接着往下说！"

于是季莫费继续往下说，开始还是在强迫自己说谎，后来慢慢地更带劲了，因为他发现谎话对他有利。

而此时，他所谈论的那个女人正躺在草原上。她走进麦海的深处，在那儿重重地扑倒在地上，一动不动地躺了很久。当太阳烤着她的背，灼热的阳光使她再也无法忍受时，她才翻过身来让胸部朝上，她用双手遮住脸，免得直视过分明亮的天空，在天空深处的太阳光太明亮了。

麦穗在这个被耻辱压垮了的女人周围发出枯燥的沙沙声，无数的蝉儿好操心地吱吱叫个不停。天气很热。她试着回想祷告词，但想不起来；那一张张笑成怪模怪样的面孔总在她眼前旋转，耳朵里还回响着卢卡的男高音、小号角的叫声和人们的笑声。由于这个原因或是天热的原因，她觉得胸口发紧，所以便解开了上衣的扣子，让阳光晒着自己的身子，希望这样能呼吸得畅快一些。太阳灼烤着她的皮肤，而她同时又感觉到一种像是发自体内的胃火在钻她的胸口。她连连用力吸气，口里不时念叨着：

"上帝啊！……饶恕我吧！……"

回答她的只有麦穗干巴巴的沙沙声和蝉儿的吱吱声。她抬起头来，从麦田上眺望，看见一片金黄色的起伏不止的麦浪，耸立在远离车站的山谷里的水塔的黑色排水管，还有车站建筑物的房顶。除此之外，在这片蔚蓝色的天穹覆盖下那辽阔的黄色原野上便一无所有了。这时阿林娜感到，只有她一个人在这大地上，她独自一人躺在大地的正中间，永远不会有任何人来分担她所承受的孤单——没有任何人，永远没有……

天擦黑时她听见有人喊她：

"阿林娜——啊！阿林——什卡！见——鬼！"

第一声是卢卡的声音，第二声是老兵在叫喊。她希望听到第三人的叫声，可是他没有呼喊她，这时她哭了，委屈的泪水顺着她那有麻点的脸颊很快地滚落到胸前。她哭着，用赤裸的胸脯在干燥温暖的地上摩擦。为了熄灭那团越发厉害地折磨着她的内火。她无声地哭着，强忍住呻吟，好像担心有人听见了将不允许她哭。

后来，当夜幕降临之后，她站了起来，慢慢地朝车站走去。

走到车站的房子跟前，她背靠在地窖的墙壁上，站在那里朝草原方向望了很久。一列列货车匆匆地来又匆匆地走了。她听见老兵对押车员怎样讲述她的丑事，押车员如何大笑不止。笑声远远地飘散在荒凉的草原上，那边只隐约地听得见金花鼠吱吱的尖叫声。

"上帝啊！饶恕我吧……"女人叹着气，紧靠在墙壁上。但叹气并不能减轻压在她心头的重负。

天快亮时，她小心翼翼地钻进了车站的阁楼，用她晾衣服的绳子挽了一个圈，就在阁楼上吊死了。

两天之后人们闻到了尸体的臭味找到了阿林娜。起初大家都吓坏了，后来便开始议论，谁是这件事的罪魁祸首。尼古拉·彼得罗维奇不容反驳地论证，罪人就是戈莫佐夫。因此站长塞了些钱给扳道工，严厉地吩咐他别声张。

当局来了人，进行了侦查。调查的结果是阿林娜患了忧郁症……叫修路工人们把她拉到草原上去埋了。这件事办完之后，车站上又是秩序井然，安宁平静。

车站的居民们继续过着一昼夜四分钟的生活，他们苦于烦闷、人烟稀少、无所事事和天气炎热，怀着艳羡的心情注视着列车一趟趟从他们身边飞驰而过。

……而到了冬季，暴风雪夹着怒吼声在草原上呼啸而过，把皑皑白雪和粗野的叫声抛洒在这小车站，车站居民们的生活就更加寂寞无聊了。

(1897 年)

二十六个和一个

张敬铭 译

我们是二十六个人,是二十六架被锁在潮湿地窖里的活机器。我们在地窖里揉面团,从早忙到晚,制作8字形面包和干面包圈。我们地窖的窗户安在一个事先挖好并砌上了砖块的洞口上,由于潮湿,砖块都发绿了。窗框的外面挡上了一层密实的铁丝网,所以阳光无法透过沾满粉尘的玻璃照射到我们的身上。我们老板用铁钉把窗户钉死了,怕的是我们将他的一小块面包送给乞丐和我们那些因失业而挨饿的伙伴们。我们老板说我们都是骗子,午餐不给我们吃肉,让我们吃发臭的下水。

我们生活在石头盒子里,既憋闷又拥挤,沉重而低矮的天花板满是乌黑的烟尘和蜘蛛网,厚实的墙壁上尽是一块块污渍和霉斑,待在这里我们觉得痛苦,感到恶心……我们早晨五点起床,还没有睡醒,一个个迷迷糊糊,心不在焉,六点钟就已经坐在桌旁做花形面包了,用的面团是我们睡觉时伙伴们为我们准备的。整日里从早晨到夜晚十点我们一拨人两手搓揉着有弹性的面团,一边摇晃着身子,以免肢体发僵,其他人此时用水搅拌面粉。蒸面包的锅里沸腾的开水成天价发出沉闷忧虑的声响,司炉的大铁铲恶狠狠地撞击着炉底,噪音刺耳,一块块蒸煮过的滑溜的黏面团便被扔在滚烫的砖块上了。从早到晚,炉子的一边在燃烧劈柴,红色火焰的反光在作坊的墙壁上颤抖,似乎是在无声地嘲笑我们。巨大的铁炉就像童话故事中怪物畸形的脑袋，它仿佛是从地底下伸了出来，张开充满火光的大口，朝我们喷吐着热气，用炉口上面两个黑洞洞的通气孔瞧着我们没完没了地干活。这两个深洞就像眼睛，是怪物的两只冷漠无情的眸子，它们老是用同样阴沉的目光瞧着，似乎已经厌倦于瞧这一群奴隶，因为在他们身上看不到一丝人的意味，所以便怀着睿智的冷漠而蔑视他们。

一天又一天，我们在面粉的粉尘和我们的双脚从外面带进来的污泥里，在极其室闷而难闻的空气中，搓揉面团做面包圈，把我们的汗水挥洒在上面，我们怀着强烈的憎恨敌视这项工作。我们从来不吃我们亲手制作出来的东西，宁愿吃黑面包，而不吃面包圈。我们九个人对着九个人，面面相对坐在长桌旁，长时间持续不断地机械地活动双手和手指，对我们所干的活计已如此习惯，因此从不注意自己的动作。而我们相互间已观察得如此仔细，以至我们熟悉每个伙伴脸上所有的皱纹。我们无话可谈，对此我们也习以为常，整天默然无语是我们的常态，只有吵架除外，因为总会有点事要骂人，尤其是骂伙伴。但即便是吵架也很少，假如人已变得麻木不仁、半死不活，他的全部感情都被沉重的劳动压扁了，他还能犯什么过错呢？沉默不语只对那些话已说完再也无话可说的人而言才是可怕和痛苦的，而对尚未开始讲话的人来说则是既简单又便当……我们有时唱歌，往往是这样开始唱起来的：工作当中有人忽然像一匹疲惫的马沉重地叹息一声，接着轻轻地哼起一支悠扬的曲子，它那哀怨委婉的旋律往往能减轻歌唱者心中的痛苦。我们当中有一人在唱，开始我们默默地听着他孤单的歌声，这歌声在地窖里沉重的房顶下面时而消失时而响起，像秋夜里潮湿的草原上小小的篝火，灰色的天穹像铅铸的顶棚笼罩在大地上，然后又一个声音附和着歌手唱了起来，这时在我们这个狭窄、沉闷的地洞里便有两个声音轻缓而忧郁地飘荡着。蓦然间几个声音同时加入合唱，歌声便像波涛一样翻滚起来，越唱越加强劲，越唱越发响亮，似乎要把我们这座石头牢笼那潮湿、沉重的墙壁推倒。

二十六个人同声歌唱，洪亮和谐的歌声响彻整个作坊，歌声在这里感到拥挤，它撞击着墙壁上的石头，如诉如泣，它使心儿苏醒过来，觉得一阵轻微的隐痛，它触碰到心中的旧伤，勾起一腔愁绪……歌手们重重地叹息着。有人忽地停止了歌唱，久久地倾听伙伴们的歌声，然后又将自己的声音汇入大家的声浪之中。有人忧郁地大喊一声："嘿!"重又闭上眼睛唱歌，或许，这浑厚而宽广的声浪为他展现出一条阳光灿烂的道路，通往远方的某个地方，而他看见自己正走在这条宽阔的道路上……

炉中的火焰不停地颤抖，司炉的铁铲持续地碰撞着炉砖发出沙沙的声响，锅里的水咕嘟不止，火苗在墙上的反光依旧在抖动，无声地笑着……而我们借用别人的语汇唱出了自己的隐痛，一群得不到阳光的活人们的悲苦，一群奴隶的悲苦。我们二十六个人就这样生活在一幢石砌的大房子的地窖里。我们生活得如此压抑，似乎这幢三层高的房子就直接建筑在我们的肩膀上……

不过，除了唱歌，我们还有某种美好的东西，我们心爱的东西，也许，对我们来说，就是它代替了太阳。在我们这幢房子的第二层有一个金绣坊，那儿有许多姑娘都是绣花能手，她们当中有一个十六岁的侍女丹娘。前厅开了一扇门通往我们作坊，每天早上丹娘总要把她那张玫瑰色的小脸蛋贴在门窗的玻璃上，一双蓝色的眼睛闪耀着快活的光芒，用柔和的嗓音对我们响亮地喊道：

"囚犯们，给些面包呀！"

听到这爽朗的声音，我们大家都高兴地转过身来，善意地瞧着她那张纯洁的、对我们甜笑着的少女的脸。看到她贴压在窗玻璃上的扁平鼻子，张开鲜嫩的红唇微笑着，露出一口整齐精巧的白瓷牙，我们感到很愉快。大家抢着跑去为她开门，她的神情是那样活泼可爱,她从我们跟前走过,提起围裙的前摆,微歪着小脑袋站在我们面前,始终是满面含笑,又粗又长的栗色发辫从肩上垂下来搭在胸前。我们这些肮脏丑陋的粗人从下往上瞧着她,因为门槛比地面高出四个台阶。我们仰起头来看她,问声早上好,我们还要跟她说几句专门为她而说的特别的话。跟她说话,我们的嗓门柔和一些,开的玩笑也轻松一些。我们对待她的一切都是特别的。司炉从炉中铲出一铁铲焦黄新鲜的花形面包,灵巧地扔进丹娘的围裙里。

"当心,别让老板撞见了!"我们提醒她。她狡猾地一笑,高兴地对我们喊道:

"再见!囚犯们!"然后就像只小老鼠似的一溜烟跑了。

只是……在她走后,我们彼此还要谈论她很久,不过谈的内容和昨天以及先前都是相同的,因为她同我们以及我们周围的一切也都和昨天与先前毫无二致……如果一个人活着,而他周围的环境全无变化,这是非常难受和痛苦的,即使他的心灵没有受到致命的打击,可是他活得越久,环境的一成不变将会使他越发痛苦……我们常常谈论女人,那种不堪入耳的无耻的言语连我们自己听起来都觉得反感。这是可以理解的,因为我们所熟悉的女人也许就不配用别的语言。但是对丹娘,我们从来不说污言秽语。我们当中,不仅谁都不许自己用手碰她一下,而且她甚至从没有听到过我们随心所欲地乱开玩笑。这可能是由于她和我们待在一起的时间不长,她像从天而降的一颗星星,在我们眼中一闪便消失了,也许是因为她身材娇小,并且非常漂亮,而一切美好的东西总能激发起对它的崇敬,即或是粗人也莫不如此。还有一点,我们这种苦役犯似的劳动已使我们变成了迟钝的阉牛,但我们毕竟还是人,而所有活着的人就不能不崇拜一种事物,不论它是什么。比她更好的人我们身边没有,除了她,没有人注意我们这些住在地窖里的人,没有人,尽管这幢房子里住了几十个人。说到底,想必这是主要的一点,那就是我们大家都认为她是属于我们的，她是靠我们的面包圈才得以生存的。我们认定为她提供热面包圈是自己的责任，这是我们每天对偶像的奉献，这件事差不多成了神圣的仪式。我们对她的系念与日俱增，除了面包圈，我们还常给丹娘提许多劝告，诸如穿暖和些啦，上下楼梯别跑得太快啦，不要提太重的劈柴捆啦。她总是含笑听着我们的劝告，报以一连串的笑声，但从来不肯照办，不过我们并不因此生气，我们只是要表示我们在关心她。

她经常向我们提出各种要求，请我们帮她打开那扇通往地窖的沉重的门，帮她劈劈柴，我们高兴地，甚至怀着某种自豪感按照她的心愿为她干这干那。

但是有一次我们的一个伙伴请她缝补一下他唯一的衬衫，她轻蔑地哼了一声，说道：

"要我补吗，亏你想得出！……"

我们把那怪人狠狠地嘲笑了一番，此后再没有求她做过什么事。我们爱她，仅此就说明了一切。人往往愿意把自己的爱放在什么人的身上，尽管这爱有时让他难受，有时让他蒙羞，他的爱也许会使亲近的人送命，这原因就在于他虽然是爱，但却并不尊重所爱的人。我们非爱丹娘不可，因为除了她就再也无人可爱了。

有时我们当中忽然有人不知怎的发起议论来了：

"我们为什么娇宠这小丫头？她有什么？呃？她使唤起我们来够狠的！"

我们会立即粗鲁地制止胆敢这样说话的人，因为我们必须有所爱，我们找到了并爱着我们的所爱。对每个人来说，我们二十六个人的所爱应该如同圣洁的珍宝，是不可动摇的，在这件事上谁要反对我们，那他就是我们的敌人。也许我们所爱的对象实际上并不好，但我们是二十六个人，因此我们总希望对我们来说是珍贵的，在别人看来也是神圣的。

我们爱得深沉，我们恨得也同样深沉……也许，正因如此，有些傲慢的人断言，我们的恨比爱来得更狡猾……不过，倘若果真是这样，那他们为什么不避开我们呢？

除了面包圈作坊，我们老板还有一个面包房，也在这所房子里，和我们的洞穴只有一墙之隔。有四个面包师，他们与我们保持距离，认为他们的活计比我们的干净，因此认为自己比我们强，他们不到我们的作坊里来，在外面遇见我们时，对我们采取轻慢的嘲笑态度。我们也不去他们那里。老板不许我们去，因为怕我们偷奶油鸡蛋面包。我们由于嫉妒而不喜欢这些面包师傅。他们的工作比我们轻松，收入却比我们多，他们的伙食也比较好，他们的作坊宽敞、明亮，他们一个个都是那样干净、健康，令我们反感。而我们人人面色灰黄，我们有三个人得了梅毒，有几个人生疥疮，有一人因患关节炎而变得弓腰驼背。每逢节假日，他们穿上西服上衣，皮靴咯吱作响，他们还有两人有手风琴，他们全体都逛过城市公园。可我们身上穿得又脏又破，脚上不是破烂鞋子就是草鞋，警察不许我们走进公园。那我们还可能喜欢他们吗？

有一次我们得知，他们的司炉开始酗酒了，老板辞退了他，另外雇了个人，而此人是个大兵，他身穿绸缎坎肩，挂着带金链条的怀表。我们出于好奇很想见识一下这位花花公子，所以时不时、一个接一个地跑到室外，希望能够看见他。

可他倒是自己跑到我们作坊来了。他朝门上踹了一脚，踢开了门，就把门敞着，他站在门槛上，笑着对我们说：

"上帝保佑！好哇，伙计们！"

寒气扑进门来，一团团浓密的雾气在他的腿旁翻滚，他站在门槛上自上而下瞧着我们，一排大黄牙在他那淡黄的、卷得很利落的唇髭下面闪闪发亮。他穿的背心真的很别致，蓝底上绣了花，看起来非常耀眼，背心上的扣子是用一种红色的玉石做的，而表链也……

他很漂亮，高高的个头，体格健壮，面色红润，一双大眼睛炯炯有神，看起人来很亲切，开朗，讨人喜欢。他脑袋上戴了一顶浆得挺挺的白色尖顶帽子，身上的围裙干干净净、绝无污渍，围裙下面露出一双锃亮的尖头时髦皮靴。

我们的司炉客气地请他把门关上，他不慌不忙地关了门，然后开始向我们详细打听有关老板的情况，我们七嘴八舌地抢先告诉他说，我们老板是个骗子、恶棍、混蛋、魔鬼。关于老板，一切可以说应该说的都说了，但在这儿不能全都写出来。大兵注意地细听，抖动着小胡子，用亲切开朗的目光望着我们。

"你们这儿姑娘们挺多的……"他忽然说。

我们当中有人礼貌地笑了笑，有几个挤眉弄眼做出一副甜甜的怪相，有人明确地告诉他这儿有九个姑娘。

"你们不跟她们快活快活？"他挤挤眼问道。

我们又笑了，笑声不很响，有些难为情……我们当中不少人很想显示一下，让大兵觉得他们和他一样也是敢作敢为的棒小伙子，但这种事谁都不会做，也没有人做得到。有个人承认了这一点，他低声说道：

"哪有我们的份……"

"嗯，这事对你们来说是不容易！"大兵注视着我们信心十足地说："你们似乎……缺点什么……你们那个……缺少耐心、庄重的派头，也就是外表！可女人——她就喜欢人的外表，她想要有模有样的身段，什么都得周周正正，而且她还尊重气力……胳膊得像这样！"

大兵从衣袋里伸出手来，挽起衣袖、裸到肘部的左臂给我们看，他那强健的胳膊皮肤白皙，长满了亮泽的金色汗毛。

"腿，胸部——一切都要坚强有力……还有，穿的衣服也得讲究式样……要合乎美的标准……你们瞧，女人们都喜欢我，用不着我叫,我也不招引,她们自己就三五成群地马上跑来勾住我的脖子……"

他坐在面粉袋上,给我们讲女人们多么爱他以及他和她们交往多么大胆,讲了很久。后来他走了,门吱的一声在他身后关上了,我们沉默了好一阵子,思索着他和他讲的故事。然后大家不知怎的忽然一下子议论开了,言谈话语表明我们大家都很喜欢他。这个人那么淳朴、可爱,他来到这儿,跟我们坐一会儿,聊聊天,没有人上我们这儿来,谁也没有这样友好地和我们聊天……因此我们后来总谈起他,谈到他对金绣女工们将会取得的成功,可她们在院子里遇到我们时,不是气鼓鼓地紧闭着嘴唇绕开我们走过去,就是旁若无人地直冲我们走来,好像路上根本就没有我们这些人。我们通常只能在院子里或趁她们从窗旁走过的时候欣赏她们:冬天她们穿戴着各种别致的皮衣皮帽,夏天则在草帽上缀着鲜花,手里拿着五颜六色的小阳伞。至于我们彼此间谈论这些姑娘们的言语,若是她们听到了,她们肯定会因为羞辱气得发狂。

"不过,他不会把丹涅什卡……给糟蹋了吧!"司炉忽然担忧地说。

这句话使我们心中一惊,大家都不吭声了。不知怎的我们把丹娘给忘了。那大兵似乎用他高大漂亮的身躯把我们和她隔开了。接着开始了一场热烈的争论。有人说丹娘不至于做这种事,一些人断定丹娘抗拒不了他,其他人最后提出,假如大兵纠缠丹娘,便打断他的肋骨。结果大家决定密切关注大兵和丹娘,并要警告姑娘,让她提防他……以此结束了这场争论。

过了个把月,这期间大兵烤他的面包,跟金绣女工们厮混,也常来我们作坊,不过没有再跟我们吹嘘他在姑娘们身上取得的成功,而是不停地捻着他的小胡子并津津有味地舔自己的嘴唇。

丹娘每天早上照常来要面包圈,一如既往的活泼可爱,对我们也很亲热。我们曾试探着跟她谈论那个大兵,她用"鼓眼睛的牛犊子"和其他可笑的诨号称呼他,我们因而放心了。看到金绣女工们黏着那大兵,我们便为我们的丹娘感到骄傲。她对大兵的态度使我们大家感到振奋,似乎受她的态度所左右,我们自己也开始以轻慢的态度对待大兵。对丹娘则更加喜欢了,每天早上更加高兴和友爱地迎接她。

可是有一天,喝得微醉的大兵来我们这儿,坐下来就嘻嘻地笑了,我们问他笑什么,他解释说:

"她们为了我打起来了……莉吉卡和格鲁什卡……她们想把对方打成残废吧,呃?哈——哈!一个揪住另一个的头发,把她按在过道的地板上,还骑在她身上……哈——哈——哈!把脸抓烂了,衣服撕破了……真可乐!这些女人怎么就不肯老老实实地打?她们为什么乱撕乱抓呀?呃?"

他坐在一条长凳上,体格健壮,身上干干净净,满心眼高兴,坐在那儿不停地哈哈大笑,我们一声不响,这一次不知为什么他叫人讨厌。

"我在女人身上运气真好,对不对?太有趣了!眨眨眼睛,她就准备好了!活见鬼!"

他那双白白净净汗毛闪亮的手举起来,又落在膝盖上,响亮地在膝上拍打了一下。他用一种愉快而又惊奇的目光看着我们,好像他真弄不懂在对付女人的事情上他为什么那么幸运。他那张肥嘟嘟红扑扑的脸蛋一副自满自得的神情,幸福得油光闪亮,他还在不住地有滋有味地舔着嘴唇。

我们的司炉生气地用铁铲在炉灶里用力砰地一铲,忽然用嘲笑的口吻说:

"弄到几棵小杉树不算真本事,你试试弄倒一棵松树……"

"那么,你这话是讲给我听的?"大兵问道。

"是讲给你听的……"

"怎么回事?"

"没什么……没事了!"

"不,你等等!你指的是什么?什么松树?"

我们的司炉没有回答,只顾在炉子里飞快地挥舞铁铲干他的活:把煮好的面包圈扔进炉子里,把烤熟了的铲起来,噼啪作响地扔在地板上,扔到把面包穿在麻线上的几个小伙计们身前。他似乎已经忘记了那个大兵以及他们的对话。可那大兵却好像变得心绪不宁了。他站了起来,朝炉前走去,也不管那龙飞凤舞般挥动着的铁铲会碰到他的胸部。

"不行,你得告诉我,她是谁?你委屈我了……我是谁?没有一个女人能从我手里逃脱,逃不掉!可你对我说的话真气人……"

他确实像是真生气了。也许,除了会和女人周旋之外,他也没有什么可尊敬自己的了,除了这点能耐,他身上可能没有任何活力,只有这点能耐才让他感到自己是个活人。

有一些人,他们生活中最珍贵和最美妙的东西便是他们的心灵和身体上的疾病;他们终生带着这疾患,而且靠它活着,因患病而痛苦,借口有病而保养自己,他们向别人抱怨有病,以此来引起人家的注意,用这个办法取得人们对他的同情,舍此他们便一无所有。倘若去掉他们身上的病,把他们给治好了,他们便会感到不幸,因为失去了唯一的生活手段,那他们便成了虚空。有时人的生活贫乏到这步田地,乃至他不由得必须珍爱自己的毛病,并以此为生,可以说,人们常常因为烦闷而变得行为不检。

大兵生气了,缠住我们的司炉不放,大声吼道:

"不行,你得告诉我是谁。"

"说吗?"司炉忽然转过身来反问道。

"怎么?"

"认识丹娘吗?"

"呶?"

"就是她!你试试看……"

"我?"

"正是你!"

"是她?这对我来说——呀呸!"

"我们等着瞧!"

"你会瞧见的!哈——哈!"

"她会把你……"

"一个月为期!"

"这回你可成了吹牛大王了,当兵的!"

"两个星期!我要叫你们看看,她是什么样的?丹恩卡!呀呸!"

"走你的吧,我跟你说呢!"

我们的司炉忽然怒气冲冲,猛地把铁铲一挥,大兵吃惊地从他身边往后退了一步,看看我们,沉默了一会儿,然后不怀好意地低声说道:"很好!"说完便走出了作坊。

在他们争论时,我们大家虽然都非常关注此事,但没有人说话。等大兵一走,我们便吵吵嚷嚷地十分热闹地说了起来。有人对司炉大声喊道:

"你不该挑动这件事,巴维尔!"

"干你的活儿,懂得什么!"司炉恶狠狠地回答。

我们感到士兵被触到了要害,丹娘面临危险。我们预感到这一点,但同时为一种强烈的好奇心所左右,觉得十分兴奋,将会发生什么事呢?丹娘抗拒得了大兵的诱惑吗?大家几乎一致满怀信心地叫道:

"丹恩卡?她顶得住!凭两只空手逮住她,没门!"

我们渴望检验一下我们这位女神的意志力。我们一个心眼想要彼此证明，我们的女神是坚强的，在这次角逐中能成为胜利者；以致最后我们觉得对大兵挑逗得还不够劲，他可能忘记了这场争论，我们应该努力刺激他的自尊心。从这天起，我们开始过着一种特别关注的精神生活，这种情况以前还不曾有过。我们成天地互相争辩，好像大家都变聪明了，话说得比较多，也比较会说话了。我们觉得我们似乎是在和魔鬼打赌，我们这边的赌注便是丹娘。当我们从别的面包师傅那里打听到，大兵开始"猛攻我们的丹恩卡"，我们心里痛快极了，日子过得那么带劲，甚至没有发现老板利用我们的兴奋劲头一昼夜增加了十四普特面团的活计。我们似乎连干活都不觉得累了。丹娘的名字整天不离我们的嘴。每天早上我们都怀着一种特别焦急的心情等待她。有时我们觉得，她走进我们的作坊，但人已经不是她了，不是原先那个丹娘，而是另一个人。

而我们压根儿不对她提到曾经发生的那场争论，也不跟她打听什么，对她一如既往地亲切、友好。但在这种态度下，已隐隐地生出一种和我们先前对待她的感情有所不同的新东西，那就是强烈的好奇心，它像一把锋利而冷酷的钢刀……

"弟兄们，今天到期限了！"一天早上，司炉即将开始干活的时候说道。

不用他提醒，我们心里也非常清楚，但仍然不免吃了一惊。

"注意瞧瞧她……马上她就要来了！"司炉提出了建议。

有人惋惜地叫道："凭眼睛难道能看出什么来！"

于是我们相互间又展开了一场活跃热烈的争论。我们今天就会得知我们将一切美好的东西置放其中的器皿究竟洁净到什么程度，它能否拒污秽而不染。这天早晨，我们好像头一回猛然感觉到我们确头是在进行一场大赌博，这次对我们的女神的纯洁性所进行的考验有可能在我们的心目中把她给毁了。这些日子以来，我们听说大兵坚持不懈地追求丹娘，但不知为什么，我们当中谁也不问丹娘，她对那大兵态度如何。她每天早上依旧按时来我们这儿要面包圈，模样和神情仍然和往常一样。

而这天早晨我们很快就听见了她的声音：

"囚犯们！我来了……"

我们手忙脚乱地让她进来了，可是她进来后，我们却一反常态以沉默来迎接她。我们睁大眼睛瞧着她，不知该跟她说什么问什么。我们这阴沉沉的一群默然站在她面前。显然她对这不寻常的迎接觉得吃惊。忽然，她变得心烦意乱、脸色苍白，她似乎站立不稳，压低嗓门问道：

"你们这是……怎么啦？"

"你呢？"司炉目不转睛地盯着她，忧郁地给她说了两个字。

"怎么啦，我？"

"没，没什么……"

"喂，快点把面包圈给我……"

以前她从来没有催过我们……

"来得及！"司炉不动声色地说，目光始终没有离开她的脸。

于是她蓦地扭转身子跑出去。

司炉抓起铁铲转身朝炉前走去，平心静气地说道：

"就是说——他成功了！……嘿，这个大兵……下流坯！……"

我们像一群绵羊互相碰撞着朝桌旁走去，默默地坐下来，开始无精打采地干活。过了一会儿，有个人说：

"也许，还……"

"嗯，嗯，说啊！"司炉叫道。

我们大家都明白，司炉是个聪明人，比我们更有智慧，他这一声嚷嚷，我们便晓得那大兵肯定是赢了……我们都感到忧郁和烦躁起来……

十二点，吃午饭的时候，大兵来了，他像往常一样直视我们的眼睛，而我们瞧着他心里倒不大自在了。

"那么，可敬的先生们，想让我表现一下大兵的功勋吗？"他露出傲慢的笑容说。"你们都到过道那儿去，就从墙上的缝隙里瞧吧……明白了吗？"

我们跑了出去，互相拱肩搭背地紧贴在过道上那堵面向院子的木板墙的缝隙旁边。等的时间不长……很快，丹娘便心事重重，步子急促地从院子里走过去，连蹦带跳地绕过一摊摊融雪和烂泥水洼地。她走进了通地窖的那扇门。接着大兵吹着口哨也不慌不忙地进去了。他两只手插在衣兜里，胡子轻微地抖动着……

那是个下雨天，我们看见雨水滴落在水洼里，水洼在雨滴的敲打下漾起了波纹。那是个灰暗而潮湿的日子，一个百无聊赖的日子。屋顶上还有积雪，地面上露出了一块块发暗的烂泥。房顶上的白雪也蒙上了一层肮脏的褐色。雨淅淅沥沥地下着，如诉如泣。我们觉得身上发冷，很不愉快地等待着………

先是大兵从地窖里走出来，他在院子里慢慢地迈步，抖动着小胡子，两只手插在口袋里，仍旧是往常那幅模样。

随后丹娘也走了出来。她的眼睛……她的眼睛闪耀出快活和幸福的光芒，嘴角含笑，她摇摇晃晃，步子不稳，像是在梦中走路……

对这件事，我们无法心平气和地忍受。我们大家一下子冲到门口，跑到院子里，打着呼哨，恶狠狠地对她粗野地大喊大叫。

她看见我们之后浑身哆嗦了一下，直挺挺地站住不动了，脚踩在一堆烂泥里。我们幸灾乐祸地围着她，用猥亵的言语肆无忌惮地辱骂她，对她讲些下流无耻的话。

我们这样做的时候声音不高，不紧不慢，因为我们看到她无路可走，被我们围住了，我们可以尽情地嘲笑她。不知为什么我们没有打她。她站在我们中间，脑袋忽左忽右地转来转去，听凭我们对她百般污辱，而我们却更加拼命地往她身上泼脏水，施放我们的语言的毒汁。

她面颊上的红晕消失了。她那双蓝色的、一分钟之前还是幸福的眼睛睁得老大，胸部剧烈地起伏不停，嘴唇也微微地发抖。

我们围着她进行报复，因为她把我们洗劫一空了。她原是属于我们的，我们把我们最美好的东西投放在她身上，虽说这美好的东西只不过是乞丐的一点残渣。然而，我们毕竟是二十六个，而她只是一个，所以我们给她的痛苦无论如何抵销不了她的过错！我们是怎样恶毒地羞辱她啊！……她一直默不作声，始终用疯狂的眼神瞧着我们，她浑身发抖。

我们又笑又叫，痛哭着……不知从哪里又跑过来一群人……我们当中有人拽了一下丹娘的衣袖……

忽然，她的眼睛一亮，从容不迫地把手举到头上，整理了一下头发，平静地直冲着我们的脸大声说道："嘿！你们这些不幸的囚徒！"

于是她照直地朝我们走来，旁若无人，似乎她面前没有我们这些人，好像我们没有挡住她的路。这样，我们真的就没有人留在她的路上了。

走出我们的包围圈之后，她没有朝我们扭转身来，依旧大声地、骄傲并轻蔑地说道：

"哼！你们这些畜生……混蛋……"

然后，漂亮而傲慢的她，把身子挺得笔直地走了。

而我们依旧留在院子中间，站在污泥里，淋着雨，呆立在没有阳光的灰色天空下……

后来我们默默地回到我们那个潮湿的石洞中，和从前一样，阳光从未曾照射到我们的窗户，而丹娘从此再没有来过。

(1898年)

海燕之歌

张敬铭　译

在灰蒙蒙的苍茫大海的上面，风集卷着乌云，海燕在乌云和大海之间昂然自得地飞掠而过，像一道黑色的闪电。

它时而翅膀擦过浪尖，时而如利剑刺入云层，它在喊叫，而——乌云在鸟儿无所畏惧的叫声中听到了欢乐。

在这叫声中——有对暴风雨的渴望！乌云在这叫声中听到了愤怒的力量、热情的火焰和必胜的信念。

海鸥面对即将来临的暴风雨，不停地呻吟，在海面上慌忙奔窜，准备把它们对暴风雨的恐惧藏入海底。

而潜鸟也在不住地呻吟，它们，这些潜鸟，不懂得生的搏斗是一种享受：隆隆的雷声令它们胆战心惊。

愚蠢、肥胖的企鹅胆怯地藏身于悬崖之下……只有骄傲的海燕，在翻滚着白色泡沫的大海上面，勇猛地、自由自在地翱翔。

乌云愈加阴暗，愈来愈低地紧逼海面，而海浪歌唱着，冲向高处去迎接雷鸣。

雷声轰鸣，海浪在激愤的泡沫中怒吼，它在同风儿争论，这时风牢牢地拘住了一大团海浪，凶猛地把它们抛摔在悬崖上，把大块的翡翠摔成了尘埃和飞沫。

海燕呼喊着，像黑色的闪电一掠而过，如利剑穿透乌云，翅膀上洒下了海浪的水沫。

看吧,它在飞舞,像一只神鸟,傲岸的神鸟,暴风雨的黑色神鸟——它在笑,同时又在号叫,它笑那乌云,它因欢乐而号叫!

它——这敏感的神鸟——在雷声的狂怒之中早已听出了倦怠,他深信,乌云遮不住太阳,是的,遮不住的!

风在吼……雷声震耳……

一团团乌云,像蓝色的火焰,在深不可测的大海上空燃烧。大海抓住闪电的锋芒,将它们熄灭在自己的深渊里。闪电的光芒,宛如一条条火蛇,在海上蜿蜒,旋即消失得无影无踪。

"暴风雨,暴风雨快来临了!"

这是无畏的海燕,昂然自得地飞掠在闪电和怒吼的大海之间。这位胜利的预言家叫道:

"让暴风雨来得更加猛烈吧!……"

(1901年)

人

(散文诗)

张敬铭　译

一

……每当我心力交瘁的时刻,那如烟的往事便在我的记忆中浮现,使我不禁心灰意冷,而我的思想则有如秋天冷漠无情的太阳,照耀着混乱不堪的尘寰,在杂乱无章的尘世上空不祥地盘旋,无力继续上升,更无力向前飞翔。每当我处于这心力交瘁的艰难时刻,我总要把人的雄伟形象呼唤到我面前。

人啊!我胸中仿佛升起一轮太阳,人就在这耀眼的阳光中从容不迫地迈步向前!不断向上!悲剧般完美的人啊!

我看见他高傲的前额、豪放而深邃的目光,眸子里闪耀着大无畏的思想光辉,雄伟的力的光辉,这力量能在人们疲惫颓唐的时刻创造神灵,又能在人们精神振奋的时代把神灵推翻。

他置身在荒凉的宇宙之中,独自站立在那以不可企及的速度向无垠空间的深处疾驰而去的一块土地上,苦苦地琢磨着一个令人痛苦的问题:"我为什么存在?"——他英勇地迈步向前!不断向上!——要把沿途遇到的人间和天上的一切奥秘通通揭开。

他一面前进,一面用心血浇灌他那艰难、孤独而又豪迈的征途，用胸中灼热的鲜血创造出永不凋谢的诗歌的花朵，他巧妙地把发自不安的心灵中的苦闷呼声谱成乐曲，他根据自身的经验创造科学，每走一步都要把人生装点得更加美好，就像太阳那样，慷慨地把大地普照。他不停地运动，不断向上，迈步向前！他是大地上一颗指路的明星……

他凭借的只是思想的力量，这思想时而迅如闪电，时而静若寒剑，——自由而高傲的人远远地走在众人的前面，高踞于生活之上，独自置身在生活之谜当中，独自陷入不可胜数的谬误之间……这一切都像磐石一般压在他高傲的心头，伤害他的心灵，折磨他的大脑，使他感到羞愧难当，呼唤他去把一切谬误消灭光。

他在前进！种种本能在他的胸中喧嚣；自尊心令人讨厌地发着牢骚，像厚颜无耻的叫花子在乞讨，七情六欲像藤葛一般把心儿紧紧缠绕，吸吮他的热血，大声要求向它们的力量让步……喜怒哀乐都想控制他；一切都渴望成为他的灵魂的主宰。

形形色色的生活琐事犹如路上的污泥，又像丑恶的癞蛤蟆，横挡在他前进的道路上。

就像一颗颗的行星围绕着太阳，人的创造精神的各种产物也把他层层围绕：他的爱情永远不知餍足，友谊步履蹒跚，远远跟在他的身后，希望疲倦地走在他的前面；而那满脸怒容的憎恨，它手上那副忍耐的镣铐正在叮当作响，可是信仰正用乌黑的眸子凝视他焦虑不安的面庞，等待他投入自己宁静的怀抱……

他了解自己这一群可悲的侍从——他的创造精神的各种产物都是畸形的、不完善的、蹩脚的。

它们穿着旧真理的破衣烂衫，被种种偏见的毒药所戕害，怀着敌意跟在思想的后面，总也赶不上思想的飞跃，就像乌鸦追不上雄鹰的翱翔。它们同思想争论着谁该领先，却很难同思想融成一股富有创造力的熊熊火焰。

这儿还有人的一个永恒的旅伴,那无声无息而又神秘莫测的死亡,它时刻准备亲吻他那颗炽热地渴望生活的心。

他了解自己这一群永生的侍从,最后,他还了解一个产物——疯狂……

长了翅膀的疯狂像一股强大的旋风,它用充满敌意的目光注视着人,竭力鼓动思想,硬要拖她去参加它野蛮的舞蹈……

只有思想是人的女友,他唯独同她永不分手,只有思想的光焰才能照亮他路上遇到的障碍,揭示人生的谜,揭开大自然的重重奥秘,解除他心中漆黑一团的混乱。

思想是人的自由的女友,她到处用锐敏的目光观察一切,并毫不容情地阐明一切:

"爱情在玩弄狡猾庸俗的诡计,一心想占有自己的情人,总在设法贬低别人并委屈自己,而在她背后却藏着一张充满肉欲的肮脏面孔;

"希望是怯弱无力的,而躲在她后面的是她的亲姊妹——谎言;谎言身着盛装,打扮得花枝招展,时刻准备用花言巧语去安慰并欺骗所有的人。"

思想在友谊那颗脆弱的心里看到它的谨小慎微、它的冷酷而空虚的好奇心,还看到嫉妒心腐朽的斑点,以及从那里滋生出来的诽谤的萌芽。

思想看到凶恶的憎恨的力量,她明白,如果摘下憎恨所戴的手铐,它将毁灭世上的一切,甚至不放过正义的幼芽。

思想发现呆板的信仰拼命地攫取无限的权力,以便奴役一切感情,它暗藏着一双无恶不作的利爪,它沉重的双翼软弱无力,它空虚的眼睛视而不见。

思想还要同死亡搏斗:思想把动物造就成为人,创造了神灵,创造了哲学体系以及揭示世界之谜的钥匙——科学,自由而不朽的思想憎恶并敌视死亡——这毫无用处却往往那么愚昧而残暴的力量。

死亡对于思想就像一个捡破烂的女人,她徘徊在房前屋后、墙角路旁,把破旧、腐烂、无用的废物收进她那龌龊的口袋,有时也厚颜无耻地偷窃健康而结实的东西。

死亡散发着腐烂的臭气,裹着令人恐惧的盖尸布,冷漠无情、没有个性、难以捉摸,永远像一个严峻而凶恶的谜站立在人的面前,思想不无妒意地研究着她。那善于创造、像太阳一样明亮的思想,充满了狂人般的胆量,她骄傲地意识到自己将永垂不朽……

斗志昂扬的人就这样迈开大步,穿过人生之谜构成的骇人的黑雾,迈步向前!不断向上!永远向前!不断向上!

二

他疲倦了,步履艰难,不断呻吟;惊恐的心在寻求信仰,并大声乞求爱情给他以温柔的爱抚。

而软弱所孵育的三只鸟儿——沮丧、绝望和忧愁,这三只凶恶而丑陋的鸟儿,围绕着他的心灵不祥地盘旋,总在那儿忧郁地对他歌唱。歌中唱道,他是一只渺小的甲虫,他的认识有限,思想软弱无力,神圣不可侵犯的骄傲也滑稽可笑,而且不论他干什么,他终究要死亡!

听到这支虚伪而恶毒的歌曲,他那颗破碎的心不停地颤抖;疑虑像针似的刺痛了他的头脑,屈辱的泪珠在眼眶里闪耀……

倘若他内心的骄傲不被激怒,人就会被死亡的威吓逼进信仰的监牢,爱情将含着胜利的微笑,引诱他投入自己的怀抱,向他高声许诺幸福,为的是掩饰自己无法获得自由的悲哀和那贪婪专横的肉欲……

怯懦的希望与谎言结成盟友，对他歌颂宁静之乐，说什么息事宁人就能安享太平。它们用甜言蜜语为昏昏欲睡的灵魂催眠，把他推入甜蜜的懒惰的泥潭，让他落入懒惰的女儿——苦闷的魔爪。

由于种种浅薄的感情的影响，他急忙把下流无耻的谎言的甜蜜毒药塞满自己的大脑和心田。谎言公然教训他，说什么人除了像牲畜一样搭一个安乐窝，再没有别的出路。

但是思想是骄傲的，人对于他是珍贵的，——于是她同谎言展开了一场恶战，而战场就在人的心上。

思想像冤家对头那样追逐着人，像蛀虫那样不知疲倦地蚕食他的头脑；像干旱那样把他的心田变为一片荒漠，又像刽子手那样将他拷打。思想对于真理的渴念，用对于严峻而睿智的生活真理的渴念，作为振奋精神的清凉剂，不讲情面地把他的心儿抓紧。那真理的成长虽然缓慢，但透过一片昏暗的迷雾却清晰可见，像一朵思想培育出来的火红的小花。

但是，倘若人已经被谎言毒害得不可救药，并忧郁地相信，世上最高的幸福莫过于脑满肠肥，最高的享受莫过于饱食终日、无所用心、坐享人间安乐，那么思想将悲哀地垂下翅膀，成为欣喜若狂的感情的俘虏，昏昏欲睡，让人听凭他的心去拨弄。

腐朽的庸俗，下贱的苦闷的女儿，犹如传播瘟疫的云雾，从四面八方朝人袭来，用刺鼻的灰色尘埃把他的头脑、心和眼睛蒙住。

倘若没有骄傲和思想，人将不成其为人，他自身的弱点会使他蜕化为禽兽……

但是，一旦怒火中烧，把思想唤醒，人就会独自穿过有如荆棘丛生的累累错误，只身冲进灼人的多如星火的疑虑，踏着旧真理的瓦砾，继续前进！

庄严、高傲、自由的人，勇敢地正视真理，对自己的怀疑说道：

"你说我软弱无力,认识有限,这是一派胡言!我的认识在发展!我知道、看见并感觉到认识在我身上发展!我根据痛苦的轻重程度去探测我的认识的增长,如果认识没有增长,我就不会比从前更感到痛苦……

"但是,我每前进一步,我的需求就更多,感受更多,我的见识也越加深广,我的愿望的迅速增长,意味着我的认识在健康成长!现在我的认识好比点点星火,那又算得了什么?点点星火可以燎原!将来,我就是照彻黑暗宇宙的熊熊烈焰!而我的使命就是要照亮整个世界,熔化世上无数的神秘之谜,达到我和世界之间的和谐,创造我自己内心的和谐。我要把人间照亮,而人间生活乌七八糟、痛苦万状,布满了不幸、屈辱、痛苦和怨恨,犹如布满了疥疮,我要把人间一切可恶的垃圾统统扫进往日的墓穴!

"各种谬误与过错,犹如一条条绳索,把惊慌失措的人们拴在一起,把他们变成了鲜血淋漓、令人厌恶、互相吞食的一群野兽,我的使命就是要解开这些绳索!

"思想创造了我,为的是掀翻、摧毁、踏碎一切陈腐、狭隘、肮脏和丑恶的东西,在思想锻造出来的自由、美好以及对人的尊重的坚固基础上,创造新的一切!

"我是苟且偷安无所作为的死敌,我要让每个人都成为大写的人!

"一部分人默默无闻地从事力不胜任的奴隶劳动,完全是为了让另一部分人尽情享用面包和各种精神财富,这种生活毫无意义,可耻而又可恶!

"让一切偏见、成见和习惯都见鬼去吧,它们像黏滞的蜘蛛网,缠绕着人们的头脑和生活。它们妨碍生活,强制人们的意志,我一定要把它们铲除!

"我的武器是思想,而且坚信思想自由、思想不朽以及思想的创造能力永远不断增长——这就是我的力量取之不尽的源泉！

"对我来说，思想是黑暗生活中唯一不会欺骗我的永恒灯塔，是世上无数可耻谬误中的一点灯火；我看见它越燃越旺，逐步把无数秘密彻底照亮，我跟随着思想，在她永不衰竭的光芒照耀下前进，不断向上！迈步向前！

"不论在人间还是天上，没有思想攻克不了的堡垒，也没有思想震撼不了的圣物！思想创造一切，这就使她拥有神圣不可剥夺的权力，去摧毁可能妨碍她自由生长的一切。

"我平静地认识到偏见是种种旧真理的外壳，思想一度创造了旧的真理，正是思想的火焰又把它们烧成了灰烬，如今盘旋在生活之上的重重谬误，都是旧真理的灰烬中的产物。

"我还认识到，胜利者并非摘取胜利果实的人，而仅仅是固守在战场上的人……

"我认为生活的意义在于创造，而创造是独立自在而且无穷无尽的！

"我要前进，要燃烧得更加明亮，更彻底地驱散生活中的黑暗。而牺牲就是对我的褒奖。

"我不需要别的褒奖。我认为，权力是可耻而乏味的，财富是沉重而愚昧的，荣誉是一种偏见，它来自人们不善于珍重自己，来自人们卑躬屈膝的奴隶习性。

"怀疑！你们不过是思想迸出的火花而已。为了考验自己，思想才用剩余的力量生育了你们，并用自己的力量把你们抚养！

"总有一天，我的感情世界将同我永生的思想在我胸中汇合成一团巨大的创造性的火焰。我将用这火焰把灵魂里一切黑暗、残暴与凶恶的东西烧光。我将同我的思想已经创造出来和现在正在创造的神灵一模一样。

"一切在于人，一切为了人！"

于是他威严而自由地高昂着骄傲的头颅，重新迈开从容而坚定的步伐，踏着已化为灰烬的陈腐偏见，独自在种种谬误构成的灰白色的迷雾里前进。他身后是沉重的乌云般的旧日的灰尘，而前面则是漠然等待着他的无数的谜。

　　它们像太空的繁星不计其数，人的道路也永无止境！

　　斗志昂扬的人就这样迈步向前！不断向上！永远向前！不断向上！

(1904年)

一个人的诞生

刘伦振 译

这是发生在饥饿的九二年①,地点在苏呼米和奥查姆奇列之间的科多尔河畔②。这里离海不远,透过明净山涧的欢悦絮语,可以清楚地听到海浪推涌的沉闷声响。

秋。桂樱的黄叶,宛如一群群灵巧的小鲑鱼,在科多尔河白色的浪花中回旋、闪烁。我坐在岸畔的石块上遐想:也许,海鸥和鱼鹰也把落叶当成了鱼儿,受了骗,怪不得它们在右侧树后,在那海浪击溅的地方,如此抱怨似的鸣叫。

我头上的栗树已着上金黄色的秋装。我脚边有许多落叶,像一只只被砍下来的手掌。对岸千金榆的枝条已经光秃,仿佛撕破的渔网挂在空中。褐红色的山䴗③,像落了网似的,蹦跳着,用黑黑的尖嘴儿叩击着树皮,惊起了蛰伏的昆虫;机灵的山雀和瓦灰色的䴓鸟,这些遥远的北方来客,在啄食着它们。

我左侧的山峰上,低悬着浓烟似的乌云,预示着大雨将临。乌云的阴影,在苍翠的山坡上蠕动。那里生长着老态龙钟的黄杨,而在山毛榉和椴树的古树洞里,却可以找到一种"醉蜜"。古时候,它

---

① 发生于1891至1892年几乎遍及俄国半数省份的大饥荒。
② 苏呼米和奥查姆奇列均在格鲁吉亚西北部,现属阿布哈兹自治共和国。科多尔河在阿布哈兹境内,注入黑海。
③ 山䴗,是一种啄木鸟。

那醉人的甜汁曾醉倒过钢铁般的罗马人的整个军团，几乎毁掉伟大的庞培①的士兵。这种蜜是蜜蜂用月桂花和杜鹃花酿成的，"过路人"常把它从树洞里取出来，抹在大饼②上吃。

我也干过这种事。当时，我被发怒的蜜蜂蛰得很痛，坐在栗树下的石块上，把一片片面包在盛满蜂蜜的瓦罐里蘸上蜜汁，一边吃着，一边欣赏着秋日里倦怠的太阳，在空中懒洋洋地闪耀。

秋天在高加索，就仿佛置身于大圣人修建的富丽堂皇的大教堂——大圣人也往往是大罪人，他们用黄金、土耳其玉、绿宝石营造这庞大的圣殿，只是为了使自己的过去避开良心的犀利目光。他们把撒马尔汗③和舍马哈④的突厥人制作的最好的丝绒地毯铺在群山之上；他们掠夺了整个世界，把一切都搬到这里，放在光天化日之下，就仿佛想对世界说：

"你的东西——取之于你的——还给你！"

……我看见，好像有一群皓首长髯的巨人，闪着愉快的孩童般的大眼，从山上飘然而下。他们在各处慷慨地撒下五彩缤纷的宝物，把大地装点得漂漂亮亮。他们用一层层厚厚的白银，覆盖群山的峰巅；用千姿百态、生机盎然的树木的织锦，铺满高高低低的山坡。在他们的手下，这块富饶的土地变得无比的秀丽。

在大地上做一个人，真是好福气。在这里能看到多少奇妙的东西，而面对这使人酣醉的美景，心儿又是多么激动和甜美啊！

当然，有时候也难过，——整个胸腔注满了炽热的仇恨，痛苦贪婪地吮吸着心里的血液；但是，并非永远如此。要知道，就连太

---

① 庞培（前106—前48），古罗马统帅和政治家，前66年奉命东征，使罗马的版图扩展到小亚细亚地区。
② 原文是 лаваш：高加索大饼。
③ 撒马尔汗：小亚细亚古城，现属乌兹别克。
④ 舍马哈：城市，位于大高加索山南麓，现属阿塞拜疆。

阳也常常忧愁地俯视着众生：它为他们不辞辛劳，而可怜的人们并不遂心……

无疑，也有不少的好人，然而，就连他们也应当修整，或者，最好是重新改造。

……我左边的灌木丛上方，晃动着黑黑的头影：在海浪的击溅与河水的潺潺声中，隐隐约约听得见人们的说话声——这是"饥民们"从苏呼米到奥查姆奇列去上工，到那里去修筑公路。

我认识他们这些奥尔洛夫①人。昨天，我和他们在一起做过工，一起算的工钱。为了到海边迎接日出，我赶在他们前头，在夜里就上路了。

他们是四个庄稼汉和一个颧骨凸出的女人。这女人是位年轻的孕妇，腆着一个快要鼓到鼻子尖的大肚子，惊恐地瞪着一双暗蓝色的眼睛。我看到她那扎着黄头巾的脑袋，像秋风里一朵盛开的葵花在灌木丛上方摆动。她的男人由于大量吞食野果，在苏呼米死了。我曾混在这些人中，住在同一个板棚里。按照俄罗斯人的好习惯，他们一提起自己的不幸来，总是那样满腹牢骚，絮絮叨叨，声音高得也许方圆五俄里都能听到。

这是一群郁闷的、颠沛流离的人。他们像秋风里的落叶，被苦难从衰竭、贫瘠的故土上卷起，刮到这里。在这里，从未见过的富饶的大自然，使这些人感到惊讶、眩惑，而沉重的劳动条件，又终于使他们沮丧万分。他们望着这里的一切，惘然若失地眨巴着黯淡忧愁的眼睛，互相苦笑着，低声说：

"啊呀……多么好的土地"

"庄稼简直是打地里往上蹿。"

"是啊……不过，石头可也……"

---

① 奥尔洛夫在俄罗斯欧洲部分的中央地带。

"照实说,这地也不怎么样……"

于是,他们回忆起自己的故乡:科贝里峡谷、苏霍贡、莫克连科耶。①在那里,每一寸土,都是他们祖先的骨灰;在那里,他们用汗水浇灌过的一切,是那样难于忘却,那样熟悉、亲切。

过去,还有一个女人跟着他们。那是一个身体僵直、扁平得像一块木板似的高挑个儿,长着一张马脸、一双无神的黑得像乌煤似的斜眼。

每晚,她和这个扎黄头巾的女人一起走出板棚。她坐在一堆碎石上;一只手托着腮,头歪向一侧,用高亢而愤怒的声调唱道:

在墓地那边……
    灌木丛里绿茵茵——
在沙土上面……
    我铺开了白围巾
我等得来吗……
    我那亲爱的情人……
意中人一到……
    我点头儿把他迎……

扎黄头巾的女人通常总是沉默不语,弯着脖儿打量着自己的大肚子,但是,有时她也突如其来地用男子般的有点儿嘶哑的嗓音,懒懒地、低沉地、号哭似的附和几句:

唉呀呀,意中人……

---

① 均为中部俄罗斯城镇的名称:科贝里峡谷在今库尔斯克省尔戈夫市;苏霍贡在今奥尔洛夫省耶列茨克县;莫克连科耶在今奥尔洛夫省勃良斯克县。

唉唉，亲爱的意中人……
命运不把我成全……
让我能更多和你相见……

在昏黑闷热的南方夜晚，这哭泣似的声调，使人想起了北方——大雪弥漫的荒野，暴风雪刺耳的呼啸，以及远处传来的狼嚎……

后来，斜眼女人得了疟疾，人们用帆布担架把她送进城去。她躺在担架上，哆嗦着，哼哼着，仿佛还在唱着自己那支关于墓地和沙土的歌。

……扎黄头巾的脑袋在空中时隐时现，忽然消失了。

我吃完早点，用树叶盖好瓦罐里的蜜，系好行囊，然后不慌不忙地跟在走过去的那群人后面，一路上用山茱萸木的手杖叩击着小径上坚硬的泥土。

后来，我来到一条灰色带子似的狭窄的道路上。右侧，深蓝色的海洋激荡着，恰似有一群看不见的木匠用几千个刨子刨它，白色的刨花，被一阵阵宛如健康妇女呼吸似的潮润、温暖、芬芳的风儿追逐着，喧喧嚷嚷地向岸上奔来。一艘土耳其帆船，向左舷倾斜，朝苏呼米驶去。它那鼓起的风帆，就像苏呼米那位傲慢的工程师鼓起的肥厚脸颊。这是一个非常严厉的人，不知为什么，他把"安静些"说成"安轻些"，把"虽然"说成"非然"。

"安轻些！非然你是个炮筒子，但是我可以马上把你抓进警察局……"

他喜欢把人送进警察局。想起来真痛快：现在，他也许早已被坟墓里的蛆虫啃得只剩下一把骨头了。

……走路很轻松，就仿佛在空中飘浮。愉快的思绪，五彩缤纷的回忆，在脑海里跳着柔美的环舞。这种心灵里的环舞，就像海洋里的白色浪峰,是表面上的东西,而在那心灵深处,却很宁静,明快愉悦和变幻无穷的青春的憧憬,像海洋深处银色的鱼群,在那里悄悄地漫游。

道路朝海边伸去,蜿蜒地爬近了一个沙滩。海浪向沙滩上涌来。小树丛儿也想张望张望海浪的面容,它们俯身探过绦带似的路面,恰似在向蔚蓝色的浩淼的水面点头致意。

风从山上吹来——快下雨了。

……灌木丛里传来一阵轻微的呻吟,这是一种永远令人震撼和同情的人的呻吟。

我拨开树丛一看:那个扎黄头巾的女人,正背靠着一棵胡桃树干坐在那里,头垂到肩上,十分难看地张着嘴,瞪着眼睛,像个疯子似的。她双手按在大肚子上,那样不自然地、惊惧地喘着气,以至整个肚子都像发羊角风似的在跳动。女人用手按住它,低沉地哼哼着,露出一口狼一般的黄牙。

"怎么,中暑了?"我俯身问她。她像一只苍蝇似的,两条赤裸裸的腿在浅灰色的尘土里乱蹬乱踹,摇着沉重的头嘶哑地说:

"走开……不要脸的……走——走开……"

我明白是怎么回事了。这种事儿,我已见过一次。自然,我害怕起来,闪向一边;然而,那女人拉着长音哀号着,从她那快要绽裂开来的眼角里,浑浊的泪水喷涌而出,在绷得紧紧的紫红色脸膛上流淌。

这情景,使我又回到她跟前。我把行囊、水壶、瓦罐往地上一撂,将她仰面朝天地放倒,想给她把腿蜷起来。她推开我,抽我的耳光,捶我的胸脯,并且翻过身去,像一只狗熊,四肢着地,一面爬进灌木林的深处,一面吼叫嘶喊:

"强盗……魔鬼……"

手吃不住劲,她倒下了,脸撞在地上,又抽筋似的伸着双腿,哀号起来。

情急智生，我迅即想起我对这种事儿所懂得的一切，我把她翻转过来仰卧着，蜷起她的双腿——羊水已经流出来了。

"躺好，就要生了……"

我跑向海边，卷起袖子，把手洗干净，返转身来——我已是一名产科医生了。

这女人身子扭曲着，像烈火中的桦树皮。她一面用手拍打着身边的土地，一面揪下打蔫的野草，一个劲地想往嘴里塞。泥土撒满了这张可怕的、失去人相的脸，眼睛变得粗野了，布满了血丝。羊水已经涌出，一个小脑袋瓜儿钻了出来。我得止住她的两条腿的抽搐，帮助婴儿，还得盯住她别将野草塞进那张歪歪扭扭、不住哼哼的嘴里……

我们对骂了一阵子，她话音含混不清，我也声音不大，她是因为疼痛，也许还因为害羞，我却是由于腼腆和对她的极度怜悯。

"上帝啊，"她嘶哑地喊着，紧紧咬住冒着白沫的发紫的嘴唇，而从她那在阳光里仿佛突然褪色的眼睛里，不停地流淌着一位母亲的难忍的、痛楚的眼泪。她那正在分娩的躯体，也完全瘫软了。

"走开，你这恶魔……"

她用无力的、脱白似的手一直推我，我恳切地说：

"傻大嫂，生吧，得快一些……"

我十分可怜她，似乎她的眼泪溅入了我的双眼，我的心痛苦得收缩起来，情不自禁地想喊叫，于是，我喊道：

"喂，快些呀！"

就这样，我手里有了一个人，一个肉红色的人。虽说是泪眼迷离，但是，我看得真切：他浑身通红，而且，别看他还连着母体，已经是不满意这个世界了：他手抓脚踝，粗着嗓门儿大喊大叫，毫不安分。他的眼睛呈浅蓝色，起皱的红脸蛋上，有一个压扁了的引人发笑的鼻头，嘴唇颤颤着，拉着长声哭喊：

"哇……哇……"

多么光滑啊——一不留神，他就会从我手里滑出去。我跪着，望着他，哈哈大笑——瞅着他真叫人高兴！我竟忘记了我应该做的事情……

"割断吧……"母亲轻轻低语，她紧闭着双眼，面容憔悴，像死人似的呈土灰色，发紫的嘴唇勉强地微微颤动：

"用小刀……割断……"

刀在板棚里给人偷走了，我用牙咬断了脐带。婴儿用奥尔洛夫人的男低音哭喊着。母亲微笑了。我看见，她那深不可测的眼里燃烧着蓝色的火焰，焕发出奇异的光彩。一只黝黑的手在裙边摸索着，寻找着衣兜，咬破了沾满污血的双唇发出簌簌的声音：

"没……没有……气力……小带子在衣兜里……把肚脐儿包扎好……"

我取出带子，包扎停当。她微笑得越发开朗了。这笑容是这样美好，这样明快，几乎使我目眩。

"你整理整理，我去给他洗洗……"

她担心地喃喃说：

"当心，要轻点儿……要当心啊……"

这个红通通的小家伙根本用不着细心照料：他攥紧拳头，哇哇地喊叫着，喊叫着，仿佛是在向谁挑战：

"哇……哇……"

"你呀，你！要把脚跟儿站稳些，小兄弟！不然，别人会立即揪掉你的脑袋……"

当泛起泡沫的浪花欢快地向我们两人涌来，第一次溅在他身上时，他的喊声分外庄严，分外洪亮。后来，我开始拍打他的胸脯和脊背，他眯起眼睛，挣扎着，发出刺耳的尖叫。海浪一个接着一个，溅遍了他的全身。

"闹吧，奥尔洛夫人！使劲喊吧……"

当我抱着婴儿回到母亲那里时，她躺着，又闭上了双眼，咬紧嘴唇，在忍受着排出胞衣时的阵痛；但是，尽管如此，我还是透过她的呻吟和喘息，听到了她那像快要死去的人一般的低语：

"给……把他给我……"

"让他等一会儿。"

"给我吧……"

于是她用颤抖着的、不听使唤的手解着胸前的短褂。我帮她裸露出那对天赐的、足够哺育二十个孩子的大乳房，把这个暴躁的奥尔洛夫人贴放在她那温暖的躯体上。他立刻明白了一切，安静下来了。

"至圣至洁的圣母啊，"母亲哆嗦着，叹了口气，蓬乱的头在行囊上翻来覆去。

突然，她轻轻地叫了一声，沉静了下来。然后，她重新张开了那双分外美丽的眼睛，蔚蓝的双眼，望着蔚蓝的天空；善良而欢悦的微笑，在眼里闪烁，融化。母亲举起沉重的手，缓缓地为自己的婴儿画着十字……

"最纯洁的圣母啊，托您的福……啊……托您的福……"

眼睛又失去光彩，陷了下去。她长久地默默不语，勉强地喘着气。突然，她用变得坚决起来的声调，郑重其事地对我说：

"年轻人，把我的行囊解开……"

行囊解开了。她凝视着我，微微一笑，仿佛有一阵刚能察觉到的红晕，浮坝在凹下去的面颊和汗津津的前额上。

"请走开一下……"

"你可别太折腾自己……"

"唔，唔……走开吧……"

我向不远的灌木丛中走去。我的心似乎疲倦了,而我的胸中,却仿佛有一些可爱的鸟儿在轻轻地啼啭,这声音,和不绝的海浪的击溅声应和在一起,是如此的优美,真可以听上一年……

不远的地方,溪水潺潺,宛如一位姑娘在向女友夸说自己心爱的人儿……

灌木丛上方,伸出一颗头来,头上已规规矩矩地扎上了黄头巾。

"唉,唉,你呀,老嫂子,你折腾得太早了!"

她用一只手扶住一根灌木枝条,坐在那里,像醉了似的,死灰色的脸上没有一点血色,眼窝里似乎是两汪蔚蓝的湖水。她温柔地低语着:

"瞧,他睡得多好……"

他睡得是好,不过,依我看,比起别的婴儿来,也没有什么好得出奇的地方,如果说有什么区别,那就是所处的环境不同:他躺在灌木林下一堆色彩绚丽的秋叶上——这样的灌木丛,在奥尔洛夫省是长不出来的。

"你这做母亲的也该躺一躺了……"

"不了,"她摇了摇在疲惫不堪的脖子上已经支持不住的头,说道。"我得收拾收拾,赶上去,跟这群人一起……"

"到奥查姆奇列去?"

"对,对!我们的人想必已经走出好几俄里了……"

"难道你还能走路吗?"

"不是有圣母吗?她会保佑的……"

嗯,既然她与圣母同在,我就别说了。

她瞧着灌木丛下的小东西,瞧着他那不满地绷起的小脸,眼里迸发出慈祥温柔的光芒,舔着双唇,用一只手慢慢地摩挲着乳房。

我点燃篝火,就近摆上几块石头,好把水壶放上去。

"做母亲的,我这就请你喝茶……"

"啊,就请我喝吧……我的奶都干了……"

"你的同乡为什么丢下你?"

"他们没有丢下我,干吗要丢下我!是我自己落在后面的。何况,他们喝得懵懵懂懂的。这样……也好,不然,当着他们的面,我怎么好摊开身子……"

她用胳膊挡住脸,瞅了我一眼,吐出一口带血的唾沫,羞怯地微微一笑。

"这是你的头生子吧?"

"头生子……你是谁?"

"似乎是一个人吧……"

"当然是人啦!娶媳妇了吗?"

"没人赏脸……"

"你撒谎!"

"干吗要撒谎?"

她垂下眼帘,想了一下:

"那你怎么懂女人家的事儿?"

现在我只好撒谎了。于是我说:

"我学过这个。大学生——听说过吗?"

"瞧你说的!我们神甫的大少爷也是个大学生,他学着当神父……"

"我就是这种人。好吧,我打水去了……"

女人向儿子俯下身去,倾听着他是否在呼吸。然后,她向海那边张望了一下。

"我想洗一洗,不过,这种水我怕不服……这是什么水?又咸又苦的……"

"你就用它洗吧,这可是健身水!"

"是吗？"

"没错儿！比溪水暖和，这地方的溪水——像冰一样……"

"你什么都知道……"

一个阿布哈兹人骑着马儿，头挂在胸前，打着盹儿，一步一步走过来；那匹小马儿，浑身肉鼓鼓的，它耸动着耳朵，用圆溜溜的黑眼珠瞟了我们两眼，打了个响鼻；骑马人警惕地扬了扬戴着毛蓬蓬皮帽的脑袋，也朝我们这边张望了一下，随即又垂下头去。

"这里的人怪模怪样的，真难看，"奥尔洛夫女人轻轻说。

我走开了。水银般闪亮而活泼的水流，唱着歌儿，在石块间欢蹦乱跳，秋叶在水中愉快地翻着筋斗，真是美妙极了！我把手和脸洗干净，舀了满满一壶水往回走。透过灌木林，我看见那女人双膝着地，在乱石间爬动，不安地环视着四周。

"你这是干什么？"

她吓了一跳，面色苍白，往身下掩藏什么。我终于猜到了。

"给我吧，我来埋……"

"啊，你真是我的亲人！这怎么行呢？本来应当埋在澡堂更衣室的地下的……"

"等在这里盖好澡堂，早着呢！真有你的！"

"你就会开玩笑。我这是害怕呀！会突然被野兽吃掉的……要知道，胞衣是应该归还给大地的……"

她背转脸儿，把湿乎乎、沉甸甸的一小包东西递给我，羞怯地低声恳求着：

"看在基督的分上，你最好弄深点儿……可怜可怜我的小宝贝，千万埋得牢靠点儿……"

……当我回来时，我看到她从海边蹒跚而来，身体每一摇晃，手就向前一伸。她裙子湿到腰际。脸上泛出了一点红润——仿佛是从内心里流露出来的。我帮助她走到篝火旁，诧异地想道：

"真有一股野兽般的力量!"

后来,我们就着蜜儿喝茶。她低声问我:

"学业扔下了吧?"

"扔下了。"

"喝酒喝得没钱花了,是不是?"

"老嫂子,全喝光了!"

"瞧你这个人!我可是记得的,在苏呼米我看到你为伙食的事儿和头儿打架;那时候我就想:准是个酒鬼,这样胆大包天……"

她津津有味地舔着肿大的嘴唇上的蜂蜜,蓝色的眼睛不住地斜睨着灌木丛下,那新生的奥尔洛夫人睡的地方。

"他怎么活下去啊?"女人叹息一声,瞧着我说。"你帮了我的忙,谢谢你了……不过,这对于他是吉是凶,我就不知道了……"

她喝足了茶,吃了点东西,画了个十字。当我收拾自己的用品时,她睡眼惺忪地摇摆着身子,打着盹儿,一面想着什么心事,一面用再次失去光泽的眼睛,不时地望一望地上。随后,她站起身来。

"难道你真的要走?"

"走。"

"唉,老嫂子。可得当心啊!"

"不是有圣母吗?……把他给我吧!"

"我来抱他……"

我们争执了一会儿,她让步了,于是,我们肩并肩地上路了。

"我不这么一步一趔趄就好了,"她说着,抱歉似的微笑一下,把手搭在了我的肩上。

俄罗斯大地的新居民,一个命运未卜的人,躺在我的手里,沉重地打着鼾。大海浪花拍溅,哗哗作响,整个海岸镶上了刨花似的白色的花边。树丛在低语,太阳当空照耀,快到正午时分了。

我们默默地走着。有时,母亲停下脚步,仰天长叹。她环视了一下大海、树林、高山，又望一望自己儿子的脸。她那双用痛苦的泪水冲刷得干干净净的眼睛，又一次显得格外明亮，又一次放射出异彩，蓝莹莹的，闪烁着无限的慈爱。

有一次，她停下来，说：

"上帝啊，上帝！果真这样，可太好了，太好了！最好老是这么走啊，走啊，一直走到天边，我的小宝贝就这么自由自在地依偎在母亲的身旁，长啊，长大……啊，我的心肝……"

大海在咆哮，咆哮……

(1912 年)

流　冰

刘伦振　译

城对面河上，七个工匠正在赶修破冰三棱墩。隆冬时节，城郊小镇上的居民把它拆去当柴烧了。

这一年，春天姗姗来迟，阳春三月，看起来倒像十月；只是将近正午时分——并非每天如此——在乌云飘浮的空中，才闪出冬天般惨淡的太阳；它时而隐没在乌云里，时而又出现在乌云之间的蓝天上，冷漠地斜着眼儿望一望大地。

已经是基督受难周的礼拜五，然而，融雪时的檐头滴水，入夜前就冻成了半俄尺长的铁青色冰溜；从河上积雪里露出的冰层，也有点发青，宛如冬天的云。

木匠们干着活。城里，铜钟悲切地、呼唤似的唱着歌。工人们抬起头、沉思地仰望那笼罩着全城的迷迷茫茫的淡灰色晨雾。扬起的斧子，在将要砍下去的当儿，每每又迟疑地在空中停一下，就像怕劈碎这温存的钟声。

好像一条宽阔带子似的河面上，或远或近、歪歪斜斜地插着一些松枝，给道路、冰上的窟窿和缝隙做出标记；松枝向上伸着，活脱脱像溺水者痛苦抽搐时的手臂。

河上的气氛沉闷得叫人难以忍受。空荡荡的河面，覆盖着一层千疮百孔的冰痂，郁郁寡欢地横卧在那里，像一条笔直的大道，通往那浓雾弥漫的地方；一股股潮湿的寒风，从那里忧悒地、懒洋洋地吹来。

……领班奥西普是个整洁、壮实的汉子；他那端正的银须，在绯红的面颊和灵活的脖颈上，整齐地卷曲成一个个小环儿。这个时时处处都引人注目的领班奥西普正在吆喝：

"快点儿干，兔崽子们！"

随后，他转向我，嘲弄地教训着：

"监工先生，你把你那瘪鼻子翘到天上去干什么？我问你，打发你干什么来的？是包工头瓦西里·谢尔盖伊奇派你来的吧？那么，你就该催促我们一个劲儿干活：'快干，没出息的家伙！'瞧，安排你来为的是这宗大事，可是你，干事漫不经心，我的孩子，可怜的死木头！别不经心了，把眼睛放尖些吧，也吆喝那么几声，既然安插你到我们这里来当工长什么的，你就发号施令吧，你这个杜鹃蛋①！"

他又向伙伴们嚷叫着：

"别打呵欠！鬼头们，今天就得把这件活干完，不是么？"

他本人就是这伙人里的头号懒汉。他精通本行，会干活，干起活来机灵快巧，得心应手，有兴致，有瘾头，但是，他不喜欢吃苦，常常讲些神奇的故事。恰好在工作紧张的时刻，当人们突然有了"把一切事情都干好"的愿望，专心致志，一声不响，聚精会神干活的时候，奥西普就用低微的声调说了起来：

"兄弟们，有过这么一回事……"

三两分钟内，人们好像都不听他的，还在一个劲地锛呀、刨呀、砍呀，然而，他那温和的男高音，梦幻般地传播着、回旋着，终于把人们的注意力给拴住了。奥西普那双明净的蓝眼，甜美地眯着，他用手指捻了捻卷曲的胡须，高兴得吧嗒吧嗒嘴，滔滔不绝地

---

① 杜鹃把蛋下在别的鸟巢里。此处暗指：你不是我们一伙的。

神聊起来……

"他捉住这条冬穴鱼①,放进一个篓子里,到林子里去了,心想:'这一回我可有鲜鱼汤了……'突然间,不知从哪里传来一个娘们儿的尖细呼声:'叶——列——霞——,叶——列——霞——'"

年轻而修长清瘦的莫尔德瓦人连卡,外号"小百姓",长着一对惊慌的小眼睛,他拎着斧子,张着嘴站在那儿。

"从篓子里传出了一声声低沉的回答:'在这儿啦!……'就在这时,篓子里啪哒一声,一条冬穴鱼从那里一跃而出,走呀,走呀,又走向自己的湖底去了……"

老兵萨尼亚温,是个阴郁的酒鬼,患有气喘病,就像老受着什么委屈似的。他嘶哑地问:

"既然那条冬穴鱼是一条鱼,它怎么会在陆地上走呢?"

"那么,鱼就能说话吗?"奥西普和蔼地反问。

莫克·布德林,一个头发灰白的庄稼汉,长着一副狗脸——颧骨和嘴巴向前伸,额头向后倾——这个不显眼的、沉默寡言的人,不慌不忙地从鼻孔里哼出三个心爱的字来:

"这很对……"

每当别人讲起什么奇怪的、可怕的、污秽的,或是可恶的事情时,他总是低声地,但却坚信不疑地附和着:

"这很对……"

于是,就像有一只坚硬、沉重的拳头,在我的胸脯上捶了三拳。

工作停下来,因为口齿不清、身板不正的亚科夫·博耶夫也想讲点儿鱼的事情,而且已经开了个头,但是,谁也不相信他,大家都嘲笑他结巴。他赌咒、骂街,向空中举起凿子,冲着大家的讪笑,气急败坏、唾沫四溅地嚷道:

---

① 属鲤鱼种,产在欧洲及西伯利亚的河湖内。

"有的人不论怎么撒谎,都有人听,可我跟你们说实话,你们倒哈哈大笑,糊涂虫,你们鬼迷心窍了……"

大家都扔下活计,挥动着空手,乱吵乱嚷;这时,奥西普摘下帽子,露出一头漂亮的银发和微秃的脑门,厉声喊道:

"喂,够了!瞎扯够了,也歇够了。得啦!"

"你自己开的头,"老兵往掌心里吐了一口唾沫,嘶哑地说。

奥西普凑近我说:

"监工先生……"

我觉得,他用讲故事的办法让人们停下手里活,是别有用心的,但我不明白,他是否也想用这种闲聊来掩饰自己的懒惰,或是让人们休息休息?在包工头面前,奥西普总是做出一副阿谀奉承、低三下四的模样——在他面前"装傻",而且,每礼拜六,总得替大伙向他讨点"茶钱"。

总的说来,他是个"向着大伙"的人,但是,老年人不喜欢他,认为他是个小丑、懒汉,对他并不看重;就是年轻人,虽说爱听他拉闲篇,但也不把他放在眼里,他们对他不信任,非但不掩饰,而且往往表现得十分露骨。

我和那个识文断字的莫尔德瓦年轻人,有时也"推心置腹"地谈谈。有一次,我问他奥西普是怎样一个人,他冷笑着回答说:

"我不知道……我怎么能知道……就是那个样子,没什么……"

想了想,他又补充说:

"死去的米海洛,是个烈性子的乡下人,很聪明。有一次,他跟奥西普吵起来,说:'你还算是人?工人的味儿在你身上已经没了,当东家你又不是那个料!你就像一个忘在墙角里的铅锤儿,吊在线上,晃荡一辈子……'这话对他说来,也许是对的……"

莫尔德瓦人又想了想,不安地打住话头:

"他就这样,没什么,是个好人……"

在这些人中间,我的处境十分尴尬:我这个十五岁的少年,包工头派我来登记用料数目,叫我盯住那些木工,别让他们偷钉子,或者把木板拖到酒店去。钉子嘛,他们还是偷,丝毫不因有我在场而有所顾忌,而且,大家都想方设法向我表示,在他们的工作中,我是个多余的、讨厌的人。一有机会,就有人不露形迹地用木板撞我一下,或用别的什么花招,多少叫我受点委屈——这种事他们干起来是很在行的。

同他们在一起,我感到很不自在,很惭愧;我想对他们说点什么,好叫他们跟我相安无事,但却找不到适当的话语;我觉得自己很无用,这种阴郁的感受,弄得我很不舒畅。

每一次,当我往账本上登记取料数目时,奥西普就不慌不忙地凑过来,问道:

"描好了吗?喂,给我瞧瞧……"

他眯缝着眼,看着账目,含糊地说:

"写得倒还清秀……"

他只认得印刷体,他写字,也是用教会章程里的印刷体字母,通常用的手写体他看不懂。

"这个,像个洗衣盆一样的,是个什么字?"

"财产。"

"财产啊!瞧,这里还有个活套儿①……这一行写的又是什么?"

"一俄寸厚、九俄尺长木板,五块。"

"六块。"

"五块。"

"怎么是五块?那不是,老兵把一块破成了两块……"

"他这是白费劲,没有必要……"

---

① 指手写体 добро (财产) 中的第一个字母的草体。

"怎么没有必要?他把那一半送到酒店去了……"

他那双蓝得像矢车菊一般的眼睛,若无其事地看着我的脸,目光中闪动着欢悦的嘲笑;他把卷曲成小圈的一绺胡须缠在手指上,死皮赖脸地说道:

"画上六块,真是的!你瞧瞧,你这个杜鹃蛋,又湿,又冷,活又很重,人们也该开开心,酒这玩意儿,不是能暖心吗?你呀,别盯得太紧了,苛刻讨不了上帝的欢心……"

他说得很多,很和善,很乖巧。他的话,像锯末似的向我撒来,我被他搅得头晕眼花,默默地把改过的数字指给他看。

"好,这就对了!这个数目字①漂亮多了,真像个老板娘坐在那里,胖胖的肚皮儿,好心眼儿……"

我看见,他得意扬扬地向木匠们叙述着他的胜利,我知道,因为我的让步,他们全都瞧不起我。我这个十五岁的人,心里委屈得暗暗落泪。烦闷、晦暗的念头,在我脑际盘桓:

"这一切太奇怪,太愚蠢了。为什么他就相信我不会把六再改成五,并且告诉包工头,他们拿木板换酒喝了?"

有一次,他们偷了两磅五俄寸长的橡钉,外加一些蚂蟥钉。

"听着,"我警告奥西普说,"我要把这个记上!"

"记上吧,"奥西普抖动着灰白的眉毛,表示同意。"这实在太放肆了!记上,把他们记上,这帮小崽子们……"

接着,他向伙计们喊道:

"喂,懒货们,橡钉和蚂蟥钉给你们记罚款啦!……"

老兵阴郁地问:

"为什么?"

"犯了过失,就这么回事,"奥西普平静地解释说。

---

① 指阿拉伯数字6。

木匠们埋怨起来，斜着眼瞅我，但是，我并没有信心去做我扬言要做的事情，如果我真做得出来，那倒还好受些。

"我要离开包工头，"我对奥西普说。"让你们都见鬼去吧！跟你们混在一起，会变成小偷的。"

奥西普想了想，捋了捋胡须，和我并肩坐下，轻轻地说：

"这样做——对！"

"什么？"

"应当离开。你算个什么工长？算个什么管事？干这种差使，得明白什么是财产，得有狗的本性，才能像保护自己的皮肉——母亲的遗物那样，保护住主人的东西……而你干这种行当，还是只小狗，你还感觉不到对财产应该怎么办。如果把你纵容我们的事告诉给瓦西里·谢尔盖伊奇，他会立刻照准你的脖子狠狠地来一下，一准是这样！因为你不是为他往里捞，你明白吗？"

他卷好一支烟，递给我。

"抽一支吧，头脑会轻松点。假如你这个拿笔杆子的人没有那么一种好管闲事、打打闹闹的性格——那我就劝你：当修士去吧！噢，你的心灵还没有磨平，说不定，就是对修道院长你也不会让步。有了这种性格，连打牌都不行！修士嘛，好比是寒鸦：啄的是谁家的东西，它不知道，事情的根由，跟它不相干，它吃的是'籽儿'，而不是'根儿'。我对你说的这些都是心里话。依我看，我们干的事情，你是看不惯的，你是下在别家窝里的杜鹃蛋……"

他脱下帽子——在他想说什么特别重要的话时，他总是这样做——瞧了瞧灰暗的天空，大声而虔诚地说：

"我们干的事情，在上帝面前，是一种偷窃，他是不会拯救我们的……"

"这很对，"莫克·布德林像黑管似的声音附和道。

从那时起，我对这位长着卷曲的银发、眼睛明朗、心灵阴郁的奥西普就有了好感，我们之间产生了一种类似于友谊的感情，但是，我发现，他有点不好意思对我好：有别人在场，他不看我，眼睛眨巴着，浅蓝色的瞳仁明亮、空虚，不停地转动。当他对我说下面这番话时，他歪斜地撇着嘴唇，显得既虚伪又难看。

"喂，两眼盯着点，不要白吃饭，你瞧那边——老兵又在捞钉子了，可真能捞……"

然而，当他和我单独在一起的时候，他说起话来和蔼可亲，而且颇有教益。那双放射着淡蓝色光辉的明眸直视着我的双眼，目光里闪烁着机智的微笑。我认真聆听着这个人的话，虽然他说话有点古怪，但说的却是真诚地在心里掂量过的实话。

"应当做一个好人，"我有一次说。

"啊——当然！"他同意了，但随即又冷笑一声，垂下眼睑，轻轻地说："不过，该怎么去理解'好人'呢？我是这样想的：人嘛，如果得不到好处，什么好心正直，他们才不在乎呢；不，你还是关照关照他们吧，你要使他们得到温存、安慰，要使一切心灵都得到抚爱……说不定，有朝一日，这会使你交上好运的！当然，做个好人，对着镜子欣赏自己的脸蛋，这毫无疑问是很惬意的事……不过，我看，不管你是小偷还是圣人，对人们都是一样的，只要你对他诚挚些、善良些……这就是大家需要的！……"

我十分留意观察各种人，我心想，每一个人都应当引导我，而且也正在引导我认识这令人迷惘的屈辱生活。有一个使我不安的问题，长久得不到解答：

"人的心灵是什么？"

我以为，有些人的心灵，它的结构宛若铜球：它们一动不动地系在胸中，只能从某一个点上去反映它们接触到的一切，因此，表现出失真、丑陋、枯燥。有些心灵是平坦的，像一面镜子——这就等于没有心灵。

然而，在我看来，多数人的心灵像浮云一样变幻莫测，似假宝石一般光怪陆离——总是依照它所接触到的色彩，恭顺地改变着自己的颜色。

我不知道，也弄不明白，这个仪表优雅的奥西普的心灵是怎样的——头脑是捉摸不透的。

我一边寻思着这些事情，一边向河那边眺望。坐落在山上的城市，洪钟齐鸣，一座座钟楼高耸入云，宛如我喜爱的波兰教堂里管风琴的白色琴管。教堂顶上的十字架，仿佛被灰色天空俘获的暗淡群星，在寂寞地闪烁、颤动，似乎要闯出被风撕破的灰色云幕，腾升到纯净的蓝天里去。阴云飞驰，用暗影抹去了城市的斑斓色彩——每一次，当阳光从蔚蓝色的深渊和深渊之间倾泻到城市上，给它染上一层欢快色调的时候，阴云便更为迅疾地奔跑过来，遮没了太阳，它们那潮湿的暗影也显得更加浓重，一切在瞬息的欢乐之后，旋即又暗淡了下去。

城里的房屋，像一堆堆污雪；房屋下面，是黑黑的、裸露着的土地；花园里的树木，像一个个小土丘；建筑物灰色的墙壁上，玻璃窗闪着幽暗的光，使人想起冬季；而悄悄弥漫在周围这一切之上的，却是惨淡的北国之春的一种撩人的郁闷。

米舒克·佳特洛夫，一个黄发、兔唇、膀大腰圆、举止笨重的青年，试着唱了起来：

> 她清晨来到他身旁，
> 他头天晚上命已丧……

"喂，你这个婊子养的！"老兵朝他叫喊，"难道你忘了今天是什么日子？"

博耶夫也生气了，他用拳头威胁着佳特洛夫，喊叫着：

"狗——狗东西!"

"我们那里的人生长在森林里,寿命很长,很有劲,"奥西普对布德林说,他正骑坐在三棱墩的顶部,眯着一只眼给坡面吊线。"把木料那头往左边放出一俄寸——对了!……如果照直说,就是野蛮人!有一次,一位主教大人到他们那里去,他们围住他,跪着哭诉:替我们对狼念几句咒语吧,圣明的大主教,狼把我们害苦了!主教呵斥着他们:'咳,你们是不是东正教徒,啊?'他说,'我要把你们全都告上法庭,严加审判!'他大为生气,甚至往他们脸上啐唾沫。他是个老头儿,本性善良,眼窝里总是汪着泪水……"

在一排三棱墩的下方,约莫二十俄丈远的地方,水手和苦力们正在敲碎驳船周围的冰,冰镩子嗖嗖地叩击着,杵裂了河面上发脆的灰色冰层,钓竿的细长竿柄在空中摇曳着,把碎落下来的冰块推入水下,水击溅着,从沙岸上传来了溪流的絮语。我们这里,刨子发出沙沙声,锯子发出吱吱声,以及斧子把蚂蟥钉钉入刨平的黄木时发出的敲击声;融入这一切声响之中的,还有从远处传来变得柔和了的扣人心弦的钟声。仿佛这灰色的日子要用自己的劳作,作为对春神的颂歌,召唤她降临这已经开始解冻,但仍然光秃贫瘠的大地……

有人用伤风似的嗓音大喊:

"把德国人叫回来!人手不够……"

岸上回答说:

"他在哪儿?"

"在酒店里,看看去……"

声音在潮湿的空气里沉重地浮游着,在宽阔的河面上凄凉地飘荡着。

活儿干得很匆忙、很紧张,却不大好,马马虎虎的;大家都想进城,洗个澡,上教堂。萨绍克•佳特洛夫尤其显得不安。他和他哥哥一样，也有一头像在碱水里煮过似的黄发；不过，他的头发是卷曲的。他体格匀称，行动灵活。萨绍克不时地向上游张望，轻声地对哥哥说：

"听，像不像迸裂声？"

昨天晚上，就有冰"走动"的消息，水上警察从昨天早晨就不放车马踏上河面。疏落的行人，像串珠子似的沿着一行行的跳板滚来滚去，听得见木板弯曲下去拍击水面时发出的那种有风韵的响声。

"裂得哔剥直响！"米舒克说，眨动着白色的睫毛。

奥西普手搭凉棚，一面朝河上瞭望，一面打断了他的话：

"是刨花在你的脑袋里裂得哔剥直响！快干活，听见了吗，你这巫婆养的！监工先生——催催他们呀，干吗老是扎在书本里？"

还得干两个来小时才能把活儿干完。三棱墩迎向水流的两个棱面，已经整个儿用黄色的木板包好，只剩下厚厚的铁"腰带"还没有箍上。博耶夫和萨尼亚温正在为"腰带"剔槽，但剔得不合适，窄了，"腰带"嵌不进木头里去。

"你这瞎了眼的莫尔德瓦人，"奥西普嚷叫着，用手拍打着帽子。"这叫什么活儿呀？"

突然，从河岸上的什么地方，一个声音，在欣喜地喊叫：

"来——啦……喔——唷——唷——唷——！"

于是，就像应和这喊声，河上传来了缓缓的簌簌声，细微的脆裂声。松枝标杆像爪子似的抖动，仿佛要在空中抓取什么；水手和苦力们也挥动着钓竿，吵吵嚷嚷地沿着绳梯爬到驳船上去。

看起来真奇怪，河面上怎么会冒出这么许多人：他们仿佛是从冰底下钻出来的，此刻，他们或前或后，奔来奔去，就像一群被枪声惊起的寒鸦，跳着，跑着，在抢运木板和竹竿，刚撂下这一捆，又跑去抓另一捆。

"收拾家伙！"奥西普喊着，"快，把随身的东西也……上岸去!"

"这才是基督复活节哩!"萨绍克哀叹着。

河似乎一动不动,而城市却战栗了一下,晃动起来,随同着它脚下的山,静静地向上游飘去。我们身前十俄丈远的灰色沙坡,也蠕动起来,离开我们,逆流而上。

"快跑!"奥西普喊着,推了我一下,"干吗张着嘴?"

可怕的危险感叩击着心弦,两条腿感觉到冰正在下面溜走,便自然而然地跳起来,把身躯向岸边的沙滩上送去。沙滩上竖着几处被隆冬暴风雪摧残得枝条光秃的柳丛。博耶夫、老兵、布德林和佳特洛夫兄弟,已经躺倒在那里。莫尔德瓦人和我并排跑着,生气地咒骂着,奥西普在后面迈着大步,呵斥道:

"别嚎,小百姓……"

"到底怎么办啊,奥西普大叔……"

"还和原来一样。"

"我们要在这里耽搁一两个昼夜的……"

"那你就坐着等好了。"

"那么,过节呢?"

"这年头,没有你,人家也会过节的……"

老兵坐在沙滩上,抽着烟斗,嘶哑着说:

"你们害怕了吧……离岸才三五俄丈,你们却拼命跑……"

"你是头一个跑的,"莫克道。

但老兵继续说:

"你们害怕什么?基督老爹也会死的……"

"也许,他死后还会复活吧,"莫尔德瓦人抱怨地嘟囔着。博耶夫却冲着他大叫起来:

"闭嘴,你这小狗!你也配议论这种事?复活!今天是礼拜五,还不是复活节!"

三月的太阳，在云间蔚蓝色的深渊里闪出光芒，冰层发出亮光，在那里嘲笑我们。奥西普手搭凉棚，瞭望着空荡荡的河面，说道：

"鼓起来了……不过，这不会久的……"

"把我们截住了，过不了节啦，"萨绍克忧郁地说。

莫尔德瓦人颧骨凸出、没有胡须的黑脸，就像一块没有洗净的土豆，他生气地皱着眉头，不住地眨巴眼睛，埋怨说：

"坐在这里……一没面包，二没钱……人家多快活，可我们呢……我们贪心太重，跟狗一样……"

奥西普目不转睛地凝视着河面，一面在考虑着什么事情，一面像在梦里似的说：

"这完全不是贪心，而是需要！修三棱墩为的是什么？为的是保护驳船不受流冰的破坏，就是这么回事。流冰横冲直撞，它会冲击到货船上去——财产就完蛋了……"

"管它呢……这财产是我们的不成？"

"和傻瓜真没的可说……"

"早点修完就好了……"

老兵扮了一个吓人的鬼脸，喊道：

"嗐，你这个莫尔德瓦人！"

"鼓起来了，"奥西普重复说。"嗯……"

水手们在货船上嚷嚷着，而河上却笼罩着一股寒气和一种隐伏着祸事的沉寂。插在冰上的松枝标记变了图样，一切都仿佛发生了变化，充满着紧张的期待。

年轻人里有人快生生地低声问：

"奥西普大叔，怎么办呀？"

"什么？"他含糊地答应着。

"我们就在这里这样坐等？"

博耶夫带着鼻音,毫不掩饰地挖苦说:

"无赖们,这是上帝不许你们过圣节,懂不懂?"

老兵附和同伴的意见,他伸出那只拿着烟斗的手,向河上一指,暗笑着喃喃说:

"想进城?请走吧!流冰一到,不是淹死,就是被抓到警察局去……还过节呢,想得倒美!……"

"这很对,"莫克说。

太阳隐藏起来,河面发暗,城市倒显得更清晰了。青年们用恼怒、忧愁的目光,凝视着城市,一声不吭地发呆。

我感到苦闷、沉重,每逢看到大家思想分歧、没有一个共同的愿望能把人们联结成一股顽强的整体力量时,总是会这样的。我真想离开他们,踏上冰层,只身而去。

奥西普像突然醒过来似的,站起身来,摘下帽子,朝城市画了个十字,很随便地、平静而有力地说道:

"起来,伙计们,愿上帝保佑……"

"进城去?"萨绍克惊喜地叫着,一跃而起。

老兵动也不动,深信不疑地说:

"我们会淹死的!"

"那么你留下好了。"

奥西普对大家扫视了一眼,喊道:

"好啦,动身吧,快!"

大家站起来,聚成一堆;博耶夫一面整理着收藏在一个洞穴里的工具,一面埋怨说:

"人家叫走,我们就走!谁下的命令,谁可得负责……"

奥西普仿佛年轻了,坚强了:他那玫瑰色的面庞上,狡黠、温和的神色消失了;目光暗淡下来,看上去威严、干练;懒懒散散、歪歪斜斜的步伐也不见了——走起路来,坚定而自信。

"每人捎上一块木板,横着拿,万一不幸有谁陷下去,木板两头架在冰上,是个支撑!有裂缝的地方跨过去……有绳子吗?小百姓,把水准仪递给我……准备好了吗?好吧,我打头,我后面是——谁最沉?对了,是你,老兵!然后,是莫克、莫尔德瓦人、博耶夫、米舒克、萨绍克,马克西梅奇①最轻,他殿后……摘下帽子来,向圣母祷告吧!瞧,太阳老爷迎接我们来了……"

灰白和淡褐色的乱蓬蓬的头一齐袒露出来,太阳透过薄薄的白云瞥了他们一眼,又隐藏起来,仿佛不愿唤起他们的希望。

"走!"奥西普用一种前所未有的语调严厉地说。"上帝保佑!看着我的脚步。不许支靠人家的背,互相拉开至少一俄丈,再远点更好!走吧,伙计们!"

奥西普把帽子掖在怀里,手持水准仪,小心而轻快地迈到冰上,脚步发出了嚓嚓的响声。他身后的岸上,随即传来一阵拼命的呼喊:

"往哪儿——去?你们这群畜生,圣母啊……"

"走,别往后看!"领头的用洪亮的声音命令着。

"回——来——,魔——鬼——们……"

"走,伙计们,心里要想着上帝!他不会邀请我们去过节的……"

吹起了警笛。老兵大声地发牢骚:

"瞧你们这群英雄,真他妈的……没事找事儿!现在会给对岸警察局发去一份急电……就算我们不淹不死,也会被抓到分局去,拿我们去喂臭虫……我可担当不起……"

奥西普用振奋人心的声音,带领着身后的一群人,就像用绳子把他们系住了似的。

---

① 即作者的父名"马克西莫维奇"的快读。

"眼睛放尖些,留神脚下!……"

我们逆着水流,斜插河面。我走在最后,清楚地看见,身材矮小、衣着整齐的奥西普,头白得像小白兔似的,灵巧地在冰上滑行,两条腿仿佛连抬也不抬。六个幽暗的身影,就像被串在一根无形的线上,拉成一串,摇摇摆摆地跟在他后面鱼贯而行。有时,他们的影子就并列在他们的身旁,落在脚下,铺在冰上。他们低垂着头,就像人们下山时怕踩空摔倒似的。

后面的呼喊声越来越密。显然,有一大帮人跑拢过来,已经分辨不出他们说的什么话,听到的只是一片不快的嘈杂声。

这种小心谨慎的行进,对我说来,逐渐变成了一宗机械乏味的差事。我走惯了快路。现在,我陷入了一种似梦非梦的心境,这时,内心仿佛变得空虚,你不再想到自身并超脱了自身,同时,你会把一切看得分外清晰,听得分外真切。脚下是被水浸透了的铅一样的青灰色冰块,它发出的光令人目眩。有的地方,冰层断裂,隆起,被撞碎,变成小的冰块,一堆堆躺在那里,既像多孔的泡沫石,又像锋利的碎玻璃。蓝色的裂缝,冷笑着,在捕捉人们的双足。宽阔的鞋底啪哒啪哒地踏在冰上。博耶夫和老兵的嘟囔声,听起来叫人生厌——他们俩一唱一和:

"我可不负责……"

"我当然也不……"

"只许一个人说了算,别人兴许比他聪明千倍……"

"我们哪能靠动脑筋过活?我们活着,靠的是喉咙……"

奥西普把短皮袄的下摆掖在腰带里,他那穿着灰色军服呢裤子的两条腿,就像弹簧似的,迈起步来既轻松又灵快。他走路的样子,就仿佛总有一个只有他才能看到的人,在他前面打转转,阻止他走直路,抄近路,而奥西普与他斗争着,力图绕开他溜过去,他忽儿左,忽儿右,有时,又急转向后,在冰上画出环形和半弧形,一直像在跳舞。他唱歌似的不住声地喊着，这声音优美地与钟声交融在一起，听起来叫人特别愉快……

当我们快走到一块约四百俄丈长的大冰块中部时，上游响起了不祥的簌簌声，就在这一瞬间，一块冰在我脚下漂动起来，我晃了一下，没有站稳，摔得跪了下去，使我吃了一惊。当我往上游一瞧，一种恐惧立刻卡住了我的咽喉，吓得我张口结舌，两眼发黑。铁青色的冰层活动起来，拱起了脊背，平滑的冰面上冒出了许多尖角，奇异的碎裂声，在空中震响，就像有人踏着沉重的脚步，在打碎的玻璃上行走。

河水发出轻轻的哗哗声，在我身边流淌；树木像活人似的，东摇西摆，尖声嘶叫；大家呼喊着，聚向一堆。在这一片沉重和可怕的紊乱声中，掺杂着奥西普洪钟般的声音：

"散开……散开来——保持距离，上帝的孩子们！河神娘娘来啦。来——啦——！该快乐点儿，伙计们！瞧啊，来——啦——！"

他仿佛遭到黄蜂袭击似的跳跃着，手持那根一俄丈长的水准仪，恰似用长矛在自己周围左刺右扎，跟谁厮杀。城市战栗着，从他身旁漂过。我脚下的冰像磨牙似的咯吱作响，裂成碎片，水涌到我的脚上，我跳起来，懵懵懂懂地向奥西普扑去。

"往哪儿闯？"他挥动着水准仪，喊道，"站住，鬼东西！"

看上去，他简直不像奥西普了——面孔变得出奇的年轻了，一切为我熟知的东西从他身上消失了。蔚蓝的双眼变成了灰色的，个头仿佛长高了半俄尺。他直挺挺的身躯，像一根新铁钉，牢牢实实地把双足紧钉在冰上。他扬起头，张大嘴，呼喊着：

"不要慌乱，不许扎堆，不然，我砸碎你们的脑袋！"

他又冲着我挥动着水准仪。

"你往哪儿闯？"

"我们会淹死的，"我轻轻地说。

"去你的！住嘴……"

但是，他打量了我一下之后，随即又压低声音，更温和地补充道："傻瓜才会淹死，你会闯出去的……你爬得出去！"

接着，他猫着腰，仰起头，又扯开嗓门喊起来，说了一些令人振奋的话语。

冰层哗哗剥剥、嘎吱嘎吱地响着，不慌不忙地断裂着，慢慢地把我们从城边送过去。大地里似有一种苏醒过来的巨大力量，在把河岸抻长：我们身后的那一部分河岸，一动不动，而我们面对着的那一部分，却在悄悄地逆流而上，整个大地快要被撕裂开来了。

这种可怕的、缓慢的运动，使人失去了与大地相连的感觉：一切都在离开你，胸中闷得发痛，双足软弱无力。几朵红云在天上隐隐浮动，冰层的裂口在它们的映照下，也变得红红的，恰似正在鼓足劲儿，要赶过来把我吞掉。整个大地都已复活，在迎接着春天诞生。大地舒展着身躯，高挺起毛茸茸湿漉漉的胸脯，把骨骼抻得嘎嘎作响，河流在大地的壮健肌体里，就像一根根脉管，充满了浓浓的、沸腾着的鲜血。

在万物这种自信而沉着的运动里，一种觉得自身渺小无力的委屈感，使我非常难受；令我恼恨的是在我的心中，却偏巧有一种大胆人的幻想在增长，燃烧：我真想伸出手来，威风凛凛地止住山冈、河岸，命令它们：

"停住，等我走上来再说！……"

低沉的铜钟在忧郁地叹息，但是，我岂能忘记，再过一个晚上，一个白昼，入夜以后，它们会愉快地轰鸣，宣告着复活节的来临。

能活到听见这钟声该多好！……

……七个幽暗的身影在我的眼里晃动着，在冰上跳跃着。他们挥动着木板，就像在空中划桨，而在他们前面，一个像奇迹创造者

尼古拉①模样的小老头,泥鳅似的溜来溜去,他那庄严的声音不住地震响:

"留心!留心……"

河面不那么平整了,它那活动的脊背拱起来,在脚底下蜿蜒蠕动,使人想起《风羽飞马》②里的那条鲸鱼。流动的河水不时从鳞片似的浮冰下溅泼出来;混浊冰凉的水,贪婪地舔着人们的双足。

人们像是走在横跨深壑的独木桥上。轻轻的、呼唤似的水流的击溅声,使人想起万丈深渊,想起身体将会无限地坠向这阴冷、狭长的巨口中,在那里,双目会失明,心脏会停止跳动。我还想起了一些溺死的人,脑海里浮现出一个个黏滑的头颅,一张张凸出着呆板眼睛的浮肿面颊,一只只在发肿的手上叉开的指头,还有手掌上像湿布一样被泡软了的皮肤……

第一个掉进冰里去的是莫克·布德林。他走在莫尔德瓦人的前面,像往常一样默默无语,仿佛没有这个人在场似的。他走着,显得比谁都沉静;突然,像有人揪住他的脚猛地一拉,他不见了;冰上只露出他的头,和一双紧抓着木板的手。

"帮帮他!"奥西普高喊着,"不要都拥上去,一两个人帮帮就行了!"

莫克呼哧呼哧地喘着气,对莫尔德瓦人和我说:

"你们走开点,小伙子……我自己来……不要紧……"

他爬上冰来,一面抖落着身上的水珠,一面说:

"好家伙!看起来,真得留点神,不然,确实会淹死的……"

他磕打着牙齿,用肥大的舌头舔着上唇上湿透的两撇胡子,特别像一条温顺的人狗。

---

① 俄罗斯宗教传说里的人物。
② 俄国作家叶尔肖夫(1815—1869)根据民间传说编写的一篇童话诗。

我突然想起,一个月以前,他被斧子整个儿砍下了左手大拇指的一节——他举着那砍下来的、指甲发蓝的惨白指头,用不可思议的幽暗目光仔细地打量着,抱歉似的轻轻说道:

"这个小怪物,我把它伤了不知多少次,简直没数了!……它本来已经脱臼,不大好使……现在只好把它埋掉了……"

他细心地把砍下来的指头裹在刨花里,装进衣兜,这才去包扎受伤的手。

继他之后,博耶夫也洗了个澡。仿佛是他自己扎进冰里去的,但是,他随即发疯似的喊叫起来:

"啊!老爷儿们,我沉下去了,我快死了,兄弟们,救救我……"

他吓得浑身抽搐,费了老大的劲才把他拉出来;莫尔德瓦人在他身边张罗着,连头没入水中,也几乎被淹死。

"差点儿到魔鬼那里做晚祷去了,"他爬到冰上,难为情地微笑着说。现在,他显得更瘦小,颧骨也更高了。

过了不大一会儿,博耶夫又掉了下去,发出尖叫。

"不要叫,亚什卡①,你是属山羊的不成?"奥西普一面嚷着,一面用水准仪威胁他。"干吗要吓唬人?我真想给你一下!伙计们,把腰带解开来,把兜里的东西倒掉,这样会灵便些……"

每走十步,都会发现狰狞的大嘴,发出嘎嘎的响声,喷出混浊的唾沫,用发蓝的锋利牙齿,咬住人们的双足:似乎大河想要像蛇吃蛤蟆一般,把人们吞进肚里去。湿透了的鞋子和衣服,妨碍着跳跃,把你往下拉。大家都像被野兽舔了似的,浑身黏滑,举止笨拙,默默无语,恭顺地挪动着沉重而缓慢的脚步。

但是,奥西普对冰上的裂缝仿佛早就心中有数,他虽然也和大

---

① 博耶夫的爱称。

家一样,全身湿透,却能像兔子似的从这块冰上跳到那块冰上。每跳到另一块冰上时,他总是稍稍停留一下,一面仔细地观察,一面大声喊道:

"喂,你们瞧,应当这样走!"

他与大河在做游戏。大河要捉住他,他虽说个儿小,却很会欺哄它,闪开它,绕过意外的陷阱,甚至使人感到,是他在驾驭着冰块流动,把又大又结实的冰块驱赶到我们脚下。

"喂!别泄气,上帝的孩子们!"

"奥西普大叔真行!"莫尔德瓦人轻声地赞叹着。"真是一条好汉!……实在是一条好汉……"

越靠近河岸,冰块变得越小,越碎,人们落水的次数也就越多。城市几乎已经整个儿从身旁漂过去了,我们很快就会被带入伏尔加河。那里,冰还没有移动,会把我们吸进去的。

"我们说不定会被淹死的,"莫尔德瓦人低语着,朝左边望了望淡蓝色的暮霭。

突然,就像怜惜我们似的,一大块浮冰一头向河边撞去,它碎裂着,发出咔嚓咔嚓的响声,撞到岸上,终于停了下来。

"快跑呀!"奥西普拼命地喊叫起来,"使劲儿跑呀!"

他跳上那块浮冰,滑了一下,摔倒了,坐在被河水溅泼着的冰块边缘上,让大家从身旁跑过。五个人推推撞撞、你追我赶地跑上了岸。莫尔德瓦人和我停下来,想跑过去帮助奥西普。

"快跑,猪崽子们,快!"

他那发青的脸抽搐着,眼里的光辉消逝了,嘴张得很古怪。

"起来吧,大叔……"

他垂下了头。

"我的腿像是折断了……起不来……"

我们把他扶起来,搀着他走。他伸开两臂,勾住我们的脖子,牙齿磕打着，叨叨说：

"你们会被淹死的，你们这两个鬼迷心窍的人……好吧，谢天谢地，上帝总算没忘记我们，老弟……留神——三个人怕经不住，小心点走！拣冰上没有盖着雪的地方走，那里更牢实些……你们还是丢下我吧……"

他眯缝着眼瞧了瞧我的脸，问道：

"你那个专记我们过错的小本本呢？想必泡透了吧？怎么，不见了？"

当我们从撞上岸来的巨冰上走下时，还泡在水里的那部分冰块把一条平底船压成碎片，发出嘎嘎的响声，接着，晃荡几下，咔嚓一声，漂走了。

"你瞧！"莫尔德瓦人赞许地说，"真懂事！"

在岸上，我们被城郊小镇的居民们团团围住，一个个浑身湿透，冻得直打哆嗦，但却很愉快。博耶夫和老兵与村民们对骂着，我们把奥西普放在几根木头上。他快乐地喊道：

"伙计们，那小本本可完蛋了，泡胀了……"

这账本就像一块砖头似的掖在我的怀里，我悄悄地掏了出来，把它远远地扔进河里，它扑通一声，像一只蛤蟆似的扎进了发乌的水流。

佳特洛夫兄弟往山上飞奔而去——到酒馆里打酒去了。他们一面跑，一面用拳头戏打着，喊叫着：

"哎哟哟！"

"你装蒜……"

一个长着圣徒胡子和小偷眼睛的高个儿老头，冲着我的耳朵肯定地说道：

"你们惊扰百姓的安宁，本该打你们这些该死的几个耳光……"

博耶夫一面整治鞋子，一面嚷道：

"我们哪点打扰你们啦?"

"教友们都快淹死了,"老兵也发出怨言,声音更嘶哑了,"你们都干了些什么?"

"我们有什么可干的?"

奥西普躺在地上,伸着腿,用颤抖的手摸着短皮袄低声抱怨道:

"哎呀,我的妈呀,弄得多湿……这皮袄坏得不行了……穿了还不到一年……"

他好像变得瘦小了,皱着眉头,躺在地上,身躯显得越来越抽缩,仿佛要融化似的。

突然,他欠起身来坐着,叹了一口气,恶狠狠地高声说:

"让魔鬼把你们这群傻瓜带到澡堂和教堂去吧!瞧你们,一群催命鬼!……你们倒是去呀……没有你们上帝过不了节……简直是找死……皮袄全给毁了,真是岂有此理!……"

大家穿上整治好的鞋子,拧干衣服,累得呼哧呼哧直喘,叹息着,和居民们对骂着。奥西普嘟囔得更上劲了:

"瞧你们出的好主意,该死的!非得上澡堂……瞧着吧,人家叫来警察,就会把澡堂指给你们看的……"

居民中有人殷勤地说:

"已经打发人叫警察去了……"

"你这是怎么搞的?"博耶夫对奥西普嚷了起来。"你干吗要装蒜?"

"我?"

"你!"

"等等!这是怎么回事?"

"是谁唆使人走的,啊?"

"是谁?"

"是你!"

"我?"

奥西普惊厥似地抽搐起来,用泄了劲的声调重复说:

"我吗?"

"这很对,"布德林平静而清晰地说道。

莫尔德瓦人伤心地低声作证:

"真的是你,奥西普大叔!……你忘了……"

"没错,这事是你挑的头,"老兵忧郁地但却很有力量地喊道。

"他忘——了——!"博耶夫暴怒地嚷叫。"他怎么会忘!不,他这是要试一试,能不能把自己的罪过,像戴项圈似的套在别人的脖子上,我们知道这玩意儿!"

奥西普沉默了,他眯着眼,环顾着这群衣服潮湿的、半裸着的人……

然后,他奇怪地哼了一声,像是苦笑,又像是哭泣。他耸起双肩,两手摊开,喃喃地说起来。

"是了,说得对……真的,是我的主意……真奇怪!"

"这就对了!"老兵得意扬扬地喊道。

奥西普望着那像煮小米粥一般沸腾的河水,皱着脸,愧悔地垂下双眼,继续说:

"照直说,这是一时糊涂……哎,我的爹呀!怎么没有淹死?简直闹不清楚……啊,主啊!……伙计们……你们别……别生气,看在过节的份上……原谅我吧!……我的脑子错乱了,不然怎么会……是的,是我唆使的……我真是个老糊涂……"

"是这样吗?"博耶夫说道,"如果我淹死了,你又会说什么呢?"我觉得,奥西普为自己干了不必要的蠢事而大吃一惊——他浑身像被舔了似的黏滑,使人想起那刚出生的牛犊。他坐在地上,摇着头,双手抚弄着身旁的沙土,用仿佛不是他自己的声调喃喃着,说着忏悔的话语，不向任何人瞧上一眼。

我望着他，心想——那个发号施令的指挥官，那个身先士卒，关切、机智和威风凛凛地带领着人们前进的指挥官，现在到哪里去了呢？

一种不愉快的空虚感，袭入我的心灵，我靠近奥西普，就像想把什么东西保全下来似的，轻轻地对他说：

"够了……"

他斜眼望了我一眼，一面用指头把胡须梳理开来，一面也轻轻地对我说：

"看到了吗？你会明白的……"

接着，他重又高声地嚷给大家听：

"简直是瞎胡闹——对不对？"

……山顶上，矗立着一些像黑鬃毛一般的树木，远处是昏暗下来的天空。山面河而卧，恰似一头巨兽。薄暮时分的淡蓝色阴影出现了。阴影从屋顶后向外张望——这些屋顶如溃疡般紧贴在山的黑色皮肤上；阴影也从黏土质谷地的湿漉漉的黄色大嘴里往外窥探——这巨嘴冲着河面宽宽地张开，使人觉得，它像是要伸向水流，足饮一通。

河上也昏暗下来。冰块的碎裂声和撞击声变得沉稳多了。有时，一块冰一头拱向岸边，就像猪嘴似的，起初一动不动，后来晃动几下，挣脱出来，继续漂去，另一块冰又懒洋洋地爬过来，占据了这个空位。

河水涨得很快。它溅泼着土地，冲刷着污泥——污泥像浓烟似的，在暗蓝色的水中漂散开来。空中有一种奇异的声音——咯吱咯吱，吧嗒吧嗒，恰似一头巨兽一面在贪婪地吞嚼着什么，一面用长长的舌头舔着大嘴。

从城市那边，飘来了柔美而忧伤的钟声，因相隔遥远而显得低沉了。

佳特洛夫兄弟，像两只欢快的小狗从山上跑下来，手里抓着酒瓶；一个身穿灰制服的警长和两个穿黑制服的警士，在河岸边走着，迎向他们。

"哎哟，上帝啊！"奥西普轻轻地抚摸着膝盖，低声呻吟着。

居民们看到警察，往空旷处疏散开，渐渐安静下来，期待着。警长是个干瘪的人，长着一张小脸，蓄着两撇褐色的箭一般的口髭。他向我们走过来，用有点嘶哑的、矫揉造作的男低音，严厉地说道：

"你们这群鬼东西……"

奥西普仰面倒在地上，急急忙忙地说：

"是我，大人，我是整个事情的罪魁祸首！看在过节的分上，饶了我吧，大人……"

"你这是怎么搞的，你这老鬼！"警长吼叫起来，但是，他的喊声，在可怜巴巴的柔言媚语的急流中消失了，湮没了。

"我们的家人都在此地，在城里，河那边我们无亲无故，连买面包的钱也没有，可是，大人，后天就是复活节，大家都想洗个澡，到教堂去做祈祷，因为我们是基督徒，于是，我就说：'走吧，伙计们，上帝会保佑的，我们又不是去做坏事。'为了这胆大妄为的举动，我受到了惩罚，您瞧，我的脚整个儿给毁了……"

"报应！"警长厉声嚷道，"如果你们淹死了，那又怎么办呢？"

奥西普深深地、疲惫不堪地叹了一口气：

"怎么会呢，大人？这不，什么事也没有，真对不起……"

一个警士骂了起来，大家默默地留心听着，好像这个人不是在下流地骂娘，而是在发表大家必须知道和必须牢记的高论。

后来，他记下了我们的名字，就走了。我们一起喝完了烧酒，感到暖和起来，也有了精神，打算回家去。奥西普一面冷笑，一面目送着警察离去。突然，他轻快地站起身来，恭恭敬敬地画了个十字。

"一切都过去了,谢天谢地……"

"这么说来,"博耶夫又是惊讶,又是扫兴,用难听的鼻音嗡嗡着,"这么说来,脚是好好的?没有折断,是不是?"

"你想叫它折断不成?"

"啊,老滑头,你这个可怜的彼得鲁什卡①……"

"走吧,伙计们!"奥西普发出命令,把潮湿的帽子戴到头上。

……我和他落在大家后面,并肩而行。他同我说话,声音很低,很亲切,就像要告诉我一宗只有他一个人知道的秘密:

"无论做什么事,不管你怎么会兜圈子,不狡猾,不欺骗,是万万混不过去的,这就是生活,生活就是这个样子,弄虚作假才吃得开……不然,你要上山,鬼就会拉你的腿……"

天黑了。灯火在黑暗中闪烁,有红的,黄的,仿佛在召唤:

"到这儿来吧……"

我们迎着钟声向山上走去,溪水潺潺,在我们脚下蜿蜒着,奔腾而下。它们的喧闹声,淹没了奥西普和蔼的话语。

"我把警察给对付过去了!事情就应该这么办,要叫别人什么也弄不明白,然而,每个人都觉得,他似乎是钟表的发条,就得这样……要让每个人都想到,要做成一件事,就得有他这种精神……"

我听着他的话,却不甚了了。

而且,当时我的内心平静而轻快,也不想去弄明白。我不知道,我是否喜欢奥西普,但是,我准备和他一起,走遍任何需要去的地方,哪怕是再一次踏上那从脚下滑走的流冰,渡过河去。

铜钟在鸣唱,我不禁高兴地想道:

"春天啊,我还要无数次将你迎接!……"

---

① 俄罗斯民间戏剧里的丑角。

奥西普叹息说：
"人的心灵是有翅膀的，会在梦中飞翔……"
有翅膀吗？真妙！……

(1912年)

女 人

鲁 民 译

风儿在草原上飞驰，吹打着高加索群山的巉岩峭壁；山脊像巨大的风帆，大地呼啸着，好像在蔚蓝色无底的深渊疾驰，将风儿撕碎的云絮抛在身后，云絮的阴影沿地面滑动，想抓住大地不放，然而力不从心，于是便哭泣、呻吟起来……

树木弯下身子，仿佛在奔跑；灌木丛抖动着枝叶，犹如一群狗趴在黑色的地面上，抖动身上的毛。整个大地黄尘滚滚，发出单调的沙沙声，呼啸着，号叫着，一刻也不停息；鹳鸟在啼鸣，饱食后的乌鸦呱呱地叫，草原上的蟋蟀也不甘寂寞，噢噢地闹个没完。不时传来神色严肃、身材高大的哥萨克村民的吆喝声，好像在指挥这里的一切。脱粒机铡碎的金黄色的麦秸，从光秃秃的草原上吹过来，富饶的哥萨克镇的场院上，卷起一阵阵昏黄的旋风，一些鸡毛和太阳晒黄的枯叶被腾空卷起，漫天飞舞。

太阳匆匆露了一面，又很快消逝不见了，它好像在追赶奔驰的大地，但已疲惫不堪，被抛在后面，不声不响地从天际沉落到西方尘土飞扬的一团混乱中。在那边，群山耸立，皑皑白雪点缀着山峰，含雨的乌云像耕耘过的土地，被染上了一层彩虹。

厄尔布鲁士山的鞍形山巅和其他山的水晶般的山峰，有时从乌云的间隙闪耀出炫目的光芒。山峰直耸云端，想抓住那些云。你会十分明显感觉出大地在广阔的空间里急驰。心里紧张和高兴得喘不过气来，仿佛同这美丽可爱的大地一起疾飞。你凝视着那些被永不消融的积雪装点的山峰，会不由地想到，在群山背后定是一片浩瀚的蓝色大海，大海里巍然展现出另外一些奇妙的土地，或者简直就是一片湛蓝的荒漠，而在远处某个地方隐约可以看到一些五颜六色的球体在转动，那是从我们地球的亲姊妹——尚不知道的星球上来的吧……

从草原驶来几辆大车，满载脱过粒的粮食。犄角弯曲的瓦灰色的犍牛，全身都是烟炱般又黑又厚的尘土，瞪着圆圆的眼睛，把富有耐性的目光投向地面，缓慢而吃力地迈着步子。大车上躺着一个哥萨克，他身穿被尘土染成灰色的衬衫，高筒皮帽歪戴在后脑上，脸膛晒得黝黑，眼睛被风吹得发红，大胡子被汗水和尘土粘在一起，像是用石头雕成的。这个哥萨克有时在车前紧靠着车辕步行；风吹打着他的后背，把衬衫掀起；这人也像犍牛那样结实和强壮，眼睛也是那样富有耐性而且精明；他不慌不忙地走着，仿佛知道前面等待着他的一切。

"右转弯……右转……"

今年他们这里收成不坏，他们身体都健壮，吃得饱饱的，可是面色阴沉，不爱讲话，对人待答不理。这也许是干活太累的缘故吧……

在哥萨克镇的中央，一座红砖教堂高耸入云，它有五个圆顶，正廊上方是一座钟楼；窗框是整饰过的，涂了淡黄色的油漆。这座教堂仿佛是贴了一层五花肉似的，背阴处显得臃肿而笨拙：很像一座由吃饱喝足的人们给一位魁伟、静穆的天神建造的神殿。

低矮的白色农家草舍像跳轮舞似的散开，一座座宛如粗壮的农妇，腰间系着篱笆编的腰带，身上披着花畦织成的华丽绸衫，头上是由芦苇房顶织成的褪色的锦缎，而在屋顶的上空，银灰色的白杨摇曳多姿，花边似的槐叶丛哆嗦着，干荚儿有如孩童的玩具发出嘎嘎的声响。栗子树的暗色掌形大叶在空中摆动,似乎也想抓住那飞奔的云。哥萨克女人从这院跑到那院,把裙子和内衫的下摆高高撩起,粗壮结实的腿一直裸露到膝头;她们奔忙着,打扮起来准备过节,彼此关心地打招呼,呼唤着圆胖胖的孩子,那些孩子像麻雀似的在土里翻滚,捧起一撮撮尘土,高高扬在空中。

在教堂围墙旁边背风的地方,一些"找活儿干的流浪汉"横七竖八地躺在红褐色的干枯的杂草地上,他们一共二十多个,全是"无处安身的人",等待时来运转的空想家,或者是陶醉于这片辽阔富饶土地的懒汉、俄罗斯流浪癖的患者。他们三三两两结伴而行,从这村串到那村,名义上是"找个工作"。他们看到这里的工作非常之多,对此大为惊讶,但是,只有到了山穷水尽的地步,到了用乞讨或偷窃等办法也不能填饱肚皮的时候,他们才肯去干活儿。

明天是圣母升天节①,在那个富饶的镇子里将有欢度节日的活动。他们便从四面八方汇集到这个镇上来,希望在节日里不用劳动就能饱餐一顿。

这些全是从中部各省来的"俄罗斯人"。他们没晒惯南方的太阳,一个个面孔被晒成黑紫色,头发也晒焦了。风儿把他们的破衣烂衫吹得飘飘扬扬,啪啪作响。他们全都装出一副温顺、虔诚的样子,好像是干活儿劳累了,日子过得不如意,才聚集到这里来。

当那辆满载粮食的大车吱吱呀呀地从他们身旁驶过时,哥萨克嘴里嚼着一根麦秸,也从这里步行走过,他们厚着脸皮毕恭毕敬地向他鞠躬致敬,而他只是轻蔑地斜睨他们一眼,并没有脱帽,同往常一样,全然不理会那些无精打采、衣衫褴褛的外乡人如何对他弯腰行礼。

图拉人科尼奥夫,一个干瘪的男人,晒得像根烧焦的火棍,他

---

① 圣母升天节,旧俄历8月15日。

枯瘦的脸上长着稀稀拉拉的黑胡子，深藏在眼窝里的一对黑眼睛闪动着和蔼的含笑的目光。他与众不同地向哥萨克们深深一鞠躬。

今天我才加入到这伙人里头，不过科尼奥夫却是我的老相识了。从库尔斯克到捷普斯克省的路上，我不止一次遇到他。他是一个"合群"的人，喜欢待在人群中间，可是，这似乎只是因为他非常胆小。无论在地球上什么地方，除了在靠近阿列克辛县①沙滩，他自己的家乡，他总是自信地到处这样说：

"确实，这鬼地方富倒是富，可是我同当地人却合不来……怎么也合不来！在我们家乡，人的心眼儿不知有多好，那是真正的俄罗斯人，这里的人没法比！这里全是狠心的家伙，本地人的心肠连一分钱都不值！"

他喜欢悄悄地、若有所思地讲述一些偶然发迹的奇遇：

"瞧，你不相信铁马掌的故事，我讲给你听听：叶弗列莫沃村的一个乡下人拾到一块铁马掌，可是三个星期以后，他的叔叔、叶弗列莫沃镇一家店铺的掌柜和他全家人却被一把火烧死了，听说了吗？全部遗产就归这个乡下人所有了，真的！不，你总不能说你不知道这个道理吧：命运是怜悯人的，它常常怀着善心保护人呢……"

科尼奥夫那浓黑陡直的眉毛一直爬到前额，眼睛惊讶地从眼窝瞪出来，仿佛他自己也不相信他讲的这些话。

当那哥萨克走过时，并未理会他的致敬，科尼奥夫望望他的背影，嘴里嘟囔着：

"吃饱撑的，目中无人……不，我直说了吧，这是些没有心肝的家伙！……"

同他一起的还有两个女人；一个二十岁左右，矮矮胖胖的，眼睛像玻璃球似的，嘴总是合不拢。她有一副傻里傻气的面孔：脸的

---

① 在图拉省，位于奥卡河右岸。

下半部，牙齿露在嘴外，好像在笑，可是，当你仔细看她低矮的额头下面那对纹丝不动的眼睛，又觉得她立刻就要惊恐地失声痛哭，像个患癫痫病的女人。

"他把我送到这里，和不相识的人待在一起。"她嗓音沙哑地抱怨着，用短粗的手指把晒焦的头发塞进黄绿色头巾下面。

一个宽脸盘、高颧骨的小伙子，长着蒙古人的小眼睛，用胳膊肘捅了她一下，声音喑哑地懒洋洋地说：

"他把你抛弃了。你眼里只有他……"

"是啊——"科尼奥夫意味深长地拖着长声，一面说，一面在布袋里摸索什么。"现在甩掉一个娘儿们是家常便饭，这年头她们不值钱，便宜得很……"

那娘儿们蹙着眉头，吃惊地眨巴着眼睛，张开嘴，她的女伴却机灵而明确地说：

"你别听他们胡说，讨厌鬼……"

她比那女人大五六岁，而且容貌也非同一般：一对乌黑的大眼睛总是滴溜溜地转，几乎每分钟变换一种神情：时而顺着镇上的街道，严肃地凝视远方，眺望凉风习习的草原，时而突然匆忙地在人们脸上找寻什么，然后又不安地将眼睛眯起，在那美丽的唇边闪过一丝微笑。这女人低下头，把脸藏起来，当她再抬头的时候，眼睛又换了另一副神情：气呼呼地瞪得很大，两道纤细的眉毛之间现出一条竖立的皱纹，轮廓清晰的干焦的嘴唇固执地紧闭着，她像头马似的，用她那直勾勾鼻子的小鼻孔呼哧呼哧地吸着气。

从她身上可以感觉出一种农民所没有的东西：蓝裙子下面露出皲裂的脚踝——这不是农村那种泥巴腿，脚面隆起很高，显然是穿惯了长筒靴的。她在补一件带白花点的天蓝色上衣，看样子，她做针线十分娴熟。一双晒得黧黑的小手在那揉皱了的布料上灵巧、迅速地闪来闪去。风儿想从她手里把针线活儿吹走，但没有得逞。她躬着身子坐在那里，从麻布内衫的开襟处，我看到她那不大的结实的乳房，像是姑娘家的乳房，可是她那下垂的奶头却说明，在我面前的是一个哺育过婴儿的女人。在这些人中间，她好似掺杂在生了锈的破铁中的一块赤铜。

我在这块土地上漫游，时而登临高山，时而造访平原，所到之处，多数人都是神情抑郁，像蒙上了一层灰尘，懒散得令人触目惊心。若是打开人的心扉，探察一下他的内心，那里定会有我尚不知晓的思想和闻所未闻的言论，但是，这样去观察人也确实没有什么必要。我只是希望看到全部生活都是美好的，值得骄傲的，希望这些成为现实，然而现实生活展示出来的却是些彼此倾轧的处所、黑暗的陷坑、猥琐的人、潦倒的人、说谎的人。我想将自己的一颗小火星投向他人心灵的幽暗处——你径自投去，可是它却在无声的空间消逝得无影无踪……

不过，这个女人却能唤起人的遐想，吸引你去揣测她的过去，于是，我不由得要编出一篇有关人生的复杂的故事，同时用自己的意愿和希望的油彩把这种生活尽量涂饰一番。我知道这是一篇谎言，也知道，随着时间的流逝，我的境遇将因为争取这种生活而变得恶劣，但是，目睹如此畸形的现实却实在令人烦闷。

一个身材高大的红头发男人，垂下眼帘，搜索枯肠地寻找恰当的词汇，用焦油般浓重的声调慢吞吞地讲：

"好吧，咱们走吧。路上我对他讲——信也好，不信也好，古宾，骗子总是你，不会是别人……"

在讲话人的话语中，所有的字母"O"的发音都是沉重而圆润的，就像超载的大车车轮在乡间小路灼热的尘土上辘辘滚动。

高颧骨的小伙子，眼珠如盲人的一般浑浊，他那铅灰色的眼睛死盯着戴绿头巾的年轻女人。他像羊羔似的掐了几根枯萎的草茎，放在嘴里咀嚼，又把袖口挽到肩头，弯起胳膊，乜斜着鼓起的肌肉。

猝然间,他向科尼奥夫问道:

"让我来一下,好吗?"

科尼奥夫寻思着,朝他的拳头瞥了一眼,那是一只大拳头,有如一普特重的铁锤,上面仿佛生了锈,他叹口气,回答道:

"你照自己的脑门来一拳,可能会变得聪明些……"

小伙子抑郁不乐地瞧着他,问道:

"为什么?我是傻瓜吗?"

"瞧你那样子就像……"

"不,你住嘴!"小伙子吃力地跪起来,用挑衅的口吻说,"你从哪里知道我是这么个人?"

"你们的省长告诉我的……"

小伙子不说话了,惊异地望望科尼奥夫,又问:

"可是,我是哪个省的呢?"

"别纠缠,记不得了。"

"不,等一等,要是我给你来一下……"

那女人停下手里的活计,好像觉得发冷似的耸起圆胖的肩膀,温柔地问道:

"说正经的,你是哪个省的人?"

"我吗?奔萨省的,"小伙子回答说,急忙抬起腿蹲在那里,"奔萨省的,怎么样?"

"是这样……"

那个年岁小一点的女人按捺不住自己的高兴,奇怪地咪咪笑起来。

"我也是……"

"哪个县的?"

"论县说,我也是奔萨县人。"那个年轻女人不无骄傲地说。

小伙子坐在她的对面,有如面对一堆篝火,问她伸出双手,用令人信服的口吻说：

"咱们那个城市可好呐！那么多饭店、教堂、石头房子……有一家饭馆里还开留声机……要听什么有什么……什么歌都有！"

"也玩'捉傻瓜'①吧！"科尼奥夫轻声嘟哝一句，可是小伙子讲他们县城如何美好，正讲得起劲，因此根本没有听见。他那宽厚、湿润的嘴唇不住地咂巴着，仿佛在琢磨用语似的喃喃说道：

"好多石头房子……"

那个女人停下针线活儿，问道：

"也有修道院吧？"

"修道院吗？"

小伙子恼怒地挠挠脖子，不言语了，随后气呼呼地说：

"修道院，我不太清楚……我只进过一次城，那是把我们这帮饥民赶去修铁路……"

"唉！唉！"科尼奥夫叹了口气，站起身，走开了。

人们紧靠着教堂的围墙，像草原的风刮来的一堆垃圾，准备再随风滚动到草原上去。三个人在睡觉，一些人在补衣服、捉虱子、嘴里乏味地嚼着从哥萨克农家挨户讨来的黑面包。看到这些人觉得烦心，听着这小伙子无用的唠叨也令人讨厌。那个年长的女人，眼睛不时地离开手里的活计，向他微笑，这虽然是淡淡一笑，却使我非常生气，于是我跟着科尼奥夫走了。

教堂围墙的入口处有四棵杨树，像守门人似的站在那里。杨树被风儿吹弯了树梢，向干燥、铺满尘土的大地频频敬礼，朝着雪山耸立的昏沉沉的远方探过身去。红褐色的草原洒满金色的阳光，显得那么平静、辽阔，它让风儿轻轻呼啸，让枯草甜蜜地沙沙作响，召唤人们向它走去。

---

① "捉傻瓜"，也叫"抓杜拉克"，一种纸牌游戏。

"这小娘儿们呢?"科尼奥夫依傍着杨树,一只手抱住树干,不免神思遐想地问道。

"她从哪里来?"

"她说是梁赞人,名叫——塔季娅娜……"

"她跟你同路很久了吗?"

"哪里……很久就好了!今天早上遇见的,在离这儿三十俄里路的地方……她同一个女伴一起,就是这个。我先前也曾遇到过她,在迈科普附近,拉贝河上,是在割草的季节。那时同她一起的是个中年男人,不蓄胡子,样子像大兵,不知是她的情夫,还是她的叔叔。那男人是个酒鬼,爱打架斗殴。他在那里三天挨过两次打。如今她和这个女友结伴。那个叔叔吗,进了哥萨克的监牢,因为他把人家的马具、缰绳都变卖换酒喝了……"

科尼奥夫起劲地说着,但是,仿佛想到一件不愉快的事。他眼睛望着地面。风儿把他那稀疏的长须和破烂上衣吹得飘飘洒洒,吹掉了头上的圆帽;那帽子没有帽檐,衬里破碎了,简直是一块揉皱了的破布。这种圆帽很像女人用的包发布,戴上它,科尼奥夫那有趣的脑袋看上去像个婆娘,样子滑稽可笑。

"嗯,是——呵,"他啐了口唾沫,傲慢地拉长音调说,"多标致的小娘儿们……简直是一匹小马……魔鬼给送来这么一个厚嘴大脸的家伙……你瞧,本来我同她的事情快妥啦……可是他……可好!狗东西……"

"你说过你有老婆……"

科尼奥夫凶狠地瞪我一眼,便扭过脸去嘟囔道:

"我能把老婆装在袋子里背着走吗?"

一个歪肩膀的大胡子哥萨克走过广场,一只手里拿着一大串钥匙,另一只手握着一顶揉皱的帽子,帽檐朝前。一个八岁左右的鬈发男孩拖拖拉拉跟随在他的后面,一边抽泣,一边用拳头揉搓眼睛;

他后面还有一条蓬毛狗,满脸丧气的样子,耷拉着尾巴,大概也是受了委屈的吧。孩子呜咽得厉害时,哥萨克便停下来,默默地等着他,用帽檐朝孩子的头顶拍打几下,然后再往前走。他走路跌跌撞撞,如同醉汉似的,小孩和狗却在原地不动,待上几秒钟——孩子尖声号叫,狗却撅起又老又黑的鼻子,无动于衷地嗅嗅空气,在牛蒡草棵里不住地摆动尾巴。这狗的神情好像对于一切都习惯了,它的长相很像科尼奥夫,只不过显得苍老一些。

"你说到——老婆,"科尼奥夫深深叹了口气,说道,"当然……不过,不是每一种病都能让人死掉的!……我十九岁上成了亲……"

后面的话我早就知道了。这些故事我听过不止一次,但我懒得打断科尼奥夫的话,于是,那些熟悉的怨诉又讨厌地钻进我的耳朵。

"一个姑娘吃饱养足了,净想找情人。等到出了嫁,就接连不断生孩子,像高板床上的蟑螂。"

风儿安静了些,他还在哀怨地诉说着什么……

"没有多久的工夫,就生下七个,都活下来了,全叫你养活!一共养了十三个。这有什么用?现在算起来,她四十二岁,我四十三。她是个老太婆了,我呢,就是这个样子!还是乐呵呵的。穷日子害得我好苦,我那大女孩今年冬天外出讨饭去了。有什么办法?我只好到各城镇游荡,咳,在那里咱们只有一件事好干:睁眼瞧着,垂涎三尺,我看着,我受不了,干脆冲着这一切啐口唾沫,一走了事……"

这个干瘦的身材匀称的人,看上去不会使人觉得他是爱劳动的勤快人。他诉说着,并不抱怨。他说话直截了当,好像在讲别人的事似的。

那哥萨克走到我们身旁,摸摸胡须,用浓重的低音问道:

"从哪里来的?"

"从俄罗斯。"

"你们都是从俄罗斯来的,"他说,挥手叫我们让开,自己向教堂门口走去。他的鼻子大得出奇,圆眼睛周围堆起一叠肥肉,秃脑袋像个鲶鱼头。小孩擦着鼻子,跟在他后面,狗嗅嗅我们的脚,抻了抻身子,便在墙根卧下了。

"看见了吧?"科尼奥夫嘟囔着,"不,在俄罗斯,人是和气多了,这里的人哪能比得上!等一等!"

从围墙的一角传来娘儿们的尖叫声和沉重的捆打声。我们拥过去,只见那个红头发的汉子骑在奔萨省来的小伙子身上,一面哼哧哼哧喘气,一面得意地数着数,用大巴掌打小伙子的耳光。那梁赞女人徒然推搡着红头发人的后背,她的女伴尖声号叫,其他所有的人都站起身来,挤作一团,嬉笑着,喊叫着⋯⋯

"好呵!"

"五!"红头发的人数着数。

"这是为什么?"

"六!"

"行啦!哎呀,"科尼奥夫急得直跳。

连连传来使劲的扑哧扑哧的捆打声,小伙子挣扎着,蹬着腿,脸贴着地面,吹起一股股尘土。一个身材高大、面色阴沉、头戴草帽的人,不慌不忙地卷起衬衫袖口,挥动着长臂。一个好动的、其貌不扬的小家伙像麻雀似的几步跳到大家面前,低声劝告说:

"大家拉一拉吧!闹出乱子来,大伙都得给抓起来⋯⋯"

可是这时高大的汉子已经逼近红头发的人,冲着他的太阳穴就是一拳,把他从小伙子的背上打落下去,然后转过身来面向大家,用教训人的口吻说:

"这是——坦波夫人的打法!"

"不要脸的家伙,土匪!"梁赞女人俯身站在小伙子面前喊道。

她面颊绯红，用裙裾为那个挨打的小伙子擦拭脸上的血迹，她的乌黑的眼睛闪动着冷峻而愤怒的目光，双唇痛苦地战栗着，露出两排整齐、细小的皓齿。

科尼奥夫在她旁边跳来跳去，劝告说：

"你用水给他擦擦，拿点水来……"

红头发的人跪在那里，向坦波夫人挥动着拳头，喊道：

"他为什么吹牛说自己有劲儿？"

"为了这个就打人？"

"你是什么人？"

"我吗？"

"说的就是你！"

"看我再揍你小子一顿……"

其余的人在激烈争辩谁是这次斗殴的肇事者，那个好动的小家伙拍了拍巴掌，劝告大家说：

"别嚷嚷啦！这是人家的地方，规矩可严着哩，大伙都得……哎哟，我的天……"

他长了两只奇怪的扇风耳，看上去，如果他高兴就能用耳朵把眼睛遮起来。

突然，火红的天空中传来洪亮的钟声，压过了人声，这时在人群中出现了一个年轻的哥萨克，手里提一根棒子，他圆圆的脸膛，头发蓬乱，满脸雀斑。

"该死的，嚷嚷什么？"他善意地询问。

"打人啦！"漂亮的梁赞女人气冲冲地说。

哥萨克向她瞥了一眼，微微一笑。

"你们要在哪里过夜？"

有个人迟疑地说了声：

"在这里。"

"不行，耐（你）们会把乔（教）堂给偷光……来吧，到营房去，到那里给你们分派住处。"

"这没关系！"科尼奥夫同我并肩走着，说道："反正是……"

"把我们当贼看待了，"我说。

"到处都一样！咱们的人也这么想。要当心，对陌生人最好要常常想到他是贼……"

梁赞女人走在我前面，同那个厚嘴大脸的小伙子在一起；他已疲惫无力，嘴里嘟哝着，听不清在说什么，她却高高昂起头，用慈母般的口吻清晰地说：

"你啊，年纪轻轻的，你可别跟那些强盗来往……"

钟慢悠悠地敲着，衣着整洁的老头和老太婆从各个院子钻出来迎接我们，于是，空寂的街道活跃起来，低矮的草舍也显得更加亲切。一个少女的声音清脆地喊：

"妈，妈妈！绿箱子的钥匙在哪里呀？我要拿发带呢……"

犍牛哞哞地叫，用低沉的吼叫来回答钟声的召唤。

风停了。红色的云在哥萨克镇的上空缓缓浮动，山峰也被染成一片殷红。山峰仿佛在融化，有如几条闪耀着金光的火流奔向草原，在那儿，好像有只石雕的鹳鸟用一只脚伫立着，谛听劳累了一天的草儿的絮絮低语。

在营房草舍的院子里，我们的身份证被收走了。两个没有身份证的人被带到院子的一角，关在昏暗的牛栏里。这一切都是悄悄进行的，没有引起任何风波，像做一件通常的司空见惯的事情。科尼奥夫神情忧伤，望着正在变得暗淡的天空，低声说道：

"真是怪事……"

"怎么啦？"

"就拿身份证说吧，驯服的好人因为没有身份证可能被驱赶，无处安身……如果我是——个无害的……"

"你是有害的，"梁赞女人肯定地说，语气里带着几分恼怒。

"为什么呢？"

"我知道为什么……"

科尼奥夫笑了笑，闭起眼睛不言语了。

我们横七竖八地躺在院子里，像屠宰场上的绵羊，一直躺到晚祷快要结束的时候。后来，我、科尼奥夫、那两个女人和莫尔尚斯克城的小伙子被带到镇边一间空草舍里，那里墙壁已经破损，窗户的玻璃也碎了。

"不要到街上去，不然就抓起来，"送我们来的哥萨克说道。

"总得给块面包吃吧，"科尼奥夫磕磕巴巴地说。

哥萨克心平气和地问道：

"干了活儿没有？"

"活儿还干得少吗！？"

"给我干的？"

"还没有这个机会呢……"

"等到有了机会，我就给你面包……"

于是，这个矮胖子像圆桶似的滚出了院子。

"他怎么这样对待我，嗯？"科尼奥夫惊异地把双眉紧蹙在额头中间，嘴里嘟哝着。"这些人简直是吝啬鬼，哼——哼！"

女人们走到草舍最里间的墙角，在那里好像马上睡着了；那个小伙子呼哧呼哧地喘气，沿墙壁、地面摸索着走出去，不见了。他回来时抱来一大捆麦秸，把麦秸铺在泥土地上，不出声地倒在那里，双手枕在被打伤的头下。

"你瞧，那奔萨人真会想办法！"科尼奥夫不禁羡慕地叫道。"哎，婆娘们，外边有麦秸呢……"

从角落里传来嗔怪的回答：

"你去拿呀……"

"给你们?"

"给我们。"

"是该去拿。"

他坐在窗台上,讲一些有关穷人的故事,说他们想进教堂向上帝祈祷,却被轰进了牲口圈。

"是呀。可你却说,人心都是一样的!不见得,老弟,在我们俄罗斯,人们都不好意思承认自己是老实人呢……"

忽然,他把双脚挪到靠街的一面,不声不响地跳下去,不见了。

小伙子睡着了,但睡得不安稳,他在地上摊开两条粗壮的大腿和双臂,翻滚着,呻吟着,打着鼾,弄得麦秸窸窣作响。女人们在黑暗中窃窃私语,屋顶干枯的芦苇发出沙沙响声:风越刮越大了。不知是什么树的枝条抽打着墙壁,这一切犹如在梦中。

窗外是没有星辰的漆黑的夜,它似乎在用各种不同的声音絮絮低语,诉说自己的哀怨和忧伤。随着每一分钟的流逝,那声音越来越弱,报时的钟声响了十下,在铜钟的长鸣消散之后,显得更加沉寂了,好像众多的生物都惧怕这夜间的声响,躲藏起来,走向看不见的大地,飞到看不见的天际去了。

我坐在窗畔,眼望着大地在黑暗中喘息,黑夜又闷又热,压抑着、烘烤着那些灰色的土丘般的草舍。教堂也看不见了,好像被抹去了似的。风儿,这个多翼的天使,三天来不断追逐大地,把它带进这片浓重的黑暗里,大地也疲惫得气喘吁吁,在黑暗里几乎动弹不得,准备永远瘫在这片包围它的黑黢黢的昏暗中。精疲力竭的风,也无力地垂下自己千万个翅膀,我仿佛觉得,它那天蓝色的、白色的、金色的羽毛已经折断,血迹斑斑,上面落了一层厚厚的尘土。

想起渺小而凄怆的人生,犹如想到一个醉汉咿咿呀呀拉一把蹩脚的提琴,又好比嗓子沙哑的平庸歌手唱坏了一首优美的歌。心灵在呻吟,急不可待地想要向人们倾诉,诉说为大家蒙受的屈辱以及对地上万物的眷恋,也想诉说太阳的美好,它用自己的光芒拥抱大地,它抚爱大地,使大地硕果累累,它带着这可爱的大地在蔚蓝的太空遨游。我不禁想对人们讲述一些振奋精神的话,于是,自然而然编出了这样的童谣:

> 我们为了幸福
> 降生在亲爱的大地,
> 为了将大地装点得更美丽,
> 太阳送我们来到这里!
> 在这阳光灿烂的神殿
> 我们既是祭司,又是上帝,
> 生活由我们创造,
> 　　由我们创造!……

透过黑暗,从女人们躲藏的那个角落,传来一阵絮絮低语,如同时断时续的细流淌过。我全神贯注地谛听,竭力想捕捉那些话语,辨认是谁的声音。

梁赞女人坚定而自信地说:

"你可别露出疼痛的样子呀……"

她的女伴擤了擤鼻涕,颓丧地拉长音调说:

"是——呀,只要能忍受得住……"

"我说,疼也别表露出来。他打你,你呢,要装得满不在乎甚至当成玩笑……"

"那他会打死我的。"

"那就朝他笑呀,温柔地笑一笑……"

"敢情没有打你,你不知道……"

"我知道,我也挨过打,亲爱的。这种事我可经受过不少。你呵,别怕,打不死的……"

远处什么地方,一只狗沙哑地吠了几声,停下来听一听,又接着狂吠起来,别的狗也立即随声附和地叫起来,大约有两分钟我没听见这两个女人的对话;后来狗叫累了,于是那悄声细语又传了过来。

"别忘了,亲爱的,男人的日子也不好过!所有我们这些平民百姓日子都很艰难,这就要有人装出个样子,似乎他无所谓……好像他总是挺快活……"

"哦,至高无上的圣母……"

"婆娘们的温存是了不起的大事。婆娘对于丈夫和情人,可以代替他的母亲。你试试看就知道:他会开始羡慕你的脾气,在别的男人面前夸耀说,我的女人嘛,不管你怎么对待她,她总是快活的,温柔的,像五月的天气……什么也难不倒她,即使砍头也不怕……"

"这怎么行……"

"你想怎么样呢?姑娘呵,生活就是这个样子……"

可惜,街上有人蹒跚走过,发出嚓嚓响声,打搅了我的谛听。

"《圣母的梦》①——你知道吗?"

"不知道……"

"去问问老太婆。这些是应当知道的。你不识字吧?"

"不识字。到底是什么梦呀?"

"哦,你听着……"

窗下传来科尼奥夫谨慎的询问声:

"我们的人在这儿吗?呦,上帝保佑!我迷路了。老弟,我惊

---

① 《圣母的梦》,是一首关于圣母梦中显灵的圣诗,预言耶稣将被钉上十字架和他的复活。

动了狗，差点没挨揍……拿去，接着！"

他递给我一个大西瓜，随后自己从窗口爬进来，扑打扑打身上的尘土。

"弄到了不少面包。你以为全是偷的吧？压根儿不是！既然可以向人讨，干吗要偷呢？我干惯了这一手，我会讨好人。我走走看看，看到一座草舍点着灯，有人坐在桌旁吃晚饭；凡是人多的地方，总有个把善心的好人！这样，我也就吃饱喝足了，也给你们弄了点来……喂，娘儿们！"

她们没有回答。

"真贪睡，这些婊子养的。娘儿们呢？"

"干什么？"梁赞女人没有好气地说。

"想吃西瓜吗？"

"谢谢。"

科尼奥夫向出声的地方小心翼翼地移过身去。

"面包要吗？小麦面包，软和的……简直同你一个样呢……"

梁赞女人的女伴用乞讨的腔调说：

"给我一块面包吧……"

"给——给！你们在哪儿呀？"

"再给我块西瓜……"

"你，是谁呀？"

"哎哟！"梁赞女人疼得大叫一声，"你往哪里滚，该死的？"

"不要嚷……太黑了……"

"你不会擦根火柴，鬼东西。"

"你才是鬼东西，我的火柴可不多。要是我碰你一下，也不算太倒霉吧。挨男人的揍——要疼得多呢。男人揍过吗？"

"关你什么事？"

"问问呗。揍这么个小娘儿们……"

"你——听着……你——别乱动……要不就……"

"怎么样?"

他们吵嚷了好久,你一言我一语彼此顶撞着,越顶越凶。最后梁赞女人喑哑地叫了一声:

"哦!讨厌鬼……往哪儿……"

随之是一阵骚乱,传来几下捶打软东西的声响,科尼奥夫狎昵地窃笑,那个奔萨女人却用懒洋洋的声调说:

"别闹啦,不嫌害臊……"

我擦亮一根火柴,朝她们走过去,不声不响把科尼奥夫拖开了,这并没有使他发火,似乎正好让他冷静下来:他坐在我脚旁的地上,呼哧呼哧直喘气,啐着唾沫,用劝慰的口气说:

"傻女人,和你闹着玩儿,可你,好家伙,却发火了!该叫你吃点亏……"

"到手了吧?"屋角里有人平心静气地问。

"哼,怎么?嘴唇都让她给划破了……了得!"

"你再滚过来,我就把你的脑袋砸碎……"

"你这头小马!就会撒野胡闹……可你也是,"他朝我转过脸来说:"你乱拉扯什么……把我的衣服都扯破了……"

"不要欺负人。"

"你这个怪人,'不要欺负人!'有这样欺负娘儿们的吗?"

他嬉皮笑脸,满嘴脏话,开始讲述女人作孽时多么乖巧,说她们总喜欢哄骗男人。

"下流坯,"奔萨女人睡意蒙眬地嘟囔道。

那个高颧骨小伙子把牙咬得咯吱作响,他立起身,蹲在那里,双手抱头,心情沮丧地说:

"我明天就走……回家去……上帝啊!都是一个样……"

他又躺下去,像被击倒了似的,科尼奥夫却说:

"呆货。"

这时一个黑影在昏暗中站起来,宛如水中的鱼儿,毫无声息地游到门口,转眼不见了。

"她走啦,"科尼奥夫思忖着说。"一个健壮的小娘儿们!咳,如果你不插手,我肯定把她弄到手了,真的!"

"追赶她去,试一试……"

"不去,"他想了想,说道。"在那里,她会抄起棍棒或砖头什么的。没关系,我总要把她弄到手,你插手也是枉费心机……你嫉妒我……"

他又开始无聊地吹嘘自己的胜利,蓦然又止住了话音,好像舌头咽到肚里去了。

一片沉寂。万物都停止了活动,趴伏在静止的大地上睡去了。我也坠入奇异的梦境。我回想逝去的白昼给我一切馈赠,它们增长着,膨胀着,越来越沉重,仿佛草原上的坟墩压在我的头上。钟敲得当当作响,铜钟的喊叫声怏怏地沉落在黑暗里,那钟声的间歇,长一阵短一阵,很不均匀。

午夜了。

稀疏的大雨点噼噼啪啪打在屋顶的干芦苇上,落在街道的尘土里。蟋蟀曜曜地鸣叫,急切地诉说着什么,从草舍的幽暗处又飘来一阵热情而压抑的、如泣如诉的低语:

"你想想,心爱的,就这样整天没事闲逛,靠给别人干活儿……"

那个被打伤的小伙子声音嘎哑地回答:

"我不认识你……"

"轻一点……"

"你要干什么?"

"我不干什么,我可怜你——你年轻,有的是劲儿,却游手好闲，我看，咱们一块走吧！"

"到哪儿去？"

"到海滨去，那边，我知道有些好地方：你瞧这儿，这块地方多惹人喜爱，可是那边还要好……"

"你骗人，也许……"

"轻一点，你！我这个女人——并不坏，我什么都会，什么活儿都能干，我同你，咱们清静地过过好日子，在自己的家……我也能生养孩子……你瞧瞧，我还行，你摸摸我的胸脯……"

小伙子哼哼哧哧，声音很大。我觉得不自在，想让他们知道我还没有睡呢，可是好奇心却阻止了我，我没有吭声，只是静听着那一席奇怪的激动人心的对话：

"不，等一等，"那女人喘着粗气，悄声说道，"别胡闹……我可不是为这个……放开手……"

小伙子粗鲁地大声嘟囔着：

"那你就别钻过来呀！自己钻过来，还忸忸怩怩的……"

"你轻一点，让人听到——我可害臊……"

"你缠着我就不害臊？"

都不言语了。小伙子气呼呼地喘着粗气，闹腾个没完；雨点仍然是那样稀稀落落，无精打采，透过淅淅沥沥的雨声，传来那女人的话音：

"你以为我只是找个男人吗？我需要的是一个可靠的丈夫：一个好人……"

"我还不是那种好人。"

"你这样的人……"

"她需要丈夫！"小伙子扑哧一笑，"你可真滑头！……要丈夫！你去找吧……"

"你听呀，我真过够了流浪生活！……"

"那就回家呗。"

沉默了一会儿,那女人低声说:

"我没有家,也没有亲人……"

"你也许是骗人吧,"小伙子又重复说。

"我说的是真话,我要是骗人,就让圣母惩罚我……"

我似乎觉得,她的话里饱含着泪水,我感到难以忍受的沉痛和郁闷,真想站起身,给这小子几拳,把他赶出草舍,然后同这个女人长久倾诉衷肠,用双手将她抱住,像抱起一个被遗弃的婴儿。

可是,他们那里又开始了一阵嘈杂声。

"哎,别忸怩啦,"小伙子闷声闷气地说。

"不,不行……"我决不向暴力屈服……"

忽然,她痛苦而惊异地喊起来:

"咳……干什么?这是干什么?"

我霍地站起,也叫喊起来,觉得自己变得凶狠了。

又安静下来,有人小心地从地面爬过,撞了一下只连着一片合页的破门。

"这不怨我,"小伙子嘴里嘟囔着,"是她找我来着。这里的人全是骗子,不让人安宁……"

在他坐的那边,有人在抱怨地唉声叹气。

"你这个傻瓜,傻瓜……"

"住嘴……你这个淫妇!……"

雨停了,一阵闷热从窗口袭来,屋里越来越显得寂静,静得令人觉得胸中受到沉重压抑,有如一只蜘蛛趴在脸上和眼上。我走到院里,好像在盛夏走进冰窖,那里冰块已经融化,黑色的冰坑充满暖和的潮气。

附近,有个女人在唏嘘抽泣,我侧耳静听并向她走去:她坐在院子的一角,双手抱着头,身子摇动着,像是对我行礼。

我不知为什么对她有些生气，久久站在她面前，不知该说什么好，后来开口问道：

"你发疯了吗？"

"你不要管，"她过了一会儿才回答。

"我听到你对他说的话了……"

"哼，那怎么样？这关你什么事？难道你是我的兄长？"

她仿佛是在梦中说话，并没有生气的样子。墙壁上有几块模糊的暗斑，犹如几张没有眼睛的面孔在窥视我们，一头犍牛在近旁喷着粗气。

我在这个女人的身旁坐下。

"你这样会很快毁了自己……"

她没有回答。

"我打扰你了吧？"

"不，一点也不。坐下吧，"她把手放下来，仔细瞧着我说。

"你从哪儿来？"

"尼日戈罗德。"

"好远呀……"

"你爱这小伙子吗？"

她没有立即回答，仿佛在掂量用词的分量，然后说：

"还可以。他那样健壮……就是有些消沉。看来，也粗鲁。但是，可惜啊，一个挺好的男人应该有个好的地方。"

教堂的钟声已敲过两次，她两次画了十字，嘴里并未停止说话。

"眼看着青春的精力白白浪费，真叫人可惜，可惜那些劲头。要是可能的话，我真想把大家带到好一些的地方去。"

"可是，你不可惜自己吗？"

"怎么不可惜呢？对自己同样……"

"你怎么会看上了这个笨蛋？"

"我想教他学好。你以为不能够吗？你不了解我……"

她深深叹了口气。

"他打了你，是吧？"

"没有。你可不要动他……"

"那你喊叫什么呢？"

她把肩膀突然靠在我的身上，悄悄地承认了：

"他打我的胸……想把我制服……可我不愿意，我不能这样干，不能没有心肝，像头猫似的……你们都是一些……怪里怪气的……"

谈话中断了。有人站在草舍门口轻轻吹一声口哨，好像在唤狗。

"这是他，"女人小声说。

"要不，咱们走吧？"

她抓住我的膝头，急忙说：

"不，不用，不用。"

突然，她压抑着自己的情绪低吟起来：

"上帝啊，大伙真可怜……一辈子都可怜，从生到死，所有的人……上帝……"

她的肩膀战栗着，哭泣了，一面喃喃低语，一面哀哀抽泣。

"一到晚上……总是会想起白天见到的一切，回想所有的人，真不好受……真想面对整个大地吼叫，但是，喊什么呢？我不知道……没有什么话可说……"

这种情况我十分熟悉，并且深深理解，这无言的呐喊也压抑着我的心灵。

"你的身世如何？"我问她，抚摸着她那晃来晃去的头和哆嗦的肩。于是她平静下来，轻声向我叙述自己的身世：她本是一个木匠兼养蜂人的女儿。母亲死后，父亲续了一个年轻的姑娘，继母劝父亲把女儿送进修道院，塔季娅娜从九岁到及笄之年，都是在修道院里度过的。她学会了识字，女红，后来父亲把她嫁给自己的朋友，一个上了年岁的士兵，修道院的守林人。

遗憾的是，我看不见她的面孔，在我的面前只是一个圆圆的、暗淡的圆盘，也许，她是闭了眼睛的吧。周围静得出奇，那女人一直用勉强能听到的悄声细语讲话。我们两人仿佛深深坠入一片漆黑的空间，这里没有人烟，我们的命运就是到这里拓荒。

"那人不正派，是个酒鬼，每天夜晚，那些女修士总在他的门房里同相好的人厮混，他还要把我拉进去，我本想不依从，可是他总打我，我就让步了。在那个时期我相中了一个人……同他在一起，而不是同丈夫在一起的时候，我才了解到真正的女性的感受。可是，我的那个情人结过婚，他的妻子发现我同她丈夫的事，我丈夫就被解职了。她是个阔太太，当然，让别人顶了自己，对她来说是奇耻大辱。她长得漂亮，但是很胖。过后不久，我的丈夫去世了，他是在马节①那天酗酒后死去的，比我爸爸死得还要早。我去找过继母，她却说：'你找我有什么用？你想想吧。'我想了想，的确没有什么用！我本来还想回到修道院，唉，我看到那里是容不得我的，塔霞妈妈，就是那个老太婆，我的教母，也对我说：'你走吧，塔季娅娜，到外面闯闯去，兴许你会给自己找到幸福呢。'这样，我就出来了……到处流浪……"

"你寻找幸福并不顺利……"

"但总算尽力了……"

这时，黑暗的夜幕已不像绷得紧紧的厚帷幔，不过，也许是绷得太紧，反而变得稀薄，渐渐显得透明了，有的地方现出密集的皱褶，变成一团团的东西。黑暗的夜幕填满了草舍的窗口，窗口像一只昏黑的瞎眼从那里窥探。

---

① 旧俄历八月十八日。

钟楼矗立在小丘般的屋顶的上空，白杨拔地而起。草舍墙壁的裂缝向各处伸展开来，加上那些在石灰剥落后留下的痕迹，使得墙壁变成了不知哪个国家的地图。

我望着那女人乌黑的眼睛，她的眼里闪耀着冷漠而悲伤的目光，我觉得那目光是天真无邪的，像小姑娘的目光一样。

"你真是个古怪的女人……"

"我就是这样，"她答道，用猫儿似的细而薄的舌头舔着双唇。

"你寻找什么呢？"

"我是经过深思熟虑的，这个，我知道！你瞧吧，我会遇到一个好男人的，我同他一起给自己找一块地皮。我们要在新地方附近找块地，我知道那个地方，去过那里。然后我们就着手把这块地建设好：有花园、菜畦，还有耕地，过日子的东西应有尽有。"

她的话越说越肯定，越说越起劲。

"我们要好好建设一番，还会有人到我们这里来，那时我们就是老住户了，我们会受到他们的尊敬！这样，人越来越多，就会出现一个新的乡村，一个美丽的地方。你瞧吧，大家把我的男人选作村长。我要把他打扮得衣着干净、整齐，像个老爷。让孩子们在花园里嬉戏，花园里也盖一座凉亭……那日子可真快活哩！……"

真的，这前景是她经过深思熟虑才想出来的。她描绘这个新的乡村是那么周密、细致，好像她在那里住了很久似的。

"盼望有个好住处……上帝保佑！如果能有……当然，首先要有个男人……"

她的面孔讨人喜爱，眼睛凝视着正在消融的黑夜，目光温柔地抚爱着所遇到的一切。我可怜她，可怜得几乎落泪，但是为了掩饰这种情感，我开玩笑说：

"我对你不合适吗？"

微微冷笑一下。

"不……你不合适……"

"为什么呢?"

"你有别的想法……"

"你怎么知道我的想法呢?"

她挪了挪身子,离开我一点,冷冷地说:

"从眼神看得出……不,我不愿乱说……"

我们坐在一段潮湿得发黑的长满节疤的橡树木桩上;那女人用手掌不断啪啪地拍打木头。

"哥萨克人生活很富裕,但是我不喜欢……"

"不喜欢什么呢?"

"觉得烦闷。什么都有——丰衣足食,可是——烦闷。"

我抑制不住对她的同情心,轻声说道:

"你是会觉得烦闷的:你要寻求的东西总得不到,我想……"

她否定地摇摇头。

"女人可没有工夫烦闷。她们的生活总是变来变去:一会儿生孩子,一会儿哺育孩子……养了一个,准备再生一个。春夏秋冬,周而复始。"

端详她那沉思的面孔是令人愉快的;诚然,很想把她紧紧抱在怀里,可是,最好还是尽快离开这里,到静谧、空旷的草原去,怀着对这女人的眷念,沿着坚实的道路,孤独地走向那闪烁银光、直冲霄汉的巉岩绝壁,走向那些向草原张开大口喷吐冷气的黑黢黢的峡谷。然而离开这里却不可能,因为身份证被那些哥萨克收去了。

"你自己寻找什么呢?"她忽然问道,又向我凑近一些。

"什么也不找。只是看看人们是怎么生活的。"

"你也是一个人吗?"

"是的。"

"同我一样。这世界上有多少光棍……上帝啊!"

犍牛醒来了，低声哞哞叫着，那声音好像远处有个失明的老人在吹风笛。睡意蒙眬的更夫把钟敲了四下，敲得急缓不一，两下是轻轻的，一下声音很响而且激愤，宛如铜钟发出一声尖厉的喊叫，再一下又是轻轻的，似乎钟舌刚刚碰着了会响的铜壳。

"人们的日子过得如何？"

"不好。"

"是啊，我看这日子也是不好。"

我们很久默默不语，后来她悄声说道：

"你瞧，天亮了，我一夜都没有合眼，我经常这个样子……一切东西都让我挂念，总是在想……好像大地上只有我一个人，一切都要我自个儿按照新的方式来安排。"

"人们过的是非人的生活，无声无息，微不足道，忍受着贫穷和粗野带来的数不清的屈辱。"我说着，陷入了遐想；激动地历数我目睹的一切愚昧、耻辱和残忍的事情。"你瞧，如果你以善意待人，并且为了友情准备献出自己的自由和力量，而他对这些却不理解——这怎能怪罪他呢？有谁曾向他表露过这种善意呢？"

她把手搭在我的肩头，微微张开美丽的嘴，直盯着我的眼睛。

"哦，"我听到她说，"真是这样！亲爱的，确实如此：善心是个无价宝啊！"

我们彼此紧紧偎依在一起，仿佛在飘游浮动。白色的草舍、镀了一层银光的树、红色的教堂、洒满露珠的大地、从黑夜里解脱出来，泛着幽光，向我们迎面扑来。

太阳升起来了；我们的头顶上飘浮着一朵朵明澈的白云，有如千万只白色的鸟。

"上帝啊，"塔季娅娜推了推我，柔声细语地说，"独自一个人走路的时候，总是在思索，可是，想什么呢？哎，你真是个可爱的人……这一切都是真的呀！任何人对任何事都没有怜悯之心……唉，真是千真万确!"

她突然站起身来,然后把我扶起,将身体紧紧贴住我,我不由地把她推开了,可是她竟泪流满面,又向我探过身来,用干裂的、好似尖刺的嘴唇亲吻我。这亲吻的暖流一直浸润到我的心窝。

"哎,您就是我的好人,"她抽泣着轻声说道。而我好像腾云驾雾似的。

她放开我,向院子里东张西望,随后利落地走到院子的一个角落;那里,在一排篱笆的下面,长满了厚厚一层我不认识的杂草。

"来,您来呀……"

事后,她坐在草丛里,仿佛置身于一个小小的山洞。她不好意思地哧哧地笑着,一面整理头发,一面轻声说:

"瞧,竟会发生这种事……咳,没有关系,上帝会宽恕我的……"

我非常惊讶,觉得自己是在做梦。我满怀感激的心情望着她,心里感到一种异样的轻快:我的胸中似乎出现一片光辉灿烂的空间,在那里,一种不可名状的愉快的思想和言语,如天空中云燕似的闪掠而过。

"在这偌大的苦海里,稍许一点快乐也是了不起的,"我听到她说。

我望着这女人的乳房,上面布满点点汗珠,好像大地被露珠滋润一般,汗珠映照着阳光,变成了殷红色,仿佛血液从皮肤里渗出来。于是我的欢乐顿时融化了——这乳房勾起烦闷,惹人可怜,几乎让人落泪。不知为什么,我知道这乳房里流动的乳汁将会白白地流失。

她好像对我表示歉意似的,略带哀伤地说道:

"哪里能控制住自己呢?过去也有过这样的时刻——忽然一阵冲动涌上心头,胸中感到闷痛,真想把胸怀敞开,面向一轮明月……或者，在热天的时候对着一条小溪……真的，我的天！事后当然有点羞愧……别瞧着我吧！怎么总像孩子一样盯着人呢？"

但是，我不能把目光从她的身上移开，我在想，她置身在迷途中，确实有些惘然了。

"这脸好像是新生婴孩的脸蛋……"

"不懂事，是吗？"

"好像是，不懂事。"

她扣好衣衫的纽扣，说道：

"大概快打钟做早祷了……我走啦，去祈祷圣母。你今天走吗？"

"拿到了身份证就走……"

"到哪里去呢？"

"到阿拉吉尔去。你呢？"

她站起来，整理着裙子，她的臀部比肩膀略窄一些，身材显得端庄、苗条。

"我吗？还不知道呢……我应当去纳尔奇克，也可能不去。不知道。"

说完，她把她那双结实而灵巧的手伸给我，红着脸向我提议说：

"来，让咱们再吻一次，告个别吧。"

她一只手搂住我，另一只手画着十字，说：

"再见吧，朋友！为你这番好话，为你给予的同情，愿基督保佑你……"

"咱们一块走不好吗？"

她从我的怀里挣脱开，肯定而认真地说：

"这对我不合适……我不愿意这样！假如你是个农民就好了，像现在这样——有什么意思？不能只凭一时冲动，要生活一辈子呢……"

她向草舍走去，朝我微微一笑作为告别。我蹲在一块木头上，思索着这个女人：她能寻找到什么呢？……也许，什么时候能够再见到她吧？

召唤人们做早祷的钟声已经敲响，哥萨克镇子早已从睡梦中醒来，掀起一阵庄严而不愉快的喧嚷声。

我走进草舍取背袋的时候，屋里已经阒无一人，大概，人们爬过残垣断壁直接到街上去了。

我来到营房小屋，取回身份证，便向广场走去，看那里有没有同路的人。

同昨天一样，围墙的旁边躺着一些从俄罗斯来的人，那个肥头宽脸的奔萨人，背靠一根圆木坐在那里，他被打伤的脸肿得更加厉害，样子更难看，而且眼睛也完全红肿了。

新来了一个老头儿，满头银发，尖尖的胡子，头戴一顶褪色的无檐绒帽，身材瘦小、干瘪。他的小脸只有拳头那么大小，一个狡黠的鹰钩鼻子，红红的，满是毛孔，眼睛里闪动着凶狠的贼光。

红头发的奥尔洛夫人和那个好动的小家伙冲着他说：

"你干吗要到处流浪呢？"

"你呢？"老头细声细气地反问道，对谁也不瞧一眼，只是埋头用铁丝捆扎一把熏黑了的铁壶的断把手。

"我们是来找活儿干的！"

"我们按照吩咐过日子……"

"谁的吩咐？"

"上帝呗！你忘了吗？"

老头淡漠而明确地说道：

"上帝才不理你们呢，只给你们吃沙子和灰尘，你们在它的土地上瞎逛，也到处扬起灰尘……"

"住嘴!"长着一对扇风耳的小家伙喊道。"怎么?基督和他的圣徒不是也在这块土地上徒步传道吗?"

"那是基督!"老头态度严肃地说,抬起眼睛向争论的对方射出凶狠的目光,"笨蛋!你说些什么,把自己和谁相比?瞧,我就去叫哥萨克……"

我曾多次遇到这样的争论,它总是让我感到厌恶,就像听剑谈论灵魂一样。

该走了。

科尼奥夫又回转来,他蓬头垢面,满头大汗,不安地眨巴着眼睛,问道:

"你看见那个梁赞女人坦卡①没有?没有?唉,这个疯娘们,也许她在夜里跑了!昨天人家留我喝了点酒,大概是露酒!我却像冬天的狗熊睡了一整夜……看来,她是同那个奔萨人……"

"他在那里,"我指了指说。

"唉……你瞧瞧,怎么把人弄成这种样子,嗯?简直可以说是圣像画匠们画的呢……"

他又开始惶恐不安地东张西望。

"她们俩上哪儿去了?"

"可能做早祷去了……"

"对!一定是!老弟,那娘儿们伤了我的心,哦,真是的!"

早祷已经结束,那时,在欢乐的钟声伴奏下,衣着鲜艳的哥萨克男女缓缓从教堂涌出,如同一条条闪光的小溪,朝哥萨克镇的各处流去——我们没有找到塔季娅娜。

"她走啦,"科尼奥夫悲伤地喃喃自语,"哼,反正我会找到她……我一定能追上她……"

---

① 塔季娅娜的昵称。

我不相信这话，也不希望他能找到她。

大约过了五年之后，我在梯弗里斯城的梅捷赫城堡①的院子里放风时，总是百思不得其解：我犯了什么罪把我关进这座监狱？

这座外观如画的威严的城堡，里面关满了愉快的和阴郁的幽默家，我似乎觉得这里所有的人都是"经长官许可"在进行着业余演出，如同一些少年人在兴致勃勃地热心演戏，但是他们不擅于扮演那些没有理解的角色，如犯人、看守、宪兵之类。

譬如，今天看守和宪兵来到我的囚室，要带我到外边放风，我对他们说：

"我可以不放风吗？我不舒服，不想……"

一个长着亚麻色大胡子、身材高大的漂亮宪兵，严厉地把手指向上一指说：

"没有让你想……"

那个看守，一个眼球又大又蓝、皮肤如扫烟囱工人般黢黑的家伙，拖着大舌头说：

"这里水（谁）也不能尚（想），几（知）道吗？"

我只得去放风了。

在铺着石块的院子里，天气热得像火炉。院子上边悬着一块平淡而昏沉的尘土飞扬的方形天空。院子三面都是连绵不断的灰色高墙，另一面是有院门的墙，院门上面是一座形状可怕的小楼。

从上面，穿过屋顶不断传来黄色库拉河波涛汹涌的轰鸣，城里亚洲人居住区——阿弗拉巴尔②的集市上商贩们的喧闹声；祖尔纳管吹得刺耳，盖过其他声响，不知什么地方，鸽子咕咕地叫个不停……我仿佛觉得心里好像有一面鼓，许许多多鼓槌敲打着鼓面。

---

① 1898年5月，作者因梯弗里斯社会民主党人阿凡纳西耶夫等人的案件被捕。5月12日被解送至梯弗里斯的梅捷赫城堡。
② 阿弗拉巴尔，梯弗里斯旧城的一部分。

当地人的一些阴沉的面孔和头发蓬乱的脑袋,从二层和三层楼的两排窗口露出来,向外张望,其中一人径直向院里啐唾沫,显然,他是想啐到我身上,但是白费劲。

另一个人怒气冲冲,用责备的口气叫道:

"耐(你)听着,为夏(啥)走路像只母鸡?抬起头来呀!"

有人在唱一支奇怪的歌,整首歌子都唱走了调,像猫儿玩乱了一团绒线。一个高亢的调门忧伤地嘶叫、颤抖着,传向四方。这声音越传越远,直向那尘土飞扬的昏沉沉的天空升去,刹那间,在一声尖叫之后中断了,犹如一只受惊的野兽躲藏到什么地方,低声吼叫。后来这声音又如蛇一般蜿蜒,从铁栅栏的后面爬到灼热的空场上。

我倾听这支有点熟识的歌,它用自己的声音告诉我一些内心可以理解的震撼心灵的东西。我走在楼房投下的阴影里,瞧着那些窗口,我看见,在许多方形铁格中的一个铁格里嵌进一张忧郁而惊异的脸,一对蓝色的眼睛,满脸都是散乱的黑胡须。

"是科尼奥夫吧?"我心里想,不禁脱口而出。

他用眼睛盯着我,眯起那双我永远不能忘记的眼睛。

我环顾左右,看守坐在楼房台阶上一个阴凉的地方打瞌睡,其他两个人在下棋,另一个脸上露出冷笑,他在看两个刑事犯摇辘轳汲水,他和着辘轳转动的节拍,不住地说:

"马斯卡——达斯卡——达斯卡——马斯卡……"

我向那面墙壁走去。

"科尼奥夫,是你吗?"

"我认不得你了,"他低声说,把头伸到栅栏外面,"哦,是的,我是科尼奥夫!"

"为什么把你关进来了?"

"造假币……不过,我完全是偶然的,我直说了吧,平白无故我就……"

看守醒了,他摆弄着钥匙,像脚镣似的哗啦哗啦响,懒洋洋地劝告:

"贝(别)停下……离碗(远)点——不准停在藏(墙)边。"

"院子里热啊,大叔。"

"闹(到)处都热,"他说的倒是实话,说完又低下头去。从上面传来科尼奥夫小声的询问:

"你是谁?"

"你还记得梁赞的塔季娅娜吧?"

"噢!"他好像有些生气,轻轻喊了一声,"哪能不记得!大概我们是一起判的刑……"

"她也是造假币罪?"

"可不是,她也是偶然的,同我一样……"

我沿着墙边,在灼人的阴影里缓步走着;从地下室的窗口飘来一阵烂皮革和霉面包的气味,吹来一股潮湿的臭气,我不由得想起了塔季娅娜的话:

"在这偌大的苦海里,稍许得到一点快乐也是了不起的。"

……她想在大地上建设新的乡村,她想创造一种美好的新生活……

我回想着她的面容,她那轻佻、贪欲的乳房,然而那些如灰烬般令人沮丧的轻声细语却从楼上朝我的头顶匆匆掉落下来:

"主犯是她的情夫,一个神父的儿子,在这个案子里他是铸币匠……他被判了十年徒刑。"

"她呢?"

"塔季娅娜·弗拉西耶芙娜判了六年,我也是。后入我就去西伯利亚……没有法子!是在库塔伊斯①判的,要是在我们俄罗斯,要

---

① 在格鲁吉亚境内。

判得轻的多……这里的人野蛮，凶狠，恶毒……"

"她有孩子吗？"

"过放荡生活哪里会有孩子？没有，有什么孩子……再说，那神父的儿子是个痨病鬼，他哪能……"

"她怪可怜……"

"那敢情！"科尼奥夫兴奋地压低声音说，"当然，这个女人不怎么聪明，可是长得标致……我直说了吧，是少有的美人儿，也怪体贴人的……"

"你当时就找到了她吗？"

"你说的是什么时候？"

"圣母升天节以后吧？"

"我是冬天遇到她的，那时已经过了圣母节①，她在巴统附近一个老军官家里当保姆。他的老婆私奔了，她就……"

我的身后好像有人扣动枪的扳机。原来这是看守在合上大银表的表盖。他把银表放好，伸伸懒腰，张开大嘴，打了个哈欠。

"她啊，老弟，有钱，如果不是放荡，她满可以过好日子……不过放荡也是因为怜悯……"

看守嚷道：

"喂，放风完了……"

"你是谁啊？我面熟，在哪里见过面……"

听到这一番话，使我气愤欲狂，我径直向囚室走去，但又在台阶上站住，喊道：

"再见吧，老兄，向她问好……"

"喊西(什)么？"看守生气了。

走廊里十分阴暗，散发出一股粪桶的恶臭。看守抖动着钥匙，

---

① 圣母节，旧俄历10月1日。

发出单调、微弱的响声。我有意挑逗他,想减轻内心的忧伤,但却无济于事。他打开牢房门,愤愤地说:

"你就坐它西(十)年牢吧!……"

……我站在窗旁;穿过灰色的墙垛,可以看到库拉河汹涌的波涛,河边的峭壁和房屋,皮革工场房顶上工人的身影。一个哨兵,制帽扣在后脑上,在窗下走来走去。

……在一阵沮丧的思绪中,不禁想起数十个在徒劳无益的浑浑噩噩的生涯中正在走向死亡的俄罗斯人,我的心情抑郁,那巨大的无法解脱的终生的哀愁,把我的心揪得紧紧的。

(1913年)

书

鲁民 译

公园里，一所旧式小别墅的院墙边，有一堆从屋里清理出来的垃圾，我在里面发现一本破损不堪的书；看样子，它被扔在这里很久了，经过秋天的雨淋和冬天的雪埋，上面覆盖着一层棕色的松针和去岁枯黄的败叶。如今，当春日的骄阳把那些被污泥粘在一起的书页晒干的时候，已经辨认不出那些暗淡的字迹是什么内容了。

我用鞋尖踢踢它，便走开了，心想，也许这是一本呕心沥血写成的好书，不少人读着它深受感动，为了它而争论，并且从此学会了思考问题；也许，它使得一些人用新思想充实了自己，甚至在孤寂冷清的时刻，用自己的热情温暖过许许多多的人。

我记得，书籍曾经是我青少年时代的益友。在伏尔加河和顿河之间一个小火车站上度过的那段生活，还特别清晰地留在我的记忆中。

这个车站坐落在生长着稀疏的灰色小草的草原上，四周空旷而寂静，只有冬天暴风雪的哀号才能打破这种静谧。夏天，车站上蚊蝇嗡嗡乱飞，在那棕色的草原上，黄鼠轻声地吱吱乱叫，好像在嘲弄人。天空由于暑气蒸腾而变得混浊，几只老鹰和白头鹞在那里无声地盘旋。

有时候，从凉台向草原眺望，便看到：在这片荒凉的大地上，铅灰色的远处浮动着暑气。丘冈上有几只黄鼠伫立在洞穴边，把灵活的前爪举到尖尖的嘴前,好像在祈祷。此外就再也见不到其他生物了——眼前一片荒凉景象,寂寞勾起无限愁绪,紧紧压在心头。

偶尔有几个长得如画中隐居修士似的毛发蓬松的牧羊人,从南向北放牧羊群,他们那种奇怪的喊叫声在这寂静的草原上升腾起来:

"里亚——奥,里亚——乌……"

起风了,风把细小发热的沙粒吹到车站,传来鸵鸟悲怆的咯咯啼鸣、啮鼠的吱吱叫声——随后又平静下来,生活似乎是无休止的梦境。

在草原的谷地,那里隐匿着几个哥萨克村庄;车站后面离伏尔加河大约五俄里的地方,在一片贫瘠的土地上蛰伏着一个名叫佩斯基的村子。冬天里,总有一些活泼的姑娘从那里到我们这儿来,给车站的道路清扫积雪,但是,每到夜晚,她们的父兄便潜入车站偷壁板当柴烧,还从车厢里盗窃货物。

炎热的夏夜令人觉得特别难熬。待在拥挤的房间里简直喘不上气来,闷热和蚊蝇扰得人们不能入睡;所有住在车站的人都到站台上来,焦躁不安地到处走动,由于闲得无聊而拌嘴,号叫似的打着哈欠,埋怨失眠和生病,提出一些荒诞的问题惹得值班人员大为光火。院子里,妇女们身穿白色衣服,赤脚,披头散发,像梦游者似的来回踱步;升起一堆篝火,上面加了潮湿的河柳木,在无风的夜里,篝火的烟雾直冲天空,像一根矗立的灰柱子,却不能把蚊蝇驱散——这些蚊蝇滋生在伏尔加河畔的死水河湾,成群地像云雾一般飞到这里,到这干燥的草原上来折磨人,也自取灭亡。

在深沉的静寂里,远处,仿佛是从地下传来沉重的隆隆声,愈来愈响,车站渐渐湮没在机械的轰鸣声中;铁轨咝鸣,灯光闪动;不知是谁睡意蒙眬地说:

"十三次到了……"

在草原的尽头,一道红光刺进黑夜的外皮,将它刺伤,那迷蒙的光点便沿着地面蔓延开来，像是一股鲜血。光线越来越近，变成两条，一转眼又变得酷似一对可怕的黄眼睛，怒气冲冲地战栗着，仿佛一个凶恶的妖怪从黑夜的深处向车站的三间小屋爬来，威胁着要把它们吞噬掉。你也知道，这不过是一列货车，然而人们却乐于将它想象成别的东西，哪怕是令人毛骨悚然的怪物，只要不是别的东西就好。

客车匆匆经过车站，它只能增加对生活的停滞感，愈加令人觉得必须摆脱这郁闷的生活。列车在这里停留片刻，有些人从车厢的窗口向你张望，一个个好像镶在镜框里的肖像；女人诡秘的眼睛像黑夜的星星闪烁发光，那些转瞬即逝的笑脸光彩照人，使你心里觉得热乎乎的。

狂怒的汽笛鸣过，列车便穿越蒸气的白雾徐徐向前开动。车厢窗口的人们的面孔都变成了奇形怪状，全都拉长着侧向一个方向。

你很快就会习惯这种生活的短暂的闪现；每天从你的身边驶过同样的一些司机、司炉、列车员；使你觉得世间总共就这样几个人；他们彼此也差不多，像蚊子似的难以分辨。

车站上有十一个公务人员，四个人是带家属的。大家好像生活在玻璃罩子里，每个人的隐私都暴露无遗，不管你愿不愿意，每个人都了解其他所有人的一切。大家彼此相处如同赤身裸体，毫无遮掩。有的人出于无聊而追求猥琐的坦率和忏悔，一遇到适当的时机便当众把自己的底细全部抖出来。

人们玩牌，酗酒，有时因醉酒和苦闷而发狂，做出一些野蛮的行为，彼此伤害。

有一天傍晚，看守克拉马连科——一个年轻漂亮的乡下小伙子来到注油工叶戈尔申住房的窗下。叶戈尔申是个秃顶的虔诚的老头，娶了一个哥萨克孤女，这女人身材高大，但沉默寡言。小伙子来到窗前便脱光衣服，向窗口喊道：

"叶戈尔申，出来呀，狗东西！出来，把衣服脱个精光！让你老婆瞧瞧，看谁漂亮！"

刚洗完衣服的哥萨克女人端起一瓢开水向他的胸部泼去，他大叫一声便向草原逃去，叶戈尔申却操起一把铁扳子打起老婆来。人们拉开那女人，想把她送到城里的医院，但哥萨克女人不去。

"不用去，是我自己的错，谁让我给他笑脸呢，"她躺在院子里说，身上裹着血迹斑斑的破布，一对蓝眼睛瞪得很大，小舌头舔弄着嘴唇。

随后她悄悄问了两次：

"我把他烫痛了吧？"

"哦，不要脸的娘儿们，"大姑娘和小媳妇窃窃议论着。

叶戈尔申把自己关在屋里，跪在一汪肥皂水中祈祷。人们从窗口瞧着他，都骂这老头。

第二天早晨，克拉马连科结清了账，离开车站步行到顿河那边去了。他昂着头，沿铁路线笔直地走去，像一个接受检阅的列兵。

过了几天，叶戈尔申也调到另一个车站去了。

"老弟，这帮不了你的忙，"副站长科尔杜诺夫同他告别时说，"应该把你调到地里去，痛苦是躲避不开的，除非入黄土！……"

彼得·伊格纳季耶维奇·科尔杜诺夫是个怪人。他整天似醉非醉的，唠唠叨叨，对于生活他也许有自己的一套见解，但说不清楚，甚至仿佛并不想让别人理解他。

他身材瘦长，面色憔悴，总是不停地摇晃着蓬松的棕发脑袋，垂下金黄色的睫毛遮住灰色的眼睛，询问我们——我、车站过磅员，还有我的朋友——那个驼背而脾气暴躁的报务员尤金：

"小伙子，你们给哪个上帝服务呀？真有意思！"

或者他自己问自己：

"难道我生来就是为了喂蚊子？"

我和报务员常常热烈地谈论未来，他总嘲笑我们：

"真有意思！你们问我：十年后的今天，这个时辰会发生什么事情？我实话告诉你们吧：跟现在一个样！再过二十五年又怎么样？那时也一样！"

我同尤金开始读斯宾塞①的书，他听我们朗读后便问：

"他是英国人吗？"

"是的。"

"得啦，这是撒谎！英国人从来不说真话。"

于是他就再也不听朗读斯宾塞的书了。

有时候科尔杜诺夫会发作起荒唐而又固执的怪脾气：他用手指捻着短须，像犯神经病似的细声细腔地极力说服我们相信《特瓦尔多夫斯基先生》②比《浮士德》写得好，还说屠格涅夫贩卖过马匹。或者把右手高高举起挥舞着，大声喊叫：

"所有我们的作家都不是俄罗斯人：普希金是阿拉伯人的子孙，茹柯夫斯基是土耳其人的后裔，莱蒙托夫是英国人！至于那些俄罗斯作家，也全都是些私生子……"

他是图尔盖省③一个神父的儿子，在坦波夫省教会中学读过书。

"我学会了喝酒，在喀山进了大学，"他讲着，灰色的眼睛忧郁地闪动着绿光。"我稀里糊涂地穿上教授的皮大衣，戴上礼帽，后来这套行头都卖光喝酒了。真有意思！嗯，后来人家提出要我离开大学，我就离开了。五年多来我仔细观察过世上五花八门的事情，也不知不觉地成了亲。从那时起——就刹车了！"

---

① 斯宾塞(1820—1903)，英国哲学家，实证主义的创始人。他的著作在高尔基青少年时代的俄国知识分子中甚为流行。
② 波兰作家尤·伊·克拉舍夫斯基(1812—1887)根据波兰民间传说编写的《魔法师》(1839)，1894年译成俄文出版时改名为《特瓦尔多夫斯基先生》。
③ 图尔盖省，今哈萨克斯坦的阿克秋宾省和库斯坦奈省的一部分。

妻子离开了他；他带着一个六岁的女儿生活，那女孩一头深黄色的鬈发，沉静而严肃，像个大人。她那毫无表情的白脸蛋仿佛是藏在一团金色鬈发里，乌黑的小眼睛看什么都凝神专注，她很少言笑。住在车站的人都喜欢她，那是一种特别的、敬畏而又审慎的喜爱；男人们在她面前会压低叫骂声，女人们以她为榜样教育自己的子女。

"瞧，人家薇罗奇卡又文静又规矩……"

父亲用名字和父称薇拉·彼得罗芙娜来称呼女儿；他对她的态度令人难以理解：既是满意，又似乎惧怕，其中还蕴含着敌意。

……机车车头在密集的轨道上调转。从顿河或伏尔加河方面来的列车就要进站了。薇拉·彼得罗芙娜的金色鬈发上顶着一块白头巾，从容地越过铁轨；她那双穿着红色线袜子的纤细的小腿在机车车头间时隐时现。她到贫瘠的草原上去采集可怜的小花，手里拿着柳枝去追逐黄鼠。

父亲从车站的窗口，或者从凉台上注视着她，他不住地紧咬唇髭，金黄色的睫毛遮住了红肿的眼睛。

"别让她到铁轨上去，"大家对他说。

他却淡漠地答道：

"没事儿，她是个谨慎的孩子……"

你瞧，有时候她一个人在离车站一俄里的荒野里徘徊，向那些奇花异草躬身点头，而且越来越不喜欢她的父亲、车站和大伙——整个这种寂寥的似梦非梦的生活。

她曾不止一次在夜间跑到我这里来，从头到脚裹在一件灰色的大披肩里，活像一只蝙蝠，说起话来急匆匆的，但心情平静。

"你去看看吧，我父亲又醉得要死了！"

我抓住她的手，朝科尔杜诺夫的住房跑去。

他躺在地上，皮肤发青，面孔浮肿，眼睛瞪得很大，像一个溺死的人。几滴阿莫尼亚水灌进他的喉咙，使他苏醒过来，他哼哼着。小姑娘却极为镇定地问：

"还不会死吧？"

于是，她在父亲的头旁坐下来，一面用手抚摸他的粗皱的面颊，一面说道：

"唉！喝醉的人真是不幸！"

尤金比任何人都喜欢这个小姑娘，他有点胡思乱想地说：

"如果我有个母亲，或者哪个傻女人愿意嫁给我这个驼背，我就收养薇罗奇卡。为什么她要跟科尔杜诺夫呢？"

他的脾气不好，粗暴，有些悲观情绪，但是在他心灵的深处却怀着对美好生活的眷恋以及对人们的温情和怜悯。

"大家真是可怜！"有时在夜间值班，每当我们读完一本书谈论它的内容时，他常常发出这样的感慨："大家真是可怜！"

他把这种感情徒劳地倾注到照料醉汉和病人以及劝解家庭纠纷方面，他还写信劝慰他的同行，铁路沿线的报务员们。他劝一个同行成亲，劝另一个学提琴，说服第三个去开拓托尔斯泰农业移民区[①]。

当我对他的这种做法稍许表示讥笑时，他便尖锐地反驳我：

"不然怎么办呢？在这冷冰冰的生活里能做什么呢？"

我们两人酷爱读书，在所有的空闲时间里，我们夜以继日贪婪地阅读。书籍是一线光明，使我们从死寂的空虚世界看到一个生气勃勃的世界。

然而，我们如饥似渴地很快读完了从伏尔加河到顿河间六个车站所能找到的全部书籍，于是我们面临着一段精神上的饥荒时期，

---

① 1889年4月高尔基曾去雅斯纳雅·波良纳探望列夫·托尔斯泰，但未能晤面。高尔基此行的目的是请求托尔斯泰划给一块荒地，以便他和另外几个人从事农业劳动。当时托尔斯泰鼓励开拓农业移民区。

这种痛苦只有那些生活在我们这个精神贫乏的国度，被这块广袤平原上凝重郁闷的气氛压抑得几乎窒息的人才能体验得到。精神无所寄托，这似乎是我经历到的最可怕的感受。

我们苦于寻求好书，找了好久，然而除了奥克列伊茨①的小说、一本《田野》周刊以及诸如此类的内容贫乏的读物之外，竟一无所得。

科尔杜诺夫挖苦我们说：

"犯什么愁啊，小伙子们？真有意思！"

有一次，他表现出一副怜悯的样子，提议说：

"我在卡拉奇②有个熟人，他是订杂志看的。你们要不要我向他借几本？"

我们于是央求他，他笑了笑就同意了。过了几天，客车的乘务员交给科尔杜诺夫一包东西，还有一封信。

"瞧啊，杂志来了！"科尔杜诺夫说道，神气活现地挥了挥那包东西，可是他读完信后，便咬着胡子左右张望一下，把那包东西塞在腋下，用臂肘紧紧夹住了。

"喂，拿过来，"尤金请求道，张大了嘴高兴地笑着。

科尔杜诺夫挺起胸膛，打着官腔说：

"来得及，不许抢！"

尤金吃了一惊，向后退了一步；他们是好朋友，科尔杜诺夫说话从来也没有这么粗鲁过。

"我费心借来的，我要先看，你们以后看！"科尔杜诺夫生硬而怒气冲冲地补充说。

这也使我大为恼火，因为以前要么是人家在一起朗读，要么是

---

① 俄国作家奥尔利茨基的笔名，他的作品有长篇小说《在黑暗中》《罪人》等多种。
② 俄罗斯沃龙涅什省的一个城市。

谁有空谁就读。书经常是放在报务室摆在外面的。

"你摆什么臭架子?"尤金问道。科尔杜诺夫却更加气愤地回答:

"去!我想看点书调节一下精神,不是为了争吵和胡说八道。看书要不出声,可你们总是议论个没完:为什么这样,怎么不是那样!我讨厌这些!我想一个人看书,你们滚开吧!"

他把书锁在自己桌子的抽屉里,直到值完班也没有跟我们讲话,气呼呼地左顾右盼,像受了惊吓似的。当他值完班回家时,尤金对他说:"你躺下睡觉时,把书放在明处,我去取……"

他笑而不答。

快到半夜时,尤金向我提出:

"去吧,你去把书拿来,他大概早就睡死了。"

白天里豪雨如注,接连不断地下了大约一个半小时,雨后,一碧如洗的天空又露出炙人的骄阳,慷慨地烘烤着大地。此刻草原上已是一片昏黑,像澡堂里一般闷热。乌云之间,在深邃的蓝色的云洞里,金色的星星闪耀着幽光,今夜,它们仿佛即将熄灭了。我面前有一只青蛙蹦跳着,像是给我引路。远处,火车在吼叫。从水塔那边传来犹太司机的低声吟唱,他是个斜眼,通红的唇边老是挂着一丝惨淡的微笑,仿佛任凭怎样也不能从他那尖尖的黧黑的脸膛将这笑容抹去。一道黄光从科尔杜诺夫住宅的窗口射到地面上,照见黑暗中一堆枕木和杨树的细干。透过窗框上的薄纱,我看见了科尔杜诺夫:他穿着睡衣坐在桌旁,臂肘支在桌上,躬身伏案,手指插在棕色的头发里。他那留胡须的尖下巴哆哆嗦嗦的抖动,泪水滴落在两肘之间的书本上。借着灯光可以清楚地看到泪水一滴一滴地落下。我似乎觉得我听到了泪水在纸上的响声。看别人哭泣心里真不好受……

除一盏灯外,桌上还有一瓶刚打开的伏特加和一碟腌黄瓜。小姑娘身子蜷缩成一团睡在柳条编的椅子里。她的面孔被鬈发遮得严严的，只能看见一张惊讶地张开的嘴。房子最里边像草原一般昏暗，被灯光照亮的空间犹如昏暗山中的一个洞穴。

科尔杜诺夫伸直腰板向窗外看了一眼。他那本来不大的脸满是泪痕，更加显得瘦小和不显眼了。此刻他将书本举在灯上烘干泪痕；烤了一阵，又用手指抚平书页，再举到灯上把书摇来晃去，然而他的眼泪总是夺眶而出，流进短髭里。

我离开那里去接车了，接过车后，我对尤金说：

"他没有睡，一直在读……"

"这畜生！"报务员一面嘟哝，一面敲打着列车线路图。"还算朋友呢！我们都是些酒肉朋友。"

黎明前我又来到窗下，透过薄纱凝视那个棕色头发的小个子。他可能是睡着了：头低垂在胸前，双手无力地放在膝头上。灯灭了，但铜烛台上却点着蜡烛，金黄色的火苗映在瓶子的玻璃上，显出双影来——伏特加并未减少。屋里比先前更加暗淡，椅子里已不见小姑娘，合上的书放在桌子的一角，靠近烛台的地方。

我悄悄把薄纱捅了个窟窿，从破口处伸进手去。科尔杜诺夫霍然站起，抓起烛台挥动一下，厉声喝道：

"滚开！我打死你！"

蜡烛熄灭了，但我还是看见了那张从未见过的、变了样儿的面孔，这面孔一闪又立即隐没在昏暗中了。

过一会儿，他心平气和然而粗鲁地问道：

"是谁？"

"我，来取书的。"

"不给……"

我又在窗下站了一会儿，遥望着东边的草原。在那里，太阳从云端冉冉升起。在黄色的圆晕状的霞光映衬下，隐约出现一个很小的黑乎乎的骑手;他后面是一片羊群,像灰云似的沿地面爬动。

这一切都是熟悉的,司空见惯的。倘若能读到书,眼前展现另一种生活,那该多么令人神往啊!……

科尔杜诺夫用那本书逗了我们四天:他把书带到车站自己一个人读,我们央求他,他便嘲弄我们说:

"你们跪下,我就给。"

尤金劝他说:

"傻瓜,你想想看,我们给过你多少书看呀!"

"嗯,那又怎么样?"

"你不是同我们一起读的吗?"

"给我跪下!"

他又讨厌又可怜,显然他自己也察觉到了这一点,却违心地越发固执地挑逗我们。他一面读,一面时不时地发出各种感叹。

"真有意思!原来如此!"

这些话更加撩起我们的好奇心和渴望读到这本书的念头。我们非常讨厌他,竟把他引起的这种感情加诸他的女孩身上。那可爱的孩子,当她跑到我们这里的时候,我们便冷冰冰地躲开她,心想用这种办法或许能使她的父亲感到懊悔。

我至今还记得,女孩一双乌黑的眼睛是如何困惑不解地瞧着我和尤金,她那花朵似的殷红的小嘴唇是怎样在痛苦的微笑中哆嗦着。

科尔杜诺夫也看到了这些。他只不过冷笑一阵,用手做出一种神经质的动作,捋着自己的短须。

"想读吗,小伙子们?"他把书藏在桌子里,问道。"可是我不给……"

"我非揍他不可,"尤金威胁道,他喘着粗气,脸色发白。"就这么办:咱们不要他这本书,他给也不要,不要!好不好?"

我表示赞成:

"好。"

"你起誓吗?"

"起誓。"

现在想起这件事觉得可笑,可是那几天我真的吃了苦头,并且有些害怕,因为有时候我的胸中爆发出一种对于人的仇恨,我因而觉得头晕,眼里直冒金星。

全车站的人都知道我们三个朋友发生了争吵。大家听说科尔杜诺夫讥笑我们,人们都等待着,看我们会干出什么事来,并且默默地、用探询的目光和讪笑怂恿我们去干什么事情。

这件事的结局很简单:早晨科尔杜诺夫来值班,把杂志扔给尤金,说道:

"拿去看吧……"

报务员急忙抓过书来,立即不声不响地把大鼻子杵到目录上读起来。

夜间我给尤金朗读一篇小小说,讲的是一个好女人离开了坏丈夫,去为社会、为世上的人工作。我边读边想:

"莫非科尔杜诺夫就是为此而落泪?"

猛然间,他闯进门来,双手抓住门框,吼叫起来:

"不——许读!"

他的腿弯下来,他已醉得不省人事,凶狠地瞪着两只通红的含泪的眼睛。

"不——许……谁都什么也不明白……连那些写书的人……所有的人……"

他倒在地板上,朝我们伸出双手,高声喊道:

"住嘴……别读!……"

在门口,他的身后站着小姑娘薇拉·彼得罗芙娜,她穿了一件解开扣子的连衣裙,上身几乎滑到肩头,赤着脚,蓬头散发,她那

棕色鬈发像一团火向上耸立着。她站在那里,用无精打采的声音问道:

"你们为什么欺负他?"

(1915年)

苏霍米亚特金家的晚会

鲁 民 译

冬天,每月一次,有时是两次,我总收到商人苏霍米亚特金的便笺,内容是这样的:

> 敬爱的先生,明天寒舍特备三层蒸浴架①,敬请光临,共享此乐。便笺上俏皮地签署着"斯·乌霍木"②的字样,那签名的最后一笔还画成一只飞鸟的图样。

翌日傍晚,我来到城里一条气势不凡的大街,站在一座饰有石膏雕像的宽敞宅邸的台阶前,腋下还挟着一包洗净的衣服。一个肥壮得像匹马似的女仆打开了沉重的橡木大门。

"请进,"她一面说,一面殷勤地微笑,笑容使得红润的面颊鼓起,把她的两只眼睛完全隐藏在一堆白里透红的胖肉中了。

女主人叶卡捷琳娜·格拉西莫芙娜在走廊迎接我,她体态丰满,

---

① 俄国蒸气浴浴室中除澡盆外,另外有多层蒸气浴木架,层越高蒸气越热。进浴时,浴者以白桦枝条扎成的帚把抽打身体,然后卧在架上,令蒸气蒸熏,以至汗流浃背。

② 这个签名,俄文是 Сухом,取主人苏霍米亚特金 (Сухомямкин) 名字的前五个字母,作为苏霍米亚特金的略语,但第一、二个字母分开写则另有意思,如:"带一只耳朵","轰隆一声","哎哟一声"等,这里是主人故意借签名来卖弄俏皮。

和蔼可亲,头上梳一个盘绕四圈的大发髻。

"请吧!"她唱歌一般愉快地说,"非常欢迎,请!"

接着,她又关切地问道:

"没有忘记带衣服吧?纽塔,告诉叶戈尔把衣服送到更衣间去!"

苏霍米亚特金也急匆匆地走出来,他容光焕发,一副永远敦厚的样子;迈开短粗而富于弹性的双腿,一跳一跳地走过来,全身的胖肉哆嗦着,高声嚷道:

"请——请,亲爱的!噢,十分感谢,我们的启蒙学者,基里尔-梅福季①!身体可好?"

他的双颊蓄着发亮的络腮胡子,脑袋像带有两个把手的陶瓷罐。我们走进客厅,这里俨然像一家出卖中档家具的家具店;里面拥挤不堪,到处都是金光闪闪的,还有许多镜子,一切都是崭新的、笨重的,但所有的东西都散发着一股久已不住人的霉味。

马特维·伊凡诺维奇·洛霍夫在客厅里迎接我,他是主人的干亲家,个子不高,身材匀称,鹰钩鼻子,蓄法国式短须,有一对沉思的眼睛。他是本地交易会会长,但从仪表和风度来看,倒很像华沙来的有教养的骗子。

"晚安,"他用愉快的男低音说道,"还好吗?好极了!我也是如此……"②

他迅速地弹动着手指,又转向主人说:

"我接着讲鲟鱼:这种鱼可不喜欢开玩笑……"

我同洛霍夫的妻子济诺奇卡打招呼,她是一个不胖不瘦的女人,棕色鬈发,蓝眼睛,挺精明的。

---

① 基里尔(827—869)和梅福季(?—883)是俩兄弟,杰出的斯拉夫启蒙学者,基督教传教士。曾用古斯拉夫文翻译宗教书籍。基里尔又是古斯拉大文的创始人。
② 原文为法语的俄式读音。

"您知道吗?"她问道,"我今天是来调试新马的,可那些马忽然飞奔起来……"

主人开玩笑说:

"你自个儿也该飞奔①了!"

"这是怎么回事?"她天真地问道。

"嗯——啊,好像你还不明白……"

"怎么啦?"洛霍夫说,"咱们走吧?"②

苏霍米亚特金向妻子喊道:

"卡秋克,准备好了吗?"

女主人焦急地大声问:

"安娜,准备好了吗?"

"亲家母,"男主人邀请济诺奇卡说,"咱们一块去吧!"

可是,她却情不自禁地用天真的口气回答道:

"我已经同卡佳一块洗过了!"

苏霍米亚特金哈哈狂笑起来,一面呼哧呼哧直喘,一面喊道:

"噢,真像个女演员!啊哈……你啊……"

我们三个男人来到厨房。这里有一个躯体肥大、长着花白小胡子的老太婆,正在烧得通红的灶前紧张地忙碌着。她气冲冲地吼叫,拿把勺子在一个男孩子的头上晃来晃去,那孩子好像穿了一件从成年死人身上扒下来的白寿衣。孩子不住地哭泣。

"这是她的孙子!"主人解释说,"留神,叶费莫芙娜,别炖过了头!"

"嗯,您这是怎么啦,唉,上帝啊!"老太婆用沙哑的低嗓门急躁不安地应声答道,随之朝门槛啐了三口唾沫。

---

① 俄语 Понести 一词有"飞奔"和"受孕"两个意思,这里显然是一语双关。
② 原文为法语的俄式读音。

"呸！呸！呸！"

"总管夫人玛尔法在处理公务呢！"①主人一边说，一边来到院里，"有人出三百卢布请她到尼日尼的市场去，她不去！"

我们来到澡堂。这里点着两盏挂灯，灯的周围蒙着一层水汽，整个澡堂热气腾腾，有一股浓烈的薄荷香味。遍身毛发、被蒸得皮肤通红的车夫潘菲尔四肢着地在椴木地板上爬动，一面喘气，一面嘟囔着：

"神圣的上帝，神圣，至高无上的……"②

苏霍米亚特金在地板上啪哒啪哒地走，吃惊地瞪大两眼，扯着自己的耳朵，抱怨地大声嚷道：

"你这个鬼东西，你想害死我吗？瞧，你烧得这么热，笨蛋，自己也像个蛤蟆似的爬……"

"我让……是我让……"③洛霍夫低声嘟噜着，不住地喘息，"这是我让他……"

"这是他老盼咐的，"车夫突然轻声说。"我在找十字架……"

洛霍夫像瞎子似的伸手摸索着，朝蒸浴架走去。他的干亲家在地板上滑动着，尖声喊叫：

"呜——哟——哟……你可别晕过去，马特维！"

"没关系！潘菲尔，加点克瓦司④！"

"等一等，还是先喘喘气吧……"

"没有关系！"交易会会长从蒸浴架上高声叫道，不住地用拳头在椴木板上敲着鼓点。

---

① 这是一句戏言，实际是指叶费莫芙娜厨娘是一位做菜的能手。
② 东正教的日课经文。
③ 原文为法语的俄式读音。
④ 克瓦司是一种饮料。蒸浴时向灶内烧热的卵石泼克瓦司是为了产生蒸气，这样的蒸气有一种面包的香味。只有比较阔绰的人家才用克瓦司，一般是泼水。

样子像头野兽似的潘菲尔向石子灶里泼了一勺克瓦司,从那黑色的灶口立即冲出一团蒸气,白色的烟雾在房顶蔓延开来,澡堂里充满了热面包的醇香味道。

"坏蛋!"苏霍米亚特金伸开四肢躺在地板上高声叫道。

车夫蹲在那里,咳呀咳呀地叹息,如鹗啸鸣,蒸浴架上却传来惬意的喊叫声:

"真够意思!"①

洛霍夫蓦地大叫一声,滚到地板上,张大嘴巴,惊恐地瞪着眼睛。

"怎么,晕过去了?"他的干亲家喊道,连忙用拳头捶打洛霍夫的肩膀。

"我们是火窑里的小伙伴,"②他愉快地冲我说。

洛霍夫神色茫然地望着他,讷讷地说:

"拿雪来,快……"

车夫走进更衣间,不一会儿端来一大盆雪。洛霍夫伸手抓了几把,急急忙忙在自己的秃顶和肌肉结实的胸部揉搓。

他像是喝醉了酒。苏霍米亚特金也觉得四肢无力,浑身发软,他用一双短粗的手抚摸自己身上满是汗珠的通红的胖肉,胸口上有一层密密麻麻的细汗毛。

"我热得心慌,"洛霍夫说道,渐渐恢复了神志。

潘菲尔在浴盆里搅拌香皂水。我爬上蒸浴架,那两个商人却平躺在长条凳上开始海阔天空地闲聊。

"我不明白的就是羞耻心!比如说吧:当着一个女人的面可以

---

① 原文为法语的俄式读音。
② 典出《旧约·但以理书》第三章——三个埃及少年——沙得拉、米煞、亚伯尼歌,拒不信奉多神教,被巴比伦王尼布甲尼撒派人扔进火窑,后上帝派来天使搭救了他们。

赤身裸体，为什么当着三个女人的面会害臊呢？"

车夫一面冲着浴盆哧哧地笑，一面弄得肥皂泡沫四外飞溅，洛霍夫却一本正经地说：

"鞑靼人和土耳其人大概当着三个女人的面也不会害羞……"

接着，他用悦耳的低音唱起来：

  在你白色的裙间，
  一只大腿光闪闪……①

他们两人"稍稍喘过了气"，觉得自己仿佛在这难忍的热气里获得了新生。苏霍米亚特金整个身子泡在肥皂沫里，活像一只雏鸡。洛霍夫无休止地弹动手指，捋自己的胡子。蒸汽消散了，澡堂里显得明亮一些，天花板上密密麻麻布满了乳白色的水珠。两盏落满水珠的灯眨着眼睛，灶里的卵石发出啪啪的声响。

"对待生活，就应该像哄骗女人一样，要学会糊弄它，"主人教训车夫说，"你哄骗过多少姑娘？"

"咳，"潘菲尔给他搓着柔软的胸脯，沙哑地叹了一口气。

此刻，洛霍夫却同我进行一次卖弄聪明的谈话。

"我看你们报纸做得有点不妥，你们总想把它当成地方法院，"他极力想说服我，"你们总是裁判，这是多余的！如果说教堂应该教训我们，那么报纸就得告诉我们发生的一切事情和事情发生的地点。至于裁判，连神甫都用不着操心，更谈不上办报的了。"

"对了，"苏米亚特金赞同他亲家的见解。

洛霍夫继续说下去，但已不是训斥的口气，而是有点抱怨了：

"报纸是要娱乐居民，而不是为了胡闹。早晨起来坐下喝茶，

---

① 原文为法语的俄式读音。

桌上放张报纸,可是总让人犹豫不决是否拿来看看,那上面可能登着有关你的消息呢,它会让你整天都扫兴。而办事的人需要的就是心境平静。"

我默不作声。此人的牢骚并非没有缘由:报纸上常常登载他的事情,从来没有说过他的好话!

窗户的玻璃上凝聚一层白雾。椴木地板的澡堂如同蜡制的一般,开始融化了。

"我洗好了!"苏霍米亚特金高声嚷道,"现在来蒸蒸吧!"

他好像在鸵鸟毛里滚过似的,浑身都是皂沫,爬到了蒸浴架上。车夫又向灶里泼了克瓦司,苏霍亚特金细声尖叫着,洛霍夫却面色阴沉地给车夫打气:

"给他加热!蒸他!见鬼,差远啦!①"

"澡堂里可胡来不得!"亲家对他厉声喊道,"澡堂里可别提鬼!"

我们终于洗好了,大家都像蒸熟了似的,慢吞吞地穿着衣服,以便缓和一下刚才蒸浴时的紧张心情。

"喏,现在咱们要吃东西了!"苏霍尔米亚特金一面整理着通红圆胖的面颊上湿润的鬓须,一面煞有介事地告诉大家。

在灯火辉煌的餐厅里,一张大桌子摆满了玻璃器皿、银器和盛着各色各样小吃的盘碟,真像车站上的小卖部。桌子中间放一大瓶淡黄色的伏特加,这是用四十种香草泡制的饮料。

两位太太换上了长袍似的宽敞的衣服。济诺奇卡穿的是橙黄色的,配一条绿色带子,女主人则是红葡萄酒色的长衫。她们已经坐在桌旁,用愉快的微笑迎接我们,打着招呼:

"蒸浴可好吧!"

---

① 后一句话原文为法语的俄文读音。

"卡秋克,"主人缓步走到桌前,十分关心地说,"你去看看,让叶费莫芙娜亲自端上来。"

接着,他对我解释说:

"厨娘亲自端来,饺子的味道就更鲜美了!"

济诺奇卡斟上五大杯黄色的伏特加。

吃完芥末、酸奶油拌的怪味萝卜,喝足了酒,厨娘双手端一口大锅,颇为得意地走进来。

"噢——哟,来了!"苏霍米亚特金美滋滋地眯起眼睛,一面唱歌似地说着,一面急忙戴好餐巾。"多少个,叶费莫芙娜?"

"六百五十个,"老婆子用手掌抹抹小胡子,嗓子沙哑地说。

"做过祈祷,咱们就开吃吧!"

他们四个人向屋子的一个角落恭恭敬敬地画了十字,便在桌前坐下,大嚼起来。

两位主人默默无语地吃着,凝神注视那些盘碟,仿佛全副精神已贯注在那油厚、味美的肉汤里了,可是苏霍米亚特金有时却难以克制感官的冲动,竟懒洋洋地哼唱起来。他那圆胖的面孔现出愉快兴奋的神情,好像他激动得就要落泪了。女主人吃着,眉毛耸起,面孔显得严峻,似乎在思考一件难办的事情,但是眼睛却炯炯有神,坚信问题一定会圆满解决。她那慈祥和蔼的脸上渗出细小的汗珠,她急忙用绣花边的麻纱手帕把它擦掉。

洛霍夫顾不得咀嚼,像吃牡蛎似的把饺子囫囵吞进嘴里,烫得呼噜呼噜直叫。

"再来十个,卡佳,"他不断要求添加。

"几十啦?"主人有些羡慕地探问。

"五十。斟酒,济纳伊达①!"

---

① 济诺奇卡的别称。

济诺奇卡装模作样地翘起小拇指,用叉子叉出面皮里的小肉丸,低声说道:

"最有味的,往往在心儿里!"

她又转向丈夫说:

"你不是觉得活着无聊吗?"

苏霍米亚特金一面哈哈大笑,一面向酒杯里斟酒,手颤颤巍巍,把酒洒了一桌布,又喘着粗气夸赞道:

"啊,亲家母,你的嘴可真厉害!"

那个棕色头发的女人慢吞吞地说了几句什么,竟使得她那面色严肃的丈夫也勉强地笑了起来,他一面笑一面打嗝儿。男主人兴奋得满脸通红,丢下羹匙,靠着椅子晃来晃去。

"你要跌倒了,笑个没完,"妻子警告他说。

她也笑了几声,然后用手帕揩揩面孔,抹去了笑容,又重新板起脸来,躬身对着盘碟,说道:

"你真不害臊,济恩卡!还当着生人的面!"

"你像猪猡一样净说蠢话。①"洛霍夫对妻子说,突然神情变得严肃起来。

她机灵地瞥了一眼,轻声唱道:

> 我对你有话相告,
> 快把灯火灭掉!

于是,大家又吧嗒着嘴,用羹匙舀起汤,咝咝地吮吸,尽情享受这顿美餐。大瓶里的伏特加剩下不多了,女主人又斟满酒杯。

酒足饭饱、醉醺醺的洛霍夫,极力把呆滞的脸装得动人,但装

---

① 原文为法语的俄式读音。

得不像,他转身对我说:

"我妻子是个哥萨克女人,从乌拉尔斯克娶来的。哥萨克天性乐观,精力充沛……"

济诺奇卡已微有醉意。她身子靠着椅背坐在那里,眯起眼睛,抬头仰望枝形吊灯的灯火,卖俏地嘬着嘴儿,想吹口哨,但没有吹响。

"别吹啦,①"丈夫从桌旁站起,对她说。

女主人也有些醉意了。她越发放肆起来,莫名其妙地发笑,眼睛老是盯着空荡荡的餐厅的各个角落,好像在寻找什么。

"再来一点吧,"她提议道。

大家都不愿再喝了,济诺奇卡把"麦歇"②加上俄语的词尾变化,但是,这已不能使谁发笑了,大家都觉得十分疲乏。

"好吧,彼得,"洛霍夫说,身子晃晃悠悠,"咱们去吧!咱们该去啦!"

他们手挽手地走去,我同太太们留下来。

"真是孩子,"女主人和蔼地说,微笑着目送他们走去。

后来,她关心地问我为什么不结婚,济诺奇卡却坐在椅子上摇晃身子,低声吟唱:

> 在那六层高楼,
> 住着一位我的朋友,
> 唉,我依然如故,
> 可是他——心儿另有所求。

---

① 原文为法语的俄式读音。
② "麦歇"是法语"谢谢"的译音,此处加上俄语的词尾变化,是要故意惹人发笑。

"请问,"她对我说,"您知道那种诗……那种嗲里嗲气的诗吧!"

"济恩卡!"女主人警告她说,"你发疯啦!"

我并不知道什么是嗲里嗲气的诗。

那棕色头发的女人摆动着鬈发,打起响指,又唱起来:

> 他酷似我的夫君,
> 懒懒散散,萎靡不振,
> 总是那样地待人……

接着,她停下来,又问我:

"请问,您为什么不写那种逗乐的小说?"

"写什么?"

"嗯,通常那种逗人乐的。比如说,妻子背弃丈夫,或者别的什么。您读过关于诺亚的诗吗?"

"没有。"

女仆站在门口,笑吟吟地通知说:

"彼得·伊凡诺维奇吩咐说,全都准备妥了,就请到他们那里去……"

"请吧!"女主人请我进去,自己飘也似的向门口走去。

济诺奇卡搂着她的腰肢,问道:

"为什么我喝了点酒就觉得烦闷呢?"

在一间灯火通明的大房间里,洛霍夫和苏霍米亚特金站在一张铺黑色绒毯的桌子后面,两人身穿燕尾服,手持大礼帽,他们面前的桌子上摆着一些盒子和瓶瓶罐罐。洛霍夫鳌黑的面孔显得森严,像是立即要处理一件重大事务似的。苏霍米亚特金眯起愉快的眼睛,仿佛在睡意中露出一丝微笑。

两位太太坐在靠墙的安乐椅里,我坐在她们的旁边。交易会长向我们彬彬有礼地鞠了一躬,说道:

"尊敬的宽(观)众先生们,我米(们)是从印度和美国来的两个麻(魔)术家。我米(们)要向你米(们)漂(表)演几个吃(奇)妙的戏法。"

"小傻瓜,"济诺奇卡对身旁的女人说。

她的丈夫故意说得怪腔怪调,这一手演得不很成功,当他用正常发音和我说话的时候,那位太太大为恼火,急得直跺脚。

"我的名字……说我的梅(名)字叫加里,我的朋友叫……我的朋友草(叫)……詹姆斯!"

詹姆斯-苏霍米亚特金身子抖动一下,忽然打了个噎嗝儿。这使他忍俊不禁,他用臂肘挡住面孔,但还是哧哧地笑。加里—洛霍夫不满地斜睨他一眼,从桌上拿起一根黑色的魔术棒,挥舞一下,喊道:

"喂,来啊!"

"好!"干亲家詹姆斯答道。

洛霍夫手里出现一枚银卢布——他向空中一抓,颇为得意地拿给我们看。然后,他从苏霍米亚特金的鼻子里取出一个卢布,又从他那秃顶上取来另一个,迅速地扔进桌上的大礼帽里,于是他接连从空中,从自己的胡子里,从干亲家的耳朵里,从自己的膝头里灵巧地取出卢布,有一个卢布甚至是从自己的眼睛里挖出来的。

"今天你演得不错。"济诺奇卡对他说,可他却冲她厉声喊道:

"别说话①。请各位观众不要讲话!"

詹姆斯把一些稀奇古怪的东西摆在桌上,朝济诺奇卡伸伸舌头。

---

① 原文为法语的俄式读音。

硬币戏法演完之后,加里-洛霍夫命令各种东西从这张桌子上消逝,它们便立即隐去,出现在另一处意料不到的地方。他玩得津津有味,演得像个真正的演员,不断向干亲家喊着口令:

"喂,好,来瓶子,来!快一点!"

魔术家身后的墙边堆放着几只暗黑的柜子,苏霍米亚特金打开其中一个柜子的门,柜子里面的隔板上放了一颗人头,还长着黑胡子,看上去很可笑,一只瓷制的眼睛滑稽地瞪着我。洛霍夫面色紧张,似乎很不愉快,皮肤紧绷绷的,他好像咬紧了牙关。他的下巴向前噘着,法国式的大胡子很硬,仿佛是用细铁丝制成的。可是,每当他成功地演完一出戏法,脸上便浮现出笑容,那双多疑而冷淡的眼睛便快乐地闪闪发光,像孩子的眼睛似的。

我从来没有见过一个人怀着这样的乐趣和满足来欺骗自己。詹姆斯-苏霍米亚特金不过是屈尊参加这次有趣的玩乐,而加里-洛霍夫却是在兢兢业业地创造奇迹。这是很显然的。

他演的戏法有时并不成功,从燕尾服衣袋里取出盛满水的碟子时,他把碟子的胶膜撕得太早,取出的碟子是空的,而水却流到了口袋里。他一时不知所措,一只眼睛望着水流到地板上,生气地大叫一声:

"第一部分节目就此结束!"

他脱下燕尾服,瞧了瞧口袋,摇摇头,然后向观众解释说:

"游艺场上那些变戏法的,口袋都是不漏水的。亲家,让女仆把燕尾服给烤烤,可别烤坏了!"

他叹了口气,又补充说:

"我就穿件短上衣吧。"

第二部分节目开始是圆圆胖胖的苏霍米亚特金钻进一个空柜子里,洛霍夫在柜子上盖一块黑色幕布,他喊道:

"来了,一,二,三!"揭开幕布一看,柜子是空空的,苏霍米亚特金已不见了。

"我可不喜欢这一套,"女主人对我说,像打寒战似地耸耸肩。"我知道这是变戏法,但总觉得可怕。"

幕布再次盖上,又揭开。

"好!"

詹姆斯－苏霍米亚特金又站在柜子里,笑嘻嘻的。

后来,加里用绳子把他捆在一把椅子上,用屏风一挡,詹姆斯却立即脱开绳扣,甚至还把靴子脱下来。

后来,我觉得无趣,好像特别不舒服。虽然在我面前发生的一切并不可怕,甚至也不见得不令人愉快,然而它却像一场噩梦。太太们也疲倦了。女主人警觉地打着盹儿,晃悠着沉重的脑袋,抱歉似地微笑,可是济诺奇卡却满不在乎地打哈欠,并且总是想吹口哨。

看来,苏霍米亚特金也累了,他那灰白的络腮胡子像受了委屈似的蓬起,动作起来懒懒散散,既不看观众,也不瞧搭档,洛霍夫则满头大汗,兴致勃勃,如同施了魔法似的使手帕不断地变换颜色,不住地喊叫:

"一,二,三——妥了!"

他忽然沉默了片刻,用责难的目光望着观众,问道:

"你怎么啦,亲家母,睡着了吗?"

我开始觉得他很可怜。

济诺奇卡笑起来,苏霍米亚特金也开始对妻子开玩笑,而那位不为人了解、受了屈辱的演员,双手反剪背后在屋里快步走来走去,说道:"娱乐对于我是件正经事,而不是鸡毛蒜皮的小事。总不能整天吃饭、喝茶吧……"

"我懂,马特维·伊凡诺维奇,"女主人很尴尬,抱怨地插嘴说,可是他并不听她讲话。

"娱乐,就是为了忘记操劳!你们女人当然不可能理解……济娜伊达,咱们回家吧。"

"等一等,亲家,马上就要喝茶了……"

"该走啦!"

"请您不要生气嘛……"

"回家,还早吧。"济诺奇卡说。

"还早?"洛霍夫叫了一声,"那我一个人走……"

他的举动真像个受了委屈的孩子:我觉得,再待一会儿这个人很可能会哭鼻子。然而总算把他劝住了,洛霍夫留了下来,但他并不掩饰自己受委屈的神情。

大家又来到餐厅,一座银制的大茶炊已经咕嘟咕嘟地烧开了,一团团蒸气腾起,缭绕在枝形吊灯的四周,使得玻璃灯坠儿微微摆动。

洛霍夫坐在我的旁边,同我攀谈起来:

"这种娱乐花费了我上万卢布!我有一部稀有的装置,是从汉堡订购的,我很留意这方面的新鲜玩意儿。"

他深深叹了口气,向亲家那边斜睨一眼,那位亲家躬身凑向济诺奇卡,向她低声说了些什么。

"人家讥笑咱们哩,看样子,大半是笑我!说我是个变戏法的。很好,请吧……"

"再来一杯吧?"女主人问他。

"好,好!谢谢您的关照,"洛霍夫像受了屈辱似的冷冷一笑,不知他的话是对我说的,还是对女主人说的。

"大家都在变戏法,好多好多人干的是坏事。可是我和亲家却是百无一害的人!可以说,我们是自己的麦塞纳斯[①]。"

---

① 盖乌斯·启尔尼乌斯·麦塞纳斯(前74—前8年),古罗马的政治家、作家,奥古斯都皇帝最亲近的顾问之一,曾庇护过有贺拉斯等著名作家参加的诗人团体。后来他的名字成了文艺、学术保护人的通称。

"我不喜欢这个字眼儿,那意思好像是小顽童①,"女主人又插嘴说,同时递给洛霍夫一杯茶。

他接过茶来,却并未向她道谢,继续说道:

"别的人斗鸡,玩狗,或者比如说,一些人爱办报,像你们的老板;有些人极力把自己好的方面、慈善的德行表现出来,以便获得勋章;可是我喜欢高尚的娱乐,哪怕它是骗人的。"

他说起话来没完没了,枯燥无味,话音里含着委屈,手指老是不断地弹抖着。

女主人不再留意他。她和丈夫听济诺奇卡低声说话,这两个人笑得满脸通红,咻咻地笑个没完,简直控制不住自己。

"生活里谁也感觉不到快活,"加里-洛霍夫瓮声瓮气地说,用手指敲着我的臂肘,"生活需要想象。你坐在教堂里,就想象自己是个头号罪人,也许是最坏的人,这可以使人心里感到愉快。这会给我们带来激情。在剧院里,你可以想象自己是在扮演一个热恋中的坏蛋,或者是什么英雄。但是,你不能每天都去教堂或者剧院,那么,我以为生活就需要充实一下。"

他把胡子卷成圈儿,眯缝着眼睛,沉默了一会儿。

我起身告辞后便走了出去……街上皓月当空,寒气袭人,商号大楼的阴影染污了地上的白雪,雪在脚下单调地沙沙作响。

我走着,惆怅地想着这个俄罗斯人;他真善于绝妙地扮演不幸者的角色!

(1916年)

---

① 女主人取麦塞纳斯的谐音字 Ъесенята(小顽童),以说明她不喜欢麦塞纳斯这个字眼的原因。